Meriwether Lewis & William Clark

THE JOURNALS OF
*Lewis*
*and Clark*

# 刘易斯与克拉克探险日记

1804—1806

［美］梅里韦瑟·刘易斯　威廉姆·克拉克 ◉ 著

刘建刚　闫建华 ◉ 译

中国人民大学出版社
·北京·

本译著为国家社科基金项目
"美国文学中的沙漠书写与国民教育研究"阶段性成果
（项目批准号：18BWW080）

梅里韦瑟·刘易斯像，查尔斯·威尔森·皮尔
(Charles Willson Peale，1741—1827) 绘，独立国家历史公园藏

威廉姆·克拉克像，查尔斯·威尔森·皮尔绘，独立国家历史公园藏

身着肖肖尼人披肩的刘易斯,夏尔·巴尔塔扎尔·朱利安·费夫雷·德圣梅曼(Charles B. J. F. de Saint Mémin,1770—1852)绘,纽约历史学会藏

一种鲑鱼,梅里韦瑟·刘易斯绘,密苏里州历史博物馆藏

白色独木舟素描,威廉姆·克拉克绘,耶鲁大学贝内克珍本图书馆藏

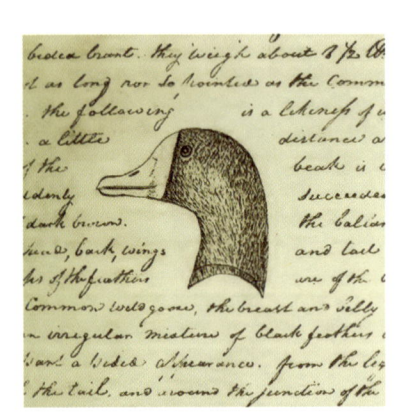

黑雁头，威廉姆·克拉克绘，美国哲学学会藏

艾草松鸡，威廉姆·克拉克绘，密苏里历史学会，沃里斯收藏

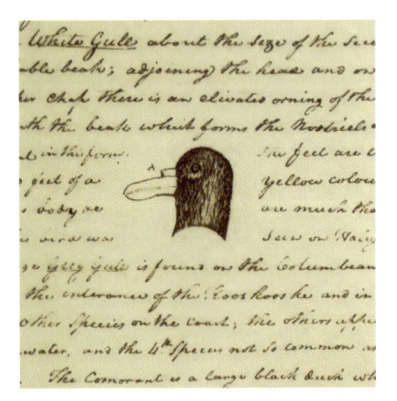

海鸥头，威廉姆·克拉克绘，美国哲学学会藏

秃鹫头，威廉姆·克拉克绘，美国哲学学会藏

# 译者序

在美国历史上,没有任何一部日记能像《刘易斯与克拉克探险日记》(*The Journals of Lewis and Clark*,以下简称《日记》)那样有着广泛而深刻的政治影响力和持续而绵长的学术研究价值。这部日记对美国西部自然环境和土著文化首次进行了较为全面的记录或再现,其中记载的相关资料成为美国后来占据西部大片土地的主要依据之一,在很大程度上为美国的领土扩张和"西进运动"奠定了基础,该作因此也被誉为体现美国开拓精神的滥觞之作。下面分几个方面略述一二。

## 一、探险与《日记》

1801年3月4日,托马斯·杰斐逊就任美国第三任总统。这位高瞻远瞩的政治家对美国最伟大的贡献之一便是在他的任期内将美国的版图整整扩大了一倍。他的设想是将从密西西比河到太平洋沿岸绵延数千英里[①]的西部土地都纳入美国的版图,为子孙后代在这片广袤的土地上安居乐业奠定基础。他认为,尽管有几条难以逾越的河流和湖泊,以及他称之为"高地"的遥远的西北地区,但这些都不能阻挡美国向太平洋沿岸扩展的决心和意志。为了实现这一宏伟蓝图,杰斐逊总统派遣由梅里韦瑟·刘易斯(Meriwether Lewis)和威廉姆·克拉克(William Clark)带领的探险队,于1804年5月至1806年9月实施西部探险计划。在两年四个月零十天的探险征途中,刘易斯和克拉克遵照杰斐逊总统的叮嘱,将沿途的所见所

---

① 1英里约等于1.609公里。

闻记载下来，这便是当今被誉为美国史诗的《日记》的由来。这部日记为世人留下了关于西部大陆的丰富记载，包括山川地貌、水文特征、气候风俗、印第安部落、土著语言、动物、植物等等。特别值得一提的是，他们还分门别类地记录了科学史上鲜为人知的数百个物种，包括大角羊、北美草原狼、长耳大野兔、草原狗、灰熊等，带回了大量首次发现的科学标本。探险队历尽艰难险阻，最终取得巨大成功。他们的成功不仅证明了杰斐逊总统从拿破仑手里购买路易斯安那州的英明和正确，而且也让美国大众第一次见识了美洲大陆西部的广袤和丰饶，从此拉开了美国西进扩张的序幕。

这次探险既是美国历史上的一次伟大探索，也是人类历史上最成功的科考活动之一。它由总统策划，由政府主导并全额资助，由科学家、数学家、地理学家、博物学家等提供咨询建议和培训指导，由两位训练有素的军官挑选、招募、领导队员付诸实施。杰斐逊总统派遣这支探险队名义上是为了科学考察和研究，了解西部土著的生活习俗、风土人情、社会态度、语言文化等社会情况，实际上是出于长远的政治考量，旨在拓展美国的疆土，离间印第安人对西班牙和英国的传统好感，激发他们对年轻的美利坚合众国的兴趣和好感，为随后同印第安部落开展贸易往来铺平道路，并借此寻找通往中国和印度等东方大国的更加直接便捷的贸易通道。

这次探险往返近 13 000 公里，不仅其所穿越的土地成为美国后来的十个州，而且引发了大量移民潮。探险队走过的路线、村镇、贸易站，甚至搭建的营地等，不仅成为美国重要的人文地理景观，而且备受研究者的青睐，大大丰富了美国的文化和政治遗产。以"刘易斯"和"克拉克"命名的河流、湖泊、森林、城镇、道路、公园、学校等也是遍地开花，有的地方矗立着探险队员的雕像或墓碑，圣路易斯市的"拱门国家公园"①就是为纪念他们的这次壮举而修建的。1969 年，美国成立了"刘易斯和克拉克路线遗产基金会"（The Lewis and Clark Trail Heritage Foundation），倡导围绕该探险路线展开教育、研究和保护，弘扬刘易斯和克拉克的经验和精神，教育民众了解并崇尚探险队为美国创造的遗产，铭记他们所做出的贡献。该基金会还于 1974 年冬创办了季刊《我们勇往直前》（We Proceeded On）。截至 2022 年 2 月，该刊已发行 48 卷，总计 188 期。

以上这些命名、纪念、活动或研究，都与《日记》所产生的深远影响有着密切的关系。《日记》既是美国西进开拓的宣言书，也是美国西进史上的一部百科全书，其内容涉及政治、地理、生态、种族、动物、植物、社会、语言、文化、食物、医药、战斗武器和外交谋略等等，几乎应有尽有。该作之所以成为一个多世纪以来众多学者持续研究的对象，与其百科全书一般的丰富记载有着密切的关系。

最早关注这部探险日记的学者是比德尔（Nicholas Biddle）和艾伦（Esquire Allen），他们于 1814 年编辑出版的《刘易斯和克拉克上尉指挥的西部探险史》（History of the Expedition under the Command of Captains Lewis and Clark）为《日记》研究奠定了基础，尽管这部著作当时在学界并未引起太多的关注。直到 1893 年，库斯（Elliott Coues）在其基础上编辑出版的《刘易斯和克拉克指挥的西部探险史》[History of the Expedition under the Command of Lewis and Clark（aka History of the Lewis and Clark Expedition），亦称《刘易斯和克拉克探险史》]才真正引发了《日记》研

---

① "拱门国家公园"（Gateway Arch National Park）前身是"杰斐逊国家扩张纪念公园"（Jefferson National Expansion Memorial）。

究的热潮。在其之后，学者们研究的主要文本是斯韦茨（Reuben Gold Thwaites）于1904年编辑出版的《刘易斯和克拉克探险日记原件》(*Original Journals of the Lewis and Clark Expedition*)。自此以降，美国学界针对《日记》的研究百年不衰，包括各种注疏在内的研究成果多达数百种，不仅形成了文化符号鲜明的刘易斯和克拉克探险研究热潮，而且还逐渐将《日记》建构成了一部具有美国特色的史诗。

**二、《日记》研究概述**

纵观20世纪初至今的《日记》研究，用百花齐放、百家争鸣来形容一点也不为过。研究涉及医学、气候学、生态学、人类学、博物学、地理学、政治学等不同的学科门类，且不同学科之间相互交叉，跨学科研究特色鲜明。

其中起步最早、历时最久、文献资料最为丰富的第一类研究主要集中在探险历史、探险影响、探险精神及国民教育等方面，我们不妨称之为社会研究。

就探险历史而言，有研究刘易斯和克拉克探险之前的探险历史的，例如伍德（W. R. Wood）的《刘易斯和克拉克探险先驱：麦基和埃文斯探险》(*Prologue to Lewis and Clark：The Mackay and Evans Expedition*, 2003)。更多的则是研究刘易斯和克拉克探险历史的，如前文提到的比德尔和艾伦的《刘易斯和克拉克上尉指挥的西部探险史》(1814)、库斯的《刘易斯和克拉克指挥的西部探险史》(1893)以及帕默（Molly Palmer）的《从探险到博览》(*From Expedition to Exposition*, 2009)等。探险影响研究主要探讨刘易斯和克拉克探险对于美国的疆土、经济、自然、政治等方面所产生的深刻影响，其中尤以格林菲尔德（Bruce Greenfield）的《英国和美国探险叙事》(*The Rhetoric of Discovery：British and Ameri-*

can Exploration Narratives，1985)、米勒（Robert Miller）的《被发现和征服的本土美国》(Native America，Discovered and Conquered：Thomas Jefferson，2006）等最为典型。

研究探险精神及国民教育的著作主要有安布罗斯（Stephen E. Ambrose）的《美国边疆的开拓》(Undaunted Courage：Meriwether Lewis，Thomas Jefferson，and the Opening of the American West，1996)、萨利温（Robert Sullivan）的《重走刘易斯和克拉克探险之路》(Cross Country—Fifteen Years and 90,000 Miles on the Roads and Interstates of America with Lewis and Clark，2006)、山德勒（Katherine Chandler）的儿童读物《刘易斯和克拉克探险队的女向导》(The Bird-Woman of the Lewis and Clark Expedition：A Supplementary Reader for First and Second Grades，2015)、赫伯特（Janis Herbert）的《儿童读物：刘易斯和克拉克发现之旅》(Lewis and Clark for Kids：Their Journey of Discovery with 21 Activities，2000)、米德和雅克布森（Maggie Mead and Laura Jacobsen）的儿童读物《刘易斯和克拉克探险英雄故事》(Setting the Stage for Fluency—Exploring the West，Tales of Courage on the Lewis and Clark Expedition，2015）等等。这类著作主要探讨刘易斯和克拉克探险精神对于美国民族性格、文化认同、开拓意识、爱国教育等方面所产生的影响。

第二类为自然研究，主要关注刘易斯和克拉克探险队的自然发现及其对生态环境所产生的影响，大体上包括动植物研究、气候和生态研究等。

动植物研究主要涉及探险队发现的动植物物种和收集的动植物标本两大类。乔恩斯加德（P. A. Johnsgard）的《大平原上的刘易斯和克拉克：一部自然史》(Lewis and Clark on the Great Plains-A Natural History，2003)、波特金（Daniel Botkin）的《我们的自然史》（*Our Natural History*，2004）、佩滕特（Dorothy Hinshaw Patent）的《刘易斯和克拉克探险沿途的动物》（*Animals on the Trail with Lewis and Clark*，2002）、道尔顿（David Dalton）的《刘易斯和克拉克的自然世界》（*The Natural World of Lewis and Clark*，2008）等著作较多关注这方面的内容。

气候和生态方面的研究散见于众多著作之中。普雷斯顿（Vernon Preston）的《刘易斯和克拉克探险日记中的天气和气候数据》（*Lewis & Clark：Weather and Climate Data from the Expedition Journals*，2007）、菲尔普（Alexander James Philp）的博士论文《刘易斯和克拉克的地理体系》（*The Lewis and Clark Geosystem：A distributed historical geospatial application portal of the Lewis and Clark Trail*，2005）、斯劳特（Thomas P. Slaughter）的《刘易斯和克拉克研究：探险队员与荒野》（*Exploring Lewis and Clark：Reflections on Men and Wilderness*，2006）、拉里博特（Andrea S. Laliberte）的博士论文《刘易斯和克拉克以来人类对于过去和当下野生动物分布的影响》（*Human Influences on Historical and Current Wildlife Distributions from Lewis & Clark to Today*，2004）等，主要探讨探险队沿途经历的气候、生态环境以及此次探险对于西部生态所产生的影响等问题。

第三类为人物研究，主要围绕时任总统、探险队队长和队员展开。

杰斐逊总统是刘易斯和克拉克探险的构想者和策划者，是此类研究的核心对象。卡尔森（Laurie Winn Carlson）的《西部对杰斐逊的诱惑》（*Seduced by the West：Jefferson's America and the Lure of the Land Beyond the Mississippi*，2003）对这位总统的研究较为全面翔实，安布罗斯的《美国边疆的开拓》亦有篇幅论述杰斐逊总统对于此次探险的巨大贡献和不可或缺的作用。

针对探险队队长的研究主要围绕他们的组织领导能力、队伍管理能力、科学观察能力、决策判断能力、外交能力以及团队合作精神展开，针对队员的研究主要围绕其经历、生活及命运展开。克朗普顿（Samuel Willard Crompton）的《伟大的探险家刘易斯和克拉克》(Lewis and Clark: Great Explorers, 2009)、达恩肯（Dayton Duncan）的《缅怀高瞻远瞩的刘易斯和克拉克》( Scenes of Visionary Enchantment: Reflections on Lewis and Clark, 2012)、阿尔德里奇（Jack Uldrich）的《迈向未知：刘易斯和克拉克西部探险领导经验》（Into the Unknown: Leadership Lessons from Lewis & Clark's Daring Westward Expedition, 2004)、莫里斯（Larry E. Morris）的《探险队完成使命后的命运》(The Fate of the Corps: What Became of the Lewis and Clark Explorers After the Expedition, 2004)、约瑟夫（Alvin M. Josephy Jr.）的《印第安人眼中的刘易斯和克拉克》(Lewis and Clark Through Indian Eyes, 2006)、洛里（Thomas Power Lowry）的《性病与刘易斯和克拉克探险》(Venereal Disease and the Lewis and Clark Expedition, 2004) 等，堪称这方面最具代表性的著作。

  第四类为综合研究。由于《日记》用大量篇幅描绘探险队沿途跨越的山川平原、河流湖泊，讲述沿途的风土人情等，因此不少学者关注探险路线以及日常事务等方面的综合研究。这类研究主要围绕探险路线、村镇、探险队搭建的营地、贸易站等展开，关注探险队在不同地方所了解到的土著生活、皮毛商人、风土人情，以及探险队所经历的艰难困苦和他们的应对经验等事宜。斯塔基（Rachel Stuckey）的《跟随伟大的探险家刘易斯和克拉克探险》[Explore with Lewis and Clark (Travel with the Great Explorers), 2014]、刘易斯（Wallace G. Lewis）的《沿着刘易斯和克拉克的足迹》[In the Footsteps of Lewis and Clark (National Geographic Special Publications), 1970]、休瑟（Verne Huser）的《跟随刘易斯和克拉克沿河探险》(On the River with

*Lewis and Clark*，2004）、波特金的《翻越石头山：从刘易斯和克拉克到今天的美国西部自然》（*Beyond the Stony Mountains*：*Nature in the American West from Lewis and Clark to Today*，2004）、莫尔顿（Gary E. Moulton）的《刘易斯和克拉克探险每日记事》（*The Lewis and Clark Expedition Day by Day*，2018）、伍德格（Elin Woodger）等人的《刘易斯和克拉克探险百科全书》（*Encyclopedia of the Lewis and Clark Expedition*，2004）等，都是这方面的力作。

综上所述，美国学者研究《日记》的著作可谓汗牛充栋，而且他们还在不断发现有关此次探险的新领域，使原本有限的探险日记文本不断得到丰富和拓展，最终衍化为表现美国精神的一部神话，积淀成一笔宝贵的民族文化遗产。除了催生出大量学术著作外，刘易斯与克拉克探险的故事还于1997年被拍成纪录片《刘易斯和克拉克探险》（*Lewis & Clark*：*The Journey of the Corps of Discovery*），影片获得了四个奖项。在谈到探险的艰辛时，影评者这样写道："他们探险的艰辛几乎是无法想象的。当你在一个晴朗的日子飞越美国西部，看到下面大片大片的山脉以及现今被称为哥伦比亚河流域的广袤地带时，你就可以想象当年的穿越之旅该是多么艰难。"更有评论称："美国内战在美国历史上占有重要地位。同样，刘易斯和克拉克指挥的探险之旅在美国西部的情感历史上居于核心地位。"

与美国百年研究的规模和成果相比，我国针对《日记》的研究起步较晚且规模有限。宁小小在《勇敢的心：世界探险史》（2009）第三章探讨了刘易斯和克拉克探险与美国西部开发之间的关系，曾庆安的硕士论文《萨卡佳维雅①——从"蛮族妇女"到"传奇英雄"》（2010）讨论了探险队的印第安向导及其背后的文化价值变迁。其他相关文献则以译介为主，如汤新楣翻译的《西征记》（1970）、张璘和

---

① 又译萨卡夏维娅。

姚蔚翻译的《首次穿越北美大陆》(2016)、郑强翻译的《美国边疆的开拓：刘易斯和克拉克探险》(2017) 等就是介绍刘易斯和克拉克探险的重要学术译著。此外，卡万的《刘易斯、克拉克与通向太平洋之路》(1998)、乔婷的《刘易斯与克拉克的远征——美国第一次西部开拓》(2005)、段牧云的《超越美利坚：路易斯和克拉克领导的早期西部探险》(2012) 等作品，也在一定程度上反映出国内学界对于刘易斯和克拉克探险的关注。

遗憾的是，作为美国学界经久不衰的研究对象，《日记》本身在我国却未得到足够的重视，其中文译本至今阙如。鉴于此，翻译出版这部探险日记，不仅有助于我们了解这部美国"史诗"的原始风貌，而且有助于我们了解美国学界如何将一部看似寻常的探险日记建构成一部民族志的历史原点和推进过程，为国内的美国学研究以及我国民族文化自信的建构提供某种借鉴。

### 三、《日记》翻译

自比德尔于 1814 年首次编辑出版《日记》至今，刘易斯和克拉克探险日记已经有很多个版本面世，有全本，也有节选本，但不同版本的源文本只有一个，那便是刘易斯和克拉克在探险途中撰写的探险日记原件。此次翻译的源文本是网络公版。虽然跟众多节选本的内容几乎毫无二致，但为了确保学术的严谨性和准确性，我们在翻译过程中参考了多个版本，并依照约翰·贝克勒斯（John Bakeless）编辑注解的版本逐一核对。在此谨向贝克勒斯先生致以诚挚的谢意。为了完整再现贝克勒斯版本的全貌，我们将他撰写的导读也翻译过来，以方便读者更好地理解这部探险日记。

翻译《日记》的过程是跟随刘易斯和克拉克一路探险的过程：跟随他们欣赏沿途的山川湖泊、高山大河、森林平原，体验他们所经历的曲折和困苦，感受他们在克服一次次巨大困难后的喜悦，跟着他们同印第安人打交道做生意，观察各种奇异的动物和植物，听他们讲述充满异域风情的礼仪和风俗，品尝他们猎食麋鹿和水牛的生猛大餐，经历他们在荒郊野外同野兽周旋、跟蚊子搏斗、缺吃少穿、缺柴断盐的艰苦日子，体验漂浮在河面上的水牛尸体和悬崖下堆积如山的动物残骸带给人的心理冲击，身临其境地感受被印第安人抢走枪支以后追击他们时枪弹从头顶呼啸而过的惊险战栗和化险为夷后的喜悦，更体味第一次喝上哥伦比亚河水的激动兴奋，等等。

　　翻译《日记》的过程也是一个自我挑战的过程。刘易斯和克拉克是在探险途中克服种种困难坚持撰写日记的，因此有些信息未必完整准确，而且他们的表达也比较随意，更不要提文本所记叙的一些内容已很难考证。这些因素都给翻译带来了一定的困难，需要我们查阅相关文献来佐证和辨别，尽可能做到严谨准确。

　　在文本处理方面，我们略微做了一些调整。网络公版的时间、日记作者及地址等信息均在每篇日记正文的后面，我们把这些信息放在日记正文的前面，以方便读者首先明了每篇日记的写作时间，以及究竟是刘易斯还是克拉克所记。下面就翻译的单位、源语文本的句法特点、用词特点、专有名词的处理等赘述一二。

**1. 关于翻译的单位及原文句序调整**

　　有关翻译的单位，有过不少争论。有人认为翻译的单位应该是词，译者应该奉行"word for word"（词对词）的翻译原则。也有人认为翻译的单位应该是句子，译者应该以句子为基本操作单位进行翻译。事实上，无论以词还是以句子为单位，其可操作性都不强，都难以得体地传达源语信息，因为在译语中很难找到与源语完全对应的词或者句子结构。翻译是用另一种语言重写源语文本的过程，是译者对于源语信息的操控，因此在不损害源语信息的前提下，译者应尽可能灵活完整地再现源语信息，以便译语读者能够领略到源语读者所能领略到的信息和意蕴。因此，在翻译《日记》的过程中，我们多数时候遵循以段落为单位的翻译原则，必要时适当调整句序，即遵守"译语顺应"原则，使译文更加符合汉语读者的阅读习惯，便于他们掌握原作信息，领会原作意蕴。譬如，《日记》里有些段落的句子之间逻辑关系不是很紧凑，有时候甚至前拉后扯，内容重复，时间顺序也有点混乱，颇给人一种想到哪写到哪的"日记体"感觉。遇上这样的句子，就需要略做调整，不过一般不会超出段落范围。

例1. 1805年9月3日，克拉克上尉记：
At dusk it began to snow; at 3 o'clock some rain.
下午3点钟下了些雨，黄昏时分开始下雪。

这句话如果直译就有点本末倒置，因为黄昏不可能在3点钟之前。根据时间先后顺序调整为先雨后雪，则更符合时间顺序和逻辑关系。

例2. 1804年9月9日，克拉克上尉记：
Set out at sunrise, and proceeded on past the head of the island, on which we camped...
昨夜在岛上宿营，今早日出启程，过岛上端……

这句话从早晨出发的时间开始叙述，把昨夜宿营的事件放在定语从句里，作为次要信息呈现。在英语里，这样表达很地道。假如按照源语句式翻译成"日出启程，经过昨夜宿营的岛的上端"也未尝不可，不过定语略显啰唆。因此，我们略做调整，改为根据事件发生的时间顺序来叙述。

### 2. 关于原文句法特点及其翻译

尽管英语是主语显著语言，但是在日记体文本中，无主句比比皆是。之所以如此，概因日记所记述的行为主体通常是已知或确定的，或者在上下文有明确的所指，无须额外明了化。《日记》的日记体特征十分明显，不少句子是无主句，尤其是每篇的开头，差不多都是无主句。

例3. 1804年7月13日，克拉克上尉记：

Set out at sunrise, and proceeded on under a gentle breeze. At two miles, passed the mouth of a small river on the S. S. called by the Indians Tarkio.

日出启程，微风相随。行两英里，右侧过一小河口，印第安人称之为塔基欧。

在这两句话当中，有三个动词/词组，分别是set out、proceeded on 和 passed，却没有一个主语。类似的句子不胜枚举，不再赘述。

而汉语是主题显著语言，对于汉语使用者来说，读写无主句十分自然和习惯。不过，有时候我们会根据行文需要适当添加主语，使得句子结构不至于太单调。当然，既然是"添加"主语，那就是说也可以不添加。

《日记》里不仅无主句很多，而且无谓语的句子也不少。对于这样的句子，我们一般采用原句的结构，翻译成无谓句，偶尔会根据需要适当增加谓语。

例4. 1805年5月8日，克拉克上尉记：

A very black cloud to the S. W. We set out under a gentle breeze from the N. E. About 8 o'clock began to rain but not sufficient to wet.

西南方向有一团黑云。我们乘着微微的东北风出发。大约

8点钟开始下雨,不过不大,〔船上〕不湿。

**3. 关于原文用词特点及其翻译**

探险历时两年四个月零十天,有时候日常活动和事务难免相似,所以两位上尉撰写的内容偶尔会有重复,句式和用词略显单调,set out early、proceeded on① 等表达几乎占据每篇日记的篇首。这样的句子翻译过来,难免千篇一律,自然有点单调乏味,不过本着忠实于原文的原则,也只好如此。

有时候,《日记》的用词比较模糊,仅以最常见的 dinner、evening 等词为例。我们注意到《日记》中几乎早中晚餐都用 dinner。虽然这个词翻译起来一点都不困难,只要根据上下文就能做出判断,但我们不得不违背原文的用词,舍弃字面忠实而遵循语境信息忠实,以确保更深层意义上的忠实。

例 5. 1806 年 4 月 21 日,刘易斯上尉记:

At 1 P.M., I arrived at the Eneeshur village, where I found Captain Clark and party. After dinner, we proceeded on about four miles to a village of 9 mat lodges of the Eneeshur, a little below the entrance of Clark's river [Des Chutes] and encamped.

下午1点钟,我来到恩尼舍村,克拉克上尉和队伍都在这里。午饭后,我们继续走了大约4英里,来到克拉克河口下方的另一个恩尼舍村子,村里有9座棚屋,我们在这里宿营。

---

① 事实上,前文提到的《我们勇往直前》季刊就是以《日记》中频频出现的 proceeded on 命名的。

在《日记》中，很多时候下午、傍晚、晚上都用 evening 一词，甚至还有用 night 的。尽管有时候《日记》的编辑会在方括号里指出所谓的 evening 实际上是 afternoon，不过大多数情况下并没有指出。因此，evening 一词需要根据上下文来判断究竟应该翻译成晚上、傍晚还是下午。

例 6. 1806 年 7 月 11 日，刘易斯上尉记：

By 3 in the evening we had brought in a large quantity of fine beef and as many hides as we wanted for canoes, shelters, and gear.

下午 3 点钟，我们运来大量优质水牛肉，还有很多牛皮，足够造独木舟，搭建住所，制作索具。

在《日记》里，同一个地点，有时候被称作 town，有时候又被称作 village，我们一般直译，不再赘述。在谈及印第安人部落时，nation、tribe、country 混用的情况不胜枚举。这些词我们一般直译，在个别情况下根据上下文灵活处理。

例 7. 1804 年 8 月 31 日，克拉克上尉记：

This nation is divided into twenty tribes, possessing separate interests. Collectively, they are numerous—say from two to three thousand men.

苏族有 20 个部落，利益各不相同。总的来说，他们人口众多，有 2 000 到 3 000 人。

例 8. 1806 年 9 月 3 日，克拉克上尉记：

Three hundred of the American troops had been cantoned on the Missouri a few miles above its mouth. Some disturbance with the Spaniards in the Natchitoches country is the cause of their being called down to that country.

300名美国士兵驻扎在密苏里河口以上几英里的地方。因为纳契托什土著人与那里的西班牙人发生冲突,所以才把部队调往那里。

事实上,country在《日记》中出现频率极高,其含义既模糊又笼统,可指国土、荒野、地貌、地域、乡间等等,不可能翻译成唯一的、固定的术语,而需要根据不同的语境来翻译。

例9. 1805年6月17日,刘易斯上尉记:
Captain Clark set out early this morning with five men to examine the country and survey the river and portage, as had been concerted last evening.

按照昨晚的决定,克拉克上尉带5个人一大早出发,去察看这一带的地形,勘测河流和搬运路线。

还有一点,《日记》中修饰"酋长"(chief)的词很多,最常见的有grand、great、principal、first、second等等,我们一般直译。

### 4. 关于专有名词和度量衡术语

《日记》里的人名、地名、河名、山名很多,我们都遵从现成译法,没有现成译法且字面意思比较清楚的,一般采用意译。首次出现的人名、地名、植物名等关键词,我们在译文后面的括号里给出原文单词,便于有兴趣的读者查询。关于数字的处理,一般通用的规则是十以内用汉语数字,十以上用阿拉伯数字。起初我们遵从这个规则,后来发现很难操作,尤其是在同一段落里,比如"九匹马""12头麋鹿",就显得很不一致。于是我们决定通篇都用阿拉伯数字，不过相对固定的汉语词组或者相对稳定的数量词，我们依然用汉语数字表示，例如"一匹马""两个人""两头水牛""两次""两小时"等等。遗憾的是，这样又会有同一段落里出现"两个人"和"6头鹿"的不一致现象。因此我们只能尽可能兼顾就近一致和尊重汉语习惯等原则，在译文中视具体语境灵活处理。

对于《日记》里的许多度量衡单位，我们一般使用音译的源语术语，辅以脚注说明并换算成国际通用的度量衡单位，以方便感兴趣的读者理解。

总之，《日记》是一部极其重要的日记体探险史著作。本着"源语关联"原则，我们在翻译过程中尽可能在句法、词汇等层面保留原文的日记体风格，再现原文的要义，传达原文的意蕴。同时，我们遵守"译语顺应"原则，照顾读者的阅读需求，尽可能用通顺的语句表达源语信息。然而，由于《日记》是首个中文译本，没有现成的译文可以参考借鉴，再加上译者能力有限，因此译文中难免有不少欠妥之处，敬请读者批评指正。

最后，我们要诚挚感谢中国人民大学出版社编辑刘静、周莹、黄超等老师给予的帮助和指导。感谢为我们的翻译工作提供各种便利和支持的家人、同事和朋友。

刘建刚　闫建华
2019 年初春初稿
2022 年初夏定稿
于杭州翰墨香林苑

# 导　读

1804年至1806年，刘易斯和克拉克率领远征队完成美国西部探险，这是托马斯·杰斐逊梦想的结果。杰斐逊是一位伟大的政治家。他除了对政治生活感兴趣以外，还酷爱音乐、科学和文学。他对东起密西西比河、横跨落基山脉、直达太平洋东海岸的北美大片土地尤其好奇不已。虽然密西西比河上有法国人、西班牙人以及美国人的定居点，加利福尼亚州有西班牙人的定居点，一些勇敢的贸易商早就沿着密西西比河途经加拿大探索过部分西行路线，但当时这片广袤土地的大部分地区依然鲜为白人所知。

就其动机而言，杰斐逊主要是对科学充满好奇心。他的大脑永远活跃，永远充满好奇。他对这片神秘土地上的印第安部落、植物、动物、化石、土著语言、地理特征等有着强烈的、永不衰减的兴趣。在那个时代，这片土地绝对称得上是"最未知的北美"。

当然，杰斐逊不是没有爱国和政治方面的考量。他比那个时代大多数美国人看得更长远。他认为就贸易、国土和人口而言，这片未知的、广袤无垠的土地将为国家领土的扩张、财富的积累和国力的提升带来巨大的前景，能够使这个立足未稳的年轻共和国的民主思想立于不败之地。

1783年，美国独立战争即将结束，杰斐逊首次设想派遣一个探险队前往太平洋海岸。他写信给乔治·罗杰斯·克拉克（George Rogers Clark）将军，问他是否愿意带领这样一支探险队，但被对方婉拒。克拉克将军就是后来和刘易斯一起领导探险队的克拉克中尉的哥哥。

后来，杰斐逊又进行了两次努力。1786年，他派遣康涅狄格州探险家约翰·莱德亚德（John Ledyard）穿越俄罗斯和西伯利亚，继而东进。起初，莱德亚德试图从伦敦航行到努特卡海湾（Nootka Sound），将此地作为他探索北美的出发点，然而他的船只却被英国海关扣留了。随后，他又设法穿过俄罗斯以及西伯利亚大部分地区，到达雅库茨克（Yakutsk），不料却冒冒失失回到伊尔库茨克（Irkutsk）。在那里，他被凯瑟琳大帝的警察逮捕，赶出了俄罗斯帝国的领地。莱德亚德不屈不挠，准备做第三次尝试，从肯塔基出发西进探险，然而最终壮志未酬抱憾而终。

到了1792年，主持实施美国哲学协会计划的杰斐逊，决定派遣法国植物学家安德烈·米肖（André Michaux）穿越西部大陆去探险。除了杰斐逊，华盛顿和汉密尔顿也解囊资助。不幸的是，尽管米肖是一位卓越的科学家，但他同时也是一名法国密探，得知实情后的杰斐逊不得不立即取消此次探险计划。幸运的是，杰斐逊在弗吉尼亚州阿尔伯马尔县（Albemarle County）有一位邻居，他的名字叫梅里韦瑟·刘易斯。他此前想加入米肖的探险队伍，但未被批准——杰斐逊认为这位18岁的邻居年纪太轻，难以担当如此重任。

9年后，杰斐逊当选美国第三任总统。他终于有机会再次启动这个谋划已久的探险计划。他做的第一件事就是让梅里韦瑟·刘易斯向他所在的部队请假，前来白宫给他当总统秘书。彼时的刘易斯虽然已是一名正规军的上尉，可他的拼写能力差到了极点。他几乎是北美最不适合给总统或者任何人当秘书的人。很显然，杰斐逊先生醉翁之意不在酒，他已经在谋划让刘易斯带队去西部探险。

在他看来，要带领一支探险队去西部探险，没有人比刘易斯更合适。他来自乡下，身强力壮，精力充沛，对植物、动物和自然有着浓厚的兴趣。他的母亲是一位很能干的业余医生，他从母亲那里学到了简单的乡村医术——特别是在接受了费城著名医生本杰明·

拉什（Benjamin Rush）的简单培训之后，他还可以扮演临时医务兵的角色，简单护理他的队员。有了这样的经历和资质，杰斐逊认为他可以从容地探索西北边疆的不毛之地，对付探险途中可能会遇到的野蛮部落。

杰斐逊在给一位朋友的信中这样写道："我们在美国找不到这样一个人——他不仅具备广博的植物学、博物学、矿物学、天文学知识，还具有勇气、谨慎、良习、身体健康，能适应丛林生活，并且熟悉印第安人的风俗习惯。这些都是探险者必备的素质。"

既然天底下找不到这样一位人才，总统于是决定让刘易斯上尉来领导此次远征。他具备"真正的素质"，也就是说，他勇敢、健康、了解印第安人。至于他的科学造诣，他早年"认真观察过大量"动物、植物和矿物——在当时，许多弗吉尼亚绅士都有这类爱好，虽然在总统看来，这些还算不上是"真正科学意义上的观察"，但是"至少可以帮助他在野外探险时收集新的东西"。事实上，后来刘易斯和克拉克探险队仔细、科学地收集标本，没有辜负总统对他们的期待。

刘易斯到华盛顿后不久，总统敲定由他带领探险队。他随即着手准备，接受速成科学训练，学习航海技术（后来证明学得还远远不够）。探险队要经过人迹罕至的地方，他们得准确标注所到的位置，因此刘易斯必须学习航海技术，学会记录河流交汇点的经度和纬度以及其他重要的地理位置。1803年初，刘易斯四处采购科学仪器、药品、便携汤料和其他野外装备。

刘易斯说他有对"漫步"的爱好和激情，这也是他完成此次探险不可或缺的一种资质。小时候在弗吉尼亚生活的他精力充沛，喜欢在树林和田野里长时间漫步。这个爱好如此强烈，以至于他有时候不得不克制自己，因为他必须把精力投入学业。后来，当他的探险队进入北美荒野地带之后，即使一连几个月不见人迹，刘易斯也常常会弃舟上岸,长时间步行,要么独自一人,要么几人随行。

换言之,刘易斯是个享受孤独的人,只爱家人和为数不多的几个朋友,很有领导才能,不仅能在荒山野岭维持纪律,而且能使探险队员忠诚于他,乐意为他效劳。然而在正常的生活环境里,他就和一般人不大合得来。用我们这个时代的流行语来说,梅里韦瑟·刘易斯是个喜怒无常、"性格内向"的人。

当总统授权刘易斯挑选一名军官和他一起领导探险队时,刘易斯第一个想到的是一位和他有着同样能力但却具有不同心理素质的人,这就是他的老朋友、早年的上级指挥官威廉姆·克拉克中尉,他几年前就已经退役了。刘易斯的第二人选是摩西·胡克(Moses Hook)。胡克是美国第一陆军士兵,和刘易斯在同一个团。作战部长(The Secretary of War)甚至已经命令胡克上尉接受刘易斯的指挥,假如刘易斯最后选中他的话。

虽然刘易斯和克拉克的老家都是阿尔伯马尔县,两人小时候就认识,但并不是很熟悉,因为克拉克是在他父亲搬到卡罗林县(Caroline County)之后才出生的。1794年8月20日,克拉克中尉参加了安东尼·韦恩将军(Mad Anthony Wayne)指挥的伐木之战(Battle of Fallen Timbers),大败西部联军。此后不久,克拉克作为中尉率领"特选长枪连"在老西北——有时候也叫"俄亥俄乡"(The Ohio Country)——打仗,刘易斯当时是少尉,在克拉克手下服役,他们的友谊差不多就是那个时候开始的。

直到西部探险的计划差不多制订好了,刘易斯才于1803年6月19日写信给克拉克,邀请他参加探险。他在信中大致描述了他设想的探险路线,范围在密苏里河以上、哥伦比亚河以下。克拉克7月16日收到信,立即征求哥哥乔治·罗杰斯·克拉克的意见。克拉克将军建议他接受邀请,说那里是"一片广阔的天地,可以大显身手"。于是,在7月24日,克拉克给刘易斯回信:"我的朋友,我将全身心加入你的队伍。"

由刘易斯和克拉克两人领导探险，这样再理想不过。两个人有着相同的背景，所受的教育都有限——都是那个时代那些弗吉尼亚的小学教师们所能提供的最普通不过的教育；两个人都是正规军军官，深谙危险，熟悉军令；两个人都熟悉野外生活，都对探险、探索和博物学有着浓厚的兴趣；两个人都是天生的领导者，而且都是杰斐逊所了解的人。

克拉克还有一种探险队求之不得的才能。他善于测量地形，可以绘制探险队途经地方的原始地图。这些地图现在是耶鲁大学图书馆"威廉·罗伯逊·科的西美洲收藏"（The William Robertson Coe Collection of Western Americana）里面的珍宝，大多数为首绘图。

不过，和刘易斯不同的是，克拉克既不喜怒无常也不孤僻难处。他开心、随和，善于交往，是个外向型的人。两个人兴趣相同，又相识多年，是知心朋友，有相似的热情。他们彼此互补，再理想不过。

在荒野旅行，不仅困难重重，而且极度紧张，一般人的情绪就像琴弦那样容易绷断。即便如此，《日记》中也没有一丁点儿关于两人不和的记录，这简直令人难以置信。仅为人所知的争议是：第一，狗肉是否美味可口——刘易斯喜欢狗肉，而克拉克不喜欢；第二，盐是不是非用不可——刘易斯很喜欢盐，而克拉克则认为多少都无所谓。两个人称呼对方时都用"我的朋友刘易斯上尉"或者"我的朋友克拉克上尉"，这可不是维持表面关系——住在克拉克家的一位年轻的女性晚辈说，即使到了老年，克拉克一说起刘易斯去世就不禁落泪。

刘易斯选择克拉克作为他的搭档，杰斐逊总统自然完全同意。显然，杰斐逊想让梅里韦瑟·刘易斯领导这次探险，让威廉姆·克拉克担任副手。不过对于刘易斯和克拉克来说，这样的安排极为尴尬。在退役之前，克拉克是刘易斯的上级军官。因此，刘易斯在邀请他加入探险队时就答应克拉克：两人军衔平级。为了如愿，杰斐逊总统曾设想让克拉克担任工程兵上尉，理由是他将担任探险队首席地形测量员。然而作战部的正式公文却不是这样任命的，克拉克被任命为炮兵二等中尉（second lieutenant），实际上是降了一级——尽管他的军人生涯是在步兵中度过的。克拉克对降一级感到不悦，他后来嘲讽这是"预料之中的"。刘易斯对这样的安排大为不满，不过他不想为此事闹得不愉快。

两位军官私下用非官方但很有效的办法解决了这个问题。招募进来的探险队员不会知道两位军官的军衔不同，他们两位互称对方为"上尉"，也这样称呼自己。除非两人碰巧不在同一地方，分别指挥各自所带领的小分队，否则所有的指挥决定都是两人共同做出的。有几次，他们不得不签署"印第安委任状"——颁发给那些友好部落酋长的文书，以证明酋长们对于美国的忠诚，同时向酋长们昭示白人的友谊——刘易斯签的是他的军衔，即"第一步兵上尉"，而克拉克的签名是"发现队上尉"或者"西北发现队上尉"。假如作战部注意到他们的这种权宜之计，很难想象会有什么后果，幸好在那些不毛之地颁发给印第安人的委任状很少能够传到华盛顿。后来，国会提议奖励给刘易斯的土地面积比给克拉克的要大很多，刘易斯坚决要求两人享受同等待遇，这次他总算如愿以偿。

刘易斯和克拉克得到的命令是沿密苏里河逆流而上，直至抵达源头（当时它的上游尚不为人所知），穿越"高地"——也就是落基山脉，然后沿着"通向太平洋的最佳水路"前行。当时人们以为这个源头应该是（也确实是）哥伦比亚河，白人对这条河流鲜有听闻，他们仅知道河口上游的一小段。

两位指挥官希望（我们很难说他们指望）能够搭乘一艘访问太

平洋沿岸的贸易船返回，尽管这将是一次远航，因为这些船返航时一般都要途经中国。倘若不能如愿，他们也有充分的思想准备沿原路返回——最后他们确实是这么做的。直到返回一段时日后，他们才得知，当他们在陆地上安营扎寨的时候，一艘来自波士顿的名为"莉迪亚"（Lydia）的双桅方帆船就停泊在哥伦比亚河口。

两位指挥官奉命每天写日记，探险队员也被鼓励写个人日记，有几位的确这么做了。今天，如果把队员们的日记和这两位指挥官所写的更加翔实的日记结合起来研究，就非常有价值。罗伯特·弗雷泽（Robert Frazier）的日记出版了数册，还发布了销售广告，但却不翼而飞；帕特里克·戛斯（Patrick Gass）的日记被一位好心的牧师删改得面目全非，因为牧师不喜欢日记里直率粗俗的表达方式。这些都是难以挽回的损失。

这次探险的目的包括同印第安人建立友好关系，向他们宣示远在华盛顿的新任"白人国父"的无上威力，在专门为这次探险印制的空白单词表上记录所有土著语言的词汇，绘制地图，做地理学笔记，采集种子和其他适宜培养的花卉根茎，收集科学材料，尤其是植物、动物以及人类学标本。总统也希望他们能够找到一条横穿北美大陆的贸易路线（他们的确找到了），还希望他们能够开通一条繁荣的印第安贸易通道。然而，尽管密苏里河和哥伦比亚河依然是重要的贸易路线，但是在刘易斯和克拉克之后的商队和探险家很快就发现了穿越落基山脉的更便捷的路线，而且蜂拥而至的移民还走出了很多不同的小径。正如杰斐逊总统所希望的那样，印第安贸易和皮毛贸易很快就发展起来了。

克拉克表示愿意接受邀请加入探险队的回信刚一发出，他就按照刘易斯的要求着手招募"能适应森林生活，能忍受高度疲劳"的打猎能手和健硕的未婚男子。从一开始，两位指挥官就仔细筛选，拒绝了许多充满好奇、喜欢幻想的冒险者——这些人经受不住野外生活令人难以忍受的艰辛和各种层出不穷的险情。

刘易斯给克拉克写信时,尚未得到路易斯安那购地①成交的消息,而且买地条约无论如何都不可能在秋季到来之前获得批准,刘易斯要他的朋友克拉克向外人宣称"探险只是追溯密西西比河源头,再从源头前往森林湖②"。之所以这样说,是为了不惊动西班牙人,因为探险队得经过西班牙人在北美西部占领的地盘。当然从技术上讲,这些领土已经被归还给法国了。

克拉克在回信中说,好几个星期以来,路易斯维尔(Louisville)人都在议论这次探险的真正目的地。幸好次年春天,在探险队启程之前,美国如愿以偿,正式获得路易斯安那大片土地,因此再也不用担心西班牙官员会怀疑并拦截他们了——否则会非常棘手。就在刘易斯和克拉克探险队启程后不久,美国政府又派出了泽布伦·派克(Zebulon Pike)探险队,可惜他们误入墨西哥领土,被西班牙人关进了监狱。

刘易斯和克拉克探险之所以能够成功,离不开两位指挥官卓越的领导才能。他们从圣路易斯出发,横穿北美到达太平洋东海岸,然后又返回原地,随队还带着一位女性和她刚出生的孩子。他们穿越的土地此后成了美国的十个州,并引发了移民浪潮。尽管探险的费用大大超过当初的 2 500 美元拨款,但是同巨大的收益相比,这笔费用就微不足道了。

取得如此巨大的成就,他们竟然只打过一仗,只损失了一名队员,而且还是病逝的。如果夺去查尔斯·弗洛伊德(Charles

---

① 路易斯安那购地(The Louisiana Purchase)是指 1803 年美国以 1 500 万美元从法国购得大片土地,它东起密西西比河、西至落基山脉、南起墨西哥湾、北至加拿大边境。此次购地让美国的国土面积扩大了一倍。——译者注

② 森林湖(The Lake of the Woods)是位于加拿大安大略省、曼尼托巴省(Ontario and Manitoba)和美国明尼苏达州(Minnesota)之间的一个大湖。——译者注

Floyd）中士性命的"胆绞痛"真的是阑尾炎的话，以当时的医疗技术也救不了他。或许，从当代种族关系的角度来看，很值得一提的是刘易斯和克拉克带领的队伍由三个种族的人组成——白人、黑人奴隶约克、印第安女人萨卡戛维娅（Sacagawea）及其混血儿子。领导这么复杂的一支队伍探险，一路上却没有发生任何摩擦，简直令人难以置信。

从1805年春天探险队离开北达科他州的曼丹堡（Fort Mandan），到1806年秋天他们的船只驶向圣路易斯岸边，探险队始终纪律严明。探险征途危险四伏，困难重重，队员们的定量食物常常难以下咽，有时候还得忍饥挨饿，再加上环境湿冷，身体疲劳不堪。除了队友，整日见不到其他人影。这些诱因始终伴随着队员们，极易引发摩擦，消磨士气，然而这支探险队的士气却一直很高。

之所以能做到这样，部分原因是两位领队最初挑选队员时非常谨慎，异常细心。还有一点，在从圣路易斯到曼丹堡这段路途上，他们细心考验每一位队员。到了1804年冬天，他们在曼丹堡进一步考验队员，然后于1805年春天不动声色地把两位潜在的麻烦制造者打发回美国，之后才继续踏上最危险、最艰难的探险旅程。

从曼丹堡启程之后，探险队里唯一令人不爽的就是那个娶了印第安女人为妻的图森·沙博诺（Toussaint Charbonneau），这是个成事不足败事有余的主儿。两位领队实在拿他没办法——不想带他也得带，因为探险队需要他的肖肖尼族（Shoshone）妻子萨卡戛维娅的帮助，她懂得他们部落晦涩难懂的语言，可以帮助探险队买马，而马是翻越落基山脉必不可少的帮手。萨卡戛维娅的孩子当然是个累赘，不过既然探险队需要他妈妈担任肖肖尼语翻译，为他们效劳，那就只好带着他。

由于严格执行安全保卫措施，尤其是坚持放哨和频繁侦察，探险队躲过了一次又一次的偷袭——印第安人以此手段杀死过许多白人。唯一的一次战斗是1806年在蒙大拿发生的，是刘易斯和黑脚（Blackfeet）印第安人（也许还有另一个部落的印第安人）之间的战斗。起因是哨兵粗心，没有把步枪放好，被一个印第安人抢走了。从密苏里河开始，巡逻队频繁上岸侦察，船上有哨兵持续站岗，每晚宿营前，营地和附近地形都要仔细侦察。

探险队在曼丹堡的时候——这是探险队在密苏里河上的冬季大本营——偶尔会有几个印第安人来营地过夜。而在科拉特索普堡（Fort Clatsop）的时候——这是他们在太平洋海岸的冬季大本营——他们要求印第安人日落前必须离开营地，尽管有时候会有例外，例如一群赤脚印第安人突遇暴风雪，探险队也允许他们留宿。

虽然刘易斯和克拉克两人都了解印第安人，也挺喜欢他们，但是他们都不会轻信这些常常背信弃义的红皮肤人。每天晚上，他们关上科拉特索普堡大门，让一小队哨兵保持警戒，因为"我们非常清楚，由于美洲土著人背信弃义，由于我们的同胞过于相信他们的真诚和友谊，数以百计的人为他们所害"。正是因为他们随时保持警戒，两位指挥官才能带领队员平安抵达太平洋东海岸，顺利返回圣路易斯，尽管好几个部落对他们耍过各种阴谋——他们觊觎的是探险队的武器和装备——在西部红皮肤人的眼里，这些东西就是巨额财富。

探险队途经很多部落的领地，虚心向他们请教。这些部落有很大的差异。曼丹人（Mandans）和明尼塔瑞人（Minnetarees）人丁兴旺，不好战事，他们习惯和白人打交道，乐意做皮毛生意；自大好战的苏人（Sioux）不愿意相信竟然还有一个比他们更强大的国家正在崛起；忍饥挨饿的肖肖尼人（Shoshones）与遍地水牛的平原无缘，部分原因是他们缺乏火器，打不过对手；内兹佩尔塞人（Nez Percés）起先颇有敌意，后来成了白人的朋友，甚至在探险结束后很长一段时间内还同白人保持着友好关系；黑脚人跟探险队交战过；还有太平洋沿岸的几个部落，他们在探险队到来之前已经跟白人交往了好多年。对于这些部落，刘易斯和克拉克可谓态度友好，但决不示弱，因为示弱就可能招惹麻烦。有一次，几个乖戾的苏人挽弓准备战斗，却发现刘易斯在船上守着那门令人闻风丧胆的旋转炮，假如他们对正在岸上指挥行动的克拉克动手，刘易斯随时会向他们开火。

除了在太平洋沿岸以及密苏里河下游，两位领队交往过的大部分印第安人对于美利坚合众国日益增强的国力毫无概念，也很少知道白人。然而所有印第安人都非常喜欢白人制造的东西，尤其是火器，巴不得有商人来向他们卖这些东西。要不然，仅仅通过零星接触，白人很难赢得西部荒野部落的尊敬。那些娶了印第安女人为妻、入赘印第安社会的白人，在白人社会也格格不入，更不用说赢得印第安人的尊敬。像瑞内·竺瑟姆（René Jussome），一位熟人称他是个"鬼鬼祟祟的老骗子"；或者像那个一无是处的图森·沙博诺，他唯一值得称道的是厨艺，此外就是他令人羡慕的肖肖尼族妻子。一位加拿大贸易商说，到过曼丹部落的这些白人都是"一帮毫无用处的无赖，他们就知道去那一带鬼混"。

虽然那些代表哈德逊湾公司（The Hudson's Bay Company）和西北皮毛公司（The North-West Fur Company）的主要贸易商还算有档次，但是他们的许多低级助理并不比那些娶印第安女人为妻的白人高尚多少。哈德逊湾公司最初是1670年注册成立的，是英国早期合资公司之一，其目的是同印第安人做生意，主要经营皮毛。1869年，在加拿大政府收回对哈德逊湾地区的管辖权之前，它实际控制着几乎整个哈德逊湾地区。该公司垄断了这一地区的皮毛生意，在长达一个多世纪的时间里，美洲西北地区凡是有皮毛的地方就有哈德逊湾公司的贸易商。1783—1784年间，蒙特利尔（Montreal）商人组建了西北皮毛公司，成为哈德逊湾公司的劲敌，两家公司于1821年合二为一。

尽管这些主要的贸易商比那些"印第安夫婿"上档次些，但是他们对部落生活没有好感，不喜欢土著文化，而且常常鄙视同他们打交道的印第安人。相对来说，刘易斯和克拉克对印第安部落的态度就开明许多，他们肩负的重要使命就是瓦解印第安人对于西班牙和英国殖民统治者的好感，激发印第安人对美国政府的兴趣，尽可能多地了解土著人的生活习俗、社会态度和各种印第安语言，为随后同印第安部落开展贸易铺平道路（贸易对印第安人更为重要）。同印第安人贸易本来就困难重重，随着白人对他们古老狩猎地的不断蚕食，贸易变得更加困难。

总的来说，克拉克比刘易斯更同情印第安人。这一点从他们对萨卡戛维娅的态度上就能看出来。克拉克亲昵地称她为简妮（Janey），认为她很逗，有点动人。远征结束多年以后，他尽己所能地帮助这位英雄女子和她的丈夫、孩子。而对于刘易斯来说，她只不过是一个"印第安女人"，正好会说探险队所需要的一种语言而已。不过，在她和她那个命大的儿子生病的时候，两位指挥官不遗余力地给他们治病。当然，很可能主要是克拉克帮他们母子治病。

探险结束后，刘易斯似乎无心于印第安生活。克拉克则担任了圣路易斯市印第安事务长官，是西部部落中最有影响力的一位白人——所谓的"红顶首领"（Red Head Chief）。他一点一滴建立起来的私家人类学博物馆在当时的美国可谓首屈一指。

在探险的不同阶段，人数也不尽相同。最初，杰斐逊认为一个人就可以穿越北美大陆。约翰·莱德亚德探险失败后，杰斐逊打消了这个念头。接着，他想大约12个人组成的小分队就可以完成探险。然而实际探险时，从开始到结束大约有45个人，其中就包括

# 导 读

作为队员的职业水手、克拉克的奴隶约克（York）、萨卡戛维娅、她的丈夫和孩子，再加上两位指挥官。有时候印第安人会待在船上，与他们同行一段路程。

不过，1805年春天队伍从曼丹堡启程前往太平洋东海岸时，只有区区29人，这是最后一段旅程。此前有一人中途离队，有两个士兵中途被遣返，因为他们在离开圣路易斯的一段探险途中表现不佳。正如最初安排的那样，所有职业水手跟着两位指挥官一道返回。沙博诺、萨卡戛维娅还有他们的孩子是在曼丹堡加入探险队伍的。

其实，队伍的人数刚好合适：多一点有利于自卫，他们携带的武器（包括那门旋转炮，也就是一门可以安装在船舷、栅栏或者任何地方的小加农炮）足以威慑那些企图攻击他们的印第安士兵；少一点便于解决伙食问题——只要打到猎物就能填饱大伙儿的肚子。虽然大家不太喜欢吃狗肉、马肉、很瘦的麋鹿肉、鲑鱼末，也不喜欢吃有时候不得不用来充饥的植物根茎，但是除了在落基山脉，以及偶尔在哥伦比亚河一带，队员们很少挨过饿。有一次他们吃了蘑菇——蘑菇不在早期的美国食谱之列——幸运的是，他们采到的是无毒蘑菇。

哥伦比亚河里的新鲜鲑鱼丰富了他们的食谱。然而同样是鲑鱼，印第安人捣碎腌制的鲑鱼就不对白人的胃口。刘易斯和克拉克探险结束几年之后，有一位牧师很客气地对招待他的印第安主人说鱼"好吃"，不过他过后承认他的意思是"好难吃"。

在猎物丰足的地方，探险队就像皇室贵族一样享受乡间野味。他们平常一天能吃四头鹿，或者一整头水牛，或者一头鹿和一头麋鹿①。

---

① 在探险日记里，作者多处使用 deer 和 elk 两个词，我们分别翻译为"鹿"和"麋鹿"（亦可译为"驼鹿"）。尽管在汉语里"鹿"和"麋鹿"（或"驼鹿"）的概念有包含与被包含的关系，但在英语里 deer 和 elk 是两个概念，所指也不同。——译者注

两位指挥官最初就特意招募了打猎能手，并保证携带足够的弹药。他们把火药装在密封的铅盒里，以确保绝对干燥。火药用光后，他们再把空盒子铸成子弹。因此，他们从不缺弹药。即使偶尔弹药短缺，他们仍然可以用一种特别设计的气枪捕猎足够多的动物，解决食物问题。事实上，他们从未用气枪打过猎，倒是将它派上了别的用场。因为它很好玩，印第安人喜不自胜，所以但凡接待印第安部落的人，他们就打几枪，展示一下气枪的威力，于是打气枪渐渐成为一道标准的接待程序。

在后勤保障方面，他们倒是有两个失误。一是他们没有及时意识到俄勒冈和华盛顿一带的印第安人极其爱好绿珠，视其为难以获得的"酋长宝珠"，而对其他颜色的珠子则兴趣不大。探险队到达太平洋海岸后，绿珠用光了，他们不得不让萨卡戛维娅把她的绿珠拿出来当礼物用。不过，对于肖肖尼女子来说，绿珠并不比其他颜色的珠子更值钱。

第二个失误与刘易斯上尉亲自设计的"实验号"便携船有关。他建议过了密苏里河瀑布之后，就把小船拖在大船后面，这样就可以少搬运一次。小船可以拆卸，拖着它也不会增加多少负担。这个想法看似很好，可是当小船下水的时候，问题就暴露出来了。他熟悉东部森林，见过那里的独木舟，以为西部也有大量适合裹鞔独木舟的树皮。然而等他们到了瀑布那里之后，却找不到合适的树皮。他们看到曼丹人的"牛皮筏子"很好使，可是当队员们试着用牛皮裹鞔"实验号"折叠船时，发现船太大，牛皮缩紧后出现裂缝，小船还未起锚就沉了下去。

关于这次探险的艰辛，只有刘易斯和克拉克讲述得最真实。两位指挥官都受命记探险日记。只要是一起旅行，两人的日记内容就大致是相同事件的重复，有时候明显有相互抄来抄去的痕迹。因此，没有必要完整重现他们的日记。由于版面所限，我选编的时候没有选录有关其他几个队员在俄亥俄河和密西西比河上进行零散的旅行准备的内容，而是从他们的船只离开伍德河（The Wood River）、沿着密苏里河逆流而上开始说起。真正的故事就是从这里开始的。

从密苏里河和密西西比河交汇处逆行3英里，有个叫贝勒方丹堡（Fort Bellefontaine）的地方，探险队的船只驶入这里后没几天，日记就中断了。第二天，刘易斯带着曼丹酋长舍希克（Sheheke）去那里的军需商店，给他买了白人服装打扮一番。舍希克酋长跟随探险队远道而来，为的是专程拜访白人国父。事情办好后，探险队前往圣路易斯，登岸鸣枪，"向镇子敬礼"。1806年9月23日，伟大的远征画上圆满的句号。最后一则日记是9月24日写下的："我们一早就起来开始写信。"当然，刘易斯和克拉克的故事远远没有结束。

直到比德尔和他的一位助手费尽周折，经过大量编辑和修改出版了刘易斯和克拉克撰写的日记，他们的探险故事才得以完整地展现给世人。两位领队并没有提交过一篇正式的探险报告，尽管他们撰写的无数封非正式信件达到了差不多同样的目的。其中有两封重要的长信，一封是刘易斯写给一位未署名的朋友的，加拿大探险家戴维·汤普森（David Thompson）还把它誊写到了一个笔记本上。另一封长信是克拉克写给他哥哥乔治·罗杰斯·克拉克的。

在第一段旅程中，他们收集了许多植物标本，储藏在大瀑布附近的一个储藏窖里，这些标本后来不幸被毁掉了。值得庆幸的是，很多有科学价值的标本还是被平安地带了回来。1805年春天，他们把几个职业水手和士兵打发回来，顺便带回了1804年在圣路易斯和曼丹堡之间收集的标本。

有一盒特殊的、不为当时科学界所知的种子被带到蒙蒂塞洛

（Monticello）交给了杰斐逊总统，其余的种子辗转到了费城几位植物学家的手里。到了1807年4月，一位植物学家培育了其中的7种，且"长势良好"。那段时间，一位名叫波什（Pursh）的德国植物学家正在美国访问，遇到刘易斯，征得他的许可后，画了一些植物的标本。这位植物学家仔细研究了刘易斯带回来的150种标本，辨认出其中只有12种为已知物种。虽然后来植物学研究表明未知物种的数量并没有那么多，但是以刘易斯和克拉克的名字命名的两个花属（genera），即路易花（Lewisia）和克拉花（Clarkia），足以证明他们采集的标本对于科学的贡献——不仅有新的种（species），而且有新的属。

他们采集的动物学和人类学标本大部分都遗失了，只有少部分得以保存下来——一部分在1895年弗吉尼亚大学那场大火[1]中焚毁了。其他一些标本被收藏在圣路易斯的克拉克"印第安博物馆"里，克拉克去世后博物馆倒闭，这些标本也丢失了。他晚年担任印第安事务长官期间，在博物馆事务上倾注了大量心血。还有一些标本被收藏在哈佛大学。探险队记录的印第安语词汇大部分都消失了——尽管这些词汇最终可能会出现在一些已经遗失的法律或政府公文里。

克拉克手绘了很多幅草图。在担任圣路易斯市印第安事务长官之后，他继续修改这些草图，因此很难说清楚有多少图是他在探险途中完成的，有多少图是他根据后来所掌握的信息绘制的。尽管早就有地形学家绘制的更加科学的测绘图取代了他手绘的草图——这些地形学家不用担心印第安人或者野兽，因此可以自由往来于西部荒野地区——克拉克的草图依然是首次绘制的基础勘测图。

---

[1] 1895年10月27日，一场大火烧毁了1822年始建、1826年竣工，由杰斐逊亲笔设计的弗吉尼亚大学圆形图书馆（The Rotunda）。——译者注

## 导 读

刘易斯和克拉克圆满完成了杰斐逊总统赋予他们的使命，显示出超凡的能力。尽管遭遇了各种艰难险阻，但他们穿越、考察了哥伦比亚河和密苏里河上游未知（或者说几乎未知）的区域，穿越了落基山脉，找到了通往太平洋沿岸的贸易路线。虽然这不是最好的路线，但这并不是他们的过错，因为他们不可能不受限制地探索其他路线。在他们之后，人们找到了更好的经过落基山脉到达太平洋沿岸的路线和通道，这完全是情理之中的事情。刘易斯和克拉克还带回了大量首次发现的科学标本，观察记录了很多动物和植物。他们带回来的标本很可能比许多后来的现代探险者带回来的要多得多。之所以这样，部分原因是那个时候有待发现的东西比现代要多得多。

探险队尽其所能，铺垫了同印第安人建立友好关系的道路。虽然黑脚印第安人和苏族印第安人依然心怀敌意或者至少是疑心重重，但其他部落的印第安人以十分友好的心态等待着白人来跟他们做生意。不过，后来制定的针对印第安人的不明智政策，再加上白人贸易商、矿工和定居者的贪婪，最终毁掉了他们的殷切期待。

1806年10月，两位指挥官带着舍希克酋长启程向东，于11月5日到达克拉克在路易斯维尔的家。克拉克留在家里，刘易斯和舍希克继续前往阿尔伯马尔县。之后他们到了华盛顿，杰斐逊总统于1807年1月10日在白宫欢迎他们凯旋。

接下来的棘手事情是怎样把舍希克酋长送回他的领地。1807年9月，军方派专人保护他经过那些敌对地区，直到1809年秋天，舍希克酋长才回到他的部落。然而，当他讲起在白人那里的所见所闻时，部落里却没有一个人相信他。

国会给每位指挥官奖励了1 600英亩[①]土地，给每位士兵奖励

---

[①] 1英亩约等于0.405公顷。——译者注

了 320 英亩，所有人都得到了双倍报酬。刘易斯担任路易斯安那领地长官，克拉克就任路易斯安那州民兵（Louisiana Militia）陆军准将（brigadier-general）。1808 年，克拉克迎娶了他的朱迪（Judy，全名 Julia Hancock）为妻，婚后带她到圣路易斯定居。

刘易斯自以为有过几次不温不火的恋爱，却一直孑然一人。他郁郁寡欢，不大合群，习惯于指挥队伍在野外生活，却不太适应政治生活，仅当了一任州长，既短暂也不开心。最后，华盛顿的那些政府会计们让他烦不胜烦，于是他起身东行，想通过个人面谈来解决一些事情，并随身带走了他的文件。1809 年秋天，他在一个名叫格莱德斯坦德（Grinder's Stand）的边疆农场死于非命，该农场位于田纳西州霍恩沃尔德（Hohenwald）市纳齐兹古道（Natchez Trace）附近。如果来自那个偏僻地方的证据可信的话，两种说法各执一词——有人说他是被谋杀的，也有人说他是自杀的。刚听到刘易斯去世的消息，克拉克感觉他的朋友是自杀的。然而到了晚年，他坚信刘易斯不可能自杀。

1813 年，克拉克被任命为密苏里领地的长官，他当官比刘易斯出色得多。当密苏里领地正式成为美国第 24 个州时[1]，他甚至还三心二意地想参选州长。不过他并不积极运作，所以竞选失利。直到 1838 年 9 月 1 日去世前，他一直担任印第安事务长官——在西部各部落中声名远播，德高望重，备受爱戴，而且有点令人敬畏。

**约翰·贝克勒斯**
于康涅狄格州艾尔博鲁农场（Elbowroom Farm）

---

[1] 当时是 1821 年 8 月 10 日。——译者注

# 目　录

第一章　探险队启程____1
　　　　（1804年5月13日—7月15日）

第二章　从普拉特河到佛米林河____15
　　　　（1804年7月23日—8月24日）

第三章　在佛米林河与提顿河之间____31
　　　　（1804年8月25日—9月24日）

第四章　向曼丹进发____49
　　　　（1804年9月25日—10月26日）

第五章　在曼丹人中间____77
　　　　（1804年10月27日—12月27日）

第六章　告别曼丹人____101
　　　　（1804年12月28日—1805年3月21日）

第七章　向黄石河进发____113
　　　　（1805年3月22日—4月27日）

第八章　从黄石河到马瑟尔谢尔河____127
　　　　（1805年4月28日—5月19日）

第九章　从马瑟尔谢尔河到玛丽亚河____143
　　　　（1805年5月20日—6月7日）

第十章 密苏里河大瀑布____161
　　　　（1805年6月8日—6月20日）

第十一章 在灰熊的陪伴下搬运货物____191
　　　　（1805年6月21日—7月14日）

第十二章 密苏里河的三汊口____205
　　　　（1805年7月15日—7月27日）

第十三章 从三汊口到河狸头山____215
　　　　（1805年7月28日—8月10日）

第十四章 到达大分水岭____223
　　　　（1805年8月11日—8月16日）

第十五章 穿越落基山脉____245
　　　　（1805年8月17日—9月22日）

第十六章 顺流而下 奔向海岸____267
　　　　（1805年9月23日—11月1日）

第十七章 凝望太平洋____285
　　　　（1805年11月2日—12月10日）

第十八章 克拉特索普堡____297
　　　　（1805年12月12日—1806年3月17日）

第十九章 回程开启____311
　　　　（1806年3月18日—4月24日）

第二十章 瓦拉瓦拉人和内兹佩尔塞人____327
　　　　（1806年4月27日—6月6日）

第二十一章　比特鲁山脉　347

　　　　　　（1806年6月8日—6月29日）

第二十二章　探险队兵分两路：刘易斯和印第安人　359

　　　　　　（1806年7月1日—8月12日）

第二十三章　探险队兵分两路：克拉克在黄石河上　383

　　　　　　（1806年7月3日—8月12日）

第二十四章　最后一程　401

　　　　　　（1806年8月29日—9月24日）

# 第一章
## 探险队启程

（1804 年 5 月 13 日—7 月 15 日）

**1804 年 5 月 13 日，密苏里河口对面杜布瓦河，克拉克上尉记**

今天早上，我发了一封急件给正在圣路易斯的刘易斯上尉。所有补给品、货物及装备都被装上了一艘 22 桨的船［探险队］、一艘 71 桨的双桅平底船①［其中有 8 个法国人］，还有一艘 6 桨的平底船［士兵］，船帆等等全部准备就绪②。给队员们备好火药盒，每人配发 100 枚枪弹。他们个个精神抖擞，准备启航。一切准备就绪，包括必需的日用储备以及我们认为可以采购的东西。不过，穿越北美大陆要途经那么多印第安人领地，我担心这些东西不够用。

**1804 年 5 月 14 日，克拉克上尉记**

上午下雨。我决定沿密苏里河上行到圣查尔斯（St. Charles），在那里等刘易斯上尉。他在 24 英里以外的圣路易斯办完事后，会

---

① pirogue 是双桅平底船。为简便起见，下文均译作"平底船"。——译者注
② 方括号里的词和短语原始日记中没有，这些是 1806 年至今的编订者们添加或修改的文字，包括克拉克本人的修改（日记首次出版前，克拉克曾编辑过）。六角括号里的单词和短语原始日记中本来就有。——约翰·贝克勒斯注

从陆路前来跟我会合。圣查尔斯是一个法国人村庄，离这里有 7 里格①。如有必要，我们可以在圣查尔斯调整几艘船上装载的东西，顺便再做些其他调整。

下午 4 点，微风吹拂，很多附近的定居者目送我们启程。沿密苏里河上行 4 英里，到达第一个岛的上端，登岛扎营。

### 1804 年 5 月 15 日，刘易斯上尉记

昨夜大部分时候在下雨，一直下到今早 7 点。过了 7 点钟，队伍启程。驳船碰到水里的树干，数次搁浅，有一次好不容易才摆脱羁绊。好在船体未受损伤，尽管有那么几分钟形势非常危险。之所以出现这种情况，是因为船尾装得太重了。那些经常沿密苏里河及其河口下方的密西西比河逆流航行的人，装船时都是前重后轻，这样船就不致被隐藏在水里的树干绊住。这一带河床上原木超多。

### 1804 年 5 月 16 日，圣查尔斯，训令簿

特启：指挥官充分保证每一位队员都得到尊重，不会让他独自离开圣查尔斯［训令簿是每位指挥官记录的所有书面命令］。

### 1804 年 5 月 17 日，克拉克上尉记

晴天。迫不得已，惩罚违纪队员。今天几个基卡普印第安人（Kickapoo Indians）来访。乔治·焦伊列德②来了。

---

① 里格（league）为旧时长度单位，1 里格约等于 3 英里或 4.83 公里。——译者注
② 乔治·焦伊列德（George Drouilliard，1773—1810），法国-加拿大裔肖尼人，是一位翻译、侦察员、猎人、制图师，20 岁开始协助刘易斯和克拉克带领的探险队探索路易斯安那大片土地，寻找通向太平洋的水路。他是一位神枪手，熟悉印第安人习性以及他们的手势语。不管是否懂得那些相去甚远的语言，他都可以同西部所有部落交流。1810 年，他为黑脚印第安人所害。——约翰·贝克勒斯注

# 第一章　探险队启程

## 1804 年 5 月 17 日，圣查尔斯，训令簿

一位中士和密苏里探险队的 4 位队员今天 11 点钟将在后甲板上开会，组成军事法庭，〔代表上尉〕就下述违纪证据进行听证并做出判决。威廉姆·华纳（William Warner）和休·豪尔（Hugh Hall）昨晚违反命令，未经许可擅离职守；约翰·考林斯（John Collins）不仅擅离职守，而且在昨晚的舞会上举止不当，返回营地后还对指挥官出言不逊①。

## 1804 年 5 月 21 日，克拉克上尉记

3 点半出发，岸上的男人们高声欢呼为我们送行。到达岛上端（在右侧），行程 3 英里。

## 1804 年 5 月 23 日，克拉克上尉记

我们原定一早出发。船底碰到树干上，耽搁了 1 小时。沿昨晚的航线前行两英里，到达右岸一条河流的入口处。这条河叫奥赛芝女人河（Osage Woman's River），宽约 30 码②，对面有个大岛，还有一个〔美国人〕定居点。河上有三四十户人家。

前行约 1 英里，停船等候刘易斯上尉。他爬上一个洞附近的悬崖，有 300 英尺③高，悬在河水上方。今天河水特别湍急。我们在河中央一座小岛下方安营。派出两个猎手，其中一个打来了一

---

① 军事法庭是刘易斯和克拉克在探险旅程之初考验队员的办法。有意思的是，两位正规军军官聘用在编军人组成军事法庭，比美国军队正式使用这种做法要早 150 年。根据此次判决，3 名被告被认定有罪，被判处鞭挞。华纳和豪尔各挨 25 鞭，考林斯 50 鞭。此后多年，鞭挞一直是军队惩罚违纪的主要形式。——约翰·贝克勒斯注

② 1 码约等于 0.914 米。——译者注

③ 1 英尺约等于 0.305 米。——译者注

头鹿。

晚上检查武器弹药,发现平底船里的武器状态不佳。傍晚天晴。刘易斯上尉差点从 300 英尺高的岩顶掉下来,幸好在 20 英尺处停住了。

### 1804 年 5 月 25 日,克拉克上尉记

在一条溪口安营,名为里维埃·拉·汕瑞特(Rivière la Charrette)。其下方为法国人村庄,有 7 户人家。7 户人家既便于打猎,也便于同印第安人做买卖。我在这里认识了卢瓦赛尔先生(Mr. Loisel),他向我们介绍了很多情况。他来自上游不远处的雪松岛(Cedar Island),那里是苏人的地盘,离这里约 400 里格。

### 1804 年 6 月 12 日,克拉克上尉记

1 点钟,我们在两艘货船旁停船。一艘货船上装的是毛皮和生皮,另一艘上有水牛油和其他动物油脂。我们买了 300 磅[①]牛油。我们发现道里恩[②]老先生也在其中,便问了他很多问题,后来太晚了,就没有继续问。

决定把道里恩先生带回苏族,请他游说那些酋长去拜访美国总统——老道里恩和苏人一起生活了 20 多年,是他们非常信赖的朋友。

### 1804 年 6 月 17 日,克拉克上尉记

我们的猎手乔治·焦伊列德和另一名队员打来两头鹿和一头熊。他还带回一匹小马驹,是他们在草原上捡到的。这匹马驹在草

---

① 1 磅约等于 0.454 千克。——译者注
② 皮埃尔·道里恩(Pierre Dorion)是一位资深拓荒者。早在 1780 年,他就开始跟克拉克的哥哥乔治·罗杰斯·克拉克将军通信往来。——约翰·贝克勒斯注

原上流浪了很长时间，膘肥体壮。我猜测是某个部落跟奥赛芝人（Osages）打仗时丢下的。

好几个队员得了疖子，有几个人得了痢疾。

### 1804 年 6 月 29 日，训令簿

特启：由 5 人组成的军事法庭将于今日 11 点开庭，审判约翰·考林斯和休·豪尔。弗洛伊德中士根据作战条例禁闭两人，指控约翰·考林斯早上站岗时偷喝交由他保管的威士忌，酩酊大醉，还放任休·豪尔偷喝威士忌。

疑犯辩称"无罪"。

法庭仔细审议所举证据等，认为事实确凿，判考林斯裸背受挞 100 鞭。

休·豪尔被带到法庭，他被指控今早喝了由哨兵看守的装在木桶里的威士忌，违反命令，违反制度，违反规定。

疑犯认罪。法庭认定犯人有罪，判他裸背受挞 50 鞭。

### 1804 年 7 月 4 日，克拉克上尉记

艄炮鸣炮一发，迎来 7 月 4 日。继续航程，右侧[①]经过一条支流的入口。支流源自一个大湖，与河流并行好几英里，看样子曾经是一条河流的弯道。在左侧停船休息。约瑟夫·菲尔兹（Joseph Fields）被蛇咬伤了，刘易斯上尉立即用树皮给他处理伤口。

左侧经过一条 12 码宽的溪流。这条溪流发源于一片广袤的草原，距河流不到 200 码。溪流没有名字，正好今天是 7 月 4 日美国独立日，我们就给它起名"1804 年 7 月 4 日溪"。午餐吃的是玉米。

---

[①] S.S. 意思是船舶右侧 starboard（以下简称右侧——译者注），L.S. 意思是船舶左侧 larboard（以下简称左侧——译者注）。——约翰·贝克勒斯注

刘易斯上尉登上溪岸，发现一处高丘，从丘顶望去，视野开阔。3条小径交汇于此。

今天看到大量小鹅，差不多长大了。湖水清澈，里面有鱼、天鹅和小鹅，不计其数。索性就叫它小鹅湖吧。一条小溪和几眼山泉由东面的山里流入湖中，那边土地甚肥。

### 1804 年 7 月 7 日，克拉克上尉记

一早出发。有一段河水湍急，我们只好用缆索把船拉到沙洲附近。沙洲右侧对岸的草原甚美，叫圣迈克尔（St. Michael）。沿河望去，岸上草原片片，颇像农场，有窄林相间。林间溪水潺潺，通向河流。我们经过草原上方的黄土悬崖，看到岸上有一只硕鼠。打死了一匹狼。一名队员严重中暑，刘易斯上尉给他放血，然后用硝石消暑，这才精神了许多。

### 1804 年 7 月 8 日，克拉克上尉记

一早出发。经过一条小溪和两座小岛，均在右侧。今天 5 名队员生病，剧烈头痛等等。我们调整了生活用品和伙食配给。在靠近右侧一座大岛的下端用餐。耽搁两小时后，经过一条狭长水道，有 45~80 码宽，距诺德韦河（Nodaway River）河口有 5 英里。

### 1804 年 7 月 8 日，诺德韦岛，训令簿，刘易斯上尉记

为确保平底船上的队员们省吃俭用，确保各餐组分配均等，两位指挥官任命以下队员负责接收、烹饪并保管时不时会配发给各餐组的食材：约翰·B. 汤普森（John B. Thompson）负责弗洛伊德中士的餐组，威廉姆·华纳负责约翰·奥德韦（John Ordway）中士的餐组，约翰·考林斯负责纳撒尼尔·普拉耶（Nathaniel Pryor）中士的餐组。

每位保管员直接向两位指挥官负责，确保合理使用所配发的补给品。他们将根据自己的判断，以最健康、最合理的搭配方式为各餐组做饭，确保最佳的营养组合。保管员必须懂得早餐、午餐、晚餐分别用什么食材，用多少合适。在保管员不私知、不明知、不同意的情况下，任何人任何时候都不得擅自使用或消耗餐组的任何补给品。保管员也负责保管各自餐组的厨具。

鉴于这一命令已赋予汤普森、华纳和考林斯特殊任务，今后将免除他们的警戒任务。尽管警卫名单上仍然有他们的名字，但他们的警戒任务将由各餐组的其他成员代为执行。他们也无须搭建食堂帐篷，无须捡柴火，无须捡树杈和木棍，等等——这些任务也由其餐组的其他成员代为执行，因为他们要煮晒可能分配给各自餐组的鲜肉。

M. 刘易斯

Wm. 克拉克

## 1804 年 7 月 9 日，克拉克上尉记

派一位队员回到昨晚经过的河边，在树皮上刻上记号，提醒岸上的侧翼队员我们已经路过这里。启程前行，经过岛的上端，就在昨晚的营地对面，其前端为一片河口沙洲。岛对面有一条小河流入，小河发源于右侧的大水塘。侧翼队员们看到水塘里有大量北美梭子鱼，我就用这个名字记录它。

8 点钟，风向由东北转向西南，开始下起雨来。行 6 英里，左侧经过一条小河口，叫蒙塔因溪（Montain's Creek）。上行两英里，见到几个小屋，我们的头桨手两年前曾和几个法国人在此宿营过。过一河弯，右侧是岛，左侧是悬崖。风向转为西北，从岛的对面吹过来，左侧有伍尔夫河（Wolf River）流入。河宽约 60 码，与堪萨斯河同源，平底船可上行"一段路程"。岛上端对面、船的左侧有

• 9 •

人在宿营，我们的营地就在他们对面。由于他们没有回应我们的信号，我们怀疑他们是苏人的作战小分队。打艏炮提醒岸上的侧翼队员们做好准备，一旦受到攻击，立即反击。

### 1804年7月10日，克拉克上尉记

一早出发。过河打探昨夜在对面宿营的人，很快得知是自己人。继续前行4英里，左侧经过一片草原。过一小河，叫帕浦溪（Pape's Creek），宽15码。曾有一男子在此自杀，故有此名。在所罗门岛上用餐，招募队员，延迟3小时。左侧对面是美丽的低凹平原，约2 000英亩，长满野黑麦和马铃薯，其间野草夹杂。

### 1804年7月11日，克拉克上尉记

一早出发。经过右侧河湾里的一座柳树岛。岛后面有小溪流入，印第安人叫它塔基欧（Tarkio）。登岸顺溪前行，溪流与河流平行，相距半英里。岸底低凹，容易泛洪。继续前行，灌木藤蔓甚密，举步艰难。行三四英里，见有新马蹄印，应该是马吃草的地方。我转身向河边循马蹄印寻找，发现马在沙滩上。这匹马很可能是奥塔瓦人（Ottawas）留下的，他们去年秋天或冬天在这一带打过猎或过过冬。在尼玛哈河（Nemaha River）河口对面的一座大沙岛上，遇上我们的人马，他们昨晚就在此处宿营。岛上多沙，大约一半被小柳树覆盖。柳树有两种，一种窄叶，一种阔叶。派几个猎手沿两岸打猎，共打来7头鹿，其中6头是焦伊列德打的。

晚上观察月亮。

### 1804年7月12日，克拉克上尉记

决定今天原地停留。大伙儿很累，需要休整一下，顺便做些等

## 第一章 探险队启程

高测量和观察。早早用过早餐,我和5名队员乘平底船沿尼玛哈河上行约3英里,到一个小溪口。在此离船上岸,先在地势平缓的平原上查看了几个小土堆,然后登上平原下端的一个山丘。山丘上有几个人工土堆,站在最高的土堆上瞭望,周围的平原尽收眼底,令人叹为观止。下面是一条约80码宽的河,清澈美丽,蜿蜒流过平缓广袤的草原。岸边有稀稀拉拉的树和灌木,几条溪流汇入其中,平添几分生机。河滩里长满青草,有4.5英尺高,表面上看似光滑。另一片[较高的]河滩里也长满青草,到处是茂盛的野草和野花,缓缓而上的山坡上点缀着奥赛芝梅子(Osage plum)树丛。四周的山顶上灌木遍布,能看到一丛丛小树林,还有不少葡萄和野樱桃,就像普通的野樱桃,只是个头较大。仔细察看人工土堆(也许称作墓冢更恰当些),它们足以证明这一带曾经人口密集(密苏里一带的印第安人亦保留着在高地埋藏死者的风俗)。

漫步约两英里,回到船上,顺河而下。采了些葡萄,差不多已经成熟了。离下河口约1/4英里有一座沙石崖,上面有印第安语标记。岩石前突,悬于河水之上。我在岩石上刻上自己的姓名①和年月日。

审问一个队员,他因放哨时睡觉而渎职。检查队伍的武器弹药等,一切完好。晚上观察月亮。

今天打了3头鹿。

---

① 在一些不起眼的地方刻上自己的名字——当时这些地方还算不上公共场所,遥远的西部根本就毫无公共可言——很多人都有这种激情。古时候,在埃及的希腊雇佣军就这么干过,每个人用的是他的城市的拼音字母。早期的美国拓荒者也学了这一手,不过他们并没有像他们的后代那样破坏古老的纪念物。丹尼尔·布恩(Daniel Boone,1734—1820,美国早期拓荒者和边疆英雄——译者注)就习惯把自己的名字刻在树上,其他拓荒者也是这样。威斯康星州历史协会的德雷珀手稿(Draper manuscripts in the State Historical Society of Wisconsin)清楚地说明了这一点。威廉姆·克拉克上尉1806年回程途中在位于蒙塔纳的庞贝塔(现在称作庞贝柱)上刻的名字依然可见。俄勒冈步道以及其他步道沿途留下了拓荒者的大量印记。——约翰·贝克勒斯注

• 11 •

## 1804 年 7 月 12 日,北纬 39°55′56″,新岛营,训令簿,刘易斯上尉记

由两位指挥官组成的军事法庭将于今天下午 1 点钟开庭,审判将要出庭的疑犯。其中一位指挥官将担任军事检察官。

M. 刘易斯<br>Wm. 克拉克

## 训令簿,克拉克上尉记

两位指挥官——M. 刘易斯上尉和 W. 克拉克上尉——组成军事法庭,审判犯有死罪以及根据作战条规条款可判处死刑的疑犯。

亚历山大·威勒德(Alexander Willard)被带上法庭,卫队中士约翰·奥德韦指控他"本月 11 日晚上放哨时躺在哨位上睡觉"。

对于这一指控,疑犯只承认躺在哨位上,但不承认睡觉。

法庭充分考虑所举证据,认为对亚历山大·威勒德的各项指控成立,其行为违反作战条规(而且有可能招致探险队遇险)。判定对其裸背鞭挞 100 鞭,分 4 次等量施刑。命令卫兵今晚日落开始,每晚此时施刑,直至完成鞭挞刑罚[①]。

Wm. 克拉克<br>M. 刘易斯

## 1804 年 7 月 13 日,克拉克上尉记

日出启程,微风相随。行两英里,右侧过一小河口,印第安人称之为塔基欧。其上 3 英里处曾有一河道,现为泥沙所淤塞,其水流

---

[①] 站岗期间睡觉,在任何军队都可以治死罪。鉴于威勒德违纪的严重性质,军事法庭全部由军官组成。——约翰·贝克勒斯注

入此河，遂成圣约瑟夫斯岛（St. Josephs）。岛的上方有几片沙洲，平行分布。左侧河流弯曲，形成一片美丽广袤的平原，草很茂盛，像猫尾草，其籽像亚麻籽。平原上长着各种葡萄，有些即将成熟。打了两只小鹅，差不多已经长大了，在岸上又打了几只。还打了一只老鹅，刚换好新毛，还飞不动。行 12 英里，右侧是一条弯道，内有一岛。岛上端有一片沙洲，长满柳树。南风。在沙洲上安营，沙洲左侧向外凸出，对面右侧是一片美丽的高原，四五英里之外有几座山丘。

### 1804 年 7 月 14 日，克拉克上尉记

早晨阵雨，很大，所以直到 7 点钟才启程。7 点半，天空突然黑云密布，一片昏暗。当时我们靠近沙岛的上端，处境极为不妙。只见对岸河沿不断塌陷，裹挟着断树残枝，顺着河流奔涌翻滚而去。暴风雨自东北方向横扫开阔的平原，拍击着桨船的右侧。要不是队员们从左侧跳下船，用船锚和缆绳把船稳住，船很有可能被卷起来甩到沙洲上，瞬间撞个粉碎。大风卷着浪涛泼到船上，多亏储物柜上苫着防水油布，否则底舱肯定会被水灌满。大约 40 分钟后，暴风雨骤然而止，河面瞬间平滑如镜。

下雨那阵子，两艘平底船正在上游半英里处，情势极为相似。大风转向东南，我们扬帆前行，右侧过一小岛。用过午餐，继续前行两小时，伙计们检查各自的武器。离岛上行约 1 英里，右侧经过一个贸易点。圣路易斯的贝内特先生（Mr. Bennet）曾在这里同奥托人（Otos）和波尼人（Pawnees）做过两年生意。我登上左岸，到沙洲上打麋鹿，瞄中一头，未打中。几名队员病了，长了疖子、瘭疽等。河水略有回落。

### 1804 年 7 月 15 日，克拉克上尉记

早晨大雾弥漫，7 点前无法启程。9 点钟，我带两名队员到左

岸散步，穿过了3条美丽的溪流。溪水潺潺，流向四周的草原。水流经之处，土地肥沃，长满豌豆藤蔓和野草。高处的草原也很肥沃，除了水里有些树，其余各处皆为野草，不见树木。继续前行数英里，穿过草原，来到一条宽大的溪口，名为小尼玛哈（Little Nemaha）。这是一条小河。

## 第二章
## 从普拉特河到佛米林河[1]

(1804 年 7 月 23 日—8 月 24 日)

---

[1] 佛米林河(Vermilion River)。——译者注

**1804年7月23日，普拉特河（Platte River）上游9英里处，怀特坎特菲什营地（Camp White Catfish），克拉克上尉记**

上午晴。派一个小分队去找做船桨的木材，派两个小分队去打猎。11点钟，派乔治·焦伊列德和彼得·克鲁萨特（Peter Cruzat）带着烟草去邀请奥托人——假如他们在镇子里的话，也邀请波尼人——假如能见到他们的话——来营地聊天，等等，等等。

在这个季节，这条河上的印第安人在草原上猎水牛。不过附近有猎人的踪迹，镇子附近的平原上有烟火，这表明他们回来过，大概是来找即将成熟的玉米或者可以烧烤的玉米棒子①。

竖起一根杆子晾晒食品，等等。我着手誊描了一幅关于这段河流的图，准备把它寄给美国总统。今天打了5头鹿。一名队员的胸

---

① 玉米是几乎所有印第安部落的主食。不过奇怪的是，没有足够的证据证明印第安人吃玉米棒，尽管到过印第安村落的白人多次见过他们烤整个玉米棒的情景。因此我们有理由相信，在白人到来之前，印第安男子更喜欢烧烤整个玉米棒，而不喜欢用火镰把尚未成熟的玉米粒刮下来吃。——约翰·贝克勒斯注

部长了个瘤子①。收拾营地，队员们整理各自的武器。午后西北风甚猛。

### 1804年7月24日，普拉特河上游10英里处，怀特坎特菲什营地，克拉克上尉记

晴天。南风甚猛。密苏里河这一带常吹微风，凉爽宜人。今天好几个猎手出去打猎，不过猎物稀少，他们只打回来两头鹿。我忙着绘地图，刘易斯上尉忙着起草文件。我们本来计划从普拉特河派一条平底船把这些东西带回去。观察此处的纬度为北纬41°3′19″。

傍晚，赛拉斯·古德里奇（Silas Goodrich）抓到一条白鲇鱼，眼睛不大，尾巴长得和海豚的很像。

### 1804年7月26日，怀特坎特菲什营地，克拉克上尉记

全天南风狂吼，飞沙走石，在帐篷里根本无法完成绘图计划。换到船上，也很颠簸，什么事情都做不成，于是不得不去树林里与蚊子搏斗。我割开一名队员左胸的疮，流出了半品脱②的脓。

在营地附近捉到5只河狸，用掉其中3只的肉③。傍晚很愉快。今天只打了一头鹿。船右侧营地后面是一片低洼的平原，有5英里宽，一半是树林，剩下一半是又高又干的平原。对面有一座高山——约170英尺高的岩石，上面长满树木。后面和下面是一片平原。

---

① "瘤子"当然不是恶性的，仅仅是皮下脓肿或者痈而已。这是由于极度疲劳引起的，因此我们不难看出，在刚开始探险时，这种病症频发，而且相当严重。后来队员们适应了，身体也强壮了，他们很少再提起这种病症。——约翰·贝克勒斯注

② 1美制干量品脱约等于0.551升，1美制湿量品脱约等于0.473升。——译者注

③ 河狸肉并非应急食物。河狸尾巴可以算得上西部边疆的一道美味，是刘易斯上尉的最爱。一位17世纪英国旅行家写道："河狸尾巴煮了吃，绝对是美食，全是脂肪，跟骨髓一样可口。"——约翰·贝克勒斯注

## 第二章 从普拉特河到佛米林河

### 1804 年 7 月 29 日，克拉克上尉记

派法国人拉·利伯特（La Liberté）和印第安向导前往奥托人营地，邀请他们到上游和我们会面。昨夜一直下雨，早晨依然阴雨，西北偏西风。5 点钟启程，右侧对面是一座岛，实际上是一个弯道，距印第安诺博溪（Indian Knob Creek）不到 20 英尺。这条溪的水位比密苏里河的高出 5 英尺。我们在岛的上端停下来。左侧是一片高地，我们在一棵大树下用餐。没花几分钟就捕到 3 尾非常大的鲇鱼，其中一尾几乎通体全白。靠近河的两岸，这种鱼又多又大。一尾鱼的脂肪能熬出近 1 夸脱[①]鱼油。

### 1804 年 7 月 30 日，克拉克上尉记

一大早启程。来到一片开阔的草原，在左侧，比下面的洼地高出 70 英尺。下面的洼地也是一片草原（两片草原形成了河边的悬崖），高出河面，长满野草、李子树、葡萄等等。两片草原之间有一片坡地，坡底下有一片小树林。我们在这里停下来安营，等候拉·利伯特和印第安人。我们在堪萨斯河附近捡到的那匹白马昨晚死了。

布置好岗哨，派 4 个人站岗。刘易斯上尉和我走到岸上面那片草原上，在那里走了一段路程。草原上长满野草，长 10 到 12 英寸[②]不等，土壤肥沃。继续向前 1 英里，地势高出八九十英尺，是一片广袤的草原，一望无际。从紧靠我们营地的第二个悬崖望去，河流上下以及对面的旷野是我平生见过的最壮观的景象。

---

[①] 1 美制干量夸脱约等于 1.101 升，1 美制湿量夸脱约等于 0.946 升。——译者注
[②] 1 英寸约等于 2.54 厘米。——译者注

### 1804 年 7 月 31 日,克拉克上尉记

晴天。3 个猎手出去打猎。测量子午线高度,纬度为北纬 41°18′1 5/10″。鲁本·菲尔兹(Reuben Fields)和约瑟夫·菲尔兹回到营地,兄弟俩打回来 3 头鹿。几匹马昨晚走丢了。焦伊列德打回来 1 头公鹿,其肋骨脂肪有 1 英寸厚。菲尔兹兄弟俩一直在找马,回来时肉已经被大伙儿吃光了。印第安人还没有来。抓到 1 只活的小河狸,已经相当温顺[①]。抓到 1 条牛鱼。傍晚很凉爽,蚊子很烦人。

### 1804 年 8 月 1 日,克拉克上尉记

早上晴。派两个人去找昨天走失的马。前几天我们的信使去找奥塔瓦人,今天我们又派一个人回到他出发的地点,看看我们离开后那里有没有来过印第安人。他回来报告说,我们离开后那里没有出现过一个印第安人。我们营地的下方是一片草原,高出河水,土壤肥沃,长满野草,有 5 至 8 英尺那么高,点缀其间的榛子树、李子树、醋栗树跟美国的没有什么两样。

### 1804 年 8 月 2 日,克拉克上尉记

东南风,很惬意。焦伊列德和约翰·考尔特(John Colter)找到了走失的几匹马,驮着麋鹿回来。这些马是在营地以南大约 12 英里的地方找到的。他俩走过的地貌跟我们从营地这里看到的一

---

[①] 温顺的河狸没啥值得大惊小怪的。早期在马萨诸塞州的波士顿,一只温顺的河狸在街道玩耍,没有人伤害它。丹尼尔·布恩就喜欢驯养水獭,不过他却驯不顺狼崽。早期在丛林作战的美国士兵一般都会收养宠物。英国将军约翰·伯戈恩(John Burgoyne)1777 年在纽约萨拉托加(Saratoga)战役中战败,他的士兵就是带着大量驯养的动物投降的。——约翰·贝克勒斯注

## 第二章 从普拉特河到佛米林河

样。早上夹到了一只河狸和［另一只河狸的］一个爪子。

日落时分，菲厄方先生①［奥托语翻译，跟奥托人在一起］和几个奥托人、密苏里人来到营地，其中6个是酋长〔不是主要酋长〕。我和刘易斯上尉接见了那些印第安人，告诉他们，见到他们我们很高兴，明天再跟他们交谈。给他们送了些烤肉、猪肉、面粉和其他吃的东西。作为回赠，他们送西瓜给我们。

人人保持警戒，以防不测。

### 1804年8月3日，克拉克上尉记

我们根据每位客人的身份准备了一份小礼物，给大酋长写了一封信，准备给他送一枚纪念章。早餐后，我们把来访的印第安人集中到我们的主帆遮篷下面，全体队员列队阅兵，然后对印第安人发表长篇讲话，说明我们此行的目的，表达我们政府的愿望，给他们一些建议，告诉他们该怎样做。因为大酋长没有来，我们给他带了个口信②，还赠给他一面旗帜、一枚纪念章和一些布匹。然后我们听他们讲话，之后给两位领头的奥托和密苏里酋长各赠送了1枚二等纪念章，再给其余4个酋长赠送了4枚三等纪念章——每个部落两枚。奥托和密苏里两个部落现在居住在一起，大约有250人。其中奥托人占2/3，密苏里人占1/3。

接着，酋长们讲话，他们赞同我们的话，同意听从我们所给的

---

① 菲厄方先生（Mr. Fairfong）或曰方汾先生（Mr. Faufon）是一名普通白人，很喜欢在草原上过荒凉自在的生活，以草原为家，多少有点同白人文明一刀两断的样子。——约翰·贝克勒斯注

② 印第安人的口信（speech）并不一定是口头传达的，任何外交信函有时候都用这个词来表述。著名的塔加朱特（Tahgahjute）或曰洛根（Logan）的"口信"被托马斯·杰斐逊推崇为口信的典范，实际上是由一位贸易商人替塔加朱特写好，然后寄给弗吉尼亚州长邓斯莫尔（Dunsmore）的。在这里，这封"口信"似乎是写出来的，希望收信人能够找到一个识字的人读给他听。——约翰·贝克勒斯注

建议和忠告，说他们很高兴知道他们还有国父可以仰仗，等等。

我们任命了几位酋长，给了他们一片围腰布、一些颜料、袜带和一枚纪念章，还给了他们一桶火药和一瓶威士忌，然后给了所有人一些小礼物。刘易斯上尉打了几发气枪（震惊了这些土著人），我们启程，沿直线航行5英里，右侧经过一块陆地，左侧绕过一片巨大的沙洲，在沙洲的上端宿营。今晚蚊子极其嚣张。西北方向有风雨迹象，我们准备迎接暴风雨。

我们派利伯特去找奥托人，至今未回。他比印第安人早一天离开奥塔瓦人的镇子。要么他的马走不动了，要么他在平原上迷路了。几个印第安人准备去找他。

### 1804年8月5日，克拉克上尉记

一大早出发。天色阴沉，风雨欲来。我发现这里跟大西洋沿岸各州旷野不一样，那里常见雷电天气。这里蛇也不多。今天打死了一条蛇，挺大的，像响尾蛇，只不过颜色略浅。

傍晚在右岸上走了一会。我追着几只火鸡走了370码，下面是一条12英里长的河。潮水从半岛上流过。根据河道变迁来看，我估计两年后主流就会穿过这个半岛。整个河滩以及一座座山丘上的土壤，在上游形成淤泥或稀泥，裹挟着沙子和黏土卷进河里。泥土被大水冲下来，结成沙块，冲向弯道处的河岸，致其塌陷。岸上有很多葡萄，我见到的就有三种。这个季节葡萄都成熟了，有一种大的，吃起来像紫葡萄的味道。

在右岸安营。蚊子特烦人。回去找刀子的那个人还没回来，我们有理由相信他开小差了。

### 1804年8月7日，克拉克上尉记

昨晚8点，西北方向狂风暴雨，持续了3刻钟。今早北风，我

们出发得比较晚。下午 1 点,打发乔治·焦伊列德、鲁本·菲尔兹、威廉姆·布兰顿(William Bratton)和威廉姆·拉比什(William Labiche)回去找离队的里德(Reed),命令他们,如果里德不回心转意,就处死他;让他们到奥托村里找拉·利伯特,带他到马哈村,也顺便给奥托人和密苏里人带信,让他们的几位酋长到马哈村,我们会斡旋他们同马哈人(Mahas)、苏人和解,还会给他们带一串贝壳串珠和一棒烟草。继续前行,然后在右岸安营。

### 1804 年 8 月 8 日,克拉克上尉记

今早按平常时间出发,航行两英里,左侧过一弯道,弯道塞满淤泥。尽管我们及时调整船头,但还是两次遇上障碍物,不过最终平安通过。

刘易斯上尉测得此处太阳的正午高度是 $56°9'00''$,纬度是 $41°42'34''$。我带了一个人上岸,他打了 1 头麋鹿,我瞄准 1 头,连开 4 枪却没有打死,可能因为我的枪弹太小了。草原上蚊子肆虐,在眼前盘旋飞舞,挥舞小树枝也赶不走它们。今天船在沙洲上数次转向。我在岸上的时候,船经过小苏河(Little Sioux River)上方两英里处的一个小岛。岛的上端有数百只鹈鹕,它们把 3 条鱼丢在沙滩上,沙子很细。刘易斯上尉打死了 1 条,还量了它的尺寸。我回到船上,大家在右侧安营。值得一提的是,密苏里河这一带蛇不多。

### 1804 年 8 月 11 日,克拉克上尉记

天亮时分,刮起西北大风,时不时下雨。沿岛的右侧前进。

东南风加雨,雨停以后,我和刘易斯上尉还有 10 个人登上左岸的小山〔山下有几眼小山泉〕,来到山顶。4 年前,马哈酋长黑鸟(Blackbird)[死于天花]就埋葬在这里。坟上有个土堆,底部

直径约 12 英尺，高约 6 英尺，上面长满野草，中间竖着一根 8 英尺高的杆子。我们用红色、蓝色和白色的绳子在杆子上系了一面旗帜。此山高出水面约 300 英尺，形成一个悬崖。悬崖和河水之间是 40 到 150 英尺不等的软砂岩。从山顶望去，河流蜿蜒六七十英里。

### 1804 年 8 月 14 日，克拉克上尉记

早晨天晴，东南风。昨晚打发去马哈村的人还没有回来，我们决定派一位密探①去打探原因。大约 12 点钟，派去找人的几个人回来告诉我们，他们既没有找到印第安人，也没有见到任何新的痕迹。去打水牛的印第安人还没有回来。外出猎水牛时，那些除了祖坟既没有房子也没有玉米，对村子了无牵挂的人，比那些有更多牵挂的人滞留的时间更长。

大约 4 年前的那场天花夺去了 400 个男女老少的生命，这个部落只剩下不超过 300 个男性，还遭受那些弱势邻族的嘲笑。此前他们可是睦邻友好的。

### 1804 年 8 月 15 日，星期三，马哈村东北 3 英里营地，克拉克上尉记

我带着 10 个人来到一条挤满河狸的小河，这里离村子还有一

---

① 在这个时期，"密探"仅表示侦察员。甚至在内战（1861 年至 1865 年——译者注）爆发之前，侦察兵（身穿制服的侦察士兵）与密探（乔装打扮的秘密特工）之间没有太明显的区别。克拉克是从他的哥哥乔治·罗杰斯·克拉克将军那里学到这个词的，克拉克将军的"密探"就包括现代意义上的侦察兵和密探。著名的拓荒者西蒙·肯顿（Simon Kenton）就属于密探之列。谢里丹（Sheridan）指挥在雪兰多山谷（Shenandoah Valley）追击李将军的"侦察兵"总是乔装打扮，他们偶尔会身着同盟军的军服，和合众国的军人一起对同盟军发动相当猛烈的进攻——结果自然是造成极大的混乱。——约翰·贝克勒斯注

半路程。我们用柳枝和树皮做了个耙，顺溪拉上去，捕到了 318 条各种各样的鱼——梭子鱼、鲈鱼、鲑鱼、河鲈鱼、北美胭脂鱼、小鲇鱼，还有在俄亥俄河一带被称为银鱼的鲈鱼。我抓到一只虾，它的形状、大小和味道跟新奥尔良、密西西比河下游一带的一模一样。这条小河是个通道，连接一个个挤满河狸和贻贝的池塘。河里、池塘里到处都是肥鸭和各种珩鸟。

在河东北面的草原上有一股浓烟，离我们营地不远。我不在的时候，刘易斯上尉派苏语翻译道里恩先生和 3 个队员去察看火情。他们的目的是找到苏人，把他们请到这里。道里恩翻译认为，既然有烟，那么苏人应该就在不远处。傍晚时分，他们回来说，几天前一小伙苏人[①]经过那里，点着了几棵树，火一直在烧，风把烟吹到了我们营地这边来。队员们身体健硕，精神饱满。被派去找里德的几个人至今未回。

## 1804 年 8 月 16 日，马哈河东北 3 英里钓鱼营地，克拉克上尉记

早晨凉爽，依然刮着西北风。刘易斯上尉带着 12 个人到位于营地和老村中间的池塘和小溪那边，顺流而上，捕到 800 条鱼：79 条梭子鱼、8 条像鳟鱼的鲑鱼［8 条像鲑鳟鱼的鱼］、1 条岩鱼（rock）、1 条平脊鱼（亦称步鱼）、127 条牛鱼和北美胭脂鱼、4 条鲈鱼、490 条鲇鱼，还有许多小银鱼和虾。我让队员们做好桅杆，今天就把它安装到船上。被派去找奥托人的几个人至今未归。风向转为东南。每天傍晚刮着微风，把蚊子吹散了，气温也随之凉爽

---

[①] 道里恩大概只是猜测这些印第安人（他没见过）是苏人，但是不同的部落制作日常用品，如鹿皮鞋的方法大不相同。像道里恩这样了解这个部落的人，可以辨别无数的苏人特征，尤其是在遗留下来的任何小物体上。——约翰·贝克勒斯注

起来。

### 1804年8月17日，克拉克上尉记

早晨晴，东南风。我拔了一把草，很像成熟的麦子，颗粒像黑麦，也有点像大麦。还有一种梯牧草（timothy），其籽从茎秆上分枝逸出，长得更像亚麻籽。

傍晚6点钟，拉比什回来报告说，被派去找奥托人的其他几个人还在后头，和脱队者之一里德以及3位奥托酋长走在一起。他们曾扣押了拉·利伯特，幸亏他施计逃脱了。

几位奥托酋长此行的目的是通过我们的斡旋同马哈人和解。马哈人碰巧外出了，所以他们的目的无法实现。我们在草原上点火——这是发送信号的惯常做法，如果马哈人和苏人在附近，他们看到后就会回来。

今晚凉爽。今天抓到了两只河狸。

### 1804年8月18日，克拉克上尉记

早晨晴，东南风。午后，其余几个队员和印第安人一起回来了，我们是在船附近的树荫下见到他们的。简短交谈之后，给他们吃了些东西，我们开始审判里德。里德承认自己"脱离队伍，还偷走了一支来复枪、子弹袋、火药和枪弹"，他请求我们能够像誓词里所说的那样公平地处理他。我们说到做到，只判他接受全体队员4次夹道鞭刑，每个队员都得用鞭子抽他，他从此再不得自称是探险队队员。3位奥托酋长为他求情，我们给他们解释：像里德这样的人可能会假借探险队员的名义欺骗他们，会给他们带来伤害。他们这才认识到这样惩罚合情合理。之后，我们向3位酋长了解他们同马哈人发生战争的起因等等。

今天是刘易斯上尉的生日。傍晚大家多喝了1/4品脱的威士忌

酒，一直跳舞，11点钟才结束。

## 1804年8月19日，克拉克上尉记

早晨晴，东南风。给每位酋长和在场的斗士准备了一份小礼物。为首的酋长和我们一道吃早餐，要我们送他一个凸透镜。这些土著人赤身裸体，身上仅仅披着围腰布、毛毡或者水牛皮长袍——没毛的一面用各种颜色画上各种图案。10点钟，我们把几位酋长和斗士们——一共9个人——集中在遮阳棚下面，刘易斯上尉和我给他们解释了方汾先生以悬崖议事团（Council Bluffs）的名义带给他们族裔的信。3位酋长和斗士们简短发言，表示赞同他们的国父送给他们的忠告和建议，临结束还为他们的所作所为自我赞美了一番。

我们随后拿出礼物，把准备带给大马（Big Horse）的纪念章换成一枚小的，和带给小窃贼（Little Thief）的一样大，给其他人一些小东西和8棒烟卷。我们给一位酋长送了一枚小纪念章，给其他两位酋长每人一份证书，表彰他们的好意。

| 名字 | 我以前提到过的大酋长 |
| --- | --- |
| 小窃贼（Little Thief） | |
| 大马（Big Horse） | |
| 乌鸦头（Crows Head）或者 | 卡卡帕哈-密苏里（Karkapaha-Missouri） |
| 黑猫（Black Cat）或者 | 尼纳萨瓦-密苏里（Nenasawa-Missouri） |
| 铁眼（Iron Eyes）或者 | 萨纳诺诺-奥托（Sarnanono-Oto） |
| 大牛（Big Ax [Ox]）或者 | 尼斯瓦荣佳-奥托（Neeswarunja-Oto） |
| 大蓝眼（Big Blue Eyes） | 斯塔基雅亨佳-奥托（Stargeahunja-Oto） |
| 勇敢的人（Brave Man）或者 | 瓦萨沙科（Warsarshaco） |

其中一个印第安人——大蓝眼（Big Blue Eyes）——拿到证书后又还给了我。酋长请求我们把证书给他，我们没有给，狠狠地训

斥他们只要东西而不懂得与邻居和平共处。我们这样说，他们起初听不惯，不过最后都请求我们把证书还给大蓝眼。他前来自我辩解一番。我把证书给大酋长，让他把它送给他认为最值得拥有它的人，他还是给了大蓝眼。我们给他们喝了一点达姆酒，然后散会。

几位酋长请求我们今晚不要离开他们。我们决计早晨早点动身。我们给他们看了许多小玩意，包括气枪，他们喜欢得不行。他们还要喝威士忌酒。弗洛伊德中士突然胆绞痛，我们试着帮他缓解痛苦，但是不奏效。他的情况越来越糟，我们很担心他的病情，大家须臾不离他的身边。

### 1804 年 8 月 20 日，克拉克上尉记

弗洛伊德中士越来越虚弱，病情毫无转机。给我们的翻译方汾先生几样礼物，给印第安人一小罐威士忌酒。在东南微风的吹拂下，我们顺利前行。弗洛伊德中士的情况已经十分严重，没有脉搏，边进边拉。右侧经过两座岛。

弗洛伊德中士非常镇定地走了。他咽气前对我说："我要走了——我要你帮我写一封信。"我们把他埋在崖顶，悬崖上方半英里处有一条河流，我们取名弗洛伊德河（Floyd's River）。我们以烈士的荣誉安葬了他，大家沉痛哀悼。我们在一根雪松杆上刻上他的名字：

C. 弗洛伊德中士

1804 年

8 月 20 日

卒于此

我们把雪松杆竖在他的墓首①。这个人任何时候都给人坚强无比的感觉，毅然决然地报效国家，为自己赢得了荣誉。吊唁过这位去世的兄弟后，我们在宽约 30 码的弗洛伊德河口安营。夜色很美。

## 1804 年 8 月 22 日，克拉克上尉记

一早出发。南风。行 3 英里，从一悬崖附近上岸，先派去的两个人和马带着他们打的两头鹿在那里等我们。经化验发现，悬崖上有明矾、绿矾、钴、硫化矿物，还有一块含明矾的岩石以及软砂岩。为了验明这些矿物质，刘易斯上尉嗅尝钴的气味和味道，几乎中毒。钴看起来像松软的明胶，绿矾和明矾毒性很重。悬崖上方有一条小溪，自左侧流过来，从崖下流过，蔓延数英里。

刘易斯上尉用一服盐药缓解毒性。我们在右侧安营。今天大部分时间航行，东南风很猛。见到很多麋鹿的足迹，还有西北风留下的痕迹。

命令大家投票选出一位中士，三选一，取票数最高者。三个得票最高的是 P. 夏斯（19 票）、布兰顿和乔治·吉布森（George Gibson）。

## 1804 年 8 月 23 日，克拉克上尉记

出发得很早。跟着马队走陆路的两个队员昨晚没有回来。我到岸上散步，打了一头肥公鹿。派约瑟夫·菲尔兹出去打猎。他回到船上说他在前面的平原上打了一头水牛。刘易斯上尉带着 12 个人把水牛弄到船上。右侧经过一弯道，两头麋鹿在游泳过河，有人从船上开枪，打死了一头。鲁本·菲尔兹把几匹马带了回来，还带来

---

① 现在，弗洛伊德的遗体躺在艾奥瓦州苏城密苏里河沿岸一座纪念碑下面的新坟墓中。因为密苏里河吞噬河岸，将尸骨冲了出来，所以必须将尸骨转移到一个新地点，而且还要尽可能靠近探险队最初掩埋他的地方。如今，弗洛伊德纪念碑是矗立在密苏里河上的一个地标性建筑。——约翰·贝克勒斯注

两头鹿。从船上打到一头鹿。今天见到几匹草原狼,看见沙洲上站着几头麋鹿。大风刮来,沙雾蔽目,沙子又细又轻,落到哪粘到哪。我在平原上走了半英里,看到每叶草上都沾满了沙子或尘土。

### 1804 年 8 月 24 日,克拉克上尉记

昨夜零星小雨,一直持续到今天早晨。在平时启程的时间出发,沿着昨晚的路线航行到蓝色黏土悬崖跟前,在左侧,高 180 到 190 英尺。悬崖好像刚烧过火,很烫,不敢将手探入土中。看似多处有煤,悬崖表面多钴,或者是一种晶质,其状若钴。

草莓甚多,像醋栗,个头有醋栗的两倍那么大,长在灌木中,有如女贞树,果实如西洋李那么大,味可口,宜做各种馅饼,甚美,眼下正是成熟季节。我带着仆人[①]约克和一个法国小伙上岸散步,打了两头公麋鹿和一头幼鹿,把船拦住,日落前将肉剁好放到船上。这时候开始下雨,雨势甚猛,刘易斯上尉和我出去散步,全身湿透。晚上阴雨。我在岸上步行的时候,船经过一条小河,印第安人叫它怀特斯通河[②],宽约 30 码,全程流经一片平原或草原。

自河口向北,是一片广袤的平原,上面有一座圆锥形的山。很多印第安部落都认为这里是魔鬼的居所——那些魔鬼形状像人,脑袋硕大,有 18 英寸高。它们非常警惕,带着利箭,能够远距离射杀对手。据说如果有人胆敢走近这座山,魔鬼就会杀死他们。他们都从这个传说中得知,很多印第安人吃过这些小矮人的苦头。别的不说,几年前 3 个马哈人惹怒它们,成了它们的牺牲品。马哈人、苏人、奥托人以及其他临近部落都深信这个传说,谁也不敢走近这座山。

---

[①] 克拉克的仆人自然是指他的奴隶约克。这个时期以及后来的弗吉尼亚人习惯用"仆人"(servant)而不用"奴隶"(slave)。——约翰·贝克勒斯注

[②] Whitestone River 也可以译作"白石河"。——译者注

## 第三章
## 在佛米林河与提顿河之间

(1804 年 8 月 25 日—9 月 24 日)

### 1804 年 8 月 25 日，克拉克上尉记

早晨阴。我和刘易斯上尉决定去看看，为什么这一带的几个部落都如此忌惮那座小山丘。我们挑选了约翰·希尔茨（John Shields）、约瑟夫·菲尔兹、W. 布兰顿、奥德韦中士、J. 考尔特、卡尔（Carr）、理查德·沃芬顿（Richard Warfington）下士、弗雷泽和 G. 焦伊列德，乘平底船到怀特斯通河口，让其中两个人守着平底船。我们走了 200 码，登上一片约 60 英尺的坡地。从顶上望去，除了远处有几块高地和那座印第安人所说的"小人山或精灵山"，地势平坦，视野开阔，极目远望，山丘呈圆锥形，方位是怀特斯通河口西偏北 20 度。我们 8 点钟离开怀特斯通河，步行 4 英里，来到一条宽约 23 码的河，这条河流经一道宽阔的山谷。我们过了河，继续前行两英里。

天气炎热，我们的狗累坏了，我们把它送回平底船上。12 点钟，我们来到山丘跟前。刘易斯上尉很累——天气很热，加上他两天前嗅尝钴和矿物质中毒，身体虚弱，为防备不测，这两天得十分小心。他需要喝水，其他人也嚷着口渴，我们得去找有水的地方。步行大约 3 英里，在山丘东北一个弯道找到一条溪流。大伙儿休息

了一个半小时,然后沿河返回。河宽约1英里,弯弯绕绕,我们3次过河,来到最初找到它的地方,在那里摘了些美味的果子,有葡萄、李子、蓝醋栗等。一小时后原路返回,日落时分到达平底船那里,乘船回到昨晚宿营的地方,在那里过夜。

山丘坐落在高处,周围是一片平缓广袤的草原,离怀特斯通河口9英里,方位在其西偏北20度。山丘底部是规则的平行四边形,北面和南面为长边,约300码,东面和西面为短边,60~70码,短边甚陡。长边骤然升高65~70英尺,顶部形成了一个宽12英尺、长90英尺的平台。平台的北边和南边连着两块形状规则的高地,均呈椭圆形,高度有主山丘的一半,在平原上形成了3个形状规则的高台,像主山丘短边那样陡峭。

主山丘形状规则,说它是人工所成的也不是没有道理。不过,它的土壤、疏松的卵石以及其他构成物质跟附近陡峭的地貌很相似,我们判断它很可能是大自然的作品。

假定它是大自然的杰作,那么山丘唯一明显的特征是它与周围的山体隔绝,且有相当一段距离。就山体的自然顺序或者构成规则来说,这是十分少见的。

周围的平原上没有树木,视野开阔,极为平缓,因此不管哪个方向的风都会猛烈地刮过平原,袭击山丘。各种昆虫身不由己,被大风吹到山丘这边或者飞到背风的一面避风。小鸟们以昆虫为食,常常大批聚集于此处,觅食昆虫——尤其是个头矮小的棕色岩燕。我们到山边抓昆虫,见到山丘的背风面飞旋着大量棕燕。它们非常温顺,直到我们离它们几英尺的时候才飞去。

印第安人相信这个地方是神灵栖息之地。他们的理由是,他们经常看到大量的鸟栖聚在山丘四周。在我看来,土著人头脑简单,把鸟儿作为充分证据,自己想当然却深信不疑。

从山顶望去,我们看到了极为壮观的地貌,四处水牛无数,成

第三章 在佛米林河与提顿河之间

群结队地吃草,平原的北面、西北面和东北面一马平川,一望无际。

### 1804 年 8 月 25 日,克拉克上尉记

普拉耶中士在船上。我们不在的时候,他把我昨天打来的麋鹿肉切成长条,准备风干,然后指挥船航行 6 英里,在左侧安营。鲁本·菲尔兹打来 5 头鹿。乔治·山侬(George Shannon)打了一头公麋鹿。晚上下雨。

我们在草原上点火,给苏人发信号,叫他们到河边来。

### 1804 年 8 月 27 日,克拉克上尉记

今早的启明星比平时大得多。焦伊列德前来报告说,他既找不到山侬,也找不到他带走的几匹马。我们只好再打发希尔茨和约瑟夫·菲尔兹回去找,让他俩一直沿奎考特河(Rivière qui Court)边的山路,朝卡留梅特大河(the Grand Calumet)那个方向走。

东南微风吹拂,我们缓缓启航。行 7 英里,经过一道白色泥灰岩抑或是白垩峭壁。宽阔的峭壁下有巨大的岩石,很像石灰,表皮一层亮壳,感觉像钴。这种黑土像石板,内含矿石,不过质地软得多。我们登上峭壁,在草原上燃起烟火,发信号让苏人来河上找我们。

两点钟,经过雅克河(Jacques)〔亦称扬克顿河(Yankton)〕河口。一个印第安人游到我们的船跟前。我们上岸,又来了两个印第安人。他们说雅克河岸上有一个很大的苏人营地,靠近河口。我们派普拉耶中士、一个法国人和我们的苏语翻译道里恩先生去探访,邀请几位主要酋长到上面的卡留梅特峭壁附近同我们会面。两个印第安人陪他们走了,第三个待在船上,很想跟我们走。这个男孩是个马哈人,说他们部落联盟的人到波尼人那里跟他们议和去了。

· 35 ·

### 1804 年 8 月 28 日，克拉克上尉记

启程时南风甚猛。行两英里，过一座柳树岛及数段沙洲。河面较宽，河水甚浅。行 4 英里，过一小段白色峭壁，高 70~80 英尺。右侧是一片草原，自河面缓缓上升到峭壁的高度。在这里，一直跟在船上的那个印第安男孩回到了雅克河岸上的苏人营地。我和刘易斯上尉感觉不舒服，却不知何故。一艘平底船碰到障碍物，队员们感觉船快要沉了。我们来到卡留梅特悬崖下面，在一片美丽的平原上安营扎寨。附近是一片高地，自悬崖附近开始缓缓升高。山谷和高地林木超多。我让队员们把受损的那艘船上的货物卸下来，装到另一艘船上。我们原本计划把后一艘送回去，现在只好调换船上的水手。我们一检查，发现平底船已经无法使用，里面的部分物品严重受损，便决定把它带回去。

下午南风更猛。早先打发希尔茨和约瑟夫·菲尔兹去找山侬和马，两人回来说山侬和马在前头，他们没有追上。山侬并不是一流猎手，因此我们决定派人带些补给品去追他。

### 1804 年 8 月 28 日，训令簿，刘易斯上尉记

两位指挥官指示，两艘平底船上的餐组各推选一人担任厨师。自即日起，新推选的厨师以及先前指定的几位厨师均免除站岗或其他相关义务。值班名单里将不再有他们的名字。

M. 刘易斯

Wm. 克拉克

### 1804 年 8 月 29 日，克拉克上尉记

昨晚到今早一直下小雨。派考尔特带着干饭去追山侬。用麋鹿皮结了一根绳。我忙着写日记。下午 4 点，普拉耶中士和道里恩先

第三章　在佛米林河与提顿河之间

生带着 5 位酋长和大约 70 个老少来到河对面。我们派一艘平底船去接他们，道里恩先生和他儿子跟着普拉耶中士过来，普拉耶中士报告说几位酋长就在那边。小道里恩先生在跟印第安人做生意。我们派普拉耶中士和小道里恩先生带着烟草、玉米和几只煮饭用的水壶到河对岸，让他们告诉几位酋长，我们明天接见他们。

印第安人带来两头麋鹿和 6 头鹿，是准备给他们自己用的。这些麋鹿和鹿是他们在从 12 英里之外的营地来这里的途中猎获的。

普拉耶中士告诉我，他们快到印第安营地的时候，迎接他们的人要用水牛皮抬他们。道里恩先生告诉他们，这几位不是船的主人，不希望享受此等厚遇①。苏人的屋子很好看——圆锥形，顶上苫着涂有各种颜色的水牛皮，结构紧凑，布局合理，周围裹得严严实实，中间留有生火的空间。各小屋有做饭的地方，各自独立。这些小屋可以住 10～15 个人。他们端来肥狗肉，以示对客人的尊重。他们自己大餐一顿，还觉得味道鲜美可口。

## 1804 年 8 月 30 日，克拉克上尉记

早上大雾。为几位酋长备好礼物——我们打算送纪念章给他们，写好讲话稿，派道里恩先生乘平底船去请印第安酋长和斗士们，把他们接到一棵橡树下面，在那里面谈。附近，高高的旗杆上飘扬着我们的旗帜。12 点钟开始会谈，刘易斯上尉致辞。我们给一位大酋长送了一枚纪念章和衣服，给一位二酋长和三位三酋长送了同样的礼物，还给他们送了其他物品和烟草，他们欣然接受。我们给大酋长送了一面旗帜、一份证书、一串贝壳串珠、一顶帽子和酋长服。我们一起吸和平烟。印第安年轻人用树枝临时搭起遮阳棚，

---

①　在苏人当中，用水牛皮抬客人是一份殊荣。普拉耶和道里恩婉拒是失策之举，好在并无大碍。刘易斯和克拉克后来就受到了这一礼遇。——约翰·贝克勒斯注

· 37 ·

酋长们退到棚下分发礼物,吸烟,吃饭,交谈。刘易斯上尉和我回去用午餐,商量别的事情。道里恩先生甚为不悦,因为我们没有邀请他一起用餐,不过事后他表示歉意。苏人粗壮结实,面相勇猛,年轻人长相英俊,身材敦实,大都擅长弓箭。尽管靠弓箭谋生,不过我注意到他们有几个人带着来复枪。他们的枪法没有北方的印第安人那么准。斗士们饰以各种色彩、豪猪刺和羽毛,穿着大裹腿、鹿皮靴,一律身着各种颜色的水牛皮装。女人穿着裙子,披着白色水牛皮装,黑色的头发披在脖子和肩膀上。

## 1804 年 8 月 31 日,克拉克上尉记

印第安人吃过早餐,酋长们坐成一排,他们雅致的和平烟管都指向我们的座位。我们前来一一落座。名叫颤手(Shake Hand)的大酋长站起来讲话,他赞同我们的话,保证听从我们的劝告。

二酋长马托瑞[Martoree,意为白鹤(White Crane)]起身简短发言。他提到大酋长帕纳涅帕贝(Parnarnearparbe)。一位三酋长起身简短发言,另一位三酋长起来讲话,内容差不多。第三位三酋长讲话很少。大家发言后,一位斗士讲话,表示支持几位酋长。他们表示愿意听从我们的建议,到了春天就跟着道里恩先生去觐见他们伟大的国父。他们最后都表示,因为没有贸易伙伴,他们部落联盟的状况十分令人沮丧,希望我们能够同情并帮助他们。他们要火药、枪弹和少许奶[朗姆酒:"伟大的国父之奶",意为烈酒]。

昨晚,印第安人跳舞一直到深夜。我们跟平时一样,把刀子、烟草、铃铛、胶带和黏合剂撒给他们,他们心满意足。

我们给陪同酋长的两位斗士颁发了证书,给每位酋长一棒烟草。跟道里恩先生交谈,他同意留下来,秋天的时候尽可能多召集几个苏人酋长,促成苏人和相邻部落联盟之间的和平,等等。

午饭后,我们送给道里恩先生一面旗帜、一些衣服和补给品,

## 第三章 在佛米林河与提顿河之间

请他游说苏人、马哈人、波尼人、蓬卡人（Poncas）、奥托人、密苏里人，促使他们达成和平。我们还委托他邀请一位贸易商带各部落的酋长去华盛顿，最好尽可能多动员些酋长，尤其是苏人酋长。我随身有一本苏语词汇手册，略懂一些有关他们部落的情况、贸易、数字、战争等等词语。苏族有 20 个部落，利益各不相同。总的来说，他们人口众多，有 2 000 到 3 000 人。各部落利益互不相关，有的营居群同别的部落联盟打得你死我活，而那些部落联盟却同另外几个苏人营居群友好相处。

这个被法国人起名为苏的伟大部落联盟自称达科特-达尔科塔尔（Dakota-Darcotar）。他们的语言并非他们所特有，其中很多方面的词汇同马哈人、蓬卡人、奥赛芝人、堪萨斯人的语言大致相同。这就证明，在不到两个世纪前，这些部落联盟和苏人同属一个大部落联盟。那些达科特人或者说苏人的居住或游牧区域位于圣彼得斯的温尼伯湖红河沿岸（Red River of Lake Winnipeg, St. Peters）、密西西比河以西、都欣草原（Prairie du Chien）之上、德梅因河（River Des Moines）上游、密苏里河及其北岸的大片流域。他们根据自己的判断，只和 8 个部落联盟和睦相处，与大约 20 个其他部落联盟处于交战状态。他们的贸易物品来自英国，只有这个部落和德梅因河上的一个部落同来自圣路易斯的客商做生意。苏人跟着他们的水牛游牧。他们既不种玉米也不种其他庄稼，只要有森林和草原就足以养活他们。他们吃肉，把草原上出产的土豆当面包吃。

晚上，我们给道里恩先生一瓶威士忌酒，他和他儿子跟着几位酋长渡河到对岸宿营。入夜不久，刮起了西北大风，大雨持续了大半夜。河水略有上涨。

## 1804 年 9 月 5 日，克拉克上尉记

早早出发。南风甚猛。见到了山羊、火鸡。经过一座大岛。在

岛的对面，靠近上端的地方，蓬卡河（Ponca River）自西流入密苏里河，河宽约 30 码。蓬卡村坐落在河岸下端一片美丽的平原上，离密苏里河约两英里。蓬卡是一个很小的部落联盟，此时全部落的人都去草原上猎水牛了。我们派了两个人去蓬卡村，其中一个人在镇子里打了一头水牛，另一个在附近打了一头公鹿，这是他们作为先头部队的战果。

## 1804 年 9 月 7 日，克拉克上尉记

早晨很冷。东南风。日出后出发。行 5.5 英里，在一座圆形山的山脚附近登陆。昨天我就看到了这座山，像个圆顶。我和刘易斯上尉登上山顶，山顶比周围的高地高出约 70 英尺，底部有 300 英尺。下山时发现一群小动物，穴居于地里（法国人叫它们"小狗"[①]）。我们打死了一只，又往窟窿里灌水，抓到了一只活的。

我们试着挖这些动物的巢穴。挖了 6 英尺，用杆子一试，发现才挖了不到一半。在窟窿里发现两只青蛙，旁边有一条响尾蛇，我们打死蛇后发现它肚子里有一只土鼠〔或者叫草原狗〕。土鼠不计其数，在大约 4 英亩缓缓下降的山坡上，布满了这些动物的洞穴。这些小家伙直起身子坐在洞口，叫声像哨音一样，受到惊吓时就钻到窟窿里。我们往一个窟窿里倒了 5 桶水都没有灌满。

这些动物个头有小松鼠那么大，身材比松鼠更短〔或者更长〕更胖，头很像松鼠的头，只不过耳朵短一点。尾巴像松鼠的尾巴，不时摇摆，受到惊吓时会发处像哨子一样的尖叫声。爪子趾甲长，皮毛细腻，长毛呈灰色。据说一种蜥蜴〔也是一种蛇〕和这些动物同居〔搞不清楚是真是假〕。宿营。

---

[①] "小狗"（petit chien）是草原狗，尽管这种小动物根本就不是狗。——约翰·贝克勒斯注

# 第三章 在佛米林河与提顿河之间

## 1804年9月9日，克拉克上尉记

昨夜在岛上宿营，今早日出启程，过岛上端。经过3座岛，岛上全是沙子和柳树。沙洲很多，不必多说。河水不深。东南风。停船，到左岸的沙洲上宿营。刘易斯上尉想出去打一头水牛。我晚上在岸边散步，想打一头山羊或者几只草原狗。傍晚停好船，指示我的仆人约克跟我到附近打水牛。平原上星星点点全是水牛，一眼望去，在河附近至少能看到500头水牛。整天看到水牛在左岸的平原上吃草。差不多每一片树林里都有麋鹿或者鹿。焦伊列德打了3头鹿，我打了1头水牛，约克打了2头，鲁本·菲尔兹打了1头。

## 1804年9月10日，克拉克上尉记

早晨阴沉昏暗。一早启程，东南风微拂。第一段行程约10.5英里，左侧经过两座小岛，右侧经过一座小岛。左侧弯道有一座岛，我们从岛的下端经过。岛长约两英里，岛上长满红雪松。岛下方的山上有一条鱼脊骨，长45英尺，尾端逐渐变细，还有鱼齿等等。骨骼结合处尽皆散开，全部石化。在岛的对面，左岸离河1.5英里有一股泉水，甚咸。山上约半英里处又有一泉，水较淡。继续前行，风甚猛。在雪松岛上面3英里处，右侧经过一座大岛，那边没有水。几头麋鹿游到这座岛上。经过河中央一座小岛，长1英里。在前面的一座岛上宿营。这座岛与玛德群岛（Mud Islands）之间被一条狭窄的水道隔开。猎手们今天打了3头水牛和1头麋鹿。河水水位略有下降。山坡上有很多水牛和麋鹿在吃草。没见到鹿。

## 1804年9月11日，克拉克上尉记

早晨阴云密布。很早就出发。河面宽而浅，河底窄且多沙洲。

行 1 英里，离开昨夜宿营的岛。经过 3 座岛——左侧一座，右侧两座。左侧对面的岛上有一群松鼠［实为草原狗］，叫声很响，数不胜数。一片缓缓上升的山坡全是它们的地盘，有 970 码长，800 码宽。我打了 4 只，想做些标本。

在这里，22 天［16 天］前带马离开我们的乔治·山侬终于和我们会合。他是 8 月 26 日出发的，一直在我们前头，差点给饿死了。一连 12 天，除了葡萄和一只兔子，他没有其他东西可吃。那只兔子还是他把一截木棍装在枪管里射杀的。他原以为我们的船在他前头，所以不停地赶路。他身体虚弱，决定原地等候过路的贸易货船，留了一匹马以备不时之需。你看，在如此富足的地方，一个人却因为没有子弹打猎，差点给饿死了。

我们在左岸宿营，位于一条小河口的上头。下午和晚上下大雨，西北风甚猛。白天大部分时间，我在岸上，穿行于崎岖的山地。大约 3 英里后地势平缓，土地肥沃——全是平原。见到了几只狐狸，打死了一头麋鹿、两头鹿和一些松鼠。几个队员打死了一头麋鹿、两头鹿和一只鹈鹕。

## 1804 年 9 月 16 日，刘易斯上尉记

启程很早。早上 7 点半，在左侧小溪口上头不足 1.5 英里的地方停歇。我们把这条小溪称为考佛斯（Corvus），因为我们在小溪附近打到了一只美丽的鸟，属于考佛斯类。我们决定今明两天在这里停船，把行李物品晾干。因为过去 3 天的强阵雨天气，日用物品全湿了。我们还想利用这个机会把船上的东西匀一些，装到红色平底船上，以减轻大船的负担。这艘平底船我们想带到过冬的地方，不管是在哪里过冬。几个队员在忙这些活计，其余的人在收拾皮子，洗补衣服，等等。

刚一上岸，我和克拉克上尉就在营地附近各打死一头公鹿。这

## 第三章　在佛米林河与提顿河之间

一带河滩里的鹿非常温顺，数量极多。这里树木很多，比这几天经过的任何一个地方的都要多，主要有棉白杨①、榆木、各种白蜡树、白橡树等。白橡树上长满橡果，味道极佳，不像大多数橡果那样有苦涩味②。

橡树叶小，淡绿色，叶边呈深锯齿状。树干多枝杈，很少能长到 30 英尺高。树皮粗厚，色浅淡。果壳有毛缘，果子的一半嵌在壳里。橡果成熟落地，吸引了很多鹿，因为它们非常喜欢橡果。几乎所有野生动物都喜欢橡果——水牛、麋鹿、鹿、熊、火鸡、鸭、鸽子，甚至狼也以橡果为食。

我们派出 3 位猎手，他们很快就给我们增添了 8 头鹿和 2 头水牛。水牛太瘦，我们只用其舌头、皮和髓骨。水牛皮尤其有用，因为我们需要用它苫平底船，保护日用物品，等等。

### 1804 年 9 月 17 日，刘易斯上尉记

这几天我一直窝在船上，今天决定带枪上岸，看看横隔在大河与考佛斯溪之间的纵深地带。我带了 6 个最好的猎手，日出前出发。我派其中两个去考佛斯溪的下游，两个去洼地和林地一带，剩下两个跟我一起察看营地附近的旷野。

我们的营地坐落在一片开阔的棉白杨树中间。我们在营地后面

---

① cottonwood，又称"三角叶杨"。——译者注

② "对白人而言，没有哪种橡树能够生产出适合人类食用的橡子。但是，许多印第安部落都将橡子晒干过滤，去除苦味和涩味，变成含有丰富的油和淀粉的坚果肉，其营养和其他坚果肉的一样丰富，十分可口。"这至少是佛纳尔德（Fernald）、金西（Kinsey）和罗林斯（Rollins）在《食用野生植物》（*Edible Wild Plants*）中所表达的观点（New York, Harper & Brothers, 1943, 2nd ed. , 1958, p.159）。尽管金西博士在其他方面的研究更为卓著，但他也非常熟悉美国自然的方方面面。1620 年，第一批清教徒移民在马萨诸塞州普利茅斯附近的地下就发现了一篮一篮的烤橡子（O. P. Medsger, *Edible Wild Plants*, New York: The Macmillan Company, 1942, pp.111-112）。一些印第安人在水中浸泡橡子，这样可以去除单宁酸（tannin），味道更加可口。——约翰·贝克勒斯注

走了 1/4 英里，来到一片梅子树跟前，树上长满果实，已经成熟。这里的梅子与大西洋沿岸各州所见的梅子相差无几，只是树身更矮，树丛更密。由于梅子树的缘故，平原看上去比我们宿营的地方高 20 英尺。

在我们的后面，平原缓缓上升，延伸到 1 英里以外的山脚下。平原从小溪到河边平行延伸近 3 英里，到处都是松鼠的洞穴。前面已经说过，松鼠不计其数。整片平原面向东南，上面的草短小茂盛，看上去就像是美丽整洁的滚木球草坪。这里有大量个头不大的狼、鹰和臭鼬。我猜测这些动物以松鼠为食。接连 3 英里，无论哪个方向都是深沟陡山，山形崎岖，高 100 到 200 英尺不等。自山顶开始，地势逐渐平缓，极目所至，跟别处无异。从原上望去，映入眼帘的是下面的河流以及对面毗邻的山丘，山势崎岖。

大约一个月前，这一带被火烧过，刚长出来的新草有 4 英寸高，一幅春意盎然的样子。西边横亘着一条由北向南的山脉，看上去有 20 英里之遥。山峰不高，起落终止清晰可见。山上好像没有岩石，坡上全是青草，跟平原上一样。景色如此多姿多彩，美不胜收，令人赏心悦目。这似乎还不够，四周望去是一群群的水牛、鹿、麋鹿和羚羊，在山上和平原上吃草。一眼望去，这里的水牛少说也有 3 000 头。如果可能的话，我想捕一头母羚羊，因为我已经捕到了一头公的。我的左右两侧跟着两个猎手，我们一直沿平原向西走。早上 8 点钟，我给他俩打手势，他们很快就过来了。

我们歇了半小时，各自吃了半个饼干和出发前装到袋子里的几块麋鹿肉干，喝了几口小池里的雨水——是几天前下雨时积的。我们在路上见到了几群羚羊，跟着它们弯弯绕绕地走了一段路程，离营地有 8 英里。

我们发现羚羊非常胆小机警，我们甚至一枪也没有打中。它们休息时一般会选择高处。它们很警觉，眼力又好，嗅觉十分灵敏，所以你几乎不可能走近它们，让它们进入枪弹射程。简言之，在3英里之外它们就随时能发现并且躲开你。

今天我总算有机会领教了羚羊的灵巧和速度，实在令我震惊不已。我跟踪并且两次突袭一群羚羊，共有7头。起初，它们没有看到我，所以还不是全速奔跑。不过它们很谨慎，先找到一块高的地方歇息，这样一来我只能从一个方向凭借伪装靠近它们。不巧的是，风正好从我这里吹向它们那里。尽管情况不是很有利，但我还是尽力靠近，不时把头伸出掩护我的土埂，观察它们的动静。羊群里只有一只公的，不停地绕着山顶转圈圈，好像是在警戒，那些母羚羊挤在一起站在山顶上。我慢慢靠近它们，相距大约200步的时候，它们闻到我的气味，一溜烟跑开了。我赶紧跑到它们站过的高处，发现周围一览无余。羚羊先是消失在一个很陡的沟里，一会儿又出现在3英里以外的山坡上。那片山坡从我眼前斜着延伸开去，绵延4英里。

这些动物跑了这么远，瞬间又出现在我的视野里，我都怀疑它们是不是我伏击过的那几头羚羊。不过看到它们在我眼前的山脊上跑得这么快，我打消了疑虑。羚羊看上去更像鸟儿在飞，而不是四足动物在跑。我可以大胆地说，这种动物跑起来即便超不过，也绝对不亚于最纯种的猎狗。

## 1804年9月21日，刘易斯上尉记

凌晨1点半，营地下方的沙洲开始塌陷，险情还是站岗的中士最先发现的。船剧烈晃动，把我惊醒了。我起来后，借着月光看到营地上下的沙洲都已崩溃，正在飞速塌陷。我命令所有人赶快行动，把船推离岸边。我们刚推开船几分钟时间，河岸就塌了下来，险些压沉大船和两条平底船。我们刚撤到对面，整个营地就沉下去了。

我们临时搭了个营地，熬过后半夜。等天色破晓，启程前行，到达位于一段河湾里的峡谷地段，在那里吃早餐。我们派一名队员去步量峡谷的宽度，他发现有 2 000 码，方圆 30 英里。崇山峻岭顺着峡谷延伸出去，高出水面 200 英尺。在河湾和对面，上下都是美丽的平原，地势略微倾斜，无数的水牛、麋鹿和山羊在平原上吃草饮水。松鸡、云雀和草原鸟也是这些平原上的常客。

我们继续前行，在一条叫作泰勒河（Tylor's River）的小河口下方经过一座长满柳树的岛。泰勒河宽 35 码，从左侧河湾峡谷的上方 6 英里处流入。我们前方的两位猎手在河口留下了一头鹿的肉和皮，还有一张白狼皮。我们看到各种各样数量繁多的鸽鸟聚在一起，展翅向南飞去。还有黑雁，好像也是朝着相同方向飞。这里的鲇鱼不大，没有下面那么多。

两岸是粗糙的山谷石头，大小不一，是沿着小溪从山上滚下来的。在这里雪松最常见。今天暖和，东南风，不大。我们在右侧的莫克岛（Mock Island）下端宿营。岛上长满了棉白杨，现在与大陆连在一起，好像曾经是断开的。我们看到苏人营地的痕迹以及他们的行踪，是大约三四个星期前留下的。一个法国人大腿上生了脓肿，不停地叫唤，我们竭尽全力减轻他的痛苦。

这一带草原上有很多带刺的梨。

### 1804 年 9 月 22 日，刘易斯上尉记

右侧经过一座岛，在我们刚经过的那座的上头。岛的长宽各约 1.5 英里，岛上长满雪松，叫作雪松岛。来自圣路易斯的贸易商卢瓦赛尔先生为了和苏人做生意，在岛的南端用雪松建了一个要塞，还修了一座好看的房子，去年在此过冬。要塞周围有几个圆锥形的

## 第三章 在佛米林河与提顿河之间

印第安人营地①,看样子他们用棉花树枝喂马。我们前头的两位猎手在这里和我们会合,他们打了两头鹿和一只河狸。两个人抱怨,那些光秃秃的山上全是奇形怪状的矿石,把他们的鹿皮靴都磨破了。

我们继续前行,很晚才在右侧河湾里一座小岛的下方宿营。那座小岛叫山羊岛(Goat Island)。两岸好多地方裸露着大石头,甚至一段河水下面也有,很危险。

晚上我出去打了一头鹿。河滩里蚊子很烦人。

### 1804年9月23日,刘易斯上尉记

乘着和煦的东南风启程,在左侧河湾里经过一座小岛,名为山羊岛。其上端不远处有一条小溪,宽12码,自右侧流入河中。看到西南方有浓烟。沿岸散步,远处是一群群的水牛。

经过两座小岛,上面有柳树,大片沙洲自岛上延伸开去。经过榆树岛(Elk Island),岛长2.5英里,宽0.75英里,靠近左侧的岛上长满棉白杨,还有红醋栗和葡萄等等。

河流有很长一段几乎笔直,面宽水浅。左侧经过一条小溪,宽16码。因为是鲁本·菲尔兹发现的,我们把它叫作鲁本溪(Reuben Creek)。在右侧宿营,位于左侧一条小溪口的下面。3个苏人男孩从河里游过来,说上头的河口那里有一个名叫提顿(Tetons)的苏人营居群,有80户人家,再往上不远处还有60户。我们给了他们两棒烟草,让他们带给他们的酋长们,并带话给酋长们,我们明天跟他们见面。

---

① 当然,印第安人的营地只是一堆废弃的帐篷杆。平原印第安人通常会随身携带大的圆锥形帐篷杆,因为木材稀缺。如果在木材充裕的地方,就没有人愿意把它们拔掉,特别是当帐篷仅仅是一个很小的临时住所的时候。在安大略,我常常忍俊不禁,因为我早晨收拾自己的营地时,发现我的红皮肤兄弟们早些时候竟然选择了同一个营地,而他们的帐篷杆依然留在那里。——约翰·贝克勒斯注

傍晚，刘易斯上尉沿岸散步，鲁本·菲尔兹打死了一头山羊。

## 1804 年 9 月 24 日，刘易斯上尉记

一大早出发。晴天，东风。左侧过一河口，叫大水溪（Creek High Water）。

左侧过一大岛，长 2.5 英里。考尔特在岛上宿营过，还打了 4 头麋鹿。东南风轻拂。我们为提顿营居群的酋长们准备了一些衣服和纪念章，计划今天到了下一条河就和他们见面。右侧的山坡上有许多石头。今天看到一只兔子。做好一切准备，必要时采取行动。我们乘两艘平底船上岛，和提顿人会面。很快，岸上有人跑来报告，说印第安人偷了我们的马。

随即见到 5 个印第安人，我们在不远处抛锚停泊。在交谈中，我们告诉他们，我们是他们的朋友，希望继续做朋友，但是我们不怕任何印第安人，他们的几个年轻人偷走了他们伟大国父送给他们酋长的马，如果不把马还回来，我们就不见他们的酋长。

右侧经过一座岛，长约 1.5 英里，叫好脾气岛（Good Humored Island），我们看到岛上有几头麋鹿。前行 1.5 英里，在一条宽约 70 码的河口停船，埃文斯先生（Mr. Evans）称之为小密苏里河（Little Missouri River）。提顿营居群的人就在西北面大约两英里的地方，我们因此把这条河称作提顿河。这条河的河口有 70 码宽，河水湍急。我们离开河口抛锚停泊。

那艘法国平底船下午老早就到了，另一艘直到傍晚才来。我们的船刚停好，我就过去和那些专门过来见我们的酋长吸烟。一切都好。我们被告知，明天印第安人就来了，我们准备明天和他们会谈。那个法国人已经病了一段时间，大腿上的脓疮开始流血，把他吓得半死。我们 2/3 的人在船上安营，其余人都在岸上，包括岗哨。

# 第四章
## 向曼丹进发

(1804年9月25日—10月26日)

## 1804年9月25日，克拉克上尉记

早晨晴，东南风。一切顺利。竖起旗杆，在提顿河口的沙洲上搭起遮阳棚，准备在遮阳棚下面①和印第安人会谈。船员们在70码以外的船上待命。昨晚见到的5个印第安人都来了。大约11点钟，大酋长和二酋长到了。我们给他们吃了些东西。他们给我们送了很多肉，有些已经坏了。我们缺个翻译，现有的翻译只会说一点点他们的语言。

12点钟会谈。先吸烟，这是程序。接着，刘易斯上尉开始讲话。由于没有翻译，他不得不缩短讲话。我们的队伍全体接受检阅。给大酋长送了一枚纪念章，大酋长的印第安语名字叫尤温屯戛萨巴（Untongarsarbar），法语叫贝夫诺瓦（Boeuf Noir），即黑水牛。据说是个好人。二酋长叫淘特洪戛（Tortohongar），又叫游击杀手（Partisan-bad），三酋长叫塔彤戛瓦科（Tartongarwaker）。另外还有一等要人瓦京葛（Warzinggo）和二等要人玛托科柯帕

---

① 作为一种土著外交礼仪，许多部落在某种形式的遮阳棚下面开会。——约翰·贝克勒斯注

(Matocoquepar)，又名二熊（Second Bear）。

邀请几位酋长参观我们的船，给他们看了一些他们从未见过的东西。给了他们 1/4 瓶威士忌，他们好像很喜欢，喝光后还要吮瓶子，接着就耍赖皮。二酋长佯装喝醉，大耍无赖。我乘一艘平底船，载着几位酋长、我们的 3 个人和两个印第安人上岸，向整个部落的人表达善意，可是这几个印第安人却不乐意下船。

平底船刚一靠岸，3 个印第安年轻人就抓住缆绳［船里有礼物和其他东西］，酋长的卫兵［每位酋长有一个卫兵］抱住桅杆，二酋长甚是无礼，言语粗鲁，表情蛮横，佯装醉态，蹒跚着走到我跟前，要我等一等，嫌我们给他的礼物太少。他的举止完全是为了一己之私利。我被迫拔剑，给船上发采取行动的信号。看到我的信号，刘易斯上尉命令船上所有人拿起武器，跟在我身边的人也准备自卫，同时保护我。这时大酋长抓住缆绳，命令他的年轻斗士们松手。

我感到一阵温暖，换成积极友好的口气和他们说话。

大多数印第安斗士张弓搭箭。他们围着我，不许我回去。我留下两位翻译，让其余的人都回到船上。平底船很快折回来，载着 12 位坚强勇敢的士兵，随时准备应对不测。看到这阵势，几个印第安人后退了一段距离，只有他们的酋长和几个斗士在我身边。他们对我很粗鲁，我也以牙还牙。他们离开平底船，私下交谈。我无从得知他们谈话的内容。僵持了一会儿，几乎所有人都离开了。我向大酋长和二酋长伸出手，他们拒绝握手。我转身和队员们登上平底船。我还没有走出 10 步，大酋长和三酋长，还有两个斗士蹚水跟了过来。我把他们接上船。

我们继续行进大约 1 英里，在一座柳树岛边上宿营。安排一名警卫在岸上保护厨师，一名警卫守船。我们把平底船系到大船上。我把这个岛叫作坏心情岛（Bad Humored Island），因为我们心情不好。

## 1804 年 9 月 26 日，克拉克上尉记

一早出发。继续航行，应几位酋长的要求停船，好让印第安女人和孩子们看看我们的船，我们也好接受他们的礼遇。岸上有很多男女老少，都在看我们。这些人精神奕奕，眼里充满渴望。他们大都相貌丑陋，身形难看——腿短，胳臂细，颧骨高，眼睛突出。他们的打扮就是用炭把身上涂成黑色，有地位的男子用雄鹰的羽毛装饰［烟杆缀以羽毛和豪猪刺，羽毛系在头顶上，向后披落］。男人穿长袍，拿着臭鼬皮袋子，里面装着烟。他们喜欢衣服，喜欢表现，随身带着防风火把等等。女人性格开朗，长相尚可，但不漂亮，颧骨高。她们身着皮装、衬裙、长袍，长袍上饰以长毛，从肩膀上向后披开。她们干体力活，可以说是男人们忠实的奴仆，所有部落的女人大都参与打仗，或者女人比男人还多。

船停好之后，刘易斯上尉和 5 个队员跟着酋长们上岸。酋长们看似下决心改善关系，表情友好。3 小时过去了，还不见他们回来，我担心刘易斯上尉上当，派一位中士去打探情况。他报告说岸上气氛友好，大家正在忙着准备晚上的舞会。他们一再恳求我们停留一个晚上，好让他们尽点地主之谊。我们便决定逗留一个晚上。

刘易斯上尉回来后，我再上岸。刚一上去，就被他们用上面画有雅致图画的水牛皮袍接住，6 个人把我抬到村子里的议事大厅，放到铺了一块白色长袍的地上，其间不让我碰到地面。我见到好几个马哈战俘。我告诉酋长们，假如他们愿意听从他们伟大国父的教导，就应该释放战俘，化干戈为玉帛。我去了好几户人家，他们的房子跟布瓦斯布鲁勒-扬克顿部落（Bois Brulé-Yankton tribe）的房子一样，修得很整洁。

这个屋子有 3/4 圈用皮子裹着，皮子是缝在一起的。大约 70

个男子围坐成一圈。酋长们的前面是一块直径 6 英尺的空地，和平烟管就架在树权上，离地 6 到 8 英寸，下面撒着天鹅绒。圆圈的两边各放着两个烟管，两面西班牙旗帜[①]和我们送给他们的美国旗帜就竖在大酋长的面前。旁边是一堆大火，里面烧着吃的东西。最中间是送给我们的精美水牛肉，大约 400 磅。

男人们一放下我，就又去接刘易斯上尉，以同样的方式把他抬进来，放在酋长跟前。过了几分钟，一位老人站起来讲话，赞赏我们所做的事情，介绍他们的情况，要我们可怜他们，我们答应了。随后，大酋长威严地站起来，据我们的理解，他说了同样的话，然后又极其庄重地拿起烟管，指着天空、东南西北四个方向和大地说了一通话，点着烟，把烟管递给我们吸。大酋长拿着和平烟管讲话的时候，另一只手里拿着特意准备好的最精致的狗肉祭旗。

吸完烟，大酋长对他手下的人讲了一通话，邀请我们吃肉。他们把那只一直在煮的狗、干肉饼和几大盘甘薯摆到我们面前。干肉饼是风干或腌制的水牛肉，舂烂后再拌上油脂和粗糖。苏人认为狗肉是上等佳肴，是节日主打。狗肉我没有怎么吃[②]，干肉饼和甘薯倒是不错。我们吸了一小时烟，直到天黑，一切都收拾干净，在中间生了一大堆火。大约 10 个乐师表演手鼓［用箍环和皮子绷成］，棍子上拴着鹿和山羊的蹄子，发出叮叮当当的声音，还有很多类似的乐器。男人们开始唱歌，同时击打着手鼓，女人们以她们独特的

---

[①] 西班牙旗帜表明，墨西哥省政府试图将这些印第安人和西班牙人捆绑在一起。刘易斯和克拉克习惯性地用美国旗帜取代西班牙旗帜。——约翰·贝克勒斯注

[②] 克拉克只吃了一点狗肉，因为他始终都不喜欢吃狗肉。在整个探险历程中，只有在礼仪要求他这样做（例如在这种情况下），或者甚至连植物根都找不到的时候，他才吃狗肉。刘易斯很喜欢狗肉，感觉不亚于其他任何一种肉。把狗肉跟干肉饼相提并论——斯蒂芬森（Stefansson）后来将干肉饼描述为最好的全天候探险食品——这很有趣。各个部落都吃干肉饼，伯德海军上将（Admiral Byrd）也吃。但是，各种配方似乎相去甚远。——约翰·贝克勒斯注

方式打扮得喜气洋洋的,走上前来,戴着她们的父亲、丈夫、兄弟或者近亲赠予她们的头皮和其他战利品,跳起战舞。她们跳得十分开心,直到大约 12 点钟。我们告诉几位酋长,他们这样不遗余力地款待我们,一定很累了,等等。

于是他们休息,4 位酋长陪我们回到船上。他们整夜待在船上。酋长们让几个勇敢的男子给他们当斗士,还让他们负责管理村里的事务,纠正人们的错误行为。今天我就看到一个斗士在鞭挞两个印第安女人,好像是两人吵架了。一旦他走过来,所有人都很害怕,赶紧逃跑。到了晚上,在不同的地方有 2、3、4、5 个人在守夜,在营地周围来回走动,大声报告着夜间发生的事情。

所有人都上船,离岸 100 步。东南风不大。船上有一个人病了,屁股上有脓肿。今晚大伙儿兴致很高。

在这个部落里,我见到了 25 个女人和男孩,是 13 天前提顿人和马哈人打仗时俘获的。在这次战斗中,他们摧毁了对方 40 间小屋,杀死了 75 个人,还有一些孩子,抓来 48 个俘虏——女人和男孩。他们答应刘易斯上尉和我,会把这些俘虏带到布瓦斯布鲁勒部落交给道里恩先生。布瓦斯布鲁勒部落的人穷困潦倒,一副可怜相,女人个头低矮,皮肤粗糙。不过现在不是对她们评头论足的时候。

## 1804 年 9 月 27 日,克拉克上尉记

昨晚没有睡好,一早就起来。看到酋长们也都起来了。岸上跟往常一样,站满了看热闹的人。我们给两位大酋长每人一条毛毯,或者说他们按照自己的习惯,径自把睡觉时用过的毛毯拿走了。我们还给了他们每人一撮玉米。早餐后,刘易斯上尉和酋长们上岸,因为又来了很多印第安人,我不清楚这些人的脾性。我和刘易斯上尉只需一个人上岸就可以。我给道里恩先生写了一封信,又准备了

一枚纪念章和一些证书,让人交给刘易斯上尉。两点钟,刘易斯上尉和四位酋长以及一位名叫瓦查帕(Warchapa)——意为"有他呵护"(On His Guard)——的要人回来了。苏人的朋友去世后,他们就用箭刺穿胳膊肘上下的肌肉,以此来表达悲痛。

待了大约半小时,我和这几个印第安人一起上岸,他们很不情愿下船。我先到二酋长的小屋,来了一群人。我说了一会儿话,又到一个要人的屋子里,再从那里去大酋长的屋子。过了几分钟,他邀请我去圆圈中间的一间屋子,跟所有要人一起,一直待到跳舞开始的时候。舞会跟昨晚的差不多,女人们手里拿着棍子,上面挂着敌人的头皮。有的女人手里拿着枪、矛或者她们的丈夫打仗的武器。

刘易斯上尉来到岸上,舞会继续。后来我困了,想回到船上。刘易斯上尉和一位警卫留在岸上,二酋长和一个要人陪我回到小平底船上。掌舵的队员不熟悉技巧,没有掌握好船艄,船从侧面撞断了缆索,我大声命令所有人都操起船桨。我果断下令,大伙儿慌乱操桨,再加上船打转时我们留在岸上的人惊恐的表情,惊动了几位酋长。一位酋长大声喊他们营地或者镇子里的人,说马哈人来进攻他们了。大约10分钟后,岸上站满了大约200个全副武装的男人,大酋长站在最前面。过了大约半小时,他们回去了,留下大约60人彻夜待在岸上,船上的几位酋长整夜跟我们在一起。我和刘易斯上尉怀疑这次警报是他们有意为之,目的是阻止我们继续前行,如果可能的话,好打劫我们。因此,我们彻夜放哨。

我们不幸丢了船锚,不得不待在塌陷的河岸下面,这样我们的一举一动他们都一目了然。我们的头桨手彼得·克鲁萨特会讲马哈语,他晚上悄悄告诉我们,马哈战俘们对他说过,那些人就是要阻止我们启程。我们佯装不知道他们的意图,让队员们做好应对一切不测的准备,整夜加强岗哨,没有睡觉。

## 第四章 向曼丹进发

### 1804 年 9 月 28 日，克拉克上尉记

我们尝试了各种办法，锚还是没有找到，大概被沙子埋住了。不幸丢了船锚，我们的船躺在岸边，情况非常糟糕。既然找不到锚，我们决定继续前行。好不容易把酋长们劝下船，我们刚准备启程，他们的斗士却抓住缆绳不放。大酋长还在船上，想跟着我们走一段路程。我告诉他，他手下的人坐在缆绳上，我们无法启程。他出去到船艏告诉刘易斯上尉，坐在缆绳上的那些人是斗士（相当于营地警察），他们想要点烟草。刘易斯上尉不喜欢别人强迫他。二酋长还要一面旗帜和烟草，我们没答应，告诉他为什么不能给他。费了不少周折，几乎有伤和气，最后我丢给大酋长一棒烟草。我按住枪手手里的点火索，斥责二酋长，打击他的嚣张气焰。酋长把烟草分给他的斗士，一把扯过缆绳，交给头桨手，我们这才在东南风中启程。

上行大约两英里后，我们看到三酋长在岸上朝我们招手。我们把他接到船上，他告诉我们，是二酋长命令士兵们抓住缆绳不放，二酋长这个人两面三刀。随即，我们看到平原上有一个人正在全速赶来，下马走过河岸附近的一片沙洲。我们把他放上船，原来他是待在我们船上的酋长的儿子。我们派他代表我们向他的族人传话，说明我们为什么把红色旗帜挂在白色旗帜的下面。假如他们要和平，那就待在家里，按照我们吩咐的去做。假如他们要战争，或者试图阻止我们，那么我们也做好了准备。我们用石头代替船锚，在右侧停留了一个半小时。大伙儿休息了一会儿，继续前行两英里，来到河中间一块非常小的沙洲，在那里待了一夜。我没有睡好觉，感觉很不舒服。如果可能，我准备今晚好好睡一觉。队员们做饭，我们休息得很好。

### 1804年9月29日，克拉克上尉记

一早出发。遇上了几处沙洲，行船很困难。继续前行。9点钟，我们看到岸上站着二酋长和两个要人，还有一男一女。他们想跟着我们去找他们的另一帮人，说他们的人就在上游不远处。我们说明理由，坚决拒绝。他们不高兴，说要步行到我们今晚宿营的地方。我们不希望他们这样做，如果他们非要这样做不可，那么我们不会让他们几个或者其他提顿人上船——已经在船上的酋长除外，酋长可以在任何时候上岸。他们执意继续前行。酋长求我们给他们几个一棒烟草。我们给了他们半棒，并且让他们带一棒给我们没有见过面的印第安人，然后继续前行。看到一条溪，叫无木溪（No Timber Creek），溪口有很多麋鹿。之所以叫无木溪，是因为溪上寸木不见。5年前，这个溪口有一个阿瑞卡拉（Arikara）村落，如今了无踪迹，只能看到镇子周围的一个土丘。二酋长在沙洲上请求我们送他过河，我派独木舟把他和一个男子渡到右岸，然后继续航行。

在离主岸约半英里的沙洲上停船，用大石头当船锚。派了两个岗哨值班，大伙儿彻夜情绪高涨。

### 1804年9月30日，克拉克上尉记

早晨一早出发。没走多远，就看到一个印第安人朝我们跑来。7点钟，他赶上我们，要求乘船去阿瑞卡拉人那边。我们拒绝带他，让他在岸上步行。不久，我发现远处山上有很多印第安人，在朝我们前头的河边走。我们挂起双层折叠帆，冒雨前行。9点钟，看到一大群印第安人，就是刚才看到在远处山上的那些人，他们正在左岸上安营。我们在一片沙洲上停船用早餐，继续前行，然后在印第安人营地对面大约100码的地方抛锚。原来这些人是我们前几

## 第四章 向曼丹进发

天见过的那个部落的一个分支。我们告诉他们，我们可以指引他们，给他们的每位酋长送去一棒烟草，但此前我们在下游遇到过他们部落的一些人，对我们很无礼。我们为他们停留了两天，不能再耽搁时间了，于是把他们介绍给道里恩先生，让他们向他了解更多关于我们的情况，听听我们委托道里恩先生带给提顿人的忠告。这些人很友好很热心，要我们上岸和他们一起吃饭等等。我们表示抱歉，继续前行。派独木舟带着烟草到前面的岸上，把烟草交给酋长的斗士，酋长依然在我们船上。有几个人沿着河岸跑，酋长给他们撒去一小棒烟草，要他们回去好好听话。他们拿到烟草回到各自的小屋。我们看到很多白色海鸥。今天阴雨。早饭后给每人一杯威士忌提神。

我们走了大约 6 英里，看到两个印第安人来到岸上，盯着我们看了大约半小时，然后翻过山朝西南面走了。东南风很猛，我们继续前行。河里的浪很大，船尾被刮到了木头上，船头打了个转，船舱几乎进了水，后来方向终于调整好了。船剧烈晃动，橱柜里没放稳的东西掉到了甲板上，吓坏了酋长，他跑着躲了起来。我们一上岸，他就拿上自己的枪，说想回去，还说现在一切都很顺利，我们可以继续前行，不会再遇上任何提顿人，等等。我们重复以前说过的话，劝他不要把那几个人留在身边。给他送了一条毯子、一把刀子和烟草。他吸了一管烟走了。我们也扬帆启程，来到一片沙洲上，停船宿营。晚上很冷，全体保持警戒。

沙洲太多，无法描述，感觉没有必要提及。

### 1804 年 10 月 1 日，克拉克上尉记

东南风刮了一整夜，天气很冷。一早出发，风依然很大。经过河中央的一座大岛。岛下方左对面曾经是阿瑞卡拉人生活过的一个大镇，现在只剩下一个圆形土堆和三四英尺高的残垣断壁。在岛上

端左侧大约两英里处，经过夏延河（River Chien），又叫狗河（Dog River［Cheyenne］）。这条河自西南方向流入，宽约 400 码。河水看似平缓，泥沙不多，水量不大，河源未知。到了考特诺瓦河（the Côte Noire）的第二段那里，夏延河的大部分河道向东延伸。由于其源头生活着夏延印第安人，因此得名夏延河。一部分狗印第安人（Dog Indians）生活在河的上游，具体有多远我不清楚。在河口以上，沙洲上的沙砾粗糙，河水很浅。河面依然宽阔，水位逐渐下降。几次尝试未果，我们只好拉着船穿过一片沙洲。风很猛，我们停船 3 小时，待风力稍减后沿着弯道前行，后晌午迎面大风。左侧经过一条溪流，我们叫它哨兵河（the Sentinel）。这段河岸上林木很少，山丘不高，沙洲无数，河面宽 1 英里多，有几片沙洲。在哨兵河以上，我们经过一条小溪，叫它瞭望溪（Lookout Creek）。继续顶风航行。在河中央一大片沙洲上停船。营地对面的左岸上有一个男子，后来我们发现他是个法国人。离岸不远，看到柳树后面有一座房子。我们喊他们过来，一个男孩坐着筏子过来。他告诉我们，两个法国人正在房子里和苏人做生意，他每天都能见到从下面阿瑞卡拉[1]那里来的苏人——好几个大部落的苏人从瑞斯［阿瑞卡拉］来这里和几个法国人做生意。

这位让·瓦勒（Jean Vallé）先生告诉我们，去年冬天他在夏延河上游 300 里格的黑山（Black Mountains）那里过冬。他说这条河水流湍急，即使平底船也很难上行，河水上涨的时候浪头很高。再往上 100 里格，河流一分为二，一支自南边流来，另一支在河汊

---

[1] 无论是瑞斯人（Rees）还是瑞卡瑞人（Rickarees），他们都是阿瑞卡拉人（Arikaras）。由于印第安语发音变化很大，白人模仿这些发音的能力也不一样，有的白人听不出来阿瑞卡拉（Arikara）的首字母 A，或者印第安人发音本来就不够清楚，因此白人把一些印第安部落听成了不同的名称。事实上，马哈人（Mahas）、欧马哈人（Omahas）、马哈尔人（Mahars）都是同一个部落。——约翰·贝克勒斯注

以上 40 里格的地方进入黑山流域。从密苏里河到黑山，地貌跟密苏里河沿岸很相似，林木不多，雪松不少。

他说黑山很高，有些地方夏天积雪，山上有大量松树。在山里常常能听到很响的声音。狗河里没有河狸。山上有很多山羊，还有一种长着大圆角的动物，差不多有小麋鹿那么大。白熊［实为灰熊①］也很多。夏延印第安人大约有 300 家，主要居住在这条河上。他们时不时去偷窃定居在西南面的西班牙人的马匹。他们出行一次需要一个月时间。夏延河的河底和两岸是粗糙的砾石。这个法国人还给我们描述了一种白爪火鸡［实为草原公鸡］，是考特诺瓦一带土生土长的。

## 1804 年 10 月 2 日，克拉克上尉记

刮了一夜东南大风。风力稍减，我们继续前行。让·瓦勒先生来到船上，我们同行了两英里。早晨非常冷，天空飘着黑云。我测量了子午线高度，此处纬度是北纬 44°19′36″，位于瞭望湾峡谷的上游，和哨兵河相交。我们在一片很大的沙洲上用餐，左侧山背后传来枪声。下午天色很好。2 点钟，发现右面山上有几个印第安人，正对着左面的一片树林。其中一人下山来到河边，在我们对面开了一枪，示意我们停船。我们没有理会，他跟着我们的船走了一段路程。我们交流了几句话，他希望我们能上岸去他们营地看看，营地在山那边，有 20 来个小屋。我们借故推辞，建议他回去向道里恩

---

① "白"熊就是灰熊，并不是密苏里河上有北极熊！第一个记录白熊的白人是大卫·英格拉姆（David Ingram）。他在 1568 年或之后不久从墨西哥坦皮科（Tampico）走了很长一段距离，到达大西洋沿岸的一个未知地点。他有几个同伴，其中两个与英格拉姆一起，是约翰·霍金斯爵士（Sir John Hawkins）1568 年放在坦皮科附近的 114 名海员中的幸存者。英格拉姆 1582 年对"白"熊的描述让历史学家怀疑他的准确性。继英格拉姆之后，有不少关于灰熊踪迹的描述，却没有关于灰熊的描述。实际上，灰熊的颜色可能很淡，有时也被称为银尖（silvertips）。——约翰·贝克勒斯注

先生打听我们的情况。他问哪里有贸易商，我们说下面河湾那里就有一个，然后告别。他回去了，我们继续前行，右侧过一大岛。我们以为提顿人可能会阻止我们，所以随时准备战斗。左侧有一座岛，岛的对面有小溪流入，我们称之为警惕岛（Island of Caution）。在一处有利的位置找了些木材，可以保护岸上的队员在离主岸半英里的沙洲宿营。风向转为西北，风力很大，持续低温。密苏里河水流缓慢，泥沙甚少，河水和泥沙同色。

### 1804年10月4日，克拉克上尉记

整夜西北风，下了些雨。我们被迫下行3英里，等水位升高后再通过。岸上有几个印第安人看着我们，喊我们停船上岸。其中一个人叫了三声，还让一个球漂到我们前面。我们没理他，继续前行，在左侧停船吃早饭。一个印第安人游到我们跟前要火药，我们给了他一点烟草，把他放到一个沙洲上，接着启程航行。迎面风很猛。经过河中央的一个岛，长约3英里，我们叫它好望岛（Good Hope Island）。行4英里，左侧过一小溪，宽约12码。刘易斯上尉和3个队员在岸上步行，然后过河到右侧的岛上。岛有1.5英里长，宽度是长度的差不多一半。岛中间是一个阿瑞卡拉老村，叫拉胡卡特（Lahoocatt）。村子周围是一道圆形的墙，里面有17座小屋，看样子是5年前被遗弃的。岛上林木稀少。我们在岛前面的沙洲上宿营。今天非常冷。

### 1804年10月5日，克拉克上尉记

早晨有霜。我们一早出发。左侧过一小溪。7点钟听到有人叫喊的声音。继续前行。看到3个提顿印第安人，叫我们靠岸，要烟草，我们也像平常一样回答他们。继续航行。看到一群山羊［实为羚羊］正在游着过河，打死了其中4只，不肥。停船，在一个泥滩

上宿营，面朝右岸。傍晚风平浪静，清新宜人。给每人一杯威士忌酒提振士气。

### 1804 年 10 月 6 日，克拉克上尉记

早晨冷，北风。一早出发。经过一座柳树岛，靠近南岸，其右侧下方是一片树林。靠近河中央有许多又大又圆的石头，好像是被水从山坡上冲下来的。经过一个村子，里面有 80 座整整齐齐的小屋，外面裹着泥巴，周围竖着木桩①。小屋宽敞，呈八角形，彼此靠得很近，看样子去年春天还有人住过。屋子里有皮筏、垫子、水桶等等，感觉是被阿瑞卡拉人遗弃的。我们发现这里有 3 种不同的南瓜。

我们的一个队员在村子附近打了一头麋鹿。我看到两只狼在追赶另一头麋鹿，麋鹿好像受了伤，几乎跑不动了。我们继续前行。河水不深。我们几次尝试在沙洲之间寻找主河道，最后不得不拖着船走了一段路程，这样就不用倒行 3 英里去找深水区航行。河流分散成很多条水道，我们寻找主河道费了不少时间。今天看到沙洲上有各种鹅、天鹅、黑雁和鸭。刘易斯上尉在岸上步行时看到了很多草原鸡，我在这一带看到了不多的几只海鸥或者鸽鸟。

### 1804 年 10 月 7 日，克拉克上尉记

早晨阴天。昨夜少许雨加霜。一早出发。航行 2 英里至左侧一

---

① 没有人知道为什么印第安人都不在家，他们很可能出去狩猎了。这些小屋当然不是苏人的那种水牛皮包裹的帐篷，而是阿瑞卡拉人和曼丹人的那种圆形大土房子。就像帐篷一样，他们在屋顶的中心留出一个排烟孔。尽管玛雅人可能用过原木滚轮，但由于某种原因，印第安人从没有想到过两项重要发明——烟囱和滚轮，白人认为他们应该发明这两样东西。下文（1804 年 10 月 7 日）提到的营地已永久或只是在这个季节被废弃了。前文提到的垫子和独木舟之所以没有拿走，大概是因为制造新垫子和独木舟比运输旧的更容易些。——约翰·贝克勒斯注

河口，在此处用早餐。河里泥沙很少，满水时有 90 码宽，此时最多 20 码，水流平缓。在河口看到白熊的足迹，很大。我沿着河岸步行 1 英里。河口以下是一个阿瑞卡拉村落遗址，要么就是一个圆形的冬营要塞，约有 60 座小屋，其风格和昨天我们经过的那些极其相似。这里好像去年冬天还有人住过，营地里有许多用过的柳条和麦草编织的垫子、篮子和水牛皮筏。阿瑞卡拉人把这条河叫作瑟沃卡纳河（Surwarkarna），意为公园，发源于黑山脉的首座大山。

我们从这里乘着微微的西南风继续航行。10 点钟，我们看见右侧有两个印第安人，他们向我们要东西吃。

### 1804 年 10 月 8 日，克拉克上尉记

清晨凉爽。一早出发，西北风。继续航行，左侧经过一小溪口。在松鸡岛（Grouse Island）上方大约 2.5 英里的地方经过一座柳树岛，该岛把河流一分为二。左侧经过一河口，阿瑞卡拉人称之为维塔浒河（Wetarhoo）。河有 120 码宽，眼下河水不到 20 码宽，有少量泥沙。河流的每个弯道都有大量红莓，像醋栗。今天观察到这条河［源自黑山］河口的纬度为北纬 45°39′5″。

继续航行，经过一条小河，有 25 码宽，叫垒坝河或者河狸坝河（Rampart or Beaver Dam River），印第安人叫它玛罗帕河（Maropa）。河床铺满淤泥，一股溪流直径有 1 英寸，水里没有沙子。前行 1 英里，从靠近左侧的一座岛的下端经过。

我们的两个队员发现了一个阿瑞卡拉村，大体上位于主岸左侧一座岛的中心。岛长约 3 英里，与左岸之间隔着一条很深的河道，宽约 60 码。岛上全是田地，村民们种植玉米、烟草、蚕豆等等。很多村民来到岛上，看我们沿河航行的情景。我们经过岛的上端，刘易斯上尉带两个翻译和两个队员去了村子里。我让法国人和警卫在岸上守营，让一个哨兵在停泊的船上站岗。夜色宜人。不管迎接

第四章　向曼丹进发

我们的是和平还是战斗,我们都做好了准备。村子坐落在一座大岛的中心,靠近左侧,不远处是一些光秃秃的高山,崎岖不平。

几个法国人跟着刘易斯上尉乘平底船过来,其中一个是约瑟夫·格瑞富林斯(Joseph Gravelines)先生,他是贸易商雷吉斯·卢瓦赛尔(Régis Loisel)的雇员,会说这个部落联盟的语言,给我们介绍这里的风土人情,等等。

### 1804 年 10 月 8 日,训令簿,克拉克上尉记

鉴于罗伯特·弗雷泽已正式入征,成为西北发现团队的一名志愿者,因此他应该得到相应的待遇和尊重,将被分配到戛斯中士的餐组。

Wm. 克拉克上尉等<br>梅里韦瑟·刘易斯,美国陆军一团上尉

### 1804 年 10 月 9 日,玛罗帕河,克拉克上尉记

昨晚风寒雨冷——太冷了,我们今天无法和印第安人会谈。3位大酋长和许多印第安人来看我们。我们给了他们一点烟草,告诉他们明天再谈。今天一直风雨阴冷,让人心情沉闷。一些印第安人乘几个皮筏从上面不远处的两个村子下来,一整天都有很多人来看我们。我的黑仆人不失时机地展示他的本领和力量,让印第安人大开眼界。他们以前从没有见过黑人。

几位猎手打来很多肉。我看见几个皮筏正在过河,里面有 3 个印第安女人。皮筏是用整张水牛皮做成的。我从未见过河浪如此凶猛,真为她们捏了一把汗。今晚我的胸膜有点炎症。天气非常冷。

### 1804 年 10 月 10 日,克拉克上尉记

早晨晴,东南风,大约 11 点转为西北风。我们准备好同印第

安人会面。皮埃尔·安东尼·塔布尤（Pierre Antoine Tabeau）先生和格瑞富林斯先生过来，和我们一起吃早餐。下村来了几位酋长和一干人，两个上村的一个都没有来。上村最大，我们一直在等上村的人。12点钟，我们派格瑞富林斯先生去邀请他们下来。我们有理由相信，两个上村的人担心，我们可能会任命下村的酋长为大酋长，因此心生妒忌。1点钟，所有酋长都到了，简单仪式之后，会谈开始。我们又重复了一遍以前跟奥托人和苏人讲过的话。任命了三位酋长，一村一位，给他们分发礼物。会议结束后，打气枪给他们看，他们叹为观止。印第安人各自散去，我们夜里睡得很踏实。这些印第安人对我的仆人非常好奇，他们从没见过黑人，围着他上下打量个不停。他狂开玩笑逗他们开心，淘气的程度比我们想象的有过之而无不及。这些印第安人不喜欢喝酒——尤其是烈酒。

## 1804年10月11日，克拉克上尉记

早晨晴，东南风。11点钟，我们和大酋长会面。他简短发言，感谢我们给他和他的族民赠送礼物，保证听从我们的忠告，还告诉我们前面的路畅通无阻，谁也不敢途中作梗，我们随时可以放心出发，等等。我们1点钟启程，前往3英里外的几个村子，大酋长和他的侄子也在船上。继续前行1英里，接上二酋长，到第二个村子附近停船。二村和三村之间就隔着一条小河。一切安顿停当，和二酋长步行到他的村子，坐着闲谈到很晚。我们随后来到上村也就是三村。每个村子的人都以他们特有的方式给我们东西吃，如几蒲式耳①的玉米、蚕豆等等。尽管又穷又脏，但他们彬彬有礼，盛情招待我们。

大约晚上11点钟，我们回到船上。离开之前，我们告诉他们，我们将分别到每个村里去跟他们说话。他们给我们吃用玉米和蚕豆

---

① 在美国，1蒲式耳约等于35.238升。——译者注

做成的面包，还有煮熟的玉米和蚕豆。蚕豆是他们从草原鼠那里抢来的，正是草原鼠发现并收藏了这类食物。蚕豆很多，营养丰富。他们还给我们吃南瓜等等。宁静笼罩着大地。

## 1804年10月12日，克拉克上尉记

早起。早餐后见印第安人，他们在岸上等着我们去开会。随后和他们一道去二酋长拉赛尔（Lassel）家，好几位酋长和他们的斗士都在那里。他们赠给我们一些礼物——7蒲式耳玉米、一副裹腿、一把他们的烟草，还有两种烟籽。我们坐了一会儿，便开始开会。二酋长讲了一通话，表示愿意相信并实践我们给他们的建议，一定要去拜访伟大的国父，很喜欢我们送的礼物，等等。不过他担心：去觐见伟大国父时，必须经过下游部落尤其是苏人的地盘，会不会不安全？他要求我们带上他们的一位酋长，同曼丹人以及上游各部落达成和平。我们回答了二酋长的问题，好像大家都比较满意。之后去三酋长的村子，同样先举行仪式，然后听三酋长高谈阔论。三酋长讲话和二酋长如出一辙，二酋长就坐在他的身边，看上去比三酋长还真诚，还开心。三酋长给了我们大约10蒲式耳玉米、一些蚕豆和南瓜，我们笑纳了。我们回应他的讲话，说我们的国家如何强大，让他们很开心也很震惊。随后我们回到船上。3位酋长陪我们上船。我们给了他们一点糖、少许食盐、一个凸透镜。我们让两位酋长上岸，让第三位酋长跟我们一起去曼丹。我们2点钟出发，两个村子的人在岸上目送我们启程。前行大约9.5英里，在右侧的树林旁宿营。是夜晴朗，凉爽宜人。

阿瑞卡拉部落联盟有600名男子可以打仗〔这是塔布尤先生说的，我觉得有500人〕[塔布尤先生是对的]，其中大多数人的武器是防风火把。他们面相平和，男子身材高大匀称，女子矮小勤劳。女子大量种植玉米、蚕豆、夏季南瓜等等，也为男人们种烟草。她

们收集木材，干繁重的体力活。野人部落无不如此。

我们路过两个村子，里面有10个［9个］波尼人部落。本来他们是各自分开的，不过由于和邻居之间的骚乱以及战事，他们力量式微，于是抱团自卫。不同部落的语言发生退化异变，导致不同村落的人不懂彼此的语言。

这些人又穷又脏，还喜欢浪费，不过他们心地善良，民族自尊心极强，不像乞丐。他们愉快地接受了馈赠。他们的八角形房子又大又暖和，圆锥形屋顶洞开，有如烟囱。屋子直径一般三四十英尺，椽上面裹着泥土——泥土下面有柳枝和草，防止泥土脱落。他们愿意与所有部落和平相处。对阿瑞卡拉人影响最大的是苏人，苏人用自己种植的玉米换来英国人的东西，然后同阿瑞卡拉人做生意，毒害他们的头脑，让他们时刻处于恐慌之中。

苏人和阿瑞卡拉人有一个很有趣的风俗，他们如果要感谢谁，就送漂亮女人给他。这几个苏人带着女人跟了我们两天，我们总算是摆脱了他们，没有要他们的女人。我们访问几个阿瑞卡拉村子时，也婉拒了他们的美意，不过一名阿瑞卡拉男子派了两个漂亮的女人一直跟着我们。她们今天晚上过来，固执地坚持她们的礼仪。

这个部落联盟的男装很简单，就是一双鹿皮靴和前面带有翻舌的裹腿，还有水牛皮长袍，他们的头发、胳膊、耳朵上都有装饰。女性着鹿皮靴和有饰边的裹腿，穿山羊皮衬衫，有些有袖子。外套长，多为白色，有饰边，腰部束起，还有长袍。夏装无装饰皮毛。

## 1804年10月13日，克拉克上尉记

J. 纽曼（J. Newman）出言不逊，被关禁闭。一早出发，继续前行，右侧经过一个苏人营地。这些人只是看着我们，一言未发。昨晚有几个客人来访问营地，除了跟在我们船上的那位酋长的弟弟，其他客人都回去了。

左侧经过一条溪流，宽约 15 码。我们根据二酋长的名字给它起名为珀卡瑟（Pocasse），意为干草。在离河几英里的草原上，差不多就在溪流右侧的对面，有两块形状像人的石头，还有一块像狗。阿瑞卡拉人极其敬畏这两块石头，路过时必供奉东西（这是酋长和翻译说的）。他们有一个关于这些石头的传说，十分有意思——一块石头是热恋中的男孩，另外一块是其父母不同意他们结婚的女孩。按照传统，男孩长吁短叹，女孩跟在他后面，狗也跟着他们悄悄流泪，慢慢自脚底变成了石头。变成石头之前，他们吃葡萄为生，女子的手里还有一串葡萄。就在这些石头附近的河岸上，我们看到大量甜美的葡萄，我以前从没见过哪个地方有这么多的葡萄。

昨晚我们让 9 个队员审判囚犯纽曼，他们"判他 75 皮鞭，将他逐出探险队"［纽曼一直留在探险队，不过他此后只干活，不站岗值班］。

### 1804 年 10 月 14 日，克拉克上尉记

昨夜下了点雨，又湿又冷。我们一早出发。一整天都在下雨。在左侧［此处空白］英里处经过一条 15 码宽的溪流，我们以三酋长的名字将它命名为皮阿希忒（Piaheto），意为雄鹰的羽毛。1 点钟，在一片沙洲边停船。饭后，我们按照军事法庭的判决惩罚罪犯。继续行船几英里，迎面吹着东北风。在右侧弯道宿营。在营地左侧的正对面，我发现一个古老的防御工事，工事的围墙有 8～10 英尺高，大部分被水冲倒了。晚上潮湿难受，河面变宽，岸上林木较多。

今天惩罚罪犯，印第安酋长看了大受刺激，他大声叫喊，或者是假装叫喊。我给他解释惩罚的原因和必要性。他也认为惩一儆百十分必要，他自己就用死刑来杀一儆百。在他们部落联盟，孩子生下来从不挨鞭子。

### 1804年10月15日，克拉克上尉记

昨晚下了一整夜雨。我们早早出发，前行3英里，右侧经过阿瑞卡拉猎手的营地，我们在其上方停船。大约30个印第安人乘皮筏过来和我们一起吃饭，他们给我们带了一点肉，我们回赠他们鱼钩和串珠。再上行1英里，靠左侧停船。有一个大约有8间小屋的阿瑞卡拉营地，我们又在这里吃了点东西，他们送给我们一些肉。我们继续前行，看见两岸有不少印第安人，正在过一条溪流。看到很多奇形怪状的高山，很像用木桩撑起的屋顶。12点钟，视野开阔，下午气温宜人，东北风。日落时到达右侧的一个阿瑞卡拉人营地，有10来间小屋。我们停船，在他们附近宿营。刘易斯上尉和我在酋长的陪同下去造访了几家人，他们都吸烟，给我们东西吃，还让我们带些东西回来。这些人心地善良，你关心他们，他们会很开心。

他们很喜欢我的黑仆人，女人们很喜欢触摸我们的队员，等等。

### 1804年10月16日，克拉克上尉记

早晨下了点雨。那两个年轻女子很希望陪我们。一直在船上的那位酋长跟着我们出发，他的名字叫阿基塔纳沙（Arketarnashar），意为镇长。刘易斯上尉和酋长在岸上步行。我发现河里有很多山羊，两面岸上还有印第安人。走近一看，才发现河里有几个男孩在用棍子打山羊，把打死的拖到岸上。岸上的人在用箭射山羊，山羊一靠岸，他们就把它们赶回水里。我数了一下，岸上躺着58只被打死的山羊。我们的一个猎手跟着刘易斯上尉出去，也打死了3只山羊。我们在右侧经过印第安人的营地。继续前行半英里，在左侧宿营。许多印第安人来船上看我们，甚至夜里很晚还有人来。他们

来的时候一边喊叫一边唱歌。他们待了一会儿，有两个人回去拿肉，很快便带着水牛肉回来，有新鲜的也有干的，还有山羊肉。这些印第安人整夜待在船上唱歌，非常开心。

## 1804 年 10 月 17 日，克拉克上尉记

一早出发。早晨晴，西北风。用过早餐后，我和印第安酋长、几个翻译在岸上步行。看到水牛、麋鹿和成群成群数量极多的山羊。格瑞富林斯先生告诉我，这些动物在黑山一带的森林里过冬，等等。在差不多现在这个季节，它们从密苏里河以东前往黑山。到了春天，它们成群结队地穿过密苏里河，返回平原上。酋长给我讲了一些有关乌龟、蛇等等的传说，还说上游一条河上有一块岩石或是一个小河湾，具有神奇的力量，能够兆示万物。我觉得他的话毫无价值，不值一提。迎面风很猛，10 点钟后无法行船。刘易斯上尉测得此处太阳的标高为北纬 $46°23'57''$。我打了 3 头鹿，身边的几个猎手也打死了 3 头。印第安人打中了 1 头，可是没有打死。我把鹿挂在支架上，天黑返回，在左侧遇上我们的船，大约在我们昨晚营地以上 6 英里处。一个队员见到了几条蛇。刘易斯上尉在右岸上见到了一个很大的河狸窝。我抓到了一只北美夜鹰，个头不大，很少见。树叶凋落得很快。河面宽阔，多沙洲。山坡上有很多大石头，下游左侧弯道里有一种棕色的岩石。

右边的河岸上有大量山羊，正在前往黑山的路上，将在那里过冬。到了春天，它们又原路返回，遍布四面八方。

## 1804 年 10 月 18 日，克拉克上尉记

一大早出发，前行 6 英里，左侧经过勒布雷河口（Le Boulet），意为炮弹河（Cannon Ball River），宽约 140 码。这条河源自考特诺瓦山，亦称黑山。晴天。河口之上有峭壁，峭壁和岸上有很多圆形

石头，其中含有细沙砾。石头极似炮弹，故名炮弹河。河水宽度不超过40码。遇见两个法国人坐在平底船上，他们打猎后顺流而下。他们抱怨曼丹人抢走了他们的4个猎套，还有皮毛以及几样别的东西。他们的雇主是我们的阿瑞卡拉翻译格瑞富林斯先生。他们又掉转船头跟着我们走。

注：阿瑞卡拉人不喜欢烈酒，既不喜欢接受也不感激这样的礼物。他们说我们不够朋友，否则就不会给他们喝这种让他们变成傻子的东西。

## 1804年10月20日，克拉克上尉记

一大早动身，继续航行。东南风。早餐后去左岸走走，想看看约翰·埃文斯[1]指给我们的几个地方。一片山坡上有个村落的遗址，占地6~8英亩。酋长和图尼（Tooné）说这个部落的人就生活在这一带。河两岸有两个村子。那些苏人总是爱制造麻烦，他们强迫这个部落的人向上游迁徙了40英里，在那里待了几年，之后搬迁到现今这个地方。我们先是在右侧经过一条小河，后来在左侧也经过一条。经过河中央的一座岛，上面长满柳树。左侧没有河流。在左侧一个峭壁的上方宿营，峭壁上有煤，煤质不怎么好。峭壁恰好在曼丹人的一个旧村落之上。此处风光宜人，远处的山峰渐渐升高。我打了3头鹿。这里的林木像别处一样，大都长在低洼的地方，树木比下游的大得多。有大量水牛、麋鹿、鹿和山羊。我们的几个猎手今天打了10头鹿和1头山羊，还打伤了1头白熊。我看到白熊刚刚留下的足迹，有人的足迹的3倍之大。一整天刮东北转东风，

---

[1] 约翰·埃文斯（John Evans）有时候也被叫作刘易斯·埃文斯（Lewis Evans）。他是威尔士人，来美国追寻威尔士印第安人的传奇故事。他比刘易斯和克拉克早几年到曼丹，绘制了从密苏里河一直到曼丹的地图。探险队启程之前，杰斐逊总统给了他们一幅埃文斯绘制的地图。——约翰·贝克勒斯注

很猛。大量水牛在游着过河，狼群跟着大群大群的水牛，争食那些偶尔死亡的或者因过于羸弱或肥胖而跟不上群的水牛。

## 1804年10月21日，克拉克上尉记

晚上很冷。东北风很大。夜雨落地成冰。黎明开始下雪，大半天未停。左侧过一小河，就在我们营地上头，印第安人称之为赤斯切塔（Chisschetar），宽约38码，水量充沛。河上游不远处有一块石头，印第安人对它顶礼膜拜，说只要看到石头上的图案，就可以知道这个部落联盟以及到访过此地的人将会遇到的各种灾难和福祉。大约两英里以外，开阔的草原上孤零零地矗立着一棵橡树，经火不死，他们对它极其敬畏：他们在自己脖子的皮上和树身上穿孔系绳，以为这样就可以变得勇敢。［刘易斯上尉见过这棵树。］这些都是图尼［惠颇维尔人（Whippoorwill）］说的，他是阿瑞卡拉部落的酋长，陪我们去曼丹人那里。行两英里，经过第二个曼丹村，它存在的时间和第一个村子的差不多。这个村子坐落在右侧一座山脚下，山的前面是一片美丽浩瀚的平原，在这个季节，平原上密密麻麻全是水牛。密苏里河对岸的低洼地里还有一个村子，几乎正对着这个村子。我打了一头漂亮的水牛。沿右侧一条小河向上3英里，经过一个曼丹村，然后在左侧一个古老的曼丹村下面宿营。非常冷，地上有积雪。打死了一只水獭。

昨晚1点钟，我突然风湿病发作，脖子剧痛，人都动不了。刘易斯上尉用法兰绒包着热石头给我热敷，疼痛暂时得到缓解。一大早动身，天气很冷。7点钟停船，左岸有提顿苏人的一个营地。他们一共有12个人，全身赤裸，像是准备打仗的样子。我们有充分的理由相信，他们正准备去偷或者已经偷了曼丹人的马。他们的说法前后矛盾。我们没给他们任何东西。早餐后继续航行。我的脖子还是很痛，时不时出现痉挛。经过营地附近的曼丹老村。行4英

里，又过一村。再走8英里，在一个大溪口又过一村，大溪延伸4英里。村子都在左侧。沿河20英里有9座山丘。村里散落着房屋倒塌后剩下的泥土、人和动物的骨头，还有人的头骨。

在左岸宿营。左侧经过一岛，其上端很难通过，右侧两英里处经过一个曼丹村。猎手们打死1头公水牛。他们说见过大约300头公牛，就是没有见过1头母牛。能看到大量河狸，每天晚上能抓到好几只。

### 1804年10月23日，克拉克上尉记

早晨天阴，有雪。一大早出发。经过5座被遗弃的小屋，火还在燃烧。我们猜测，大概正是这些人几天前抢走了那两个法国人的猎套。两个法国人现在就跟我们在一起，希望我们帮着从印第安人那里要回他们的东西。天气阴冷。在左岸宿营。

### 1804年10月24日，克拉克上尉记

一大早出发。阴天，早上小雪。我脖子上的风湿病略有好转。两岸景色宜人，洼地里全是树林。今天河上未见猎物，证明印第安人就在附近打猎。右侧过一岛，岛是河流穿行而成的，航程因此缩短了好几英里。在岛上见到一位曼丹大酋长，正在打猎，他有5间屋子。他非常热情，正式接见了陪我们一同前来的阿瑞卡拉酋长。吸过烟，刘易斯上尉和翻译跟着酋长到1英里以外看他的屋子。刘易斯上尉回来后，我们把大酋长和他弟弟接到船上待了几分钟。继续航行一段路程，在右侧宿营，营地就在曼丹人和阿瑞卡拉人的老村下面。我们刚上岸，从前面营地来了4个曼丹人，阿瑞卡拉酋长跟着他们去了营地。

### 1804年10月25日，克拉克上尉记

早晨冷，微风自东南偏东吹拂。我们一早出发。经过第三个曼

## 第四章 向曼丹进发

丹老村,已被遗弃多年。村子坐落在左岸一片土丘上,高出水面约40英尺,后面是一片美丽的平原,绵延几英里。离村不远处是阿瑞卡拉人的村子,也在同一片土丘上。还有两个阿瑞卡拉村子,一个在高山顶上,另一个在低洼地里,都是6年〔5年〕前遗弃的。由村子向上大约三四英里,还有3个曼丹古村,彼此靠得很近。当时曼丹人就住在这里,阿瑞卡拉人到这里寻求保护,躲避战乱,之后便迁至现在的地方居住。村子上面是一片宽阔的洼地,绵延好几英里,印第安女人在地里种植玉米。村子附近林木很少,右岸下面有一片茂盛的林木,再往上几英里是优质林木。

接连好几伙曼丹人沿右岸骑马来看我们,我们的相貌等让他们大饱眼福。我们得知,苏人最近侵扰大肚子人(Big Bellies)〔即格罗斯文特人(Gros Ventres)〕,偷走了他们的马匹。在返回途中,他们遇上艾幸尼波因尼人(Assiniboines),被艾幸尼波因尼人杀死并且抢走了马匹。不久前,一个法国人去北边艾幸尼波因尼河(Assiniboine River)上的贸易点(也是英国人据点),途中被印第安人杀死。之前他跟曼丹人一起生活了很多年。

我们时不时得上岸和曼丹人聊聊。

大约11点,转向西南风,一直狂吹到下午3点。阴云密布,河里全是沙洲,找不到水道。船时不时会碰到沙洲,大大地拖延了我们的行程。沿着一片沙洲的左侧前行,傍晚经过一个岩石沟,极其难走。在右侧沙滩上宿营,对面即左侧是一座高山。晚上有几个印第安人来看我们,其中有曼丹大酋长的儿子,还在哀悼他的父亲。他的两根手指头没了,问其原因,得知这个民族以痛苦来哀悼失去的亲人,普遍做法就是去掉两根手指头,从第二节那里截断,有时候还不止两节,还有其他惨无人道的表达悲痛情感的方式。

晚上西南风很猛,天气很冷。鲁本·菲尔兹的脖子患了风湿病,彼得·克鲁萨特的腿也得了风湿病,其他人尚好。我自己有轻微的风湿病症状。

### 1804年10月26日，克拉克上尉记

一大早出发。西南风。继续航行。看到岸上有很多曼丹人。我们把阿瑞卡拉酋长放到岸上，然后继续前往两位大酋长的地盘。到了那里，会面耽搁了几分钟，继续前行。两位酋长随行，还带了一些沉重的家当，如泥罐、玉米。继续前行。在营地见到了一位来自西北［哈德逊湾］公司的英国人，叫麦克克兰肯先生[①]。他9天前到这里，收购马匹和水牛皮。和他一起来的还有一个人，叫戴维·汤普森。印第安人整天都在河岸上。这段河岸上树木很少，河道里沙洲很多，河床崎岖不平，河水四分五裂。

我们停船，在左侧宿营，离前方左侧第一个曼丹镇约半英里。我们的船刚停好，很多男人、女人和孩子便蜂拥而至，来看我们。刘易斯上尉带着几个翻译和几位酋长步行去了村里，我因为风湿病加重去不了。即使我身体没有问题，我们两个也只能有一个人离开队伍下船上岸，先了解印第安人的情况。随后来了几位酋长，我和他们一起吸烟。由于要磨面做饭，我们的船上装有磨玉米的磨子，他们看了很开心。

---

[①] 休·麦克克兰肯（Hugh McCracken）不是哈德逊湾公司的人。他9年前和戴维·汤普森第一次访问曼丹人。——约翰·贝克勒斯注

## 第五章
## 在曼丹人中间

(1804年10月27日—12月27日)

## 1804年10月27日,克拉克上尉记

我们一早出发。在左侧一个村子前面停船。村子高出水面大约50英尺,坐落在一片美丽的平原上。村里有大约[原文空白]座房子①,看样子是用木桩围成的。房子呈圆形,很宽敞,住着几家人和马匹,马就拴在房子入口的一侧。下文将详细描述房子的样子。我走上前去,和村里的几位酋长吸烟。他们很希望我留下来和他们一道用餐。我身体不舒服,婉言谢绝。他们甚为不悦,我好说歹说,他们才放我回到船上。我让人给他们送去两棒烟草,接着继续航行。经过第二个村子,然后在韦特逊人(Wetersoons)或者叫阿瓦哈维人(Ahwahharways)的村子对面宿营。村子在左侧平原的高处,面积不大,住的人不多。村子的上方,也是密苏里河同一侧的奈夫河②上方,是大肚子人的村落。稍后再详细交代,也顺便说说这一侧即南岸曼丹村的情况。

天气暖和。我们遇见一位法国人,名叫竺瑟姆,请他给我们当

---

① 原文中没有数字,不过据帕特里克·戛斯中士日记中的记录,有四五十座房子。——约翰·贝克勒斯注

② Knife River 亦可译为"刀河"。——译者注

翻译。他的妻子和孩子就在村子里。两岸站满了人，看着我们经过。刘易斯上尉和翻译一起去我们营地下方的村子，一小时后回到船上，他说印第安人回到村里了，等等。我们给3个年轻人3束烟草，让他们带给前面的3个村子，请他们明天来和我们会面。许多印第安人来看我们，有些整夜留在船上。我们通过竺瑟姆了解了有关各族酋长的一些情况。

### 1804年10月28日，克拉克上尉记

天空晴朗，有风。很多格罗斯文特人或者说大肚子人，还有韦特逊人来看我们，听我们议事。可是西南风太大，我们无法去开会，而且下面村里的曼丹酋长也过不来。我们准备好礼物，逗几位酋长开心。他们对我们的船非常好奇，总是看不够，把它看作一种妙药〔他们把任何神秘或者无法解释的东西都叫作妙药〕。他们也觉得我的黑仆人妙不可言。

曼丹大酋长黑猫（The Black Cat）、刘易斯上尉和我，还有一位翻译，沿河步行1.5英里。此行的目的是观察这一带的地形和木材，准备建一个据点。地形不错，但是木材不多，或者说木材太少，不够用。我们请教大酋长，该去拜见哪些村子的酋长。他给了我们12个酋长的名字。乔治·焦伊列德在我们营地上方抓到两只河狸。印第安女人给了我们玉米，包括煮熟的玉米糁子、松软的玉米等等。我给酋长的妻子送了一个釉面陶罐，她很开心地收下了。

今晚队员们很开心。我们让格罗斯文特的几位酋长和曼丹大酋长一起吸烟，告诉他们明天面谈。

### 1804年10月29日，克拉克上尉记

早晨晴。早餐后，大肚子人的老酋长来访。他年事已高，让位

## 第五章 在曼丹人中间

给了他儿子。他儿子此刻正在外面和斯内克印第安人①打仗。斯内克印第安人居住在落基山脉一带。10点钟,西南风更猛。我们把酋长们召集到一起,开始开会。我们躲在遮阳棚和船帆下面,尽量避开大风。我们讲了一大堆话,内容跟我们对下游那些部落讲过的一样。

话还没有讲到一半,格罗斯文特老酋长就开始不安起来,说他等不及了,他的营地就暴露在那些充满敌意的印第安人眼前等等。其中一位酋长指责他沉不住气,这时候就大惊小怪的。讲话临结束时,我们向大家介绍了跟我们一路而来的阿瑞卡拉人,他陪伴我们来,为的是缔造持久的和平。他们都和他一起吸烟。我给这位酋长赠送了一枚美国钱币作为奖章,他非常高兴。开会期间,我们还给他颁发了一份证书,嘉奖他的真诚和优异表现等等。我们还讲起一个曼丹人从两个法国人那里弄来的毛皮,并且告诉他们,我们打算让几个法国助手回去。

会后,我们隆重地赠送礼物,给我们准备任命的酋长别上奖章:每个村任命一名酋长,赠给他衣服、帽子和旗帜;每个部落任命一名大酋长,赠给他一枚总统像章。开会的时候,我们向他们提了一些问题,要求他们先去商量,明天或者尽快给我们回话。会议结束后,我们打气枪,让这些土著惊叹不已。随即大多数人起身告辞。

阿瑞卡拉酋长阿基塔纳沙晚上找到我,说他想回到他的领地,回到他的村里。我把他岔开,告诉他,我们明天可能会得到满意的答案,让他带上一串贝壳串珠,把这里所发生的事情告诉更多的人。我们给曼丹人送了磨玉米的铁磨,很受欢迎。由于一个年轻的曼丹人的疏忽,草原上起火了(也可能是偶尔失火)。火势太猛,

---

① Snake Indians 亦可译为"蛇印第安人"。——译者注

烧死了一男一女，他们来不及逃到安全的地方。还有一男一女和一个孩子严重烧伤，另外几个人死里逃生。

一个有一半白人血统的男孩被从火里救了出来，所幸没有烧伤。这些愚昧的曼丹人竟然说孩子是伟大的药神救下来的，因为他是白人。孩子之所以得救，多亏他妈妈把一张水牛皮盖到他身上，她当时可能只想着救孩子，没有想着救自己，那些逃脱的人可能根本就没有她这么有远见。有水牛皮盖着，周围还有草，火就没有烧着他。昨晚大约8点钟，大火从我们的营地掠过。当时火势异常迅猛，十分吓人。

我们为明尼塔瑞人或大肚子人的酋长准备了礼物、旗帜和串珠，让老酋长带上。也为下村的酋长准备了礼物，让一位年轻的酋长捎去。

### 1804年10月30日，克拉克上尉记

来了两位酋长——一位是下面那个村子的酋长，另一位自诩酋长，他俩想听听我们昨天讲过的话——他们出去打猎了，没有赶上昨天的会。我们满足了他们的要求，他们很开心。我们给大白（The Big White）的脖子上挂了一枚纪念章，昨天已经托人给他带去衣服和一面旗帜。另一个是夏延人（Cheyenne）。我带着8个人划平底船上行约7英里，来到第一个岛上，察看上面是否可以安扎冬营。我发现这个岛及其上头的树林离水太远，感觉不太适合安营过冬。我们在这里遇到几个白人，他们都跟我们说，这里林木稀少，猎物也不多。鉴于此，我们决定下行几英里，到靠近树林和猎物的地方安营。

回来后发现营地有好几个印第安人。给了他们少量的酒，他们欢快地跳舞，这是夜晚的常规活动，这些野蛮人很开心。东南风。

# 第五章　在曼丹人中间

## 1804年10月31日，克拉克上尉记

早晨晴。曼丹酋长让他的二把手过来，请我们去他的住处，他要给我们送些玉米，还要说些话。我走着过去，经过一番烦琐的仪式，他们把我安顿在酋长身边的皮袍上坐下。他给我披上一件漂亮的礼袍，先和周围的老人们吸烟，然后开始说话：

他相信我们的话，相信会迎来和平，他本人和他的人民都满心欢喜，因为他们可以无忧无虑地打猎，女人们在地里干活时再也不用时刻提防着敌人，他们晚上可以脱掉鹿皮靴了［脱衣服是和平的迹象］。说到和阿瑞卡拉人的关系，他们想让我们明白，他们愿意和所有人和平相处，决不会无端惹是生非。他指着二把手说，这位酋长和几位斗士会跟着你船上那位阿瑞卡拉酋长，去他的村子和他的部落联盟，和他们吸烟。你们来这里，附近村子里的印第安人，还有那些外出打猎的人，都满心期盼着能得到礼物。猎人们一听你们来了，马上回到村子里，可是他们有多失望，有的人心生不满。酋长本人倒不太失望，因为他有机会去觐见伟大的国父，不过村子里其他人都很失望，等等。

不久前，他们从法国人那里抢了一些捕猎的钢夹子。他拿出两个放在我面前，还让村里的女人拿来12蒲式耳的玉米放在我面前。酋长讲好话，极其庄重地吸了一管烟，我才回应他的话，他们听了很满意。我回到船上，接见第三个村子的酋长和小乌鸦（Little Crow），邀请他们到船舱里吸烟聊天，大约有一个小时。

几个酋长一离开，曼丹大酋长就带着他的两个小儿子来了，他穿着我们送给他的衣服。他要看跳舞，队员们很乐意让他如愿以偿。整个下午刮东北风，晚上也没停，早上转西北风。刘易斯上尉给西北公司代理写了一封信［那里有要塞等，离此地大约150英里］。西北公司在艾幸尼波因尼河上，从这里往北大约得走9天。

### 1804 年 11 月 1 日，克拉克上尉记

西北风很猛。贸易商人麦克克兰肯先生 7 点钟出发，去艾幸尼波因尼河要塞。让他给西北公司主要代理人带一封信（还附上了一封英国部长的保护文书）。

大约 10 点钟，下面村子的几位酋长到了。他们希望我们去看看他们的村子，带些玉米回来。他们表示愿意和阿瑞卡拉人和好，之所以跟他们交恶，是因为阿瑞卡拉人杀了他们的几个酋长。他们杀阿瑞卡拉人就像打死鸟儿一样，不过他们已经厌倦了杀戮，愿意派一位酋长带几个斗士去见阿瑞卡拉人，跟他们吸烟和好。

我们傍晚出发，顺流来到下面的村子。刘易斯上尉上岸，一直在村子里待到傍晚。我继续前行，在右侧发现了一片林木，在树林的上端登岸。登岸后忙碌了大半夜，在下面找到了一个适合的地方扎营。刘易斯上尉夜幕降临时从村里下来，说应酋长们的要求，他第二天早晨还得去趟村里。

我们往下走的时候，经过了好几个村子，见到了很多土著民。

### 1804 年 11 月 2 日，克拉克上尉记

天微亮，我带了 4 个人去河边找可以过冬的地方。顺河而下 3 英里，找到了一个树木茂密的地方，随即返回。刘易斯上尉去了村里，听听他们的想法。我再次沿河而下，搭建营地，附近有一个小营地，几个印第安人在打猎。我们把营地周围的树木砍倒。傍晚，刘易斯上尉回来时带来一份礼物——11 蒲式耳玉米。跟随我们的阿瑞卡拉酋长在一位曼丹酋长、几位明尼塔瑞人和曼丹斗士的陪同下启程。他要我们给他曾经许诺过的小东西，但是我不明白他指的是什么，没法给他［后来他如愿了］。东南风，晴天。许多印第安人来看我们。

## 第五章　在曼丹人中间

### 1804年11月4日，克拉克上尉记

早晨晴。继续伐木造房。萨卡戛维娅的丈夫、格罗斯文特翻译沙博诺先生①来看我们。他告诉我们，他带来了几个印第安猎人，他们在上游打猎，想听听我们会见其他印第安人时对他们讲过的话。他很想给我们当翻译。晚上东风，阴云密布。很多打猎的印第安人从这里经过，有些是回家时路过。

### 1804年11月5日，克拉克上尉记

我一早起来，开始搭建两排临时营房。木材又大又重，有棉白杨木、榆木和一些小桦木等等，我们只好用粗壮的木棒撬。这个地方多沙。大批印第安猎人来来往往从这里经过。几英里以下有一个曼丹人的营地。两天就抓了100只山羊。我们的办法是把山羊顺着一个灌木篱笆驱赶到一个圈里，如此这般。今天大部分时间阴天，西北风不大。风湿病让我吃了不少苦头。刘易斯上尉整天在写东西。我们的翻译告诉我们，4个艾幸尼波因尼印第安人来到格罗斯文特人的营地，还有50户人家马上就到。

### 1804年11月6日，曼丹堡，克拉克上尉记

昨晚后半夜，值班中士叫醒我们看北极光②。此光亮而不艳，虽无遮挡，却忽明忽暗，有时朦朦胧胧，在海平面上散开大约20度，各种形状，相当开阔。多数时候呈现为一束束光带，有时候像宇宙光，中间有一道道浮动光柱，好像彼此追逐散开，瞬间消失在

---

① 沙博诺全名图森·沙博诺，是萨卡戛维娅和另一位肖肖尼女子的丈夫。——约翰·贝克勒斯注

② 对于这两位弗吉尼亚军官来说，北极光是极为新奇的现象，因为两个人在寒冷天气都没有到过俄亥俄河以北太远的地方。——约翰·贝克勒斯注

光亮中。

今早天亮才起来。北边黑云凝重。8点钟,西北风狂吹,天气寒冷,全天未停。我们的阿瑞卡拉翻译约瑟夫·格瑞富林斯先生、保罗·普利矛特、拉·朱尼斯[①],还有跟在我们身边的两个法国男孩,乘一艘平底船返回阿瑞卡拉部落联盟和伊利诺伊河一带。格瑞富林斯先生受命春季去游说阿瑞卡拉人,等等。我们继续用棉白杨木搭营房,这是现在唯一能找到的木材。

### 1804年11月7日,克拉克上尉记

今天气温适宜。我们继续搭建营房。全天阴,还有雾。

### 1804年11月8日,克拉克上尉记

上午阴云密布。我们的曼丹语翻译竺瑟姆去了一趟村里,回来告诉我们,哈德逊湾公司的3个英国人明天就能到这里。我们继续修建营房。很多印第安人来看我们,顺带把他们的马赶到附近吃草。

### 1804年11月9日,克拉克上尉记

今晨浓霜。我们继续搭建营房,条件十分不利。阴天,西北风。好几个印第安人经过这里,带来一些消息。一个印第安人送给我们一只白色的黄鼠狼——尾巴尖是黑色的。刘易斯上尉步行3/4英里到一座山上。我们的位置在密苏里河北边的一片棉白杨林中。这种林木高大结实,水分多,脆而软,印第安人说冬天适合给马当饲料。曼丹人白天在草地上牧马,夜间给它们放一抱棉白杨树枝

---

① 格瑞富林斯是探险队的阿瑞卡拉翻译,探险队请他带领一位阿瑞卡拉酋长去华盛顿。保罗·普利矛特(Paul Primaut)身份未知。拉·朱尼斯(La Jeunesse)负责驾驶红色平底船。——约翰·贝克勒斯注

第五章　在曼丹人中间

吃。他们的圆形小屋外面裹着泥巴，屋子中间生着一堆火，人、马、狗都在同一个屋子里过夜，或者马和狗在屋子附近过夜。高空有大批大雁掠过，朝南飞去。

### 1804 年 11 月 10 日，克拉克上尉记

早起。继续搭建营地。几个印第安人来看我们。一位有着一半波尼人血统的酋长带来了半头水牛。作为回赠，我们送给他本人、他妻子和孩子一些小东西。他坐着水牛皮筏子过河，他妻子背着筏子，步行 3 英里回到他们村里。天气潮湿阴冷，西北风。一群群的大雁向南飞翔，还有黑雁和鸭子。

### 1804 年 11 月 11 日，曼丹堡，克拉克上尉记

阴天。继续搭建营房。两个队员用斧头时，不慎被砍伤了。大雁南飞。一个印第安人送了我几卷干肉。来了两个落基山印第安女人，她们是法国人沙博诺从印第安人那里买来的①。曼丹人外出猎水牛去了。

### 1804 年 11 月 12 日，克拉克上尉记

早晨奇冷。一大早，下面那个曼丹村的大酋长大白就过来了，让他妻子给我们背来大约 100 磅的好肉。我们准备了一些小礼品，送给她和孩子，还送给他们一把小斧头，她很喜欢。我们有 3 个人得了［原稿空白］病。好几个呢。风向飘忽不定。傍晚很冷，全天结冰，河沿上有冰。

大雁南飞。派出去沿河打猎的几个人还没有回来。

---

①　沙博诺买了两个女俘虏给自己做妻子，萨卡夏维娅就是其中的一个。他总是在娶妻。——约翰·贝克勒斯注

曼丹人的语言只有他们自己能听懂，非常［原稿空白］。他们可以招募大约 350 名男子；韦特逊人或马哈人可以招募 80 名男子；大肚子人或明尼塔瑞人可以招募 600 到 650 名男子。在曼丹人和苏人的语言里，"水"是同一个单词。大肚子人或明尼塔瑞人和莱温（Raven）［韦特逊，也叫乌鸦或渡鸦］印第安人讲的几乎是同一种语言，我们猜测他们起初是同一个民族。莱温印第安人大约有 400 家，约 1 200 名男子。他们跟随水牛迁徙，或者在平原上、在考特诺瓦河与落基山脉一带狩猎，他们与苏人、斯内克印第安人不和。

大肚子印第安人和韦特逊人在跟斯内克印第安人和苏人交战。几天前他们还在和阿瑞卡拉人交战，我们从中说和，才得以停战。曼丹人只跟攻击他们的人交战，目前在跟苏人打仗。他们愿意同所有民族和平相处，很少进攻其他民族。

### 1804 年 11 月 14 日，曼丹堡，克拉克上尉记

早晨阴。冰很厚。昨夜河水上涨了 1/2 英寸。天空飘着雪花。为了庆祝艾幸尼波因尼人、克里人（Crees）以及附近部落之间相互接纳和谅解、相互交换财产，昨晚大家一起跳舞，所以今天只有两个印第安人来访。我们派一个人骑马去找我们的猎手。今天傍晚，两个在下游设陷阱捕猎的法国人带来 20 只河狸。我们不得不吃猪肉了——因为担心今后树林里可能找不到足够的食品，我们想储存些猪肉，所以平时舍不得吃猪肉。

### 1804 年 11 月 15 日，克拉克上尉记

早晨阴，冰比昨天厚了许多。10 点钟，乔治·焦伊列德和昨天派去找猎手的法国人回来了，几个猎手在下游大约 30 英里的地方宿营。大约 1 小时后，我们派一人去传达我们的命令，要求猎手们立即穿越浮冰返回。我们还让他带了些罐头盒子和拉绳，好让

他们用锡皮把船上可能碰到冰的地方包起来。风向不定。所有人都忙着搭建营房,一直到深夜1点钟。天鹅①南飞,很少能看到水鸟。今天没有一个印第安人来访。

### 1804年11月16日,克拉克上尉记

地上的霜很白,树上全是冰,阴天。所有人都搬进了尚未竣工的营房里。几个印第安人来宿营。艾幸尼波因尼人住进了大肚子人的营地,不过据一位来看我们的印第安老人说,由于丢了马匹等等,艾幸尼波因尼人和大肚子人之间有可能会发生龃龉。他想用4张水牛皮和玉米换一把手枪,我们没有同意。队员们都忙着给营房涂抹泥巴,一直干到很晚。把几匹马牵到营地附近的树林里,以防被艾幸尼波因尼人偷走。

### 1804年11月19日,克拉克上尉记

天冷。冰一直在流动。平底船上的队员们打来了32头鹿、12头麋鹿,还有1头水牛。这些肉真是及时雨,我们把它们都放在熏肉房里。几个印第安人整天在这里。西北偏西风很大。队员们搬进了各自的木屋里。今天有人给我讲了几个印第安人小故事。

### 1804年11月20日,克拉克上尉记

我和刘易斯上尉搬进我们的屋子。西风很大,午后天气温和。几个印第安人下来吃刚打来的肉,第二个曼丹村的3位酋长整天都待在这里,非常好奇地看我们的工事。

---

① 原文是 swans,故译作天鹅。——译者注

### 1804年11月21日，克拉克上尉记

晴天。派了一艘平底船去收集做烟囱的石料。西南风，不大。整理各种物品。今天来了好多印第安人。乔治·焦伊列德弄伤了手，伤势很重。大家心情不错。河里无冰，河水略有上涨。

### 1804年11月22日，克拉克上尉记

早上晴。派普拉耶中士带5个人乘平底船到第二个村子，去取竺瑟姆先生答应给我们的100蒲式耳带穗的玉米［实际上不到30蒲式耳］。大约10点钟，哨兵报告，我们营地下面大约60码的地方，就在我们翻译的小屋里，一个印第安人要杀他的妻子。我下去数落了那家伙一顿，告诉他在营地附近不许发生这种鲁莽行为。

大约8天前，这夫妻俩发生了一点误会。她来我们营地，和几个翻译的女人待在一起［她丈夫可以以她逃跑为由合法地杀死她］。两天前，她回到了村里。当天晚上，她又来到翻译的小屋里，显然是挨了打，身上有3处刀伤。我们命令队伍里任何人都不得跟这个女人来往，违者治罪。这个丈夫说我们的一位中士睡了他的妻子，如果这位中士愿意要她，他可以把她送给这位中士。

我们要求奥德韦中士给这个印第安人送些东西了事。同时我告诉这个印第安人，除了奥德韦中士经他同意在他床上睡了他的妻子[1]，其他人谁都没有碰过她；我们队伍中没有人会碰他的妻子，也不会碰任何一个印第安人的妻子；我坚信如果他们知道哪个女人是别人的妻子，他们绝不会碰她。我劝他把妻子领回去好好过日

---

[1] 在这些印第安人中间，就像在其他土著部落一样，只要丈夫愿意，他有绝对的权力，可以让他的妻子去取悦他赏识的男人。如果妻子跟别的男人有奸情，那就是犯罪，丈夫有权处罚，想咋处罚就咋处罚。如果一个女人按照丈夫的命令委身于其他男人，那只是在尽她的职责。——约翰·贝克勒斯注

子。这时候，曼丹部落大酋长到了，酋长训了他一通。夫妻俩回去了，显然心有不满。

### 1804年11月24日，克拉克上尉记

天气温暖。几个人重感冒。我们继续用砍好的半圆木板苫抹木屋①。打了一根皮绳，想把我们的船从河岸上拉出来。皮绳是用9股麋鹿皮绞成的。

### 1804年11月25日，克拉克上尉记

刘易斯上尉带了6个队员和两个翻译去附近几个村落和营寨，看那里的印第安人。我们继续苫抹营房。

### 1804年11月27日，克拉克上尉记

昨夜极寒，今晨阴冷。河面漂满冰块。刘易斯上尉和6名队员以及两名翻译回来了，还带来两个酋长和一个要人。两个酋长名叫马诺托（Marnohtoh）和曼尼瑟瑞（Mannessurree）。明尼塔瑞人或者大肚子人从曼丹那里听说，我们正准备联合苏人，在这个冬天围堵包抄他们，这可把他们给吓坏了。再加上他们看到的各种情况——例如我们的翻译和他们的家人都搬进了我们的堡垒，我们的工事如何坚固等等——他们更加深信不疑。刘易斯上尉揭穿了这些谣传，告诉明尼塔瑞人，那全是胡说八道。

所有村镇和营地的印第安人都非常尊敬刘易斯上尉和他的随从，不过有一个大酋长例外，他名叫马帕潘帕拉帕萨图（Marpar-

---

① 半圆木板是一侧砍平的原木板，可以用作地板或天花板、长凳或桌子。"苫抹"（daubing）是指填充粗糙木板之间的空隙。当然，木板绝对不可能和泥结合得严丝合缝。当时人们仍然修建木屋，所以刘易斯和克拉克都熟悉通常的原木建筑术语。——约翰·贝克勒斯注

paparrapasatoo），又叫尖角鼬（Horned Weasel）。他不愿见刘易斯上尉，让人带话说他不在家，等等。西北公司那里来了7个贸易商，其中有一个名叫拉弗朗斯，盛气凌人，说我们动机不纯。刘易斯上尉正告马帕潘帕拉帕萨图酋长、拉洛克先生和麦肯兹先生[①]：假如他们对美国出言不逊，那么不会有人给他们做翻译，后果由他们承担，等等。

### 1804年11月28日，克拉克上尉记

早晨好冷。西北风。河面漂满浮冰。7点钟下起了雪，持续了一整天。8点钟的时候，曼丹大酋长珀斯珂索希（Posscossohe）（意为黑猫）来看我们。我们给酋长们看他们从未见过的东西，给他们送了手帕、臂带和颜料，还有烟丝，他们满心欢喜，下午1点钟回去了。临别的时候，我们顺便提到英国贸易商拉洛克先生给他们送纪念章和旗帜的事情，要酋长们告诉他们的族人，假如他们想获得伟大的美国国父的圣恩，就必须拒绝接受这位英国人的东西。今天很不顺心，什么事情都没有做成。河水水位下降1英寸。

### 1804年11月29日，克拉克上尉记

大风天，很冷，风向西北偏西。昨晚下了些雪，落在树林里的雪深浅不一，大约有13英寸。靠近上面村子那儿的河水冻结了，昨晚水位下降了2英尺。拉洛克先生带着一个手下来访。我们告诉

---

① 安东尼·拉洛克（Antoine Larocque）、查尔斯·麦肯兹（Charles McKenzie）和巴普蒂斯特·拉弗朗斯（Baptiste LaFrance）是加拿大贸易商。他们和其他4个皮货商一道，沿着陆路从加拿大来到这一带。刘易斯同意沙博诺给他们当翻译，前提是不得翻译任何不利于美国的言论。这个时候，加拿大贸易商很警觉，担心美国贸易商将成为他们的竞争对手。事实上，正如加拿大商人所担心的那样，美国贸易商紧随刘易斯和克拉克探险队来到了西部。——约翰·贝克勒斯注

## 第五章 在曼丹人中间

他，我们已经得知他企图委任酋长，警告他不许把纪念章或者旗帜送给印第安人。他矢口否认有这样的企图。我们同意让我们的一位翻译帮他翻译，条件是他只说想单独和印第安人做生意，别的都不能说。他满口答应了。

普拉耶中士在下桅杆时肩膀脱臼。我们尝试了 4 次，才复位成功。下午天冷，还是西北风。河水开始缓缓上涨。

### 1804 年 11 月 30 日，克拉克上尉记

今早 8 时，对岸有个印第安人喊话，说有要紧事向我们报告。我们用独木舟把他接过来。他说："5 个曼丹人在西南方向大约 8 里格的地方狩猎，遭到一大队苏人和波尼人的袭击。一人被杀，两人受了箭伤，9 匹马被抢走。4 个韦特逊人失踪，估计是遭到了苏人的攻击，等等。"我们觉得应该帮助他们对付宿敌，尤其是对付那些不听我们劝说的人。我决定带人去他们村里，如果苏人来侵扰他们，我们就召集各村斗士迎击他们。这也是刘易斯上尉的想法。

等印第安信使一到，我就带着 23 个人，包括几位翻译，大约 1 小时后到达对岸，围住小镇侧翼，沿后面上去。印第安人没想到这么快就有这么多人手来增援他们，大感意外，队伍威武的阵势让他们惊讶不已。几位主要的酋长在离镇大约 200 码的地方迎接我们，把我请进村里。我让队伍分散到各家，等等。我向酋长们解释，之所以带这么多人来，是为了帮助我们忠诚的孩子们教训他们的敌人。我让大酋长把事情的经过原原本本说了一遍，跟信使早上所说的一样。我告诉他们，只要他们愿意召集本村和外村的斗士，我会去迎击苏人，惩罚他们，为我们忠实的孩子们报仇雪恨，等等。他们自己商量了几分钟，一位酋长——一个名叫"大人物"（Big Man）的夏延人说，他们现在明白我们说的全是实话：我们预计他们的敌人会来袭击他们，或者已经伤害了他们，我们愿意保护他

们，杀死那些不听我们劝告的人。他的人先前听了我们的话，三三两两去捕猎，毫无畏惧，以为不会受到别的民族的伤害，谁能想到却被波尼人和苏人杀害。

他说："我早就知道波尼人是骗子。我告诉过随你们一起来缔结和平的老酋长，他们的人是骗子，是坏人，我们会像杀死水牛那样杀死他们——只要我们愿意。我们数度缔结和平，他们却屡屡挑起事端。我们不想杀他们，也不允许他们杀我们的人或者偷我们的马。我们会按照我们的两位父亲的指引同他们缔结和平，他们会看到，我们决不会首先制造事端。可是，我们担心阿瑞卡拉人说话不算数。我的父亲，这些就是我当着你的面对阿瑞卡拉人说过的话。你看，他们把你的忠告当成了耳旁风，让我们血流遍地。我们今天把两个阿瑞卡拉人打发回去了，因为我们担心我们的人正在悲痛之中，会杀了他们。他们几天前刚来的时候告诉过我们，两个镇子里的阿瑞卡拉人正在做鹿皮靴，我们最好照看好我们的马匹，等等。他们的镇子里有好多苏人，他们感觉那些苏人对我们不怀好意。4个韦特逊人失踪，他们本该过16天就回来，现在已经过了24天。我们担心他们可能凶多吉少。父亲大人，现在雪深天冷，我们的马匹无法穿越平原，而且那些让我们喋血的家伙已经逃走了。如果你愿意等到春天雪融了和我们一起去，我们会把所有镇子、所有部落的斗士们都召集起来，跟你去战斗。"

我告诉他们，只要我们驻扎在他们地盘上，我们随时都愿意帮助他们击退胆敢来犯之敌，使他们免遭侵扰。在任何时候，一旦他们的巡逻员或侦察员发现来犯之敌，要立即报告我们。很遗憾，苏人杀害那位年轻的酋长后，平原上一直积雪，马匹无法前行。我很想见到那些苏人和其他部落的人，他们非但不听劝告，还袭扰我们忠诚的子民。我要让他们明白，曼丹人、韦特逊人和明尼塔瑞人听他们伟大国父的话，他们就是他的子民，他派来的勇士会教训他们

第五章　在曼丹人中间

的敌人。"你说波尼人或阿瑞卡拉人跟苏人在一起，苏人有可能听信了坏人的话。你们都知道，哪个部落都有坏人。眼下不要仇恨阿瑞卡拉人，我们会弄清楚那几个坏人是不是受到了他们部落的纵容，他们是不是有意不听我们的忠告。你们知道，阿瑞卡拉人深受苏人的影响，可能被他们带坏了。你们知道，阿瑞卡拉人离不开苏人的枪、火药和枪弹，他们的原则就是和苏人友好相处，直到他们可以从别处弄到那些东西……你们自己也清楚，你们不得不容忍克里人和艾幸尼波因尼人的骚扰，因为如果你们跟他们对着干，他们就会阻止北方的贸易商把枪、火药和枪弹卖给你们，你们的处境就会更加困难。假如你们的美国国父可以为你们供应那些物品，你们就再也不会受任何部落的侮辱……"

和他们交谈了大约两个小时，所有的话题都围绕着他们的处境。我告诉他们，我得返回驻地了。酋长说，他们感谢我带给他们慈父般的护佑，村里的人白天黑夜都在为那位被害的年轻斗士哭泣，不过他们现在要擦干眼泪，欢呼国父的护佑，不再哭泣。

于是，我带着队伍列队走过冰河，来到北岸。雪太厚，走路很费力。半夜才到达驻地，给队员们犒劳了一点酒。晚上很冷。河面又上涨到先前的高度。酋长多次感谢我去保护他们，全村人都很感激我们。

### 1804年12月1日，克拉克上尉记

西北风。所有人都忙着栽桩围栅栏等。10点钟，那位被害的年轻曼丹人的同父异母弟弟来告诉我们，我昨晚离开后，来了6个夏延人或者叫沙哈（Sharha）印第安人——法国人称他们为夏恩人（Chiens）——带着烟管，说他们部落联盟离这里仅1天路程，想来做生意等。陪他们来的还有3个波尼人，他们离这里有3天路程，也要来和我们做生意。曼丹人把所有阿瑞卡拉人都叫波尼人，

他们不用阿瑞卡拉这个名称，而阿瑞卡拉人则自称阿瑞卡拉。曼丹人感觉沙哈人不可靠，因为他们跟苏人交好，所以想杀了这几个沙哈人和阿瑞卡拉人（或者说波尼人），但是他们的酋长们跟他们说，我们希望那几个人不受伤害，绝不允许杀害他们，等等。听了我们的劝告和建议，他带着我们给的烟草等很满意地回去了。

傍晚，来了一个叫 G. 亨德森先生（Mr. G. Henderson）的人，他受聘于哈德逊湾公司，受命和格罗斯文特人，即那些被法国贸易商称作大肚子的人做生意。

## 1804 年 12 月 3 日，克拉克上尉记

早晨晴。下午寒冷，西北风。那位被杀害的曼丹人的父亲过来，给我们送了些南瓜干和牛肉干作为小礼物。我们给他做了点小礼物，他很开心。

## 1804 年 12 月 7 日，克拉克上尉记

今天很冷。西北风，一村的大酋长大白来告诉我们，附近有一大群水牛，他的人等着我们去一起猎水牛。刘易斯上尉带了 15 个人，加入印第安人的围猎大军。印第安人当时正骑马射箭猎杀水牛，技术极其娴熟。刘易斯上尉的队伍捕杀了 10 头水牛，用 1 匹马帮着把其中 5 头水牛运回我们的驻地，其余的被大伙儿肩扛背驮运了回来。我们还在冰上打死了 1 头母牛。它掉进冰窟窿里，我们把它拉上来运到驻地肢解。拿不回来的肉就给了印第安人。印第安人有个习俗，即任何人看到一头水牛躺在那里，如果它身上没有箭或者其他标记，那么就可以据为己有。我多次听说，一个猎手打死了很多水牛，最后却只分到了一点点肉。拿不走的肉就留在那里，夜里被狼吃掉。狼成群结队，围着水牛伺机进攻。昨晚，曼丹堡对面的河冻住了，冰有 1.5 英寸厚。温度计显示今早零下 1 度，3 个队员严重冻伤。

## 第五章 在曼丹人中间

### 1804年12月9日,克拉克上尉记

今早温度计显示零上7度。东风。刘易斯上尉带了18个队员和4匹马[3匹是租的,1匹是买的],去把昨天猎杀的动物肉运回来,还想着再多打一些。今天阳光明媚。两个翻译都去了村里。12点钟,来了两位酋长,带来很多肉,其中一位酋长带着一只狗,还有一个雪橇,上面也拉着肉。刘易斯上尉派人把驮肉的4匹马赶回来,他继续留在打猎的地方。他和队员们在那附近打了9头水牛。

### 1804年12月10日,曼丹堡,克拉克上尉记

今天非常冷。温度计显示零下10~11度。刘易斯上尉12点钟回来,让6名队员在营地把水牛肉装好,用4匹马驮了回来。昨晚雪地寒冷,刘易斯上尉仅有小毯裹身,冻感冒了。我们营地下方有无数头水牛穿过冰冻的河面,竟然没有一头掉进冰里。今天打回来两头水牛,其中一头瘦得皮包骨头,不值得剥皮。几个冻伤的队员好了许多。河面上涨了1.5英寸。北风。

### 1804年12月16日,克拉克上尉记

晴天,冷。日出时,温度显示零下22度。昨晚月光透过霜雾蒙蒙的大气层,景象奇美。亨尼先生[1]风尘仆仆地走了6天,从艾幸尼波因尼河来到这里,随身带来西北公司查尔斯·沙博勒兹的

---

[1] 休·亨尼(Hugh Heney)一直是圣路易斯贸易商雷吉斯·卢瓦赛尔的合伙人,这时候也许还和他合伙做生意。塔布尤是卢瓦赛尔的雇员,他协助探险队同阿瑞卡拉人打交道。查尔斯·沙博勒兹(Charles Chaboillez)是位于艾幸尼波因尼河上的西北公司的代表。他显然受到了拉洛克的警告,来曼丹人这里打探这些美国人在做什么。不用说,压根儿就没有哪种植物的根可以治狂犬病。——约翰·贝克勒斯注

信。沙博勒兹先生在信中颇为急切地表示，只要我们用得着，他会尽他所能为我们效劳。

亨尼先生说，有一种植物的根可以治狂犬病。

陪亨尼先生一起来的，还有西北公司的职员拉洛克先生和哈德逊湾公司的乔治·本奇（George Bunch）先生。

### 1804 年 12 月 17 日，克拉克上尉记

早晨非常冷。温度计显示零下 45 度。我们发现亨尼先生非常机智，我们从他那里得到了密西西比河和密苏里河一带的简易地形图，还有一些他从此处以西印第安人那里得到的简易图，以及苏人的名字和性格等。大约晚上 8 点钟，气温下降到零下 74 度。几位印第安酋长给我们带话，说我们附近有水牛，如果我们愿意，明早跟他们一起去打水牛。

### 1804 年 12 月 18 日，克拉克上尉记

温度和昨天晚上一样。亨尼先生和拉洛克先生去了格罗斯文特部落。派 7 个人去猎水牛。由于天气太冷，他们返回营地。几个印第安人出去猎水牛，来了我们这里。河水略有上涨。我自己忙着制作一幅小地形图。派竺瑟姆去找曼丹大酋长，问他为什么要扣留我们的翻译沙博诺的一匹马。原来是一个叫拉弗朗斯的家伙捣的鬼，他是西北公司的贸易商。他跟这位酋长说沙博诺欠他一匹马：你给我把马要回来。酋长就这么做了，这是印第安人的习俗。最后酋长把马还回来了。

### 1804 年 12 月 19 日，克拉克上尉记

西南风。天气稍有好转。我继续根据收集的信息在图上标注这

第五章　在曼丹人中间

一带的地形情况①。河水上涨了些。

### 1804 年 12 月 21 日，克拉克上尉记

晴天，暖和，西北偏西风。一个印第安人因为嫉妒我们的一位翻译，要杀死自己的一个妻子，我阻止了他。他带着两个妻子，急切地要跟这位翻译言和。一个女子带着一个男孩，孩子腰上生了个脓疮。她尽其所能，背着玉米来换药物。刘易斯上尉帮孩子治病。

### 1804 年 12 月 25 日，圣诞节，克拉克上尉记

天还没亮，参加晚会的人走了 3 拨，包括法国人，把我吵醒了。他们都很高兴。我给队员们一点塔非亚酒②，同意升旗的时候鸣三响礼炮。几个人出去打猎，其他人跳舞，一直到晚上 9 点钟，欢闹才结束。

---

① 克拉克的意思是把新收集到的信息标注在他画好的地图上。他的原始地图现收藏在耶鲁大学图书馆里。——约翰·贝克勒斯注

② taffia 同 tafia，指西印度群岛上一种用下脚糖浆制成的劣质朗姆酒。——译者注

## 第六章
## 告别曼丹人

(1804 年 12 月 28 日—1805 年 3 月 21 日)

**1805年1月1日，密苏里河东北岸，曼丹堡，1 600英里处，克拉克上尉记**

鸣两响礼炮迎来新年。我们派16个人去第一个村子奏乐跳舞，用他们的话来说，就是应那个村里几位酋长的诚挚邀请去的。大约11点钟，我带一个翻译和两个队员步行到村里。我们的一些做法引起了他们的嫉妒和怨恨，我此行的目的就是消除这些小误会。我们的人为他们跳舞，他们很喜欢。我命令我的黑仆人跳舞，让他们大开眼界。他们有点不解，块头这么大的人居然跳得如此敏捷。我去看了所有重要人物的房子，不过有两个人的家里我没有去，我听说他俩对我们不友好，说我们比不上来自北方的贸易商。酋长们解释说，他俩是在开玩笑。

**1805年1月2日，克拉克上尉记**

早上有雪。一伙人去第二个村子跳舞。刘易斯上尉和翻译去第二个村子，晚上回来。今天下了点雪，傍晚很冷。

### 1805年1月5日，克拉克上尉记

天冷。有点雪。几个印第安人拿着斧子来看我们，要我们帮他们修理斧子。我根据收集的信息绘制这一带的地形图。第一村持续跳了三个晚上的水牛舞（或者说巫术舞）。这是一个有趣的习俗：老年男子围圈而坐，几个年轻男子的妻子们坐在圈外。一个年轻男子身着专为这个仪式设计的服饰，给老年男子们递烟管。老年男子吸过烟后，每个年轻男子让他的妻子来到一个老年男子跟前，他用哀求的声音请求老年男子要了他的妻子，跟她睡觉。他的妻子身上除了一件袍子，别无他物。老年男子几乎走不动路，女子牵着他到一个方便的地方，完成仪式后回到小屋里。假如哪个老年男子（或者白人男子）没有让年轻男子和他妻子遂意，年轻男子会反复出让他的妻子。一般情况是，如果老年男子第二次还没有吻年轻男子的妻子，那么年轻男子就会把一条崭新的长袍披在老年男子身上，求他不要看不起自己和自己的妻子。昨晚我们让一个小伙子去参加这种巫术舞，他们给了他4个女子。他们这样做是为了把水牛引到附近，这样他们就可以猎杀水牛了[1]。

### 1805年1月10日，克拉克上尉记

昨晚非常冷。今早温度计显示零下40度，等于是冰点以下72度。我们的一个队员昨晚在外面过夜，大约今早8点钟回来。下面

---

[1] 这是一种普通的原始仪式，自然使得曼丹营地深受探险队员们的喜欢。那位拘谨的英国-加拿大毛皮商戴维·汤普森在1797年描述，曼丹女孩子是"一群令人动心的漂亮女子"，克拉克晚年也描述她们是"世界上最漂亮的女人"。除了克拉克提到的这几位探险队员，其他队员也加入到这种繁殖仪式中。正如现场一位贸易商所说，他们"乐此不疲地吸引乳牛"。不管是什么原因，到了接下来的季节，水牛果然就出现了。——约翰·贝克勒斯注

## 第六章　告别曼丹人

那个村子的印第安人出去寻找昨天打猎未归的一个男子和男孩。他们借了一个雪橇，准备把他们拉回来，想着他们已经冻死了。大约10点钟，那个男孩——大约13岁——来到我们营地，他的两只脚冻坏了。他昨晚一直躺在外面，没有火，身上只有一张水牛皮袍，穿一双非常单薄的羚羊皮裹腿和鹿皮靴。我们让他把脚放在冷水里，渐渐才有了知觉。男孩到了没有多久，来了一个男子，他也没有火，在外面待了一夜，穿得很单薄。这个男子毫发无损。这些人的风俗和习惯使得他们能够忍受冷冻，远远超出我想象的人类所能承受的范围。派3个队员去下面大约7英里的地方猎麋鹿。

### 1805年1月13日，克拉克上尉记

晴天，很冷。大批印第安人沿河下去打猎。他们在村子附近打了几头水牛，储存了大量水牛肉。由于他们豪爽的生活习惯，他们多半时间没有肉吃[①]。他们把玉米和大豆作为夏季的食物，甚至作为战备食物，以防遭遇苏人袭击。他们时刻提心吊胆，警惕苏人袭击，所以很少出远门打猎，除非是一大批人出猎。今天，大约一半的曼丹人路过这里，去下面的河岸上打猎。他们会在外面待一些时日。我们的翻译沙博诺先生由一名男子陪同，去造访特特尔山[②]附近的明尼塔瑞人，俩人回来时满脸冰霜。沙博诺先生告诉我说，哈德逊湾公司的一名职员在明尼塔瑞人那里说了一些我们的坏话，据说西北公司计划在明尼塔瑞人那里建一个堡垒。他见到了大肚子部落的大酋长，这位酋长对美国人颇有微词，说如果我们愿意送给他一面美国国旗，他就来见我们。

---

[①] 印第安猎手爱面子，打到猎物的猎手很乐意把猎物分享给没有收获的人，结果自己的家人可能没有肉吃。——约翰·贝克勒斯注

[②] Turtle Hill, 亦可译为"龟山"。——译者注

### 1805年1月14日，克拉克上尉记

一大早，几个印第安男女老少带着几只狗沿冰河而下，追随昨天下去打猎的人。我们让普拉耶中士带领5个人跟着印第安人去打猎。有几个人得了性病，是印第安女人传染的。我们几天前派几个猎手出去打猎，其中一个人回来报告说，约瑟夫·怀特豪斯（Joseph Whitehouse）冻伤了，无法步行返回营地。

### 1805年1月16日，克拉克上尉记

今天，驻地来了大约30个曼丹人，还有6位酋长。那些明尼塔瑞人说他们是骗子，并跟他们说，如果曼丹人来我们驻地，白人会杀了他们。明尼塔瑞人说他们在白人那里待过一个晚上，一起吸烟，备受礼遇，白人还为他们跳舞，白人说曼丹人是坏人，得躲着他们。大肚子部落的一个作战酋长来见我们，带着一个男子和他的妻子服侍自己。男子要求他妻子晚上陪我们过夜，他妻子相貌好看。我们为他们打气枪，还打了两发炮弹，他们非常开心。下村的二把手名叫小乌鸦，他给我们拿来玉米之类的东西。出去打猎的四个人回来了，其中一个人冻伤了。

这位作战酋长送给我们一张他所理解的密苏里河图。他告诉我们，准备春天去攻打斯内克印第安人。我们劝他想一想，有多少个部落因为打仗消亡了，建议他三思而行；如果他愿意以他的部落的福祉为考量，那么就应该与所有部落和平相处；只要和睦共存，就可以得到很多物资；如果同那些毫无防卫能力的部落自由往来，他们就很容易得到大量马匹，他的部落就会日益强盛；假如他对那些手无寸铁的部落用兵，令他伟大的国父龙颜不悦，他就不会像其他顺从国父的部落那样得到国父的保护和关爱。这位26岁的酋长回答说，既然我们不赞成攻打斯内克印第安人，那他就不去了。

## 第六章　告别曼丹人

### 1805 年 2 月 7 日，刘易斯上尉记

早上晴。温度计显示零上 18 度，比最近几天暖和得多。东南风。不断有土著人来访。哨兵报告说，我们几位翻译的妻子们不管晚上什么时候都会把营门打开，放进印第安来访者。因此，我指示在大门上安一把锁，命令除了与营地相关的人，任何印第安人都不得在营地过夜，日落日出期间关闭营门，任何人都不得进入营地。

### 1805 年 2 月 9 日，刘易斯上尉记

早晨晴朗，天气宜人。东南风。西北公司的一位职员麦肯兹先生来访。晚上，营地关门后，托马斯·P. 霍华德（Thomas P. Howard）才从曼丹村返回，他去之前倒是向我请过假。他没有叫哨兵开门，而是径自翻墙而入。一个印第安人在一旁看，也学他的样子翻墙。我告诉这个印第安人这样做不对，向他解释这样做会受到严厉惩罚。小伙子看上去很害怕。我给了他一点烟丝，让他走开。我把霍华德交给哨兵看管，决定通过军事法庭来审判他。这位老兄是个老兵，因此罪责更加严重。

### 1805 年 2 月 11 日，刘易斯上尉记

昨晚筹建好的小组今天一大早就出发了。天气晴冷，西北风。大约傍晚 5 点钟，沙博诺的一个妻子生了个漂亮男孩[①]。值得一提的是，这是她第一次生孩子，所以阵痛漫长而剧烈。竺瑟姆先生告诉我，他经常会用少许响尾蛇身上留下的角质环催生，从未失手过。我身上就有角质环，我给了他。他把两节角质环用手指头弄

---

[①] 这位母亲自然就是萨卡夏维娅，她这会儿生的这个孩子命很硬，刘易斯和克拉克带着他和探险队往返北美大陆。研碎的响尾蛇皮粉不过是几丁质（chitin）而已，并没有药效，不过作为一种安慰剂，或许有点管用。——约翰·贝克勒斯注

碎，加一点水，给产妇服用。这个方子管用不管用，我无心去探究。不过他们倒是告诉我，产妇用药后不到 10 分钟，孩子就生下来了。也许这个偏方有待用实验来证明，不过我宁愿相信这是信念的作用而非药物的功效。

### 1805 年 2 月 12 日，刘易斯上尉记

早晨晴冷。气温零下 14 度，东南风。命令铁匠给马蹄钉掌，其他人准备器具，乘 3 条雪橇，跟着打猎的队伍把猎物运回营地。我派了几个人去取沙博诺留下的水牛肉，傍晚 4 点钟返回。

差不多同一时间，焦伊列德带着马匹回来，马很累。我让他们用水拌麸皮给马吃。不过让我惊奇的是，马不吃麸皮，它们更喜欢吃棉白杨树皮，因为它们的印第安主人在冬季主要给它们吃这个。为此，印第安人让他们的女人砍树，给马吃树梢和嫩树干上的树皮。在我们的营地一带，印第安人的马常常被阿瑞卡拉人、苏人和艾幸尼波因尼人盗走，因此他们有一条不可变更的规定：晚上人马同处茅舍过夜。鉴于此，马匹唯一的草料就是棉白杨树枝，细的有指头那么细，粗的有胳膊那么粗。

### 1805 年 2 月 21 日，克拉克上尉记

天气很好。晾衣服。大白和大人物来访，说他们部落联盟几个人到西南方向大约 3 天路程以外的地方占卜巫石，看看明年的情况怎样。他们很迷信这块石头，认为它能告诉人们将会发生的一切事情，每年春天——有时候是夏天——都去拜问石头。"到了石头跟前，他们给石头献烟，然后去附近树林里睡觉。第二天早晨回到石头跟前，石头上有白色的或者凸起的痕迹，代表他们将要面对的和平或者战争以及其他变故。"石头平面周长有 20 英尺，厚而多孔。毫无疑问，这是因为石头含有矿物质，颜色随日光变化。

## 第六章　告别曼丹人

大肚子人也有一块石头,他们说也有类似特性。

刘易斯上尉带着两雪橇的肉回来。发现自己追不上苏人的作战分队(他们糟蹋了我在一个地方囤积的肉,还烧掉了茅舍),他决定去下面一个地点,把苏人还没有发现的肉取回来。他狩猎两天,打了 36 头鹿和 14 头麋鹿,有几头太瘦,毫无用处。他打来的肉,再加上在下面那个地点囤积的肉,总共有 3 000 磅,用两个雪橇运回来。其中一个雪橇由 16 个人拉着,上面有大约 2 400 磅肉。

### 1805 年 2 月 25 日,克拉克上尉记

我们修好一台卷扬机,把上面岸边的两艘独木舟拉起来,尝试着拉船,可是麋鹿皮绳不够结实,断了好几次。夜晚来临,只好放弃,船几乎原地未动。大肚子部落一个小村的酋长黑莫卡辛(Black Moccasin)、舒印第安人①以及其他几个部落的酋长来访。酋长们把他们妻子背的一部分肉送给我们。一位酋长要求为他儿子做一把斧子,他儿子叫汝特·本奇(Root Bunch),是哈德逊湾公司一位低级贸易客商。一位大肚子印第安酋长请求我们允许他和他的两位妻子晚上留在我们的驻地,我们让他如愿了。还有两个男孩也在这里过夜,其中一个是黑猫的儿子。

今天过得十分开心。

### 1805 年 2 月 26 日,克拉克上尉记

晴天。很早就开始准备拉河岸那里的船。日落时分,经过一整天里的多次努力,我们终于完成了这一艰巨任务。就在我们全力拉船的时候,附近的冰块陷了下去,大约有 100 码那么长。今天一些

---

① "舒印第安人"为 Shoe Indians 的音译。如果按照字面直译,亦可译为"鞋印第安人"。——译者注

印第安人就在这附近看我们拉船。

## 1805 年 2 月 28 日，克拉克上尉记

早上晴。西北公司的两个人带来亨尼先生的信件以及他送给我们的萨卡考米斯（sacacommis）。萨卡考米斯是一种植物根茎，可以治狂犬病和蛇伤，其采集及使用方法如下："这种根多见于高地和山顶。使用时刮开伤口，取 1 英寸（如根小可多用几根）咬烂或捣碎，敷于伤口处，每天换两次。不宜咀嚼或吞咽草根，否则效果相反。"

安排 16 个人打造 4 条独木舟，他们傍晚回来说，已经找到了造船的树木。

格瑞富林斯先生、两个法国人和两个印第安人从阿瑞卡拉部落来，带着塔布尤先生的几封信。他告诉我们，阿瑞卡拉部落对曼丹人和明尼塔瑞人寄予和平厚望，愿意听从我们的劝告和建议。他们希望造访曼丹人，很想知道曼丹人是否愿意阿瑞卡拉人在他们附近定居，和他们一道对付共同的敌人——苏人。我们向曼丹人说起这些想法，曼丹人说他们一直很想跟阿瑞卡拉人和睦相处，这也是大肚子人和舒印第安人的愿望。

格瑞富林斯先生说，希瑟顿人（Sissetons）和北边的 3 个提顿营居群以及北方的扬克顿人（Yanktons），意欲立即对附近几个部落联盟发动战争，还要杀死他们见到的每一个白人。塔布尤先生还告诉我们，最近因为奇皮瓦人（Chippewas）杀了他的 3 个人，来自圣彼得的卡梅伦（Cameron）先生送武器给苏人，要为这几个人报仇。他说我们见到的那群提顿人愿意听我们给他们的酋长黑水牛的忠告，会按照我们建议的去做。

格瑞富林斯先生还说，最近抢走我们两匹马的那伙人都是苏人，一共 106 人。他们返回途中经过阿瑞卡拉人的地盘。阿瑞卡拉

第六章　告别曼丹人

人不满他们的所作所为，不给他们东西吃，还严厉斥责他们，这是对他们莫大的羞辱。

### 1805年3月9日，克拉克上尉记

早晨阴冷，北风。我向上游步行大约5英里去看造船的伙计们。风很大，天很冷。在去的路上碰上明尼塔瑞大酋长拉博恩（Le Borgne）和4个印第安人，他们正要到我们的驻地看我们。我让他继续往我们营地走，刘易斯上尉在，我几个小时后就返回。我让我们的翻译跟他们一起回营地，我自己去看独木舟造得怎么样了。独木舟差不多造好了，不过木材很差。有几个印第安人在场，看完独木舟之后，我去前头一个曼丹村子，跟酋长吸烟（这是招待朋友的最高礼仪），然后返回。刚到驻地，明尼塔瑞酋长准备返回他的村子，刘易斯上尉送给他一枚纪念章、鱼钩、臂章、一件旗衫、红布等，他非常开心。之所以给他送这些东西，是因为他说之前送给他的东西他没有收到。我们为这位伟人鸣了两枪。

### 1805年3月11日，克拉克上尉记

我们有理由相信，我们的明尼塔瑞翻译受［原稿空白］公司[1]的拉拢，成了他们的人。我们本想把他和他妻子一起带到斯内克印第安人那里，他妻子就是斯内克印第安人（肖肖尼人）。我们先认识他妻子，才让他做我们的翻译。他的一番解释很清楚地证明，他的确被腐蚀了。我们按照规定让他今晚好好想想，然后决定究竟要不要跟我们一起走。

---

[1] 刘易斯和克拉克的出现，让加拿大皮毛商人深感不安，他们担心这些探险队员只是先锋，随后会有来自美国的更为激烈的竞争，因此他们暗地里不遗余力地为探险队出难题。原稿空白，显然表明探险队员不清楚究竟是哪家公司在搅和他们，是哈德逊湾公司还是西北公司。——约翰·贝克勒斯注

### 1805年3月12日,克拉克上尉记

晴天。昨晚下了点雪。按照昨天讲好的条件,我们的翻译沙博诺不愿意继续跟着我们做翻译。他不同意干活,对我们的事情不闻不问,也不站岗,如果和谁闹点矛盾,就嚷着要回去,还说走的时候能带走多少东西就带走多少东西。简直是白日做梦!我们同意解除聘用关系,反正聘用也只是口头上的。

### 1805年3月17日,克拉克上尉记

今天刮风。想晾衣服等。沙博诺让队里的一个法国人传话:他为自己的愚蠢表现感到羞愧,如果我们同意,他愿意按照先前讲好的条件继续跟随我们探险,我们要他干啥他就干啥,等等。两天前,他通过我们的法语翻译向我提出一些〔原稿如此〕,请求我原谅他的单纯任性,允许他继续为我们服务。他已经带着自己的东西过了河,我们把他叫回来谈了这件事。他同意我们提出的条件,我们同意他继续跟着我们探险。

# 第七章
## 向黄石河进发

（1805年3月22日—4月27日）

### 1805年3月29[28]日，克拉克上尉记

由于河面上有障碍物，冰块停止流动。修理船和独木舟，准备出发。今天来访的印第安人寥寥无几，他们大都在河岸上打捞漂下来的水牛。

### 1805年3月30[29]日，克拉克上尉记

河面上的障碍物散开了，漂下来大量冰块。过去24小时，河面上涨了13英寸。水牛随着冰块漂浮下来，我看到印第安人极其敏捷地从一块冰上跳到另一块冰上，打捞水牛。他们踩着跳跃的冰块还不到2平方英尺①。从营地望去，河两岸草原上的火在燃烧。据说每年春天，印第安人就放火烧掉他们村子附近的草，这样做一来是为了他们的马，二来是为了防止有太多水牛靠近他们的村子。

### 1805年3月31[30]日，克拉克上尉记

奥德韦中士来了。阴天。好几群鹅和鸭沿河而上。今天漂下来

---

① 1平方英尺约等于0.093平方米。——译者注

的冰块不多,来我们营地的印第安人也不多。全队人马情绪高涨,几乎每个晚上都跳舞,关系融洽,彼此友好。总的来说都好,就是有几个人从土著人那里染上了性病。性病在土著人中间十分普遍。

### 1805 年 4 月 1 日,克拉克上尉记

今天前半天冰雹加雨,伴随雷电。雨断断续续下了一整天。值得一提的是,这是我们来到这里之后或者说去年 10 月 15 日以来的第一场雨,尽管这期间滴过两三次雨滴。我们的大船、平底船和独木舟都下水了。

### 1805 年 4 月 7 日,曼丹堡,刘易斯上尉记

下午 4 点钟,一切准备就绪,我们打发平底船里的队员们启程,命令他们丝毫不能耽搁,尽快返回圣路易斯。两个法国猎人乘小独木舟跟着他们,他们去年作为合伙人和我们一起上密苏里河。船员是 6 名士兵和两名[原稿空白]法国人。还有两名法国人和一名阿瑞卡拉人,他们搭乘便船到阿瑞卡拉村,在那里,塔布尤先生会带着他的生皮上船,这就意味着船上又要多两个人,也许是 4 个。

我们让退役下士理查德·沃芬顿负责平底船,管理船员们,委托他递交我们给美国政府的文件、给朋友们的信件以及呈送给美国总统的一些东西。法国人约瑟夫·格瑞富林斯作为领航员指挥船,他诚实谨慎,是一名优秀的船员。希望这艘船以及船上的物品能够平安到达圣路易斯。格瑞富林斯先生的阿瑞卡拉语讲得很好,我们请他带几位阿瑞卡拉酋长到政府所在地,他们同意乘平底船去圣路易斯。

在平底船离开曼丹堡的同时,克拉克上尉带领队伍登船,沿河而上。我已经好几星期没有运动了,决定沿岸步行到我们今晚宿营

## 第七章 向黄石河进发

的地方。沿北岸步行大约 6 英里，来到上曼丹村，去见曼丹大酋长黑猫，他又叫珀瑟考普斯哈（Posecopsehá）。酋长不在家，我歇了几分钟，发现队伍还没有到，于是又往回走了大约两英里，到达他们的营地，对岸便是下曼丹村。

我们的队伍现在由以下人员[①]组成。

中士：

约翰·奥德韦（John Ordway）

纳撒尼尔·普拉耶（Nathaniel Pryor）

帕特里克·戛斯（Patrick Gass）

列兵：

威廉姆·布兰顿（William Bratton）

约翰·考尔特（John Colter）

鲁本·菲尔兹（Reuben Fields）

约瑟夫·菲尔兹（Joseph Fields）

约翰·希尔茨（John Shields）

乔治·吉布森（George Gibson）

乔治·山侬（George Shannon）

约翰·庞兹（John Potts）

约翰·考林斯（John Collins）

约瑟夫·怀特豪斯（Joseph Whitehouse）

理查德·温莎（Richard Windsor）

亚历山大·威勒德（Alexander Willard）

休·豪尔（Hugh Hall）

赛拉斯·古德里奇（Silas Goodrich）

---

① 尽管有几位队员被军事法庭审判过，但他们的两位长官显然依然信任他们，把他们留在了队伍里。刘易斯特别指出，他相信纽曼是真诚悔过，不过叛乱行为不容忽视，因此安排他离开队伍，从曼丹堡返回。——约翰·贝克勒斯注

罗伯特·弗雷泽（Robert Frazer）

彼得·克鲁萨特（Peter Cruzat）

约翰·班布缇斯特·勒佩芝（John Baptiste Lepage）

弗朗西斯·拉比什（Francis Labiche）

休·麦克内尔（Hugh McNeil）

威廉姆·华纳（William Warner）

托马斯·P. 霍华德（Thomas P. Howard）

彼得·瓦瑟（Peter Wiser）

约翰·B. 汤普森（John B. Thompson）

翻译：

乔治·焦伊列德和图森·沙博诺；克拉克上尉的仆人，即黑人约克；一位印第安女子，即沙博诺的妻子，她还带着一个小孩；一位曼丹男子，他答应陪我们最远走到斯内克印第安人的地盘，希望此行能够增进斯内克印第安人同他自己的部落、明尼塔瑞人以及阿玛哈密斯人（Amahamis）之间的相互理解和友好往来。

我们的船队包括 6 条小独木舟和两艘大平底船。尽管这个小小的船队没有哥伦布或者库克船长的船队那么威风神气，不过我们依然像这几位举世闻名的探险家看待他们自己的船队那样，以自豪喜悦的心情看待我们自己的船队。我敢说，我们十分担心船队的安全和养护。我们现在将要穿越一片宽达 2 000 英里的旷野，文明人的脚步从未踏上过这片土地。迎接我们的是福还是祸，还有待验证，这些小船承载了我们赖以生存和自卫的一切所需。不过，既然情由心造，按我们目前的心态，当我们展开想象的翅膀畅想未来时，我看到的前景十分喜人。

我满怀信心成就此番孕育了十年的大业，视此次启程为我一生中最幸福的时刻。探险队员们身体健康，情绪高涨，十分投入这番事业，迫不及待地想启航。大家齐心协力，团结一致，丝毫没有不满或者畏难情绪。

## 1805 年 4 月 13 日，刘易斯上尉记

昨天观察经度的结果令人失望，我不想在河口再滞留一天继续观察了，所以决定今晨一早出发。9 点以后，风向转顺，一直到下午 3 点。我们扬起白色平底船上的小方帆和斜撑杆帆，帆满船快。大约下午 2 点钟，突然刮起一阵风，将船吹斜，倒向一侧，让正在掌舵的沙博诺吃惊不小。慌乱之中，他任由平底船侧面迎风，斜撑杆帆恶作剧一般，差点将船掀翻。幸好风力减弱了片刻，我命令焦伊列德掌舵，其他人快速收帆，平底船再次转向顺风，化险为夷。

这起事件几乎让我们付出了沉重的代价。由于坚信这是最平稳最安全的船，我们把仪器、文件、医药以及为印第安人采购的礼物等最珍贵的东西都装在上面。我们自己也在船上，3 个人不会游泳，还有那个带着小孩的女人。风大浪高，离我们最近的河岸也有 200 码，万一翻船，一船人很可能葬身河底。所幸我们躲过了灭顶之灾，继续扬帆前行——惊险过后，我命令再次升起方帆。

我们的队伍昨晚抓到了 3 只河狸，几个法国猎人抓了 7 只。小密苏里河口以上能看到大量河狸，这些法国猎人决定滞留几天，我们继续前行，没有想着会再见到他们。在小密苏里河口上方，大密苏里河宽 1 英里多，而靠近小密苏里河口的地方则不过 200 码宽，水很浅，独木舟得靠撑杆才能通过。

行 9 英里，右侧过一小河口。因其两岸平原上有大量野洋葱，我们称之为洋葱河（Onion Creek）。克拉克上尉在岸上行走，他告诉我，洋葱河口以上 1.5 英里处，河宽 16 码，跟这一带同样大小的河比起来水量更多，无论是两岸还是河水流经的平缓地带，都看不到一棵树。

今天在远处看到一些水牛和麋鹿，可是一头也没有打到，沿岸看到一些水牛的尸体，孤独地躺那里。这些水牛是冬天掉进冰窟窿里淹死的，本月初河水上涨，被大水冲到了岸边。沿岸以及水牛尸体的周围有巨大的白熊足迹，我猜测白熊是在撕食水牛尸体。

尽管白熊足迹很多而且很新，我们却一头白熊也没有见到。大家都很想看看白熊长什么样。印第安人把这种动物说得十分可怕，力大无比，凶猛异常，他们从不敢招惹，除非有六人、八人或者十人一起行动。即使这么多人也往往会有一个或几个人为其所伤。

这些野蛮人打白熊时用的是弓箭或者那些贸易商卖给他们的烂枪。使用这样的武器，毫无胜算，常常脱靶，再加上距离太近，除非射穿白熊脑袋或心脏或者造成致命伤，否则他们反为白熊所害。

去年冬天围猎一头白熊时，两个明尼塔瑞人就被咬死了。据说猎人正面攻击这种动物，比逃离它更容易受到攻击。印第安人启程围猎白熊之前，在身上涂上颜料，表演各种迷信仪式，就像平常对周边部落联盟发动战争的阵势一样。

### 1805年4月14日，刘易斯上尉记

昨晚我们的一个猎手见到一只水獭，可惜没有打中。今早来了一只狗。我们昨天经过一个湖，最近有印第安人在湖附近宿营过。我们猜测这只狗就是他们走的时候落下的。举目所见，依然是火燎过的山坡和浮石，夹杂着盐、煤、硫等矿物的色彩。我们在小密苏里河口停歇时，见河里冲下来了好几块浮石，河口上方不远处有一堆浮木，聚集了不少浮石。

今早，克拉克上尉沿岸步行。他回来告诉我，他在北岸路过几处有树的河滩，然后在后面的山里走了好几英里。他在几处低地看到好些个印第安人的屋子，是用榆树枝搭建的，里面空无一人。他还在几片平原上看到两个被遗弃不久的大营地遗迹，附近有些箍过

小桶的箍子。我们据此判断，这些营地肯定是艾幸尼波因尼人的，因为在这一带，其他部落的人都不喝烈酒。艾幸尼波因尼人尤其喜欢烈酒，据说正因为喜欢烈酒，他们把研碎的肉干和奶酪拿到艾幸尼波因尼河沿岸那些英国人定居点，跟英国人换酒喝。

满目依然是矿物地貌。有大量沥青水，像是强碱的颜色，沿着山坡流下来。这种水有芒硝的味道，也有点像明矾的味道。队伍停下来用饭的时候，克拉克上尉打死了一头公水牛，很瘦，我们只拿了髓骨和一小部分肉。

左岸上离我们用餐点不远处，有一大群穴居松鼠。我已经说过，这些小动物一般喜欢在面向东南的地方造窝，不过有时候也喜欢平坦的平原。经过一座岛，上面两条小河自左侧流入。略微靠上的那条最大，我们称之为沙博诺河，取自我们翻译的名字。他在这条河上和一群狩猎的印第安人宿营过几星期。这里是除了两个法国人之外白人所到达的最北端。其中的一个白人就是勒佩芝，他现在和我们在一起。那两个法国人因为迷路，在这一带来回折腾了好几英里，不过我无从得知他们到过的具体位置。我在这条小河岸上步行，打死了一头麋鹿，太瘦了，没啥用处，我把它留在了那里。天色稍晚，我赶上在右岸上宿营的队伍。我刚到，克拉克上尉就告诉我，就在我开枪后不久，他看到两头白熊从山上跑了过去，好像差不多就是从我打枪的地方跑出来的。

## 1805 年 4 月 15 日，刘易斯上尉记

今早出发甚早。我在岸上步行，克拉克上尉和队伍乘船。这是我们一成不变的规矩：我们两个人不能同时都不在船上。我穿过右岸的洼地，有几处长着树木，一望无际，地势平缓，美不胜收。步行大约 6 英里，过一条小溪，溪水自山上流下，清澈见底，略有咸味，比大多数溪水所含芒硝或明矾的浓度略低。

小溪流入洼地处有个小池塘,里面有青蛙在叫,在这个季节还是第一次听到青蛙的声音。其声调无异于美国的潟湖和沼泽地里常见的小青蛙。我看到很多鹅在洼地觅食,我还打了一只。看到一些鹿和麋鹿,不过这些动物很怕人。我也见到了大量松鸡或者草原鸡——西北一带的英国贸易商都这么叫。这些鸟看似正在交配,公的叫声"嘎——嘎——嘎——咕——咕——咕——"。公的和母的在飞行的时候都"嘎——嘎——嘎——"地叫,公的还用翅膀拍打,有点像野鸡,不过翅膀声音没有野鸡的那么响亮。早饭后,克拉克上尉沿右岸步行。

## 1805 年 4 月 22 日,刘易斯上尉记

一早出发。一路顺畅。早饭时分,风力渐大,迎头狂吹,即便用了拖绳,我们前行还是相当吃力。队伍停止前行,克拉克上尉和我步行到白土河(White Earth River)[①]。白土河距密苏里河口上方 4 英里,离密苏里河很近。在这个季节,其水流量比类似河流的大,河水比密苏里河的要清澈得多。河岸陡峭,高不过 10～12 英尺,河床似乎全是泥。

前面已经说过,密苏里河沿岸多盐,这里也有很多,河两岸不少地方厚厚白白的一层,或许这条河因此而得名。据说这条河全程通航,几乎到源头。源头离萨斯卡切宛河(Saskatchewan)不远,从其大小、流经的方向以及河口的纬度判断,我有理由相信,它一直向北延伸到北纬 50 度,河水基本上流经开阔的平原。

到了这里,密苏里河沿岸断裂的山峰露出大块大块不规则的破裂的岩石。其中有些岩石高出水面 200 英尺。从其痕迹判断,似乎

---

① 这里的 White Earth River 和后面 7 月 22 日刘易斯所记 White Earth Creek 是不是同一条河,不好确定。因此,我们采用直译,把 White Earth River 译为"白土河",而把后面的 White Earth Creek 译为"白土溪"。——译者注

## 第七章　向黄石河进发

早期受到密苏里河流的影响，因为岩石表面光滑，就像是河水冲刷而成。这种岩石含有灰白色花岗岩、黑色脆石、火石、石灰岩、毛石以及精美的鹅卵石样本，偶尔会有破碎的石头断层，好像是木头化石。岩石呈黑色，最适合做磨刀石。此处依然可见煤或者碳化木头、浮石、火山岩以及其他矿物质。这里的煤好像质量更佳，我将一块煤放到火上，燃烧得相当充分，火焰或者煤烟少，热量大且火力持久。

今早，我登到刀劈峭壁的顶上，四周一览无余。这一带除了密苏里河形成的河谷，四处光秃秃的，既没有树木也没有低矮灌木，一眼望见大群水牛、麋鹿、鹿和羚羊在一片一望无际的草场上吃草。我们看到几头河狸正在河边啃树皮，打死了几只，个大膘肥。

今晚在岸边散步，见到一头水牛犊，很缠人，一直紧跟着我，直到我上了船。它好像很怕我的狗，也许正因为这个原因，它才跟一个陌生人这么紧。克拉克上尉告诉我，他今天看到几匹狼在围追一大群水牛，后来一头牛犊跑不动，被狼咬死了。水牛只保护那些能跟得上牛群的牛犊，如果有掉队的，它们很少会返回一段距离去救它。

### 1805年4月26日，刘易斯上尉记

今早，我派约瑟夫·菲尔兹前往黄石河，命令他力所能及地做些考察，当晚返回。我还派了两个人去取昨晚没有带回来的肉。我们发现，这条河同密苏里河的交汇处就在我们营地西北两英里的地方。我带了一个人沿河下去，想看看那里的情况。在黄石河较低的一侧，靠近河口那里的河滩宽约1英里，容易泛洪，而密苏里河对面、两条河交汇处高度正常，高出水面12至18英尺，除非是极端情况（这种情况似乎不常见），一般不会出现河水泛滥。两条河交汇处的附近以及密苏里河以上至白土河这段，树木很多，比夏延河

以上至密苏里河那段的树木茂密得多。

大约12点钟,我听到两河交汇处传来几声枪声,以为克拉克上尉带领的人马到了。我后来才得知,其实是他们在那里见到水牛,开枪打死了一头母牛和几头牛犊,牛犊肉现在很鲜嫩。我派一个队员去见克拉克上尉,请他派一条独木舟过来,把我们打到的猎物和行李运到他的宿营地。如述。

晚上完成观察后,我步行而下,到克拉克上尉的营地,营地在两条河交汇处的陆地上。他们都很健康,很高兴我们能够抵达这个期待已久的地点。鉴于大家兴致很高,为了给大家助兴,我们允许每个人喝一点酒。大伙儿情不自禁,唱歌跳舞,夜晚过得很开心,大家忘却过往的艰辛,无畏前头的艰险。

傍晚时分,早上派出去的队员回来了。他报告说,他向上直行大约8英里,见河流弯弯曲曲,顺着河水冲刷而成的峡谷,忽南忽北,河道宽四五英里。河流平缓,河床多沙洲。在距此地5英里处,他路过一座大岛,岛上林木遍地,再往上3英里,东南侧有一高崖,崖上有数层煤层,一条大河自悬崖流入黄石河。他极目望去,黄石河流经的地方就像密苏里河沿岸一样,是一片片开阔的平原。他步行的时候见到好些大角动物,这些动物很怕生,他一个也没有打中。他捡到一个很大的角,把它带回来了。黄石河的河床全是泥沙,入口附近连一块石头都见不到。

克拉克上尉测量了靠近两条河交汇处的水文情况:密苏里河床宽520码,河水宽330码,水深;黄石河[1]宽858码,包括其中的

---

[1] 探险队这次没有进一步考察黄石河,直到克拉克上尉在回程途中穿越下游河谷的时候才做了考察。不过,即使是克拉克上尉,也错过了现在的黄石国家公园那美丽如画的地貌和景色。黄石国家公园还是他们征募的队员约翰·考尔特后来离开探险队返回西部荒野时发现的。他随后描述他所见到的令人难以置信的美景,人们将信将疑,曾经有一段时间,人们把黄石国家公园称为"考尔特的地狱"。——约翰·贝克勒斯注

第七章　向黄石河进发

沙洲，河水宽 297 码，最深处 12 英尺。这个季节河水水位下降，好像差不多到了夏潮期。

印第安人说，平底船和独木舟沿着黄石河上行，差不多可以到达其位于落基山脉的源头。在靠近落基山脉的源头那里，有不到半天步行里程的一段流程，与密苏里河重合，可航行。它的源头紧邻密苏里河和普拉特河的源头，我感觉很可能和哥伦布河南边的支流同源。

## 1805 年 4 月 27 日，刘易斯上尉记

今天早上，我步行穿过黄石河和密苏里河交汇的地方。林地延伸大约 1 英里，两河彼此靠近，相隔不到半英里。一片美丽平缓的低原自此展开，顺着两河向上延伸许多英里。随着两河彼此远离，平原逐渐变宽，向外延伸半英里，接着又是一片平原，比低原高出 12 英尺。从最高水位留下的痕迹看，低原高出河面几英寸，自然不用担心河水漫溢。不过在低原和高原连接的地方，密苏里河在水位最高时穿过一条 60 至 70 码宽的渠道流入黄石河。

靠近密苏里河，在高原和低原之间，距黄石河口约 2.5 英里处有一个小湖，宽约 200 码，顺着高原的边缘与密苏里河并行 1 英里。我觉得高原靠近小湖最低端的地方可以修个工事。在低原和黄石河之间，有一大片林地，顺河延伸很多英里。这个地点离密苏里河约 400 码，离黄石河约两倍的距离。高原自此逐渐升高，延伸 3 英里到远处的山跟前，以同样的宽度在山脉和黄石河岸边的林地之间延伸七八英里，是我见过的最漂亮的平原之一。

在密苏里河这边，山脉限制了高原的宽度。从此处向上 3 英里，高原宽不到 400 码。克拉克上尉认为低原的最低端最适合修工事。的确，这里既靠近密苏里河也靠近黄石河，很适合修定居点，不过我觉得位置太低，不适合建永久定居点，尤其不适合花较高成

本用砖头或者别的结实材料来修建。因为两条河任性多变，说不定定居点还没建成，河水就漫溢这片低原，定居点势必深受其害。若出现这种情况，只需几年平原便会消失，工事也随之荡然无存。

我继续沿岸步行。早上 11 点钟，西北风很大，平底船和独木舟既无法前行也无法过河来接我。为情势所迫，我打了一只鹅煮了当饭吃。大约下午 4 点钟，风力减弱，队伍继续航行，不过我还是无法轻松上船，直到晚上。

尽管猎物很多很温和，但我们只猎杀足够吃的猎物。我相信两个猎人便可以轻松搞定一个团的伙食供应。过去几天，我们见到大批死水牛躺在岸上，有些完整，有些被狼和熊吃得七零八落。这些水牛要么是冬天越冰过河时掉进冰窟窿淹死的，要么是现在游过河，却上不了悬岸，又虚弱无力无法返回原岸，只好等在原地，饥饿而死。我们遇到了好几群这样的水牛。

河狸很多。探险队每天打几只。树上是鹰、喜鹊和大雁的巢，彼此靠得很近。喜鹊好像尤其喜欢在鹰巢附近搭窝，我们很少见到鹰巢附近没有两三个喜鹊窝的。这里的秃头鹰比我在其他任何地方见到的都多。

# 第八章
## 从黄石河到马瑟尔谢尔河

（1805 年 4 月 28 日—5 月 19 日）

**1805 年 4 月 29 日，刘易斯上尉记**

出发时间和平时一样。风不太大。我带着一个队员在岸上步行。大约 8 点钟，我们遇上两头棕色或黄色［白色］的熊，都被我们打伤了。一头逃跑了，另一头在被我打中之后追着我跑了七八十码，由于伤势较重，追得不紧，我才得以填装子弹，我们再次开枪，才把它给打死了。这是一头公熊，还未成年。没法精确称重量，估计有 300 磅。

这头熊的腿比黑熊的长，爪趾尤其大，獠牙尤其长。黄熊或棕熊和黑熊的睾丸位置不同。黑熊的睾丸很靠后，在两条后腿之间，像狗以及大多数四足动物的一样，长在一个阴囊里；黄熊或棕熊的睾丸则很靠前，长在不同的阴囊里，阴囊间隔 2 到 4 英寸不等。这头熊是黄棕色，黑色的眼睛小而犀利。前腿靠近爪子的部分一般是黑色，其毛比黑熊的更光亮，更粗壮，更厚实。这些就是我所看到的棕熊跟黑熊的不同之处。它更凶猛，一旦被打伤，一般都会追击猎人。看到它们在死之前能够忍受那么重的枪伤，真是令人震惊不已。印第安人的武器只有弓箭或者很不给力的火把，因此他们很害怕这种动物。对于一个熟练的枪手而言，棕熊远没有人们说的那么可怕或危险。

猎物依然很多。举目望去,到处都能看到鹿、麋鹿、水牛或羚羊。狼的数量也多了起来,它们一般结成六匹、八匹或十匹的群围猎。这个季节狼猎杀大批羚羊。羚羊还瘦小,只有雌羚羊因为有孕在身所以大一些。狼一般是在羚羊准备过河的时候猎杀它们。我的狗也以这种方式咬住了一头羚羊,把它淹死后拖到岸上。尽管健康的羚羊在陆地上特别矫健有耐力,可是它们不擅长游泳。

随时都能看到狼在平原上追猎羚羊的情景。它们喜欢诱围一群羚羊中的一头,然后一匹一匹轮流追,直到把羚羊逮住。和克拉克上尉会合后,他说他看到过一只浅黄褐色的雌性大角动物[1]和她的幼崽,母子俩非常悠闲地沿着岸边几乎垂直的悬崖跑了一段距离。在它们跑动的时候,两个队员开枪,但是没有打中。我们把那头棕熊的肉搬到船上,继续航行。克拉克上尉傍晚在岸上步行,打了一头鹿,看到几只大角羊。

### 1805 年 5 月 3 日,刘易斯上尉记

今早很冷,我们没有按往常的时间出发。水壶里的水结冰了,有 1/4 英寸厚。谷底的雪大都融化了,但是山上依然被雪覆盖着。行 2 英里,在左侧经过一种很奇特的矮灌木丛,连在一起,像是柴捆一样,直立在开阔的河滩里,看上去有 30 英尺高,直径 10~12 英尺。我们猜测这是印第安人放在这里的,可能是某种牺牲贡品。西风不停地刮,不过还不至于迫使我们停止航行。

克拉克上尉在岸上步行,打了一头麋鹿。等我和队伍到达时,他已经叫人肢解好了。大约 12 点钟——这是我们惯常停船吃饭的

---

[1] 大角动物(big-horned animals)实际上就是大角羊(bighorns),也叫落基山绵羊(Rocky Mountain sheep)或者大角绵羊(bighorn sheep),有很多种类。——约翰·贝克勒斯注

第八章　从黄石河到马瑟尔谢尔河

时间,我们在这里停船吃午饭。午饭后,克拉克上尉继续沿岸步行,我和队伍在船上。这是我们的规矩,绝不能两个人同时都离开队伍和船只。

我们看到大批水牛、麋鹿、鹿(主要是长尾巴的那种)、羚羊或山羊、河狸、鹅、鸭、黑雁,还有一些天鹅。在今天走过的第十段航程①的河口附近,我们看到豪猪出奇的多,我们决定以此给这条河命名,称之为豪猪河(Porcupine River)。在密苏里河口以上2 000英里的地方,豪猪河从右侧倾入。这是一条美丽、湍急、奔流不息的河流,入口宽40码。河水清澈见底,是我所见到的流入密苏里河的最清澈的水。

## 1805年5月4日,刘易斯上尉记

昨晚,红色平底船靠岸时撞坏了方向舵,今早修理耽搁了一点时间,大约9点钟才出发,当时逆风。我在岸上步行。天气宜人,雪已融化。霜对植物的影响没有预期的那么严重,棉白杨叶子、野草、黄杨桤木、柳树、开着黄花的豌豆等等,似乎丝毫没有受到影响,霜害最严重的好像是玫瑰树丛和金银花。举目望去,密苏里河两岸开阔平缓,富饶美丽,站在山丘上看,平原不少于30英里。河滩极其广袤,树木极多。我们上午经过的两岸均为林木,这样的情形极为少见,自我们离开曼丹以来,还是第一次见到这样的情景。下午,右侧经过一片广阔美丽的平原,地势沿河岸逐渐升高。到处都是水牛,数量极多,还有一些麋鹿、鹿和山羊。我们食用的肉很充裕,所以很少开枪打猎。动物们非常温顺,尤其是公水牛,它们很少会给你让路。50步之内,我就碰到了好几头。它们好奇

---

①　由于河道随时改变方向,所以航行日志通常会根据指南针的变更情况记录每天所走的一系列航程,以及大致估算的每段航程的距离。第十段航程即当天指南针显示的第十次航行方向上的航程。——约翰·贝克勒斯注

地看着我，好像觉得很新奇，然后悠闲自得地吃草。克拉克上尉傍晚在岸上步行，直到天黑才回到船上，他在我们营地上头走了好几英里才回到宿营地。我们见到很多河狸，有人打了几只。我们今天还打了两头鹿。有很多棕熊的足迹。今天经过好几个印第安猎人的营地。

## 1805年5月5日，刘易斯上尉记

上午晴。我在岸上步行，过了8点才停下来吃早餐。路上打了一头鹿，扛了大约1.5英里到河边。鹿不错。启程不久，白色平底船碰到了水下的树桩①，撞坏了方向舵上的铁珠，不过我们用生牛皮和钉子，只花了几分钟就修好了。跟平常一样，见到大量猎物。无论在哪个方向，都能看到水牛、麋鹿、山羊或羚羊在吃草。只要我们愿意，想打什么就打什么。我们既有嫩水牛肉，也有肥水牛肉和鹿肉，只要想吃，还可以吃河狸尾巴。麋鹿和山羊肉卖相不好，自然就次些。最近一段日子没有捕到过鱼。这一带的地貌和昨天看到的一样，美不胜收。我们在岸上看到很多水牛的躯体，有些是狼和熊吃剩的。

克拉克上尉今天步行的时候发现了一窝小狼，还见到了很多狼。这一带狼非常多，主要有两种。小狼或者说草原钻洞狗，几乎是开阔平原上的土著。它们一般结成10匹或者12匹的群，有时候甚至更多，在靠近关卡或动物经常经过的地方打洞。它们没有能力单独捕猎鹿或山羊，很少单独出行，总是成群结队地围猎。它们常

---

① 按照行话来说，水中树干（sawyers）就是树桩，常常是整个树干，它的一端栽在河底，另一端随着河流沉浮。那些完全浸没于水下的树干则更加危险。树干之所以可怕，是因为它们可能突然从水下或者就在船前头弹起来。各种大树干会把大型蒸汽船的底部撕破，导致沉船，有时候甚至导致多人丧生。尽管当时西部河上尚无蒸汽船，但是树干对于普通河船的杀伤力一样巨大。——约翰·贝克勒斯注

## 第八章　从黄石河到马瑟尔谢尔河

常在洞穴附近紧盯猎物并捕获它们。它们就在洞穴里抚养幼崽,一旦受到追击,便瞬间钻进洞穴逃生。

一旦有人靠近,它们就会吠叫,很像小狗的叫声。这种狼个头中等,介于狐狸和狗之间。非常活跃敏捷,身形标致;耳朵大而尖,是竖起来的;头长而尖,更像狐狸的;尾巴长而多毛;皮毛也像狐狸的,不过比狐狸的粗糙劣质得多。这种狼呈淡淡的红棕色,眼睛是深深的海绿色,小而犀利。其爪趾比普通的狼或沿大西洋各州常见的狼的爪趾都要长,后者在这里很少见到,我甚至感觉在普拉特河上游都不多见。

在这里见到的大狼也没有沿大西洋各州的那么大,大都矮而短壮,腿短。它们的颜色呈灰色或者介于黑棕色和淡黄色之间,丝毫不受季节影响。据我所知,这种狼藏身于林地,平原上也有。它们从不在地里或洞穴里藏身。

我们随时都会看到一群水牛,它们的后面总是尾随着这些忠实的"牧牛者",一旦有水牛受伤或是伤残,就随时收拾它们。大狼从不吠叫,却像沿大西洋各州的狼一样嚎叫。

傍晚,克拉克上尉和焦伊列德打了一头棕熊,以前我们从没有见过这么大的棕熊。这家伙身体庞大,非常难打。尽管有5枚枪弹击穿了它的肺,而且它身体其他部位也中了5枪,但它竟然游过一半河流到中央的沙洲上,至少过了20分钟才死。它并没有试图攻击我们,而是转身逃跑,在被枪弹击中的瞬间,它剧烈咆哮。我们无法称这头猛兽有多重,克拉克上尉估计有500磅。在我看来,他少估了100磅。它从鼻子到后脚跟长8英尺7.5英寸,胸围5英尺10.5英寸,中间臂膀周长1英尺11英寸,脖子围长3英尺11英寸,每只爪上有5个趾,长约4.4英寸。它身体很健壮。

我们把这头棕熊分给各餐组,让大伙儿把油熬了装在木桶里以备后用。未加热的棕熊油像猪油一样硬,比黑熊油硬得多。

133

这头棕熊和一般的黑熊有几处不同：爪趾更长更钝，尾巴更短，毛呈红色或红棕色，比黑熊的更长、更粗、更好看，肝、肺和心脏相应更大，心脏和一头大牛的一样大。它的胃有黑熊的十倍大，里面全是肉和鱼。它的睾丸垂在肚子上，分布在不同的阴囊里，彼此之间有4英寸。棕熊也吃植物的根，还通吃几乎所有种类的野果。

### 1805年5月6日，刘易斯上尉记

看到一头熊在我们上头过河，我们还没有赶到，它就消失了。我发现队员们对于这种动物的好奇心得到了充分的满足。5月5日打死的那头公熊凶猛的样子——即使被击中要害还死得那么费劲，这番情景动摇了几个队员的决心，然而其他人似乎很期待打熊的场面。我估摸着这些"绅士"不久之后就会给我们带来一些乐趣，因为熊马上要开始交配。见到大批大批各种动物，都是这一带的常客。克拉克上尉在岸上步行，打死两头麋鹿。麋鹿不怎么好，我们只拿走了一部分肉。对于克拉克上尉和我来说，现在打猎只是玩玩，队伍够吃就可以了。我希望整个探险行程都能如此，不过我知道这只是奢望而已。今早用夹子捕到两只河狸，一个队员还打死了一只。陡峭的河岸上有许多圆圆的洞穴，我们经过时看到河狸躲在那里偷偷地朝着我们看。

### 1805年5月8日，克拉克上尉记

西南方向有一团黑云。我们乘着微微的东北风出发。大约8点钟开始下雨，不过不大，〔船上〕不湿。右侧经过一条大河口，宽150码，好像可以航行。我在高山顶上极目远望，发现大河流经一片美丽平缓的平原。在河口向西北12到15英里处，有两条支流并入，一支自北而来，另外一支西北偏西。从河水判断，其源头甚

## 第八章　从黄石河到马瑟尔谢尔河

远,流经广袤的地域。

我们愿意相信这条河就是明尼塔瑞人所说的河王(The River Which Scolds at All Others)。左侧地势高,山上多石,土石相间。

我和翻译还有他的妻子在岸上步行,他妻子在山坡上捡了一些甘草和白苹果①——我们的合伙人就这么叫的,她给我吃。密苏里河上的印第安人用各种方法调配并大量食用白苹果。

见到大量水牛、麋鹿、羚羊和鹿,还有黑尾巴鹿、河狸和狼。我在岸上发现1只狐狸,把它打死了,还打死了1匹狼。队员们打死了3只河狸和1头鹿。几天前,我看到一个印第安人在那里拔一张山羊皮上的毛。在左岸早早停船宿营。今天经过一条河,河水乳白,像拌有牛奶的茶,我们称之为奶河(Milk River)。

### 1805 年 5 月 10 日,刘易斯上尉记

队员们身上生疖和脓疮,这是司空见惯的事情。布兰顿手上生疮了,现在不能干活。所有人或多或少都有眼病。对付脓疮,我使用镇痛膏药;对付眼病,我使用一种白色硫酸和铅糖合成的眼药水。

### 1805 年 5 月 11 日,刘易斯上尉记

大约下午 5 点钟,我看到一个队员从远处朝我们跑来,一边招手一边喊叫,好像很痛苦的样子。我命令停船等他,发现是布兰顿。因为他手上有疮,我让他在岸上步行。他上气不接下气,过了几分钟才说清楚原委。最后他告诉我,左岸洼地里树木茂密,在我

---

① "白苹果"是加拿大皮毛商人的叫法。根据《格莱手册》(Gray's Manual)描述,它长成"管状或者萝卜形状,根部为粉质"。它不是苹果,而是豆科植物。"野甘草"几乎肯定是甘草科植物,在这一带多见,其根有甘草味道。很多年来,印第安人炒食这种植物的根,白人则放在嘴里咀嚼。——约翰·贝克勒斯注

们下方大约 1.5 英里的地方,他打中一头熊,它立即转过身追了他很长一段距离。幸亏它伤势很重,才没有追上。

我立即带 7 名队员去找这头猛兽。我们找到它的踪迹,顺着血迹在很茂密的灌木丛和大叶柳树丛里追了大约 1 英里,最后发现它躲在很深的树丛里。我们两枪击穿了它的脑壳。

我们立即动手剥皮,发现这头熊不错。尽管它的块头没有前几天打死的那头那么大,但其他都差不多一样,毛尤其长,光亮,浓密,部分冬毛已经脱了。

我们发现布兰顿击穿了熊肺,尽管如此,它还追着他跑了差不多半英里,又返回去 1 英里多,用爪子给自己在土里刨了一个 2 英尺深 5 英尺长的坑。我们找到它的时候,距布兰顿击中它已经至少过了两小时,它还活得好好的。

这些熊命这么硬①,着实吓着我们了。我坦承,我不喜欢这些"绅士",我宁愿跟两个印第安人搏斗也不愿跟一头熊搏斗。除非击穿脑壳,其他部位都不可能一枪毙命。但是击穿脑壳很难做到,因为它的前额两面被两大块肌肉保护着,额骨中央凸出,相当厚实,一枪很难击穿。它的皮和毛得有两个人才能抱得动。

我们返回时,太阳已经落了,我决定就在这里过夜,让几个厨师把熊油熬好装到木桶里,大约有 8 加仑②。

## 1805 年 5 月 12 日,刘易斯上尉记

很早出发,天气晴朗,风平浪静。今早我在岸上步行,因为需

---

① 刘易斯在这里用"命硬"(hard to die)来说熊,让人觉得有点痛楚。几年后,他在位于纳彻兹古道(Natchez Trace)的格莱德斯坦德(Grinder's Stand,亦可译作"磨刀架")那里等死(究竟是他杀还是自杀,人们不得而知,尽管众说纷纭),就哀叹自己"命硬"。这个地方现在是田纳西的霍恩瓦尔德(Hohenwald, Tennessee)。——约翰·贝克勒斯注

② 1 美制加仑约等于 3.785 升。——译者注

要锻炼，顺带了解这一带旷野以及它出产的东西。这些短途旅行我一般都是带着步枪和梭镖单独进行的。有了这些装备，假如在开阔林地或靠近河水，我感觉自己可以完胜一头棕熊，如果在旷野，我就有点缺乏信心。因此，万一在旷野遇到这些"绅士"，我只能采取防御姿态。

我到了山上，瞭望两岸高低不平、断断续续的旷野。北边的山峰上有零零散散的松树和杉树，南边山坡和小山谷里有一些杉树，山峰上的松树尚未发芽。这一带谷底和深沟里还长着稠李，稠李自本月 9 日起鲜花盛开。这些植物多见于密苏里河沿岸，常常出现在秃头草原（Bald-pated Prairie）至这一带。

## 1805 年 5 月 14 日，刘易斯上尉记

傍晚时分，后面两条独木舟里的队员发现，一片开阔地上躺着一头大棕熊，离河岸大约 300 步。6 个人去围猎，他们个个都是好猎手。在一座小山的掩护下，他们悄悄接近到 40 步。按照事先商量好的，两人作为预备枪手，未开枪，其余 4 个人几乎同时开枪，枪弹击中棕熊，两枚子弹甚至击穿了两片肺叶。

一瞬间，这个凶猛的家伙张着大口朝他们冲了过来，两个预备枪手开枪，都打中了——一个略有偏差，另一个击中了熊的肩膀，实在幸运。然而，这两枪只是暂时延缓了它的动作。队员们来不及填装子弹，拔腿逃跑。熊追着他们跑，几乎要追上了，幸好他们跑到了河边。两个队员跑进一条独木舟，其他几个分头躲进柳树林里，重新填装子弹，再次伺机开枪，谁知却把熊引向了他们身边。熊转身追其中的两个人，离得很近，他们只好丢下枪和弹药袋，跳进河里——陡峭的河岸有差不多 20 英尺高。熊异常愤怒，紧跟着第二个人也跳进了河里，离他仅仅几英尺。

这时候一个躲在岸上的队员开枪击中了它的头，才结果了它。

他们把熊拖上岸，肢解时发现竟然有8枚子弹从不同方向击穿了熊的身体。这头熊老了，肉不好，所以大家只带回了皮毛，熬了好几加仑的熊油。太阳已经落了，他们才赶上我们。其实我们是因为一件事耽搁，才滞留了些时辰，我现在来交代一番。尽管没有造成灾难性损失，但提起此事，我心里依然极度不安和恐惧。这是白色平底船遭遇的一场险象环生却有惊无险的经历。

今晚很不幸，碰巧是沙博诺在掌舵，之前是焦伊列德掌舵的。沙博诺不会游泳，大概是世界上最胆小的水手。更不幸的是，碰巧我和克拉克上尉当时都在岸上，这种情况很少有过。虽然我俩就在平底船对面，却离它太远，说话根本听不见，顶多也只能像个旁观者一样看着它，却爱莫能助。船上有我们的文件、仪器、书籍、药物以及采购的大部分东西。简言之，里面有我们拓宽视野或者确保我们完成业已进展了2 200英里的伟大壮举所必不可少的一切东西。

长话短说。平底船正满帆航行，突然一阵猛风斜刺里刮来，迫使它改变航向。舵手一慌，不是把船尾而是将船首转向风头。风很猛，一下子扯走了方帆船员手里的拉索，瞬间掀翻了平底船。要不是防水篷布形成的阻力，船就彻底底朝天了。

情急之下，我和克拉克上尉鸣枪，试图引起船员们的注意，命令他们砍断帆索收起船帆，可是他们听不到我们的枪声。当时一片混乱和惊愕，他们眼睁睁地看着平底船侧翻，半分钟后才收起船帆。船虽然恢复了常态，却呛满了水，离舷边仅1英寸。

沙博诺还在哭着请求上帝饶恕，却忘了掌控方向舵。头桨手克鲁萨特反复命令他掌握方向舵，他都回不过神来。克鲁萨特威胁他，如果不掌控方向舵履行职责，就立即开枪打死他，沙博诺这才醒过神来。

此时风急浪高，异常危险，多亏克鲁萨特坚毅果断，临危不惧，船才得以脱险。船上碰巧有水壶，他命令两个人用水壶往外舀水,他自己和另外两个人把船划到岸边,勉强浮在水上。晚上,我们把所有东西都从船里搬出来沥水,再把船里的水舀出来,船才没有沉下去。

除了沙博诺,平底船上还有两个人不会游泳。如果船沉了,他们就没命了。平底船斜在河里的时候,我意识到他们听不到我的声音,有那么一瞬间,我忘记了自己的处境,下意识地丢下枪,撇开弹药袋,准备脱下外衣跳进河里努力游向平底船,突然意识到这样做简直是愚蠢透顶。船在 300 码以外,浪高流急,河水冰冷,人绝对难以生还。如果我这样做了,百分之九十九的可能性是我得为我的愚蠢付出生命代价。不过要是失去了平底船,我自己的生命也就毫无价值了。

当晚一切收拾停当,我们情不自禁,觉得应该安慰自己一番,给大家压惊提神,于是喝了点格罗格酒,还给每人分了 1 吉耳①的烈酒。

## 1805 年 5 月 16 日,刘易斯上尉记

早晨晴,一天都很适合收拾东西。傍晚 4 点钟,我们的仪器、药物、所采购的东西、日用品等等全干了,我们重新包裹好,装上了平底船。损失没有预想的那么严重。药物遭受的损失最大,几样东西完全损坏了,其他东西都有一定程度的损坏。别的损失包括一些花卉种子、一小部分火药以及几种烹饪用品,这些东西从船边掉进河里了。事发当时,印第安女人和船上的每一个队员一样坚毅果断,她抓住了许多被冲到船边的东西,才把它们保住了。

现在一切准备就绪,我们立刻出发。顺利前行大约 7 英里,在右侧宿营。

---

① 1 吉耳(gill)约等于 0.118 升。——译者注

上午，两名队员在营地靠下些的位置开枪打伤了一头豹子。他们说豹子很大，他们发现的时候，它刚咬死一头鹿，吃掉了一部分，正准备把剩下的藏起来。

在我们营地附近，两头羚羊正准备过河，被我们逮住。这个季节的羚羊不肥，肉不好吃。傍晚我在岸上步行，打死了一头母水牛和牛犊，牛犊肉很嫩。

沿河两岸的地貌断断续续，山丘比较高。河滩狭窄，树木更加稀疏。陡峭的山坡上有星星点点的松树和杉树。拉比什的外套落在了平原上，早上发现被一头白熊撕破了。

### 1805 年 5 月 17 日，刘易斯上尉记

跟着我的小分队打死了一头棕色的母熊，很瘦，好像最近给幼崽喂过奶。克拉克上尉步行时差点被眼镜蛇咬伤。队员们今晚在营地附近打死了一条蛇，克拉克上尉告诉我，跟他见到的那条很像。这条蛇比大西洋沿岸中部各州经常见到的眼镜蛇小，长约 2 英尺 6 英寸。它的背部和两侧为黄棕色，从颈部到尾巴夹杂着一排深棕色椭圆斑点，两侧鳞片的边缘点缀着两排同样颜色的小圆斑点，腹部有 176 片鳞甲，尾巴上有 17 片。

昨晚半夜时分，值班的中士把大伙儿叫醒，因为紧靠我们简易房的一棵大树着火了，情势万分危急。我们赶紧把简易房挪开，几分钟后，大部分树顶落在了简易房原址上。假如再晚几分钟，我们就化为灰烬了。尽管简易房离大火有 50 步，但是由于风很大，把烧成木炭的树枝刮到简易房这里，因此房子还是遭受了相当大的损失。大火蔓延到一堆倒下的树干上，无法扑灭，队员们深受侵扰。

### 1805 年 5 月 18 日，刘易斯上尉记

早上西风甚猛。今天大部分时间可以用拖绳拉船，因此进展还

算比较顺利。现在沙洲不多,河窄水缓。沿河边有几棵棉白杨树,柳树大都消失了。后半天经过的地方山体宽阔,河滩宽广,树木多起来了。克拉克上尉傍晚在岸上步行时打死了 4 头鹿,其中两头是黑尾鹿。这个季节鹿皮长好了,鹿还没有产崽。我们见到了几头水牛、麋鹿、鹿和羚羊。

### 1805 年 5 月 19 日,刘易斯上尉记

昨晚极冷。今早河面大雾,看不清航道,直到 8 点钟才出发。第一次见到这么大的雾。昨晚还有露水。进入这片广袤的地域以来,这是第二次见到露水。8 点钟出发,和昨天一样,主要靠拖绳行进。两岸的高山及地貌和昨天见到的相似。克拉克上尉和两个猎手在岸上步行,打死了 1 头棕熊。尽管被子弹射穿了心脏,但它依然以正常速度跑了 1/4 英里才倒下。一名队员打伤了 1 只河狸,我的狗像往常一样游到河里去咬。河狸咬住狗的后腿,咬破了动脉。我好不容易才止住了狗的血。我担心这会是致命伤。

下午,河道弯曲,河流湍急,水里的树干比普拉特河口上游附近的多。克拉克上尉步行的时候打死了 3 头鹿和 1 只河狸。傍晚时候,我也在岸上步行了一段路程,打了 1 头麋鹿、1 头公鹿和 1 只河狸。队员们打了 4 只河狸和 3 头鹿。

## 第九章
## 从马瑟尔谢尔河到玛丽亚河

(1805 年 5 月 20 日—6 月 7 日)

### 1805年5月20日,刘易斯上尉记

上午11点钟,我们到达一个河口,河流湍急而漂亮,自左侧流入密苏里河。我们感觉这条河就是明尼塔瑞人所说的马瑟尔谢尔河(Musselshell River)。假如就是的话——我几乎毫不怀疑——那么根据他们的说法,这条河应该发源自落基山脉的第一山链,离黄石河不远。从那里开始一路到这里,它流经高而崎岖的山地,山地上——尤其是沿岸一带——长满树木,间或有富饶的平原和草地。

### 1805年5月22日,刘易斯上尉记

自离开曼丹人以来,我们很少捕到鱼,鱼不太容易上钩。我们捕到的一般是2~5磅的白鲇鱼,感觉这一带河里鱼不多。今晚扎营时间比平时早,打了一头熊,我们得熬熊油。我感觉在这里不太能见到黑熊,没有在这条河的下游和沿大西洋各州那么常见,既见不到黑熊也见不到黑熊的踪迹。黑熊的踪迹很容易辨认,和棕色灰熊或者白熊相比,黑熊的爪趾更短。我相信它们是同一种熊,只不过随着年龄和季节的变化,皮毛的颜色不同而已。

### 1805年5月25日，刘易斯上尉记

昨天留了两条独木舟在后面搬运熊肉，直到今早8点钟才到，那时候我们已经出发了。由于逆风，我们进展没有昨天轻松快捷。我们主要使用拖绳，两岸平缓，便于拉船。河流湍急，尤其是在水流下降的地方，还有在来自山里的小溪流汇入河流的地方。这些小溪流卷下来大量石头，堆积在入河处，在离岸四五十英尺的水中形成了断断续续的障碍。水流穿越障碍时尤其湍急，我们有时候不得不用双倍的力气才能让平底船或者独木舟通过。

### 1805年5月25日，克拉克上尉记

今天步行的时候，我看到两岸不远处有山。这些山看起来孤零零的，没有看到明尼塔瑞人所说的山系。我感觉在西南偏南方向，远处能看到一系列山脉，不过我不太确定，因为地平线不很清晰，远处看不清楚。

### 1805年5月26日，克拉克上尉记

我们出发得早，和昨天差不多一样。西南风。河两岸被高山围裹着。我早晨带一个队员出去，登上高地看远处的山，感觉那些山昨天看到过。站在第一座山顶上，我可以清楚地看到两岸的山脉，也就是我昨天看到的那些，离我并不远。右侧的山形不规则，最高的两座在我的西面和西北面。左侧的山好像是几段，彼此分离，或者像是平地矗立起来的，自西南至东南距离不等。

最西南边的那座山上好像有雪。我穿过一个浅坑，登上更高的地方。从这里望过去，我十分确信第一次看到了落基山脉。我只能看到高出地平线的为数不多的几座山峰，用随身携带的罗盘测量，最高的几座山的方位是南偏西60度。落基山脉山峰上白雪皑皑，

## 第九章　从马瑟尔谢尔河到玛丽亚河

阳光泼洒在上面,景色清晰宜人。

看着那些山峰,我心里升起一丝欣喜之情,自己竟然离浩荡无尽的密苏里河源头如此之近。然而,一想到那些被冰雪覆盖着的通往太平洋的艰路险途,以及这些困难将会带给我们的痛苦和艰险,第一次凝视这些山脉的喜悦之情就在某种程度上被冲淡了。不过,我向来不喜欢把事情想得太坏,除非万不得已,我宁愿把它想成一条坦途。

我们现在所处的接连几天都在穿越的高山区,我认为就是印第安人以及我们的法国合伙人称为黑山[①]的延续。这片被称作黑山的地域是由断断续续形状各异的高山和矮山系构成的,有时候有100英里宽,又突然变窄,不过一直比两岸近处的地势要高。这些山峰始于堪萨斯河的源头,延伸到堪萨斯河以西,一直到阿肯萨斯河附近。从那里开始渐成山系,略向西北偏西,倾斜着接近落基山脉,经过普拉特河汊附近,在黄石河弯道附近直切黄石河,再从那一带经过密苏里河,而且很可能继续穿越这片地域,一直向北到萨斯卡切宛河。不过据说这一带的山势要比南边的低,有可能还没有到萨斯卡切宛河那一带,这些山就消失了。黑山一路朝北,似乎更加接近落基山脉。

### 1805年5月28日,刘易斯上尉记

今天出发得早。天色昏暗多云,空气里有烟味,还落了几滴雨。我们大部分时候用拖绳,遇到急流和石滩的时候辅之以撑杆。急流和石滩很多,大部分比昨天经过的还要危险。水流湍急,很多时候我们的船得穿过露出水面数英寸的嶙峋巨石所形成的水圈。每当这个时候,假如拖绳断裂,船首就会立即被水流冲向外侧,船的

---

[①]　克拉克此处所说的黑山(Black Hills)并非现代的黑山。——约翰·贝克勒斯注

一侧会立刻被推到乱石堆上，可能瞬间侧翻或者撞得粉碎。我们的拖绳都是麋鹿皮做的，经常风吹日晒和雨淋，再加上磨损，除了一条，都不结实。今天就断过几次，不过幸运的是在这些地方船能够在巨石之间周旋，因此总算没有损伤。我们极其小心，以巨大的努力，冒着极大的风险才得以通过这些险境。

今天又见到了印第安人搭建房子的一根木柱，是被水冲下来的。一头磨光了，好像是被狗或者马拉过。还有一个足球和几样其他东西，都是最近几天被水冲下来的。这些都是有力的证据，说明上游有印第安人，就在我们前头，也许离我们不远。这个足球很像我在明尼塔瑞人那里见过的，因此我想很有可能他们是草原堡（Fort de Prairie）明尼塔瑞人的一个分支。

### 1805 年 5 月 29 日，刘易斯上尉记

昨晚我们被一头大公水牛惊醒。它从对岸游到白色平底船边，翻过船到岸上。惊恐之中，它直接朝着火堆全速跑来。几个人正在熟睡，它离他们的头只有 18 英寸。说时迟那时快，哨兵咤了它一下，迫使它改变方向。由于再次受到惊吓，它径直朝着我们的屋子跑过来。它跑过 4 堆火，离一排正在熟睡的人的头也就几英寸。

眼看快到帐篷跟前了，我的狗把它赶开，迫使它第二次改变方向，向右一拐，刹那间消失得无影无踪，我们才脱离险境。大伙儿这才拿起枪大声喊叫着，互问是怎么回事。片刻后，哨兵说明原委，大家庆幸有惊无险。

第二天早上，我们发现水牛经过平底船的时候踩到了一杆枪上面，那是克拉克上尉的仆人的枪，他大意忘在船上了。水牛踩弯了枪管、轴芯和轴枢，还踩坏了船上一杆大口径枪的枪托。只遭受了这点损失，我感到很欣慰——确实有点高兴，因为我们没有遭受更大的损失。看来装载着宝贝的白色平底船得到了某位煞星精灵的

## 第九章 从马瑟尔谢尔河到玛丽亚河

护佑。

今早出发早,依旧拉船前行。走了大约 2.5 英里,经过一条漂亮的河,自左侧流入大河。我在岸上步行,顺着河岸上行大约 1.5 英里察看河情,发现两岸宽约 100 码,河水宽约 75 码。河床上尽是碎石和泥沙,似乎比马瑟尔谢尔河水量更大,水流更急,不过同样可以航行。河床上没有大石头,航行无障碍。两岸低矮,不过看上去河水很少泛滥。河水比我们见过的清澈得多。

河流所流经的高地有大量阿夏利亚[1]或称大角羊。克拉克上尉顺河而上,比我走得更远,他认为这条河叫朱迪思河(Judith's River)[2] 很合适。据我观察,其河滩更宽,树木比密苏里河沿岸的更多。我看到盒子杞木夹杂着棉白杨,林下植物主要有玫瑰丛、金银花和红柳。

在密苏里河上,就在大角河(亦称朱迪思河)入口处稍上些,我数了一下,共有 126 处印第安人屋子留下的火烬痕迹,好像时间不久,也许就 12 到 15 天。在右侧,也就是这条河入口处稍微靠上些,克拉克上尉也看到了一个大营地,是早些时候留下的,也许他们是同一伙印第安人。我们在这几处营地捡到了一些鹿皮靴,萨卡夏维娅仔细看过后说,不是她们斯内克印第安人穿过的。不过她相信这些鹿皮靴属于生活在密苏里河北边、落基山脉一带的印第安人。我感觉很有可能是草原堡明尼塔瑞人的。

离昨晚的营地 6.5 英里,我们经过一段急流。因为附近有几株

---

[1] 刘易斯所说的阿夏尔羊(argal)或者阿夏利亚羊(argalia),就是大角羊,或者叫落基山绵羊。按照他那个时代的动物命名法,这个叫法绝对没错。在我们这个时代,阿夏尔羊则仅指羊(ovis ammon),是大角羊属的亚洲羊种。——约翰·贝克勒斯注

[2] 克拉克用茱莉亚·汉考克的名字为这条河命名。在他完成探险后不久,便娶了茱莉亚为妻。茱莉亚一般被叫作朱迪,克拉克认为她的名字是朱迪思(Judith)。——约翰·贝克勒斯注

白蜡树，我们称之为白蜡树急流（Ash Rapid）。已经很久没有见到白蜡树了。这里两岸山峰耸立。再次遇到 27 日和 28 日早晨见到的那种情景，石滩不计其数，航程险象环生。树木很少，依然可见各种盐和煤等等。

今天在右侧路过了无数头散了架的水牛尸体，堆压在一起。这些水牛是被印第安人赶下 120 英尺高的悬崖摔死的。尽管河水已经冲走了部分尸体，但是至少还有上百头水牛的尸体碎块，奇臭无比。密苏里河上的印第安人以这种方式一次就能杀死大批水牛。为达此目的，他们会选一名最机灵最敏捷的年轻人，穿上水牛皮装，头戴水牛头帽子，上面有耳朵和角。装扮停当后，他就在水牛群和事先选好的悬崖之间等候着，这条河一连好几英里的岸边都是悬崖。按照事先说好的信号，很多印第安人同时现身，从后面和两侧包围、追赶水牛群。

装扮好的印第安年轻人（或者叫诱饵）必须事先确保他离水牛群不远，这样水牛奔跑时一定能发现他。他跑在水牛的前面，水牛全速跟着他跑向悬崖边。后面的水牛追着前面的跑，看到前面的往前跑，毫无戒备，更不迟疑，直到全部都被赶下悬崖，就成了一堆摔死撞碎的尸体。那个扮作水牛的年轻人则小心地躲进事先侦察好的悬崖缝隙里。

我听说，诱饵这个角色异常危险。如果跑得不快，那么水牛就会踩死他，有时候甚至把他也卷下悬崖，和水牛同归于尽。我们看到水牛尸体周围有很多匹狼，肥嘟嘟的，异常温和。克拉克上尉在岸上用梭镖打死了一匹狼。

过了这个地方，我们停船吃饭。对面是一段湍急河流的入口，宽 40 码，自左侧流入我们正在航行的河流。我们把这条河称为斯劳特河①，两岸的河滩狭窄，树木稀少。我们位于右侧，这里是一

---

① Slaughter River，亦可译为"屠杀河"。——译者注

# 第九章　从马瑟尔谢尔河到玛丽亚河

片狭长的河滩，里面长着些棉白杨。我们刚停好船，就开始刮风下雨。上面好一段距离似乎找不到生火的木材，我们决定待到明天早晨。于是安营扎寨，给每个队员分了一点酒。尽管给每个队员的酒不超过半吉耳，但是好几个人明显喝高了，显然是因为很久没有喝酒，一下子适应不了。大伙儿都很开心。今晚猎手们打了一头麋鹿，克拉克上尉打了两只河狸。

## 1805 年 5 月 31 日，刘易斯上尉记

石滩一如昨天的样子，寸步难行。每到这样的地方，队员们就不得不站在水里，水深及腋窝，而且很冰冷。这样的地方很多，队员们有四分之一的时间在水里。更要命的是，大家不得不爬行拉索，才能通过河岸和悬崖，脚底下泥泞湿滑，他们无法穿鹿皮靴。每当遇上这样的情况，他们就得拉着沉重的独木舟，有时候不得不在锋利的碎石上行走好几百码。碎石是悬崖上掉下来的，看似水边的一种装饰。简言之，大家十分辛劳，百般痛苦，然而忠实的伙伴们默默承受着，毫无怨言。白色平底船的拖绳，也是唯一的一条，是用大麻拧成的，是我们十分依赖的家当，今天竟然在一个很难走的地方断了。平底船摇晃着轻轻地碰上一块岩石，几乎侧翻。我担心它的煞星会反复捉弄它，终有一天它会沉到河底。

克拉克上尉早晨在岸上步行，发现岸边十分难走，很快返回船上。12 点钟，我们停船吃饭，让每人喝了点酒，大家很开心。确实，这份犒劳大家受之无愧。

今天路过的两岸的山峰和悬崖颇具浪漫情调。岸边的悬崖高达两三百英尺，而且大多垂直。这些悬崖由一种特别的砂岩构成，质地松软，很容易被水冲走。软土构成的悬崖上镶嵌着两三层竖直的毛石地层，上面没有雨或河水留下的痕迹。悬崖的顶部是一层肥沃的壤土，形成了一片逐渐升高的平原，向两面延伸半英里到 1 英

里，随即山峰突起，高达 300 多英尺。历经流年，自两岸山峰和平原上流下来的水冲刷着松软的砂岩，把它塑造成成千上万个怪异的形象。站在远处，假以想象和斜视，便会感觉它们是一系列伟岸的毛石建筑，各种雕塑中还安置着完美的矮墙。

这些建筑的前面依稀可见带有各种槽纹和平纹的雕塑石柱，支撑着长廊。转眼看着更近的地方，只需发挥些许想象力，便可看见恢宏建筑崩塌后留下的废墟：有些柱子矗立着，几乎完整，其基座和柱顶完好无损；有些虽然基座完好，却被岁月或自然力削去了柱顶；有些俯卧在那里，支离破碎；还有些呈现出各种金字塔式的锥形结构，其顶部又凸出各式更小的金字塔，越高越小，逐渐成为尖顶。我们经过时还看到悬崖的不同高度有各种形状不同、大小各异的壁龛和凹室。

### 1805 年 6 月 2 日，刘易斯上尉记

今早猎物更多。我估计我的皮筏子很快就要派上用场了，现在要抓紧收拾些麋鹿皮鞣皮筏子，否则会错失良机。鉴于此，我白天大部分时间带着几个猎手沿岸步行，打了 6 头麋鹿、2 头水牛、2 头黑尾鹿和 1 头熊。这些动物都很健壮。独木舟和平底船满载而归。

那头熊差点咬着焦伊列德了，还追着沙博诺跑了一阵子。沙博诺边跑边朝天打了一枪[1]，幸亏躲在树丛里才没被这个警觉的家伙发现。后来还是焦伊列德一枪打中了熊头——也只有这招才能制服这种凶猛的动物。

---

[1] 这件事再次说明无用的沙博诺应付不了很多情况。这家伙只有两个优点：一是烧得一手好菜，二是娶了萨卡戛维娅。在整个探险历程中，一旦遇上紧急情况，他就失去理智，给大家添乱。——约翰·贝克勒斯注

## 第九章　从马瑟尔谢尔河到玛丽亚河

### 1805 年 6 月 3 日，刘易斯上尉记

一大早过河，在两河交汇处安营。现在有个有趣的问题需要解答：这两条河哪条是密苏里河，即明尼塔瑞人所说的阿玛特阿兹哈（Amahte Arzzha）河？据他们描述，这条河离哥伦比亚河很近。在这个季节，航行期已经过去了两个月，如果选错了方向，去了落基山脉的航道，甚至走得更远，才能搞清楚是否可以到达哥伦比亚河，然后又不得不原路返回再顺着另一条河走，那么不仅浪费整个航行季节，而且极有可能使探险队遭受沉重打击，彻底毁掉整个探险计划。

我们坚定地认为，必须非常小心谨慎地选择该走哪条河。为了这个目的，首先必须对两条河都进行一番勘察，以便了解它们的宽度、深度，对比水的流速以及各自的水系。于是，我们派出两艘小独木舟，每艘乘 3 个队员，分别沿两条河而上。我们还派出几个小分队上岸，叮嘱他们尽可能纵深了解两岸的地势，允许他们晚上返回，如果可能的话，要求他们登高观测两条河远处的方位。在中午之前，我和克拉克上尉沿着两条河交叉处的高地漫步。从那里望去，视野极其开阔迷人。周围是一片广袤的平原，平原上可见无数群水牛，被它们忠实的"牧牛人"——狼群——紧紧地"护卫"着。孤独的羚羊已经产崽，星星点点布满平原。还看到几群麋鹿。遍野碧绿，天气晴朗宜人。南面能看见一系列高山，我们猜想可能是南部山脉的延续，从东南一直延伸到西北，在我们的西南面戛然而止。山上部分有雪。山的背后，举目远望，又是一系列更高的山脉，走向相同，逶迤绵延，从西边伸向西北偏北，白雪皑皑的山顶消失在地平线下。这些山脉完全被雪覆盖着。两条河的方向很难看清，河道不久便消失在同一片莽莽平原里。

在返回营地的路上，我们稍稍偏左，发现一条美丽的小河，在

我们营地左侧以上大约 1.5 英里处流入北边的河汊。这条小河两侧的河滩里长满了树木，其茂盛程度不亚于两条大河两侧的。平原上长着一种带刺的梨，河滩和河边悬崖沟壑里长满了稠李。我们看到了黄色和红色的醋栗，尚未成熟，还有鹅莓①，即将成熟。几条河边的河滩里生长着大量野玫瑰，鲜花盛开，益发锦上添花。

我们测了两条河的宽度，左侧或者说南面那条宽 372 码，北面那条宽 200 码。北河比南河深，流速不及南河湍急，水流奔腾翻滚——我们走过的这段密苏里河皆是如此。河水白中带棕，稠而浑浊，这也是密苏里河的特征。南河非常清澈，流速很快，水面平滑，河底布满圆平光滑的石头，就像大多数发源自山区的河流一样。北河河底有些碎石，不过主要还是泥。

简言之，从北河的样子和特性看，它很像我们已经走过的密苏里河，除了极少几个人，几乎都说北河就是密苏里河。我和克拉克上尉不急于下结论，不过假如要发表观点的话，我认为我们应该是少数派。

确实，北河的颜色和特性颇像从此处到墨西哥湾这段河流的。我坚信这条河不仅源自开阔平缓的平原，而且在平原上流经很长距离。我猜测它的一部分河水发源于落基山脉东麓、萨斯卡切宛河以南，不过并未穿越落基山脉第一段的深山老林，大部分河水发源于萨斯卡切宛河中下游以北开阔的平原。我很确信，假如这条河在落基山脉流过很长距离，那么河水应该是清澈的，只有在离开那些山脉后又在平原上流过很长距离，水色才变得如此浑浊。假如这条河不是密苏里河的话，那么有点令人费解的是，印第安人似乎很熟悉这一带的地形，却从未听他们说起过右边的这条河。假如真有他们

---

① gooseberry 亦译作"醋栗"。此处为了跟"醋栗"（currant）区别开来，故取网络"鹅莓"译法。——译者注

## 第九章　从马瑟尔谢尔河到玛丽亚河

所说的河王这么一条河的话，那么根据他们的描述，应该是在下面流过很长一段距离。另一方面，假如右边这条河或者说北河就是密苏里河的话，同样令人费解的是，他们竟然从未说起过南河，他们肯定到过南河，才能看到他们说起的密苏里河上的大瀑布。我们苦思冥想了一整天，不得其解。

待在营地的人一直忙着打理做衣服用的皮张。过去几天他们不能穿鹿皮靴，赤脚踩着石头和粗糙的路面行军，脚被扎伤了，肿得几乎无法行走或站立，至少行走或站立时很痛，而且他们的体力消耗巨大。尽管已经或即将面对令人望而生畏的艰难险阻，但是他们始终乐观开朗。

傍晚，我们派出去勘察的几个分队遵照命令返回营地。乘独木舟沿河而上的几个分队报告说，他们上行一段距离后，离开独木舟，沿河岸继续步行了相当一段距离，差点来不及返回营地了。北河不及南河湍急，自然便于航行。南河最浅处好像有 6 [7] 英尺，北河只有 5 英尺。他们的报告难以令人满意，而且这些信息既没有回答我们的问题，也无法让我们拿定主意该走哪条河。

约瑟夫和鲁本·菲尔兹兄弟俩报告说，他们沿着南河直行了大约 7 英里，方向有点西偏北。在我们前面有一条小河流入北河，离南河仅 100 码，他们顺着这条小河航行，发现是一条宽约 40 码、急流奔腾的溪流，河底有大量树木，主要是窄叶和阔叶棉白杨，还有一些桦树、黄杨桤木、低矮的柳树丛、玫瑰丛、醋栗等。他们沿河看到大批麋鹿，还有一些河狸。

大家汇报的情况无法令人满意，没有解决关键问题，所以我和克拉克上尉决定第二天一大早出发，每人带一个小分队沿两条河上行，直到能够得到满意的答案：究竟沿哪条河可以最快抵达太平洋。我们决定，我走右手河汊，他走左手河汊。我命令普拉耶中士、焦伊列德、希尔茨、温莎、克鲁萨特和勒佩芝做好准备，第二天早上跟我出发。克拉克上尉也挑选了菲尔兹兄弟俩、夏斯中士、山侬,还有他的黑人仆人约克陪他去考察。我们商量好,分别沿北河和南河走一天半的路程。如有必要,可以走得更远,以便能够找到令人满意的答案。今天猎手们打来了 2 头水牛、6 头麋鹿和 4 头鹿。傍晚阴天。我们晚上喝了点格罗格酒,每人都分到了一点,一切收拾停当,准备第二天一大早启程。我把背囊和毯子包起来,准备背起来就走。我长这么大,第一次准备负重而行,我坚信这绝不是最后一次。

## 1805 年 6 月 4 日,刘易斯上尉记

克拉克上尉一大早出发。同一时间,我从一座小岛的下方经过营地右侧对面的北河,从这里转向北偏西 30 度。行 4.5 英里,到一处高地,从这里观测映入眼帘的几座山脉的方位:北山脉好像原本平行于密苏里河,随即向北,接着突然终止,其终端方位为北偏东 48 度,距离估计为 30 英里。南山脉好像转向南边,也戛然而止,其最远处的方位为南偏西 8 度,距离为 25 英里。谷仓山(Barn Mountain)是一座高山,之所以有这样的名称,是因其形状像一座大谷仓的盖子。这是一座孤山,好像位于南面山脉终端的右侧,又像是从那里缩进。其方位为南偏西 38 度,距离 35 英里。我正在沿北河而上,它在我的左侧。这条河好像朝西北方向绕了一个大弯。其西边是一系列山峰,长约 10 英里,好像和河流平行,其方位为北偏西 60 度。在这些山系的北边,左侧河岸的悬崖上有一处突出的高地,其方位为北偏西 72 度,距离为 12 英里。我现在正朝着最后这个目标走,它穿越一片开阔、干爽、平缓的高原。事实上,整片地形就好像是一个连续不断的平原,一直延伸到山脚下,要么就是目光所能望到的最远处。其土壤看似黝黑、肥沃,不过地上的野草长得一点都不高,没有我所预期的那样郁郁葱葱。草不

第九章　从马瑟尔谢尔河到玛丽亚河

长,仅能苦住地皮。这里长有大量的刺梨,非常棘手,因为刺很容易穿透鹿皮靴刺伤脚。刺实在太多,旅行者得耗费一半的注意力,以防被它刺伤。

## 1805 年 6 月 5 日,克拉克上尉记

昨晚下了少许雨和雪。今早东南面山上有雪。空气寒冷,还下着小雨。河对面,8 头水牛两次尝试过河,然而水流太急,过不来。我们准备出发的时候,3 头白熊来到营地。把它们全部打死后,把其中一头的一部分肉吃了。然后启程,朝北偏西 20 度行进 11 英里。我们走过的这段距离,路线忽左忽右,我们好几次走到了河边。从北边山脊的顶峰,可以清楚地看到西南远处有一座山被雪覆盖着。我们对面也就是东南面的山上也积满了雪。山脉中有一段高峻的山脊,自东南面延伸到河边,成了黑色坚硬的石头悬崖。我最后是在山脊这里看到河流的,发现河流向西南延伸得很远,流量大,流速快。鉴于这条河流向西南,其宽度、深度和速度不断增加,沿着它继续前行毫无意义,我决定返回。

在返回途中,我沿北偏东 30 度的方向穿过一片平缓的平原,在 20 英里处遇到一条小河,小河流经平原。在小河边,我们打了两头公麋鹿,吃其髓骨为餐。继续走了几英里才宿营,打了两头鹿,很肥。白天下了几滴雨,傍晚晴,东北风甚猛。我见到了大批麋鹿和白尾鹿、河狸、羚羊、黑尾鹿和狼,在小河上还见到了一头熊。小河穿过北面的山脊,我在附近的一棵树上刻上了自己的名字。

## 1805 年 6 月 6 日,刘易斯上尉记

我现在确信,密苏里河的这条支流方向过于朝北,不是我们前往太平洋的路线,所以我决定第二天先观察子午线高度,弄清楚这

· 157 ·

里的纬度参数，然后返回。昨晚前半夜晴后半夜阴，早晨间或有太阳，快到中午时整个地平线却阴云密布。我自然十分失望，因为无法如愿观察。

一大早我就指示普拉耶中士和温莎沿河而上，找个制高点，记录其方位，越远越好。同时，我自己和其他4个人忙着造两个木筏，准备乘木筏下河。差不多中午时分，我们刚弄好木筏，普拉耶中士和温莎就返回了。他们报告说，他们从此处朝南偏西70度行进6英里，来到一处制高点。从那里看，河在他们左侧大约2.5英里处；左侧悬崖清晰可见，方位是南偏西80度，距离大约15英里；河流在他们的左侧，围着这个点缓缓拐了个弯，接着向北流去。

我们吃了饭，带着我们收获的东西启程，木筏上载着5张麋鹿皮。不过我们很快就意识到，这种航行模式有危险，尤其是那两个筏子太小太窄，不堪重负。我们的一部分行李湿了，还差点丢了一杆枪。所以，我决定放弃木筏，沿原陆路返回。我后悔没有带上我的麋鹿皮，本来可以用麋鹿皮鞔我的皮筏子的。我们在曼丹堡准备的那些皮子已经严重受损，用不成了。

我们再次背上行囊，在开阔的平原步行大约12英里，来到河边。东北方向刮起风暴，阵雨伴随，我们全身湿透，寒冷不堪。继续顺河而下，才走了几英里，突然被依河而立的悬崖挡住了去路。我们不得不再次改走平原，又一次面对风暴。这次向北走得太远了，到达河边时天色已晚。路上，我们打了两头水牛，带够晚上和第二天半天吃的水牛肉。从中午开始，我们走了23英里，在一条叫作云雀溪（Lark Creek）的干涸小溪的入口略靠下方处宿营。雨一直未停，我们一夜无处避雨，非常难受。

### 1805年6月6日，克拉克上尉记

天阴，冰冷，严寒。东北风，甚猛。我们出发得早，顺着小河

第九章　从马瑟尔谢尔河到玛丽亚河

行进，小河就在我们的路线上。我们在河上打了 7 头鹿，剥皮带走。除了宽度略小，这条小河的河底各方面都很像河汊以下密苏里河的河底，有大量棉白杨，其叶子像野樱桃树的。我还看到小河上有大量的艾菊。12 点钟，我们歇脚，吃的是公鹿肉，很肥。饭后，我们登上平原行进，彼时开始下雨，整个下午雨没停。5 点钟，到达预期和刘易斯上尉会合的地点。他今晚没有返回。我自己和队员们有时候走干硬的平原，有时候翻越陡峭的山峰和河谷，累得不行了。我不在的时候，队员们打了一头鹿和两头水牛。我派人去拿水牛肉，只带回来一部分。我外出时，营地里没有发生要紧事。

## 1805 年 6 月 7 日，刘易斯上尉记

昨晚雨一直未停，不出所料，彻夜不适。鉴于营地里没有什么舍不得的东西，我们一大早就离开湿漉漉的床，顺河而下。雨还在下，东北风猛刮，寒冷不堪。地上异常湿滑，我们沿河上去时经过的悬崖现在不能走了。尽管下了这么多的雨，但地上仅仅湿了 2 英寸多一点。目前的状态就像是行走在表面解冻的地上，异常湿滑。我以前就注意到，黏土不仅比其他类型的土更吸水，而且一旦饱和，里面的水分就不容易释放出来。

今天，我在走过悬崖表面一个大约 30 码长的狭窄过道时跌倒。运气还算不错，我拄着梭镖，很快就爬了起来，否则可能就会滚下大约 90 英尺高的崎岖悬崖，跌进河里。我刚找到一个落脚点，勉强能站得住，甚至还拄着梭镖，就听到身后有人喊："天哪，上尉救命啊！"

我转过身看到是温莎，他已经跌进窄窄的过道中间，腹部着地，右胳膊和右腿悬在崖边，只有左胳膊和左脚拼命抓着，处境非常危险。看他那么恐慌，我更加担心，他随时可能耗尽力气掉下去。

看到这种情景，害怕归害怕，我还是掩饰着内心的恐惧，非常冷静地和他说话，安慰他不要担心，让他用右手从后面抽出腰带里的刀子，用刀子在悬崖上挖个脚窝，让右脚有个蹬的地方。他照做了，然后起身跪着。接着我让他脱掉鹿皮靴，一手拿刀一手拿枪，脚手并用爬过来。他很听话，一一照做，这才脱离了险境。我们身后的几位队员离我们有点距离，我命令他们后退，紧贴悬崖底下蹚过去，水深齐胸。我们知道，这一带根本无法从平原上通过，因为平原上纵横交错全是陡峭的沟壑，跟河边的悬崖一样难走。因此，我们继续沿河而下，有时候走过河底的淤泥和浅水，有时候蹚过齐胸深的河水。如果河水太深过不去，我们就用刀子在崖壁上挖脚窝走过去。我们在雨中踩着泥泞和河水前行，一直走到晚上，走了大约18英里路程，最后在印第安人丢弃的用树枝搭的旧屋里宿营——还算干燥舒适，可以挡风遮雨。

# 第十章
## 密苏里河大瀑布

(1805年6月8日—6月20日)

## 1805年6月8日，刘易斯上尉记

昨晚一直下小雨。今早阴天，直到大约10点钟，天色才晴朗起来。吃完早饭，差不多日出时出发。和昨天一样，沿着河底淤泥和河水向下，路比昨天的好走些，不必像昨天那样频繁蹚水，不过经过了几处危险难走的悬崖。两边的河滩里长着各种树木。凡是这一带原野上有的树木，这里都有。无数只小鸟在树上栖身或者搭窝。太阳一出来，鸟儿欢天喜地，婉转鸣唱，十分悦人。我发现其中有棕色歌鸫、知更鸟、斑鸠、朱顶雀、黄雀、画眉、鸫鹩[①]，还有一些叫不出名字的鸟儿。草原上的土著动物也会来树林里宿夜或者躲避暴风雨。

除了我和一个队员，我们小分队的其他人都坚信这条河就是密苏里河。不过我认为它既不是主河流，也不是我们要走的河道。我决定给它起个名字，叫它玛丽亚河（Maria's River），纪念玛丽亚·W——d小姐。当然了，这条河如此汹涌澎湃，其色泽跟那位

---

[①] robin 亦可译为"旅鸫"，goldfinch 亦可译为"红额金翅雀"，blackbird 亦可译为"乌鸫""黑鸟"等。——译者注

美人纯洁的、天使般的美德和温婉动人的性格难以相提并论①。不过另一方面,这也是一条高贵的河。在我看来,因为美国西北边界必将调整,这条河注定会成为美英两个大国争夺的目标。而且用商业的眼光来看,它会成为密苏里河的一条有意义的支流。这一点我深信不疑,因为这里不仅盛产皮毛动物,而且很可能会成为安全直接的交通要道,通往那个专门为大英帝国国王陛下的臣民生产珍贵皮毛的国度。除此之外,它流经一个富饶肥沃的地区,是我所见过最美丽的地方,广袤的平原上有无数群动物,平原的周围是一望无际的玫瑰园,高大广阔的森林里栖居着数以万计的鸟类,它们以原始、纯朴、甜美、愉悦的乐曲迎接每一位旅行者。

我大约傍晚 5 点钟回到营地,很累。克拉克上尉和队员们焦急地等着我们,因为我们比预计返回的日期晚了两天。在返回营地的路上,我们打了 4 头鹿和 2 只羚羊,把它们的皮和路上打到的动物皮子一起带回营地。玛丽亚河大约宽 60~100 码,河水丰沛稳定,最浅处约 5 英尺深。

今晚我要好好休息一下,消除疲劳。我喝了一点格罗格酒,也给跟着我的每个队员喝了一点酒。克拉克上尉根据我们考察的情况标出两条河的流向。我现在比以往任何时候都怀疑,菲德勒②先生是不是诚实,或者他的仪器是不是精密可靠,因为我得知在阿罗史密斯(Arrowsmith)最近绘制的北美地图上,他在落基山脉只标注了很显眼的一座山,叫作图斯山(Tooth),其南端几乎接近北纬 45 度,他说这是菲德勒先生发现的。我们现在离落基山脉不到 100 英里,根据我本月 3 日的观察,此处纬度是 $47°24'12''8$。因此,这

---

① "玛丽亚""那位美人"一直是个谜。刘易斯常常有意无意地想象自己深爱着某个女子,可是根本不可能得知他所指的那些女子是谁。——约翰·贝克勒斯注

② 彼得·菲德勒(Peter Fidler)是 18 世纪早期一位探险者,供职于哈德逊湾公司,曾到过落基山脉东边。——约翰·贝克勒斯注

# 第十章　密苏里河大瀑布

条河从此处到落基山脉这一段一定是朝南的，只有这样，菲德勒先生才得以经过山脉的东面边界，几乎接近北纬 45 度，却没有看到这个地方。不过从这里一直到克拉克上尉到过的密苏里河南汊那里，有 55 英里（直线距离 45 英里）之遥，其河道方向为南偏西 29 度。克拉克上尉说他极目远望，这条河在那一带的流向依然是由南向西。因此，我认为我们可以肯定，密苏里河是在北纬 45 度以北流入落基山脉的[①]。

## 1805 年 6 月 8 日，克拉克上尉记

昨晚蒙蒙细雨，下了一整夜，一直到今早 10 点钟。刘易斯上尉和他的小分队几天前就该返回的，我心里有点不安。我让大家把所有武器收拾好，让几个人出去打猎、晾晒我们的储备物等等。自我们到这里之后，几条河的水位下降了 6 英寸。10 点钟，阴云散去，天空晴朗。整个上午西南风，甚猛。今早南河汊的水呈红棕色，北河汊的水跟平常一样，有点发白。南面的山上白雪皑皑。今晚转东北风。大约下午 5 点钟，刘易斯上尉和小分队回到营地，十分疲惫。他告诉我，他们沿着陆地向上走了 60 英里，河流急促，宽约 80～100 码，河底是沙砾和泥，最浅处水深估计 5 英尺。

傍晚小雨。左侧河汊的水位略有上涨。

## 1805 年 6 月 9 日，刘易斯上尉记

我们决定在这个地方暂存一些东西，包括那艘红色的平底大船，可能用不着的所有辎重，一些日用品、盐、工具、火药和铅，等等。这样不仅可以减轻船只的负重，而且还能腾出红色平底船上

---

[①] 密苏里河并不是"流入"落基山脉，而是自那里发源。刘易斯实际上是从他们小分队的角度来叙述的，他们的确是在北纬 45 度以北沿河进入落基山脉的。——约翰·贝克勒斯注

的 7 个船员，加强其他船上的人手。我们派几个人挖坑或者挖地窖，把东西藏起来。法国合伙人把这些坑或者地窖称作密窖。经了解得知，克鲁萨特是这方面的行家里手，因此我让他全权负责这项工作。今天对照地图核对了一些信息，综合地图信息以及从印第安人那里得到的信息，大家认为应该走南河汊。对我们来说，这样做再正确不过。

尽管菲德勒先生的信息不够准确，但十分明显地暗示应该走南河汊。如果他所走的路线是在落基山脉东侧、南至北纬 47 度——我认为这是他能够到达的最南端了，如果他仅仅看到过山上有一条条小河流下来，那么可以很大胆地推测，这些小河并未纵深穿过落基山脉，还不足以让我们断定其源头靠近哥伦布河的某条可航行的支流。假如他看到过南端接近北纬 47 度的小河流，那么这些河流极有可能是密苏里河的某条北边支流或者南河汊，很有可能就是印第安人所说的美迪辛河（Medicine River）。我们已经位于北纬 47°24″了，从此处继续往北，在到达萨斯卡切宛河之前，再不大可能会遇到一条河。萨斯卡切宛河的确穿过落基山脉，而且流经落基山脉时确实有一段适航河流，这也同印第安人所讲的关于密苏里河的信息相吻合。印第安人的信息显然倾向于南河汊。他们说密苏里河水在蒙塔纳大瀑布那里几乎是透明的（南河汊的水也是透明的），还说从他们那里看，瀑布位于日落点的南侧（这也有可能，因为我们离曼丹堡北边仅仅几分[①]的路程，而南河汊由此向南流向那些山脉）；他们说瀑布就在落基山脉下面，靠近一群山脉的北端。好像南部山脉的背后还有一群山脉，由此绵延向西南而去，其尽头消失在绵延不断的落基山脉这一侧。这些山给了我们一线希望，让我们

---

[①] 刘易斯不经意这样写，听起来好像是计时用的"分"（minutes）。实际上他指的是地理学概念，即 1/60 度的"分"。——约翰·贝克勒斯注

## 第十章　密苏里河大瀑布

相信印第安人的这些信息也是准确的。山脉的前头还有更多的山脉，且距离遥远，所以我们肯定还会遇上很多瀑布——我担心对于我们来说，瀑布会太多。

我心里还有一个想法，假如印第安人在去密苏里河的途中经过类似于南河汊这么大的河，那么他们不至于没有留下只言片语。就其大小以及河水的颜色而言，南河汊肯定流经落基山脉，而且依我看，这条河沿着落基山脉流过了很长的距离，否则哪里可以容纳得下这么大的水体？它不可能从落基山脉东侧干燥的平原流到黄石河的西北，因为我们沿落基山脉东侧顺密苏里河而上时，见到过无数条宽大干涸的河渠，这些河渠无法让人产生那样的猜想，而且菲德勒先生的游记也让我们相信南河汊的源头不会在落基山脉的西北。

我试图用这些想法去说服我们的队员，然而除了克拉克上尉，其余人都坚信北河汊就是密苏里河，我们应该走那条河。他们很开心地说，只要我们觉得正确，无论指向哪里他们都愿意跟着我们走，不过他们还是觉得北河汊才是密苏里河。他们担心南河汊可能不久就在山里到头了，那样我们就离哥伦比亚河更远了。

克鲁萨特是密苏里河航行家，他的人品、见识和航行本领，深得每一位队员的信任。他说他认为北河汊才是真正的密苏里河，不可能有第二条。

既然大家如此坚定，我们希望能够发现并尽可能及时纠正错误，于是克拉克上尉和我商议，我们两个得有一个人带几名队员启程，沿着陆路走南河汊，一直走到大瀑布或者雪山跟前，这样我们应该可以找到问题的正确答案。

我愿意去完成这个任务，因为克拉克上尉是最好的水手……我决定后天启程。我还想在这里做进一步观察。我们已经决定把铁匠风箱和工具留在这里，所以出发前必须修理好武器，尤其是我的气枪，它的主弹簧坏了。不光是这些事情，还有一些别的事情，可能会耽搁我们两三天时间。

我今早感觉很不舒服,服了一剂盐以后,感觉轻松了许多。

密窖挖好后,我过去看看修得怎么样。这个密窖修在南河汊北岸的高原上,40 码以外便是陡峭的悬崖。这个位置干燥,也必须如此。我们先选好一块地方,标出直径大约 20 英寸的圆圈,小心翼翼地铲开草皮,尽可能保持整块,这样地窖里放好东西密封后,就可以把草皮原封不动地植回原处。圆形洞口垂直向下挖 1 英尺。如果土质不很坚硬,就还可以挖得更深些。接着,越往下挖得越大,到了六七英尺深时,几乎像个水壶的形状,或者像一个大蒸馏器的下端,底部的中间挖得略深些。

地窖是为我们想要储藏的东西量身定制的。把挖出来的土放进一个容器里,再把容器放到一块皮或布上,然后运到别处,悄悄倒在不易发现的地方。一般是倒在河流里,水把土冲走,不会留下蛛丝马迹,不至于暴露密窖。

物品储藏之前,必须干透。我们捡来一些干枝,铺在窖底,厚三四英寸,然后铺上一层干草或干透的生皮,上面才可以放置东西,还得小心地在物品和窖壁之间搁上干枝,以防东西碰到窖壁。地窖差不多放满的时候,在物品上再苫一层生皮,上面盖土夯实,再放上原来的草皮,地窖和地面一样平整。用这种办法储存的干皮或者货物可以完好地保存好几年。

密苏里河上的贸易客商,尤其是那些和苏人做生意的人,常常不得不用这种办法储藏物品,以防被打劫。

大多数队员忙着硝皮子,准备做衣服用。傍晚时分,克鲁萨特拉小提琴伴奏,大伙儿跳舞唱歌,非常开心。

### 1805 年 6 月 10 日,刘易斯上尉记

天气晴朗,我们晒干了所有辎重和物品。希尔茨帮我修好了气

## 第十章　密苏里河大瀑布

枪主弹簧。我们很多时候非常感谢他的聪明才智。他没有专门拜师学艺，主要是自己制造工具，无论木工活还是金属活都得心应手——他对我们来说尤其不可或缺。而且他还是一位优秀的猎手和卓越的水手。

为了未雨绸缪，我们觉得有必要在这里储藏些弹药。于是我们在帐篷附近储藏了一白铁桶的火药（4磅）和相当数量的铅，在南河汊距我们据点300码的灌木丛里埋了一白铁桶的铅（6磅）和一把斧头。我们觉得这里还可以储藏更多弹药，克拉克上尉准备第二天早上再去储藏些。除了一桶20磅的铅以及藏在大密窖里的相当数量的铅，我们还挑了一些东西，准备藏在这个密窖里。这些东西包括两把最好的伐木斧、一把木螺钻、一套刨子、几把锉子、铁匠风箱、锤子、桩子、钳子等等，还有一桶面粉、两桶干饭、两桶猪肉、一桶盐、几个凿子、一把箍桶的锥子、几个锡杯、两把毛瑟枪、三张棕熊皮、河狸皮、大角羊的角、几件男袍和衣服、各种多余的辎重，以及捕河狸的夹子等。

我们把红色平底船停进玛丽亚河口一座小岛的中央，固定好，牢牢地拴在树上，以防被洪水冲走。我在船附近的几棵树上刻上我的名字，用树枝把船罩住以防被太阳晒坏。下午3点钟刮起西南大风，持续了大约一个小时，雷电交加，大雨倾盆。阵雨一过，我们划出独木舟，加塞封底，修理装货。尽管我感觉痢疾还没有好彻底，但我还是决定一早沿密苏里河南汊进发，留下克拉克上尉继续储藏货物，他随后和队员们一起沿着水路赶上我。

我命令焦伊列德、约瑟夫·菲尔兹、吉布森和古德里奇待命，早晨跟我出发。我们的印第安女人萨卡戛维娅今晚病得很重。克拉克上尉给她放血治疗。晚上阴，有雨。

今早感觉好多了，不过身体有点虚弱。8点钟，我背起背包，带着小分队出发。我们来到玛丽亚河的支流玫瑰［艾菊］河（Rose

[Tansy] River）上，这里很接近密苏里河。从一座高山上看见密苏里河上游不远处有一群麋鹿。我们下山赶过去，打死了4只。我们把肉和皮子挂在河上能够看得见的地方，这样大部队过来就可以取走。

我决定在这里用餐，不过饭还没有做好，我肚子剧痛，无法享用髓骨美餐。疼痛加剧，临近傍晚又开始发烧。我无法继续行军，决定用柳枝铺个休息的地方，躺在这里过夜。身上没有带药，我决定用土办法试试，最初引起我注意的就是长在河滩地里的稠李。

我让人帮我采了一把稠李的嫩枝，去掉叶子，切成长约2英寸的枝节，用水熬成黑色药汤，直到散发出浓烈的苦味。日落时分，我服用了1品脱这种药汤，一小时后又服了一剂。晚上10点钟疼痛完全消退，实际上病症完全消失了。高烧减退，我出了一身微汗，一夜好睡，感觉神清气爽。

古德里奇尤其喜欢捕鱼，他捕到了几十条不同的鱼。鱼有两种：一种长约9英寸，白色，浑圆，其形状和鳍很像波特马克河里常见的白色鲑鱼；另一种的形状和大小简直就是著名的山核桃西鲱或者鲱鱼的翻版[①]。

## 1805年6月12日，刘易斯上尉记

今早，我感觉精神多了，又喝了一剂我自己制作的药汤，日出时启程。这次我们没有沿河走，为的是避免遇上河边陡峭的沟壑，因为这些沟壑往往会在沿岸的平原上纵深一两英里。在平缓的平原上行军，方向有点西南偏西。到早上9点，我已经走了大约12英里。阳光热起来了，我略微向南走近河边，一来打猎解决早餐，二

---

[①] 第一种很有可能是鲈鱼，第二种old wife大概是alewife的笔误，应该是密苏里河鲱鱼的一种。——约翰·贝克勒斯注

## 第十章 密苏里河大瀑布

来找水解渴。我们穿越的平原上不仅没有水，而且十分平缓，我们还没有走到枪弹可及水牛的范围，水牛已经发现我们，拔腿而逃。我们大约10点钟到河边，走了大约15英里路程。这里有一片漂亮开阔的河滩，上面长着不多的棉白杨树。我们在这里碰到了两头熊，都一枪毙命。以前打过那么多棕熊，从没有碰上这么好的运气。我们剥了熊皮，吃掉了一头熊的一部分肉，把剩下的肉和熊皮挂在树上，以防被狼吃掉。我在河附近的一根树干上给克拉克上尉留了信息，告诉他我的进展情况等等。休息了大约两个小时，我们翻过悬崖，再次回到高原上。今天在平原上见到了大量穴居松鼠，还有狼、羚羊、黑尾鹿以及庞大的水牛群。我们经过一道山脊，它比两边的平原高出许多。在这个高度可以看到美丽如画的落基山脉，上面是皑皑白雪，自东南向西北偏北逶迤而去。一眼望去，山脉层层叠叠，越往远处越高，直到最远处冰雪覆盖的山巅消失在天边的云层里。这幅景致如此雄伟壮观，至今回想起来都让人感到后怕——我们竟然要去征服它们。我们走了大约12英里，再次来到密苏里河边，看到一片美丽的河滩里长满棉白杨。尽管太阳还没有下山，但我感觉有点疲倦，大概是因为生病所致，我决定今天白天剩余的时间和晚上就在这里歇脚，今天已经走了大约27英里路程。傍晚，我们沿途打了1头水牛、1只羚羊、3只黑尾鹿。我们挑最好的肉带上，美美地吃了三顿。今晚我吃得非常开心，提笔记录了当天的事务，然后去抓一种白鱼。这里白鱼很多，我几分钟就抓到了十多条。

### 1805年6月12日，克拉克上尉记

今天见到几条响尾蛇。一个队员从蛇头上抓住了一条，当时蛇的头正靠在一丛草上。今天3艘独木舟遇到危险，一艘进水，另外两艘几乎侧翻到河里……下午2点钟落了几滴雨，我步行穿过一个

地方，打了1头公麋鹿和1头鹿。我们在右侧宿营。翻译的妻子病得很重。一名队员手上长了瘭疽，另一名队员下巴伤风、牙痛，等等。

## 1805年6月13日，刘易斯上尉记

早餐吃的是鱼肉和鹿肉，日出时分动身。我们再次从河边上山，来到平原上。鉴于河流向南，那么假如这里和雪山之间真有瀑布的话，我担心我们可能会错过，因此我改变方向，差不多向南穿越平原。我让菲尔兹走在我右侧，让焦伊列德和吉布森在我左侧行进。我命令他们打些猎物，到河边和我会合，在那里歇脚用餐。古德里奇跟在我后面，与我保持一段距离。

我们沿着这个方向走了大约两英里，这时候我听到了悦耳的落水声。我们继续走了一段距离，看到雾气像烟柱一样从平原上升起。雾气稍纵即逝，我猜是风的影响所致，当时西南风很大。不过我并没有迷失方向。水声旋即变成巨大的咆哮声，这声音非密苏里河大瀑布莫属。我大概是12点钟到达这里的，估计步行了15英里。我赶紧跑下山，凝目欣赏这雄伟壮丽的景色。山高约200英尺，很难走。

我脚下的位置是瀑布中心的对面，在大约20英尺高的岩石上。看样子这串岩石曾经和大水从其上面翻腾而下的那些石头连为一体。然而，随着时间的流逝，它们渐渐断开并与后者平行，相距150码，成了一座岩架。大水自悬崖上怒吼而下，不停地撞击着岩架。这道屏障向右延伸，一直到垂直的悬崖那里，成了河的边界。距悬崖120码，屏障高出水面仅仅几英尺。到了这里，河水变成了巨大的浪涛，紧邻着岩架的较高处流过40码宽的水道。在左侧，河水离垂直的悬崖不过八九十码，从岩架和垂直的悬崖之间飞流而下。

## 第十章　密苏里河大瀑布

在瀑布这里，河面宽约 300 码。向前 90 到 100 码，一部分河水靠近左侧，平缓光滑地流下大约 80 英尺高的悬崖。其余宽约 200 码的河水自右侧流下，是我见过最壮观的景致。右侧的瀑布和左侧的一样高，不过下面的岩石突出，奇形怪状，把水拦腰截断，将它击成完美的碎沫，瞬间变化万千，有时候溅起 15 至 20 英尺高的浪花，闪闪发亮。浪花尚未完全成形，随即被又一波翻滚而下的泡沫拦头盖住。简言之，岩石好像乐得其所，在这里呈上了一幕宽 200 码、高 80 英尺的水沫雾气。

飞流直下，撞击着前面说过的岩架，也就是我脚下的岩石，似乎在回荡中被更加猛烈的水流击中，随即二者合一，迅速膨胀成看似有形却又难以成形的巨大浪涛，转瞬即逝。岩架保护着下面的一片大约 3 英亩的漂亮河滩，里面的棉白杨爱怜地呵护着各种植物。

河滩最下端是一片茂密的小树林，只有一种树木。树林里有几间印第安人用树枝搭成的茅屋。我脚下的岩架附近长着几棵小雪松。岩石下面不远处有一块高出河面几英尺的巨石，将河水分开，并且向下游延伸约 20 码。此前大约 1 英里处，河水急速下降，左侧被一道高约 100 英尺的悬崖挡住，右侧也是一道垂直的悬崖，高约 300 码。在这里，一条峡谷的水汇入河水中。顺着峡谷，水牛踩出了一条通往河边的大路。因为这一带河岸陡峭艰险，水牛很少能找到有水的地方。在靠近右侧悬崖的水边上，我看到了好几头水牛的骨架，估计是从大瀑布那里被冲下来搁浅在这里的。

在我站立的地方以下大约 300 码，又是一个磐石岩架，崖面垂直，高约 60 英尺，自右侧突出 134 码，呈 90 度，几乎成了那片河滩的最下端，因为岩架的尽头和河水之间有一个大约 20 码的通道。在这里河面再次变宽，很快伸展到 300 码，不过河水流速依然很快。从瀑布上飞溅起来的水汽，经日光照射，幻化成一道美丽的彩虹，与壮丽的瀑布相得益彰。

为了写好这篇远非完美的描述，我又观赏了一遍瀑布，十分嫌弃自己，竟然如此糟蹋这么壮观的美景，想要几笔划掉重写。不过又一想，也许我根本不可能超越已经记录下来的大脑里的第一印象。我多么希望我手里有意大利画家萨尔瓦多·罗萨①的画笔，或者有英国诗人詹姆斯·汤姆森②的神笔，或者干脆就是意大利画家提香③，这样我便能够向文明世界呈现我所看到的宏伟景象——自人类有历史以来，这里的壮观一直不为文明世界所知。不过，我知道我再想也是白搭。我后悔没有带个成像暗箱，有它的帮助我可能会做得更好些。可是，唉，这是多么可望而不可即啊。

　　因此，仅仅凭着我的笔，我尽力描摹这幅壮美景色的最显著特征。我希望这些描写多少能够让世人感受到我所看到的景致。此时此刻，我内心充满了愉悦和惊喜。我斗胆说，这幅景致是文明世界里数一数二的美景。

　　我在一片树荫下歇息，想着收拾一下我的临时营地。早上还派一个队员向克拉克上尉和大部队报告我发现大瀑布的消息，打消大伙儿心里关于密苏里河的疑虑。猎手们回来了，带来绝美的水牛肉，说他们在离这里不到 1 英里的地方打了 3 头很肥的牛。等他们休息好之后，我让他们回去肢解水牛，每人再带些肉回来。我让那些跟我留在原地的人一边晾肉一边等候大部队。过了大约两个小

---

　　① 萨尔瓦多·罗萨（Salvator Rosa，1615—1673），是 17 世纪意大利巴洛克最狂野的创新派画家。他发明了绘画的新类型：寓言绘画，画中弥漫着忧郁诗篇。他绘画中的肖像是浪漫和高深莫测的人物，有的则以死亡为主题，画中寓意宗教的人生哲学。他早期的作品大多为风景，以明亮、丰富的色彩表现海边的城堡、船坞以及埋伏在礁石旁等待袭击旅行者的强盗。——译者注

　　② 詹姆斯·汤姆森（James Thomson，1700—1748），英国诗人和剧作家，以其诗歌《季节》和《寂静城堡》，以及《统治，不列颠尼亚！》的歌词而闻名。——译者注

　　③ 提香（Tiziano Vecelli，1488/1490—1576），意大利文艺复兴鼎盛时期威尼斯画家，擅长肖像画、宗教和神话题材画，作品有《乌比诺的维纳斯》《圣母升天》《文德明拉全家肖像》等等。——译者注

## 第十章 密苏里河大瀑布

时,也就是下午 4 点钟的样子,他们去干活。我沿河往下走了大约 3 英里,想看看能不能找到一个地方,把独木舟停在那里,或者把独木舟拖上岸,再沿着陆路从瀑布的上方运过去。然而,我无功而返。

这条河全是连续不断的湍流和瀑布,我想独木舟是派不上用场了。河岸依然是垂直的,高 150 到 200 英尺。简言之,这段河似乎就是时光在一块坚硬的岩石里凿出来的一条隧道。

回到营地,我发现派出去的几个队员已经返回。他们按照我的命令肢解水牛,把肉带回来了。古德里奇在瀑布那里抓了五六条鳟鱼和两种白鱼。鳟鱼长 16 到 23 英寸,就其身形和鱼鳍的位置而言,这种鳟鱼很像山涧鳟鱼或者那种身上有斑点的鳟鱼。不过它们的斑点是深黑色,不像美国常见的鳟鱼,斑点是红色或金色的。这些鳟鱼上腭和舌头上长有长长的尖牙,身子两侧腹鳍后面大都有一抹红色。鳟鱼肉的颜色浅浅的,有点黄中带红,肉品好的时候,是玫瑰红。

我慢慢开始明白,在这一带见到的棕色的、白色的、灰色的熊其实都是同一种类,只是随着年龄的不同,它们的颜色会发生变化,或者很有可能是年龄这一共同的自然原因导致很多同一品种的动物会有不同的颜色。我们昨天打到的那头熊是奶油白色,而跟着它的另一头则是普通的深棕色或者红棕色,这种颜色似乎是最常见的。从爪子和牙齿来看,白熊应该是最年轻的。它比另外那头要小,尽管是十分可怕的野兽,但我们猜测它还没有成年,应该只有两岁多。我们打到的幼熊都是白色的,不过没有一头像昨天打死的那头那么白。前段时间打死的一头熊身上有一道白色斑纹,也就是肩膀以下有一道大约 11 英寸宽的斑带缠绕全身,身上其余部位比一般的熊要黑得多。

今晚的饭菜真的不错:水牛里脊肉、水牛舌头和髓骨,精美的鳟鱼肉、干饭、辣子和盐,我们胃口大增。实际上胃口比什么都重要。

### 1805 年 6 月 13 日,克拉克上尉记

早上晴,有点霜。印第安女人病得很重,我给她服了些盐。我们一早出发,行 1.5 英里,在左侧经过一条湍急的小溪流。溪流发源于东南面的一座山里,有 12 到 15 英里,此时山上盖着积雪。我们把它叫作雪河(Snow River),因为目前河里流的正是山上融化的积雪。有不少鹅和小鹅,在这个季节还不会飞。鹅莓成熟了,到处都是。黄醋栗也很多,不过还没有成熟。我们打了一头水牛,在左岸一座印第安旧营地附近宿营。一个队员生病,三人浮肿。印第安女人病得很重。

### 1805 年 6 月 14 日,刘易斯上尉记

今早日出时分,我派约瑟夫·菲尔兹去给克拉克上尉送信,叮嘱他尽可能靠河走,留心观察河情,告诉克拉克上尉哪里适合停船搬运货物。我让一个队员找木头搭架晾肉,让其他人把剩下的水牛肉取回来,也就是把狼吃剩下的那些肉拿回来。狼什么时候都跟我们形影不离,随时准备分享我们打到的水牛。在这些平原上,想要把肉放在它们够不着的地方,根本不可能。两个队员很快就回来了,报告说大部分肉已经被狼吃了。

大约早上 10 点,伙计们忙着晾肉,我带上枪和梭戟,想步行几英里,弄清楚急流的终点在哪里,然后回来吃午饭。我沿河朝西南方向走,在大约 5 英里处经过一段连续不断的急流,还有 3 道四五英尺高的小瀑布,随后是一道大约 19 英尺高的瀑布,这里的河面大约有 400 码宽。我给这个瀑布起名为弯曲瀑布(Crooked Falls),它占河面的 3/4,从南面开始斜着向前延伸大约 150 码,

## 第十章　密苏里河大瀑布

成锐角继续向下，几乎连着北岸的 4 座小岛。几座小岛之间，也就是小岛离瀑布的下端大约有 100 码或者还不止，河水从倾斜的岩石上滑下，速度很快，几乎是垂直着飞流而下。在瀑布上方，河流突然向右一拐，向北而去。

我本该从这里就折回，不过听到前面雷鸣般的咆哮声，我继续向前走了几百码，经过一座小山，眼前呈现出又一道自然奇观。这是一片高约 50 英尺的瀑布，与河面成直角垂直而下，宽及两岸，至少有 1/4 英里。在这里，河水从货架一般的岩石上翻滚而下，瀑布的边缘平直，犹如鬼斧神工之作，天衣无缝。河水犹如一片平滑完整的丝绸飞落而下，溅落在下面的岩石上，激起极高的泡沫巨浪，嘶嘶作响，闪闪发亮，飞逝而去。巨浪一阵接着一阵卷起，高达 50 英尺。我想，要是有人请一位大画家来画一幅美丽的瀑布图，他很有可能会画这道瀑布。我一时半会拿不定主意，这两道瀑布中究竟哪一道独占鳌头——是这道还是我们昨天发现的那道？最后我感觉难决高下，这道瀑布美丽宜人，而那道瀑布气势雄伟。

我的眼睛还没有完全离开这幅壮观的景色，就又发现半英里外的高处还有一道瀑布。有美景羁縻，我不想立即返回，而是即刻赶到这里，欣赏这幅新发现的美景。这道瀑布高约 14 英尺，垂直瀑面 6 英尺。瀑布比较规则，漫过河面，从此岸到彼岸，宽约 1/4 英里。换成任何别的地方，如此美丽壮观的瀑布可能会引来无数赞美，然而在这里我只是一带而过，很少留意它。我已经走了这么远，哪怕会耽搁整个晚上的时间，我也要继续走到急流的终点。经过一处处急流和大小瀑布，我发现悬崖越来越低，或者河床逐渐升高，几乎接近了平原的高度。

我继续顺河朝西南方向走，经过一些连续不断的急流和小瀑布。在 2.5 英里处，又见到一道瀑布，高约 26 英尺。瀑布并不完全垂直，有瀑面 1/3 那么大的一块岩石向外突出，把倾泻下来的水拦腰截断，形成一段弧线，不过大部分水还是沿着规则而光滑的瀑面落下。

这段河宽近 600 码。南面是一片美丽的平原，高出河面仅仅几英尺；在北面，也就是我所在的位置，地形崎岖不平；在我身后不远处，靠近河边有一座高山。瀑布下面不远处是一座漂亮的小岛，在河流中央，上面长满树木。岛上的一棵棉白杨树上，一只老鹰筑了巢。我敢保证，它再也找不到比这里更安全的地方，因为那些海湾把它的地盘和海岸隔开，无论人还是野兽都不敢贸然通过。河水也是起伏不平，流下瀑布时溅起的水汽和雾气飞起老高。除了我前面提到的那两道瀑布，这肯定是我见过的最大的瀑布了。无论是跟马里兰州的波托马克河（Potomac）瀑布还是和宾夕法尼亚州的斯库尔基尔河（Schuylkill）瀑布相比，它都绝对是更壮观、更高贵、更有趣的景观。

瀑布的上方又是一道瀑布，高约 5 英尺。我看到瀑布上面的河水流速开始减缓。我决定登上后面的那座山，在那里应该可以看到附近地貌的全景。到了山顶我一点都不失望，从这里俯瞰，映入眼帘的是一片美丽广袤的平原，顺着河延伸开去，一直绵延到南面和西南面冰雪覆盖的山脉。我也看到密苏里河从这片平原上逶迤而过，一直向南流向远方，河水漫及平缓多草的河岸。前面大约 4 英里处，另一条大河自西侧流入。这条河是从一道 3 英里宽、平缓富饶的峡谷流出来的，向西北绵延到很远，岸上长满树木，因此尤为显眼。在这些平原上，尤其是在我前面的这条峡谷里，一群群水牛正在吃草。就在这座山的前面，密苏里河向南拐了一个弯，变成一片光滑平坦的水面，水波不兴，差不多有 1 英里宽，多水的河谷里是一群一群的鹅，在两岸的草地上觅食，怡然自得。小鹅羽毛已丰，不过翅膀尚待丰满，老鹅也是如此。

在这里饱览迷人的景色，休息了几分钟，我看到密苏里河西岸

# 第十章　密苏里河大瀑布

有一条河流入，决定继续向前走，去看看那条河。我相信那就是印第安人所说的美迪辛河，他们说美迪辛河在瀑布上方流入密苏里河。我下山来到密苏里河弯道，发现这附近至少有1 000头水牛。我想在这里打一头水牛会是明智的做法，可以留着返回的时候用。如果今晚来不及赶回营地，我晚上就待在这里。河岸上有少许浮木，可以捡来生火，几百码以外还有几棵零零星星的棉白杨树，可以临时搭建一个遮风避雨的地方。这样拿定主意，我挑了一头肥水牛，一枪毙命，子弹射穿它的肺部。

我正注视着这头可怜的家伙鼻子嘴里流血，想着它随时会倒下，全然忘了重新填装子弹。这时候一头白色或者说棕色的大熊发现了我，正在朝我匍匐而来，我看见时它离我不到20步。我最初的反应是举枪准备射击，但是马上意识到子弹没有装好，它离我太近，我还来不及填装子弹，它就会扑到我跟前，因为它正以极快的速度朝我扑来。这里是一片开阔的平原，附近几英里看不到灌木丛，300码以内找不到一棵树。河岸是个斜坡，离河面不过3英尺。简言之，根本就没有一个地方能够让我躲起来填装子弹。

这时候，它在快速朝我扑来，我想疾步退到下面300码远的一棵树跟前。然而，我刚一转身，它就张着血盆大口全速扑了过来。我跑了大约80码，发现它很快就要赶上我了，我赶紧跑进河里。我想着只要跑到深处，我可以站立，它就得游过来，那么我就可以用梭镖自卫。于是，我急忙跑到齐腰深的水里，转身用梭镖指着它。

这时它已追到河边，离我约20英尺。我刚摆出自卫的架势，它貌似受到惊吓，突然转身，不想在如此不对称的地势和我展开搏斗，于是放弃追击，转身逃开。刚才还在全速追我，此刻便是极速逃跑。它一走，我立即回到岸上，填装好子弹。在这场有趣的历险过程中，我始终紧握着枪。我看着它在平缓开阔的平原上跑了大约3英里，最后消失在美迪辛河边的树林里。它全程全速奔跑，还时不时回头看看，好像是担心有人在追它。

我现在开始回味这次新奇的历险经历，想不明白熊为什么会突然退缩。起先，我想也许它追到岸边才闻到我的气味，可是我又想起它一直追着我跑了八九十码，我才跑进河里的。我仔细一查看，发现它的爪子在我的脚印上挖出了很深的坑。那么它为什么受到惊吓，我百思不得其解。就这样吧，它放弃了这场决斗，我不是一般的庆幸。我填装好子弹，感觉有了信心和力量，决定不放弃计划，继续探索美迪辛河。不过我下定决心，以后除了填装子弹的瞬间，绝不能让枪膛里空着。

我穿越平原的方向，几乎就是这头熊跑向美迪辛河的同一方向。这是一条美丽的河，宽约200码，河水舒缓清澈，显然不浅。两岸跟密苏里河岸差不多一样高，也就是3到5英尺，主要是深棕色和蓝色的黏土。不过河岸上一点也看不出有水淹过的痕迹。我没有想到离山脉如此之近，河流竟然如此平稳和缓。我原以为在某个季节山上会有巨大的急流奔突而下，可是情况却正好相反。因此我不得不相信，这些雪山受太阳照射，每天只是一点一点地缓慢融化，绝不是因为偶然的阵雨融化的。

看了美迪辛河，我决定返回，估计回程有12英里。我看了看手表，已经下午6点半。我与密苏里河保持大约200码的距离，沿平缓的美迪辛河谷走着，突然迎面遇上一个动物，我立马想到可能是一匹狼。不过走到大约60步时，我发现那不是狼，因为它的颜色棕中带黄。这家伙站在洞穴附近，我走得这么近了，它还像猫一样蹲着身子盯着我看，似乎要朝着我扑过来。我瞄准开枪，它瞬间消失在洞穴里。我填装好子弹，再仔细察看，这个地方布满了尘土。从它的踪迹看，我觉得它有点像虎[①]。我不确定是不是打中了，不过我感觉应该打中了。我的枪法很准，而且我靠着梭镖好好休息过一阵子。在这些开阔的平原上，梭镖非常有用。

我感觉好像附近的动物结成了联盟来搞我，要不就是运气在捉弄我。我离开这个虎猫的洞穴还不到300码，原本在我左侧大约半英里以外和一大群水牛一起吃草的3头公水牛突然离开牛群，全速向我跑来。我想我可以逗逗它们，于是转身向它们走去。当它们离我有100码时，它们停住了，盯着我看了一会儿，然后落荒而逃。我继续往回走，路过我打死的那头水牛，不过觉得整夜留在这里不明智。这些有趣的经历让我的脑子里有一种恍恍惚惚的感觉，有一阵子我感觉这是一场梦，不过我的脚时不时被刺梨刺痛，尤其是天黑以后，我确信我是清醒的，必须尽可能回到营地。

回到营地时，天黑好一会了。大伙儿非常担心我的安全，他们有上千种猜想，谁都预感我会死去，已经商量好明天一早每个人走哪条路去找我。我很累，吃了一顿丰盛的晚餐，一夜好睡。因为天气暖和，我出发时没有带皮衬衫，只穿了一件黄色的法兰绒衬衫。

## 1805年6月14日，克拉克上尉记

早晨晴。印第安女人早上病得非常严重，她昨晚呻吟了一整夜，病情有点危险。两个队员牙痛，两个队员肿胀，一个队员不仅肿胀而且轻度发烧。我经过刘易斯上尉头天晚上宿营的地方，他在那里留下两张熊皮和剩余的熊肉等。肿胀的三个队员上岸后整夜未归，其中一个人打了两头水牛，我们早餐享用的就是他们打来的水

---

[①] 这种"像虎"的动物很有可能是一种狼獾（gulo luscus）或者美洲狮（felis concolor 或者 felis cougar）。现在的人认为这两种动物都不具有攻击性，不过在没有出现猎枪之前，所有动物都比较大胆。一旦被逼急了或者感觉被逼急了，它们都比较凶猛。刘易斯很可能在被灰熊追赶之后神经有点紧张。——约翰·贝克勒斯注

牛肉。

水的流速非常快，越往上走越急。我们费了很大力气才把平底船和独木舟安全地拉上去，独木舟常常进水。

下午4点钟，约瑟夫·菲尔兹从刘易斯上尉那里回来，带来一封信。刘易斯上尉的信是在密苏里河大瀑布那里写的。菲尔兹告诉我，密苏里河大瀑布就在前面大约20英里的地方；上星期我在前面探路，放弃水路走陆路的那个地方离大瀑布大约10英里。刘易斯上尉告诉我，那些瀑布跟印第安人描述的差不多，不过比他们说的还要高些，印第安人描述的老鹰窝就在那里。从这些迹象来看，他确信这条河就是印第安人所说的密苏里河。

他计划察看前面的河流，等我赶到一个地方，我们再确定搬运路线。他担心这个地方可能至少有5英里远，因为无论是前面还是后面，都有好几处斜坡和湍急的河水。今天一共才走了10英里，在左岸宿营。悬崖上有很多硬石板，树木不多。

## 1805年6月15日，刘易斯上尉记

今早又派了几个人把焦伊列德昨天打的肉取回来，接着晾干。我自己钓鱼、睡觉，消除昨天的疲劳。我钓到了几条很好的鳟鱼，让古德里奇晾干。古德里奇也捕到了二十几条黄色的小鲇鱼，重约4磅，跟密苏里河里的白鲇鱼一样。这些小鲇鱼的尾巴和身子之间有一个深深的角沟，两者相比，仅仅颜色不同而已。

我躺在一棵斜倚的树下睡觉。早上醒来，发现树干上盘踞着一条响尾蛇，离树下的我大约10英尺。我打死了蛇，发现它的腹部有176片鳞甲，尾巴上有17片将成未成的鳞甲。这跟我以前经常见到的一种蛇一样，颜色跟大西洋中部几个州常见的响尾蛇的一样，不过颜色的形状和图案差异很大。

天黑后，约瑟夫·菲尔兹回来了。他告诉我，克拉克上尉和小

## 第十章　密苏里河大瀑布

分队已到达一段急流附近。克拉克上尉发现急流下方大约 5 英里处不好上行,他会在那里等我。我昨天在旅途中发现,在这一带找个转运站很难,因为好几个山谷贯穿平原,几乎和河流垂直相交,一直延伸到很远的地方。南边貌似一片平整的平原,河流的方向也适合转运货物,比在北边转运的路途要短。

我让菲尔兹一大早回去见克拉克上尉,让他派几个人来取我们晾好的肉。这几天早上,我发现营地周围的草上有很重的露水,毫无疑问是从瀑布那里飘来的,因为无论是平原上还是河边都没有露水,就这里有。

### 1805 年 6 月 15 日,克拉克上尉记

早上晴朗温暖。我们按往常的时间出发。因为河流更加湍急,前行十分困难。早上能清晰地听到瀑布的声音。印第安女人病了,情绪低落。我给她用树皮外敷,好了许多。

河流极其湍急,船无法上行。许多地方很危险,我们非常疲劳:队员们从早到晚都在水里拉绳拖船,行走在尖利的岩石或是又圆又滑的石头上,石头时不时割脚甚至把人绊倒。尽管如此艰难,但他们还是兴高采烈。这还不算,更有无数的响尾蛇,一不小心就会被它们咬伤。

我们在左侧经过一座小岛,宽约 30 码,流速极快,自山里朝东南方向流去。我们沿着这条河走了 5 英里,河谷的洼地里有树木,见到一处大约 15 英尺的瀑布。岸上的悬崖是红土,岩层中有黑色石头。在小河下方,我们路过一种白色黏土,和水搅拌后极像面粉。

印第安女人今晚情况更差,她不愿意用任何药物。她丈夫请求返回,等等。河流更加湍急。

## 1805年6月16日,刘易斯上尉记

J. 菲尔兹老早出发,返回较低的那个营地。中午时分,大伙儿都到了。随即,我和他们一起去找大部队。我们带了大约600磅干肉和几十个鳟鱼干。大约下午2点,我到达营地。

我发现印第安女人病得很重,状态很差。我有点担心,不仅担心她本人——当时她怀里还抱着个小孩,而且考虑到我们同斯内克印第安人进行友好谈判时不得不依靠她,我们得靠斯内克印第安人的马协助我们从密苏里河把货物搬运到哥伦比亚河。

我随即告诉克拉克上尉,我找到了最适合搬运货物的线路及其距离,估计不少于16英里。克拉克上尉今早派了两名队员去河的南面察看地形。随后,他和大伙儿都到了那边,在一条小溪入口下方约1英里处搭起营地,那里有足够数量的木材,可以用作燃料,附近能够找到木材的地方不多。

卸掉货物后,四艘独木舟返回到我这里,我们用粗绳将它们拖到急流上方,然后过河到南侧。那里水流不急,我们很轻松地把它们拉进小溪。我们希望用这种办法更轻松地把它们拉到高原上。其中一艘小独木舟我们留在急流那里,一来为了打猎,往返过河,二来为了运送硫磺泉水,我决定尝试用硫磺泉水给这位印第安女子治病。从外观看,这种硫磺泉水与位于弗吉尼亚的鲍耶硫磺泉水(Bowyer's Sulphur Spring)十分相似。

克拉克上尉决定早上出发去考察这一带的地形,勘测并确定最佳搬运路线。由于距离太远,队员们不可能用肩膀来搬运独木舟和行李,我们挑选了6名队员,命令他们今晚和明早寻找木材,制作一辆运货滑板车,用它搬运独木舟和行李。

我们决定将白色独木舟留在这个地方,带走那条铁船,并且再存放些东西。傍晚,派去察看地形的两个队员回来了,他们发现情

第十章 密苏里河大瀑布

况非常不利。他们报告说，我们上方的这条小溪，加上更高处的两条深沟，将河与山之间的平原彻底切断。根据他们的观察，从这里搬运独木舟根本不可行。

无论是好是坏，我们都必须搬运。尽管他们报告了这样的情况，但从我前天的观察来看，我仍然确信，河的这一面即北岸可能更适合搬运，至少要好于河的南面，而且距离也要近得多。

我来这里后，给她［萨卡戛维娅］服用了两剂树皮和鸦片酊①，我发现她的脉搏有所改善。现在脉搏更饱满，更规律。我让她把矿泉水全喝了。我刚到的那时候，发现她的脉搏几乎号不出来——跳得很快，不规则，而且伴有强烈的神经症状，如手指和手臂抽搐。现在脉搏规则饱满，而且她还轻微出汗，神经症状大大减轻，没有先前那么痛苦了。她主要感觉下腹部不舒服。因此，我继续给她用我的朋友克拉克上尉使用过的树皮糊剂和鸦片酊。我相信她的不适主要是因为受凉导致月经受阻。

我决定留在这个营地，做一些天体观察，帮助萨卡戛维娅康复，把一切都准备就绪，克拉克上尉返回后，我们就可以立即开始搬运工作。

## 1805 年 6 月 17 日，刘易斯上尉记

按照昨晚的决定，克拉克上尉带 5 个人一大早出发，去察看这一带的地形，勘测河流和搬运路线。我让 6 个人制造了 4 套滑板车，装上管箍、榫接和车板。这种滑板车可以两用——卸掉车板，可以运送独木舟；装上车板，可以搬运辎重。我发现我准备用来鞔船的麋鹿皮不够。由于天气不好，再加上潮湿，有些麋鹿皮已经不能用了。为了补救，我今早派两名猎手去打猎。

---

① laudanum 亦可译为"劳丹酊"。——译者注

我让其余的人先把白色平底船上的东西卸下来，我们打算把这艘船留在这里，然后把所有辎重都收拾好，整整齐齐地放在营地附近。随后，我让他们把5艘小独木舟沿河向上运了大约1.75英里，再推到岸上晒干。我们管这条小河叫波蒂奇溪（Portage Creek）。

从这里开始，地势逐渐升高，一直到高原顶端，所以我们可以轻松地把独木舟推到高原上。而下面的小河和河口以上那条河的悬崖很陡，根本没法把船弄到平原上。

溪流湍急，岩石丛聚，阻力巨大，我们好不容易将独木舟沿小溪运了一段距离。其中一艘独木舟侧翻，差点重伤两名队员。有一处小溪垂直落差有5英尺，悬崖又陡又高，直愣愣地悬在独木舟前面。我们很幸运，就在波蒂奇溪的入口下面，找到了一棵棉白杨树，树身很粗，可以做成直径22英寸的车轮。我说幸运，是因为在距我们20英里的范围内再也找不到另一棵同样大同样结实的棉白杨树了。相比之下，我们用作其他部件的棉白杨树又软又脆，弱不禁碰。

我们用白色平底船的桅杆做了两根轮轴，实在有点小，但愿够结实。印第安女人今天好多了。我继续给她用同样的药，她不痛了，烧退了，脉搏正常，胃口很好。给她吃辣椒盐烤水牛肉和很肥的肉汤，我给多少她吃多少。因此，我感觉她康复的希望很大。

在我们四周的平原上，无论哪个方向都能看到大批水牛在吃草，还有许多水牛跑到河边饮水。河里每天都能见到这些可怜动物的尸体碎块漂下来，我估计是从上方那些瀑布上掉下来撞碎的。水牛一般成群结队去饮水，可是瀑布附近河流的通道又窄又陡，后面的牛群会把前面的水牛挤倒，瞬间被大水冲下瀑布，即刻摔死，绝无生还希望。仅仅一分钟工夫，我就看见10到12头水牛消失得无影无踪了。大批摔碎的尸体躺在瀑布下面的河滩上，成了熊、狼和猛禽的美餐。这也许能够解释为什么这一带的熊如此固守它们的猎食领地，我想这也许是一个挺好的理由。

## 第十章 密苏里河大瀑布

### 1805年6月17日，克拉克上尉记

早晨晴，风依旧。刘易斯上尉和大伙儿从平底船上往下卸东西。我会在转运线上忙一段时间，他决计让伙计们利用这段时间，把东西从船上卸下来，翻过一座小山，运到大约1英里以外的溪流那边。

8点钟，我带着5个队员出发，沿小河向上走了一段，察看地形，尽可能继续向上。一段笔直的河流通往美迪辛河口，绕过两个峡谷的源头。这条河两岸逼仄，河不深，水流湍急，流过一片开阔起伏的草原，绕过两个峡谷的源头。

绕过两道峡谷之后，我们改变路线，朝着大斜坡下面的河流前行。在前往河流的路上，我们在河口附近穿过一道深谷，两岸峭壁林立，谷水清澈。河道在这里变窄，两面峭壁高170英尺。从崖顶开始，地势陡然增高大约250英尺。

我们沿河而上，经过几道急流和小瀑布，来到大瀑布跟前。瀑布声震耳欲聋，在几英里之外都能听见。我惊愕地看着瀑布，整个大河的水被挤进一条280码宽的水道里，从一块97.75英尺宽的岩石上翻滚而下。瀑布落下的地方，水雾不断溅起，飞到下游150码之外，飘到左侧的崖顶上。

瀑布下面的河流聚成一条93码宽的水道奔突而下。右侧是一块巨石，从水渠下面斜刺里延伸开去，护卫着一小片树木。瀑布下面不远处，一块巨大的岩石把水流一分为二。我顺着悬崖爬下去〔几乎找不到一个地方可以爬到河水边〕，用水平仪尽可能精确地测量高度。在这样做的时候，我差点掉进水里，随时可能被大水卷走，费尽周折历尽艰险才爬上来。我们在斜坡下面200码开外一个漂亮的泉水旁边用午餐，附近长着4棵棉柳树。在其中一棵树上，我刻上了我的名字、日期和瀑布的高度。我们继续沿河而上，经过

一段连续不断的瀑布和急流，来到一道19英尺的瀑布跟前，附近有4座小岛。这座瀑布在左侧，与河面斜对，成一个斜角。右侧急剧下降，水在水渠下边又流入一条深谷。我们晚上在深谷宿营，很冷。

四周的山上全是积雪。左边的平原平缓，我们看到一头熊和不计其数的水牛。我们还看到两群水牛在一片巨大的急流滩上饮水。它们顺着狭窄的通道拥挤过来，通道的底端窄小。河流湍急，前面的水牛被挤进水里，有几头瞬间被水冲走，无影无踪，其余的水牛很费力地返回岸上。我看到水里有四五十头水牛在游，这些动物就是这样丧生的，成了急流滩下面数不胜数的尸体碎块。

## 1805年6月18日，刘易斯上尉记

在我们营地下面不远处，有一片稠密的柳树丛。早上，我让所有人一起把平底船从那里拉上岸。我们把船系牢，拔掉船底吃水孔的塞子，然后用树枝和浮木把船苫住，以防太阳暴晒。接着，我选了一个修密窖的地方，安排3个队员挖窖，让其他人——除了几个还在做运货车的人——搬运、晾晒、重新打包我们给印第安人准备的礼物、弹药、补给品以及各种东西，这些东西都需要检查。我检查了一下我的铁船船体，发现除了少一颗螺丝，其余所有部件都已完成，心灵手巧的希尔茨很快就给弄好了。他的聪明才智很多时候能派上大用场。

大约12点钟，猎手们回来了。他们打了10头鹿，不过没有打到麋鹿。我开始担心我们可能弄不到足够的麋鹿皮鞔船。我喜欢用麋鹿皮鞔船，因为我觉得麋鹿皮比水牛皮更结实、更耐用，而且皮子干了之后不会收缩。

傍晚，我们看到一群水牛下来到硫磺泉里饮水。我派几个猎手打了几头回来，还派一个人汲来一桶矿泉水。猎手们很快就打到了两

## 第十章　密苏里河大瀑布

头很肥的水牛,拿回来很多肉,还把剩下的肉放好,确保既不会被狼发现也不会变质。运货车傍晚弄好了,如果轴木结实的话,感觉这几辆运货车就能够满足我们的需要。今晚风很大。这一带地势开阔,一棵树也没有,风力不受任何阻挡,因此常常刮大风。

印第安女人康复得很快,白天大部分时间都坐着,今天还到外面走了走,这是她来到这里后第一次外出走动。她吃得很开心,身体不发烧也不疼。我给她继续用同样的药物和食疗方法,不过今天中午我增加了一剂药物——15滴硫酸盐油。

### 1805年6月18日,克拉克上尉记

我们一早出发,来到第二个大瀑布,离前一个瀑布大约有200码。这是最壮丽的自然景观之一,是我平生所见最为壮观的一幕:密苏里河水流过架板形状的岩石,形成一道宽约1/4英里、高47英尺8英寸的瀑布。水雾飞溅,弥漫在瀑布前面。我毫不费力地顺着悬崖爬到瀑布下方,测得瀑布的垂直高度为47英尺8英寸。此处河面宽473码。

接着,我们继续沿河而上大约1英里,看到了有生以来见过的最大的喷泉。我感觉这可能是美洲已知最大的喷泉。水从靠近河边的岩石里喷出来,即刻落入距离8英尺的河里,水色清莹碧蓝,延伸半英里。

继续沿河而上,经过一系列急流险滩,来到又一道瀑布跟前,瀑布高26英尺5英寸,河面宽580码。这道瀑布不是完全垂直,岩石不长,形如石凳,水翻滚下来形成弧线。瀑布下面是一座美丽的小岛,靠近水渠中央,上面长满树木。

今晚,A. 威勒德去170码以外的岛上取肉,被一头白熊追上,差点被它咬住了。一直追到离营地40码的地方——我当时正和一个队员在那里,我叫了3个人去追熊(我在岛上300码以外的地方

打到一头水牛，它跟着我的足迹而来，我正巧碰上威勒德），因为我们担心它会去攻击考尔特，他正在岛的下端。熊已经把他吓得跑进了水里，我们赶到后，它跑开了，我们才把他从水里救出来。我看到了熊，不过树丛太深，而且天色已暗，没有打中。西南风，很冷。今晚打了一只河狸和一头麋鹿，可以用它们的皮子。

### 1805年6月19日，刘易斯上尉记

今早派几个人去取昨天打的猎物，他们几小时后返回，幸好狼还没有发现肉。我又命令乔治·焦伊列德、鲁本·菲尔兹和乔治·山侬前往密苏里河北岸，到美迪辛河口一带打几头麋鹿。美迪辛河沿岸的树木比密苏里河两岸的要多，我估计那里麋鹿会不少。地窖今天修好了。白天多数时间风很猛。

印第安女人今早好多了。她到外面摘了很多白苹果，背着我生吃了很多苹果和鱼干，身体又不舒服，又开始发烧。我把沙博诺狠狠训了一通，他明明知道她只能吃什么东西却没有阻止她，竟然允许她吃这些东西。我给她断断续续用稀释过的硝酸钠液，直到她开始发汗。晚上10点钟，我给她用了30滴鸦片酊，她晚上可以安安稳稳地睡觉。

## 第十一章
## 在灰熊的陪伴下搬运货物

(1805 年 6 月 21 日—7 月 14 日)

### 1805 年 6 月 21 日，刘易斯上尉记

为了明天早上能早点出发，我今早先让大部分人把一些辎重沿波蒂奇溪转运到 3 英里以外的高原上，再用运货车把一条独木舟转到同一地点，然后把辎重放回船上。之所以这样，是因为转运路线我们还不很熟悉，而且整夜待在开阔的平原上，又远离水源，那样不太方便。假如我们不早点出发的话，情况很可能会是这样的——后一段转运线有大约 8 英里，一路上没有任何水源。

因为决定明天要到达后一段转运线，为了准备我的船，也为了方便在转运过程中接收并照看物品，我让他们先搬运铁船架和必要的工具以及我的私人物品和仪器，顺带把约瑟夫·菲尔兹、夏斯中士和约翰·希尔茨的行李也带过去。我让他们 3 个人帮我做皮筏子。

今天让 3 个位队员剃掉麋鹿皮上的毛，准备鞔船用，其余队员把昨天打来的肉切成碎片晾干。还有一部分肉留在河那边，昨晚 3 个人守在那里，我们把这些肉也取了回来。我很快发现，做皮筏困难不小，没有现成的合适的木材、树皮和皮张，尤其是没有沥青，缝隙无法堵塞。这个问题我实在不知道怎么解决，除非用动物脂肪

和捣碎的炭末搅拌的混合材料，迄今为止我们就是用这个办法填堵木制独木舟的缝隙的。

### 1805 年 6 月 22 日，刘易斯上尉记

一大清早，我、克拉克上尉和所有人出发——除了奥德韦中士、沙博诺、古德里奇、约克和印第安女人，把独木舟和辎重转运到白熊岛上（Whitebear Island），我们计划把这里作为陆地运输的终点。克拉克上尉带领我们穿越平原。差不多中午时分，我们走了大约 8 英里，来到一条小溪流边上，停下来用餐。在这里，我们不得不更换一套滑板车的两个轴木、榫接和操纵臂，花了大约两个小时。这些部件是用棉白杨做的，有一根轴木还是用旧桅杆做的，木材很不结实，还没运到这个地方就已经坏了好几次。我们用五蕊柳替换这些部件，希望它结实好用。夜色降临，我们离计划宿营的地方还有半英里。这时候榫接又坏了，我们只好把独木舟留在原地，每个人尽力多背些行李，走到河边，在那里宿营，大家都累坏了。刺梨非常烦人，时不时戳破鹿皮靴，刺伤我们的脚。

### 1805 年 6 月 23 日，刘易斯上尉记

一大早，我在河边柳树荫下选好地方，准备造船。克拉克上尉吩咐大伙儿把独木舟和辎重运到这里之后，我们吃早饭，把他留在这里的肉几乎全吃光了，然后他带着分队回去了。中午前，我带着 3 个队员清理树丛，整理宿营地，搭好船架。

干完这些活，我打发希尔茨和夏斯去找造船的木材，我和菲尔兹乘独木舟顺流而下，到美迪辛河口找我们的几个猎手。我 19 日打发他们到这一带打猎，好几天没有他们的音讯了。到了美迪辛河口，上行大约半英里，然后上右岸，沿岸步行，边走边喊，看能不能找到猎手们。走了大约 5 英里，终于找到了山侬。他穿过美迪辛

河，在左岸安营扎寨，在这里打了 7 头鹿和几头水牛，晒了大约 600 磅水牛肉，不过没有打到麋鹿。

山侬说，19 日中午时分，他在大瀑布那里离开 R. 菲尔兹和焦伊列德，受命到美迪辛河口打麋鹿，此后再没见到他们，不知道他们的情况。天色已晚，我想索性穿过美迪辛河，就在山侬的营地过夜。于是很快做了个筏子，划到河对面。

### 1805 年 6 月 23 日，克拉克上尉记

早上阴，东南风。先把独木舟和留在草原上的东西搬到营地，然后用早餐，吃的是剩下的肉。我和队员们把滑板车轮和车辕竖在草原上作为导航标记，启程返回营地，一边走一边计算路程。今天走的不是昨天的原路，比昨天的路直许多，所以到达下面的营地时间尚早，把两条独木舟从小河那边搬到山顶上。发现营地一切安好。队员们修补各自的鹿皮靴，加上双层鞋底，防止刺梨戳脚。这一带草原上刺梨不计其数，而且许多时候路面太硬，硌脚。每下一场雨，就有无数水牛把地面踩得坑坑洼洼，干了以后崎岖不平，比冻路还难走。

### 1805 年 6 月 24 日，刘易斯上尉记

我想着焦伊列德和鲁本·菲尔兹有可能在美迪辛河上游，便派约瑟夫·菲尔兹沿河上去找，命令他不管找到与否，到大约 4 英里处必须返回营地和山侬会合。我一早出发，到河的西南边，让山侬从对岸划独木舟过来，送我过密苏里河。在密苏里河左侧上岸后，我让山侬把独木舟划回去，接上约瑟夫·菲尔兹，再把放在那里的干肉送到白熊岛营地。他完成任务后，今早和菲尔兹一起过来。

傍晚，队员们到了，带来下面营地的两艘独木舟，人又湿又累，我给他们喝了少许酒。鲁本·菲尔兹跟他们一起回来，向我报

告他和焦伊列德打猎的情况，说焦伊列德还在他们营地那里，守着他们晒好的干肉。我的船铁架做好了，长 36 英尺，横梁 4.5 英尺，底舱宽 26 英寸。

一大早，克拉克上尉让队员们把最后一艘独木舟从水里拉出来，把我们剩余的东西分成三包，其中一包他让划两艘独木舟的队员们带上。印第安女人已完全康复。克拉克上尉步行几英里来看大伙儿启程，然后又返回。我今早到上面的营地后，发现戛斯中士和希尔茨几乎没有找到造船的木材。他们说很难找到 4.5 英尺长、笔直或者比较直的木材。棉白杨又软又脆，我们不得不用柳树和黄杨桤木。我让他们一人找木材，一人刮树皮准备材料。我在附近的浮木中找到了一些松木，希望能把它们做成沥青，涂堵船缝。我让弗雷泽留在原地，把皮张缝起来鞔船。

## 1805 年 6 月 25 日，刘易斯上尉记

一大早，我让队伍返回下面的营地，打发弗雷泽乘独木舟去找焦伊列德，让他俩把焦伊列德晾干的肉取回来，让约瑟夫·菲尔兹沿密苏里河去打麋鹿。8 点钟，我让戛斯和希尔茨到那座大岛上找树皮和木材。

差不多中午时分，菲尔兹回来说，他在上游几英里的地方看到了两头白熊，正准备开枪，竟然碰上了第三头，那熊立即朝他追过来，只有几步之遥。为了逃命，他慌不择路，从河岸边陡峭的沙沿上跳下去，跌了一跤，手割破了，膝盖擦伤了，枪管都摔歪了。不过，幸亏有河岸掩护，他才得以脱险。这家伙见熊就倒霉，这是他第二次熊口脱险。

傍晚，队伍回到下面的营地，见时间尚早，就把一条独木舟抬到高原上，把辎重准备好，这样明天一大早就能出发。随后大伙儿在青草地上随着克鲁萨特的小提琴音乐起舞，他小提琴拉得绝对

好。克拉克上尉今天身体不舒服,他让沙博诺收拾晚饭,等大伙儿回来吃。

值得一提的是,这一带高原上有时候风很大,几个队员告诉我,他们给独木舟挂了一张帆,风竟然能把装在滑板车上的独木舟刮跑。真是名副其实的旱地行船。

### 1805 年 6 月 26 日,刘易斯上尉记

打发弗雷泽把皮子缝起来鞔船,让希尔茨和戛斯过河,到几座岛的对面,看看河滩里有没有树,再找些木材和树皮。我自己负责做饭①,不仅要给留在这里的人做饭,我估计下面营地的人傍晚又要来这里吃饭,所以也得给他们准备饭。我收拾柴火和水,煮了很多极好的水牛肉干,还给每个人做了一个板油大布丁款待大家。

大约 4 点钟,希尔茨和戛斯弄来了些木材,比早先找来的多,不过还是不够用。他们找来一些树皮,主要是棉白杨树皮,我发现它们太脆太软。看来我只能用五蕊柳了,它的树皮结实牢靠些。

希尔茨和戛斯打了 7 头水牛,带回来皮子和最好的肉。如果弄不到足够多的麋鹿皮,我就得用水牛皮凑合。晚些时候,队员们又带来两条独木舟和一批辎重。怀特豪斯就在其中,他又热又累,一阵牛饮,立即病倒。他的脉搏很急促,我给他放了些血,他感觉轻松了许多。没有别的器械,我只好用袖珍折刀给他做手术,不过还挺管用。今天东南风,顺风扬帆,进展相当顺利。

在下营地,队伍一早从这里出发,携带两艘独木舟和第二批辎重,主要是干饭、肉粉、铅、斧头、工具、饼干、便携汤,还有一

---

① 队长尽职尽责地为大伙儿掌厨,这一幕直到 1878 年 5 月 25 日在伦敦歌剧院上演的两幕喜剧《皇家海军的围裙》(*H. M. S. Pinafore*) 里才出现,这部喜剧又称《热爱水手的姑娘》(*The Lass That Loved a Sailor*)。这也表明两位领队和队员们亲密无间的融洽关系。请注意,两位领队同时也担任医生。——约翰·贝克勒斯注

些货物和衣服等。克拉克上尉早晨给普拉耶中士用了一剂盐药,让沙博诺熬炼水牛油脂。他炼了很多,装了满满3桶。

克拉克上尉也挑了一些东西,准备把它们藏到密窖里:我的桌子——我本来把它留在那里,里面还有几本书以及我采集的植物标本、矿石等等,都是从曼丹堡一路采集的,还有两桶肉、半桶面粉、两把大口径霰弹枪、半桶混合弹药,以及队伍用不着的一些小东西。我们把旋转炮和运货车藏在岩石下面,就在营地上头不远处,靠近河边。

### 1805年6月27日,刘易斯上尉记

下午1点钟,西南面升起一团云,迅即散开,伴随着雷声闪电和冰雹。暴雨过后不久,焦伊列德和约瑟夫·菲尔兹回来了。下暴雨那阵子,他们在我们前头大约4英里的地方,那里的冰雹绝非少见[1]。

### 1805年6月28日,刘易斯上尉记

让焦伊列德剃麋鹿皮上的毛,让菲尔兹做船上用的几个十字牵索。弗雷泽和怀特豪斯继续缝皮子,希尔茨和夏斯做完成横梁后,我打发他们去找柳树皮。他们找来不少,现在做船内衬的树皮足够了。

白熊时常出没,很闹心。再不能派一个人去单独完成任务,尤其是那些只有穿越树丛才能完成的零活。今天我们看到对面大岛上有两头白熊,当时太忙,顾不上打它们,不过大部队返回以后,我们要逗逗它们,把它们从几座岛上赶跑。熊每天晚上都在我们营地

---

[1] 实际上,帕特里克·夏斯中士在他自己的日记里记录冰雹周长7英寸,地面上俨然覆盖了一层白雪。撇开夏斯夸张的成分,可见冰雹不是一般大小,不过刘易斯上尉和克拉克上尉均对冰雹鲜有提及。——约翰·贝克勒斯注

## 第十一章　在灰熊的陪伴下搬运货物

附近，倒是还不敢攻击我们。它们一来，狗就会提醒我们，狗整夜都在警戒。我让伙计们睡觉时枕戈待旦，以防不测。

### 1805 年 6 月 29 日，刘易斯上尉记

我还没有见过克拉克上尉说的那个大喷泉，今天决定去看看。因为一旦造船工序展开，我可能就没法像今天这样忙里偷闲了。我布置其他人各自干活，然后带上焦伊列德去找喷泉。我们在一片平缓美丽的平原上走了大约 6 英里，沿河的山峦戛然而止。在这里我们遇上了一阵来自西南方向的暴风雨，伴随着电闪雷鸣，异常猛烈。我感觉这个云团可能会带来一阵冰雹，所以在一个小水沟里避雨。这里有几块很大的石头，假如再遇上 27 日那样的情况，我打算把头藏在石头下面躲避冰雹。不过幸运的是，冰雹就下了一阵子，也没有那么大，我很镇定地坐了一个小时，根本没有躲避，不过全身湿透了。

阵雨过后，我继续去找喷泉。我发现喷泉跟克拉克上尉说的完全一样。大自然鬼斧神工，造出如此奇特的景象，我认为完全可以把它列入这一带的奇观名录。自从我踏上这片土地，队伍里每天都有新鲜事儿，或者能见到一些极不常见的东西，令人眼界大开。我感觉这是我见过的最大的喷泉。喷泉里的水流过陡峭凌乱的岩石，汇入密苏里河，形成一道瀑布，为喷泉增色不少。喷泉坐落在一片平缓的小平原中间，离河大约 25 码，有大约 6 英尺的落差。喷泉的水极其清澈冰冷，清纯宜人，里面看不到石灰或者任何异物。就像克拉克上尉说的那样，尽管密苏里河湍急迅猛，但是喷泉的水流入密苏里河后延续了相当一段距离，看上去泾渭分明。喷泉中央的水喷得如此猛烈，靠近中心的水面似乎高出周围的地面。喷泉周围是一片坚实美丽的青草地。

## 1805年6月29日，克拉克上尉记

草原上很湿，根本不可能把货物搬运到陆运线的终点。我决定让大家回到小河附近的山顶上，去取昨天留在那里的一部分辎重，并留一个队员在这里照看行李，我自己继续去瀑布那边沿河而上。所有人都出发后，我带了仆人和一个队员，同行的还有我们的翻译沙博诺和他的妻子。我刚到瀑布跟前，就看到一团黑云，大雨紧随其后。我想找个避雨的地方，可是找不到。如果风像有时候见到的那样猛烈的话，我随时都有可能被大风刮进河里。

在瀑布上方 1/4 英里的地方，我看到了一条深谷，里面有凸出的岩石。我们躲在岩石下面避雨，把枪、指南针等等放在溪流上方凸出的岩石下面，那里雨淋不到。刚开始雨不大，伴随着大风，对我们没有什么影响。接着是一阵暴雨和冰雹，比以往遇到的猛烈得多。雨就像是从天上倾盆而下，我们勉强躲过了山顶上冲下来的洪水，只见洪水卷着巨大的石头和泥沙咆哮而下，沿途所有的东西都被卷走。

我左手抓着枪和枪弹袋，右手攀山而上，还推着翻译的妻子，她走在我前头，怀里抱着孩子。翻译自己想拉他妻子的手，她吓得几乎动不了。我们最终安全到达山顶，我的仆人在那里找我们，很担心我们的处境。我刚进到谷底时，那里有一块平石头，上面干干的。我还没有走出谷底，洪水已经齐腰深，连我的表都湿了。我刚跑出来，水就上升到 10 英尺，洪流咆哮而下，看着都吓人。我到山顶时，水至少有 15 英尺深。我让队员们跑步赶回营地，尽快取来衣服给孩子穿——他的衣服全没了——也给印第安女人带点衣服，她刚刚大病一场，还在恢复当中，又湿又冷，我担心她的病可能复发。我给她和队员们喝了一点酒——我的仆人随身带着一小壶，大家体力恢复了许多。到了柳溪附近的营地，和队伍会合，他

第十一章 在灰熊的陪伴下搬运货物

们惊慌失措地跑回营地，东西都丢在平原上。平原上的狂风冰雹，让队员们的衣服都没了，身上擦得青一块紫一块的。有的人竟然跌倒了3次，有的人差点丧生，其他人头上的帽子都没了，浑身是血，叫苦连天。我给他们喝了点格罗格酒压惊。

## 1805年6月30日，克拉克上尉记

我安排4个人造新轴木，修理运货车，让其他人把东西运过河。河水下降到大约3英尺。大家浑身酸痛，没精打采，懒散无力。派了两个人去找昨天丢失的东西，他们拿回了指南针，是在山谷口附近的泥沙石头中间找到的，其他东西没有找到。我在下面避过雨的那个地方堆满了石头。11点钟，我让大家出发，把东西运到6英里的标桩那里，傍晚返回。如果草原上能走，我计划明天把剩下的东西运到河边。下午3点钟，西南面刮起一场风暴，风暴过后夜晚晴朗。到处都是水牛，感觉一眼望过去就能看到上万头。

## 1805年7月1日，刘易斯上尉记

今天早晨，我让弗雷泽和怀特豪斯把皮子缝到做船帮用的板子上，让希尔茨和约瑟夫·菲尔兹找些软木，把它们弄碎，挖坑准备制作填缝用的炭灰。我让夏斯用柳梢做几根侧拉索，尽管不是太理想，但只能凑合着用，因为这已经是能找到的最好的东西了。我和焦伊列德继续炼油脂，提取了大约100磅。

到傍晚，船帮板子鞣好了，我把板子放回水里。现在万事俱备，明天早上就可以把各个部件组装成船。侧拉索还没有做好，不过应该来得及，因为我已经找到了必需的木材。材料不好找，所以进程延迟了，这个过程极其乏味，极其费事。因为是初次造船，大家都没有经验，所以我必须时刻盯紧每一道工序。再加上我又是大厨，所以相当忙碌。

下午 3 点钟，克拉克上尉和大部队来了，人人都很疲劳。除了昨天储藏在 6 英里标桩那里的东西，克拉克上尉还把所有行李都带来了。大伙儿都很累，今晚不想去那里取东西。我们给大伙儿喝了点酒，让他们晚上好好休息。我让布兰顿明天搭把手做焦油，还挑了几个人帮忙组装船。天气温暖，蚊子自然很烦人。熊整夜在营地周围转悠，我们决定明天清理它们的藏身之地，彻底消灭它们，或者把它们从附近出没的地方赶走。

### 1805 年 7 月 2 日，刘易斯上尉记

今天我先观测等高线，然后和克拉克上尉还有 12 个队员过河到几座大岛上去打熊。熊经常出没的那片树丛全是阔叶柳，人几乎无法进入。我们只好化整为零，三四个人一组进去搜索每一个地方。我们只找到了一头熊，它朝着焦伊列德扑过来，他在大约 20 英尺的地方开枪击中了它的胸部。幸运的是，铅弹击穿心脏，将它击倒，焦伊列德这才有足够时间逃离它的视线。熊改变路线，我们跟着血迹追了大约 100 码，找到时它已经死了。我们继续在树丛里找，再没有发现熊，便返回营地。这是一头公熊，年龄不大，体重应该有大约 400 磅。

### 1805 年 7 月 4 日，刘易斯上尉记

昨天，我们让戛斯中士、麦克内尔等人去看瀑布，他们还没有见过。我们还没有见到焦油的影子，我现在敢确定，我们找不到焦油，这将是非常不幸的事。今天我让几个人帮着造船，下午 4 点，除了填堵缝隙也就是最困难的工序，其他工序都完成了。我让大伙儿把船撑起，下面生了几堆小火烘干船身。

克拉克上尉画好了从曼丹堡到这里的河图，我们想把这些图保存在这里，以防万一。没有见到斯内克印第安人，也不清楚他们将

## 第十一章　在灰熊的陪伴下搬运货物

是我们的朋友还是敌人，我们担心队伍不够强大，因此决定暂时不派人乘独木舟返回圣路易斯。今年春天的时候，我们本来筹划着要派人回圣路易斯呢。

我们还担心，派人回去有可能会瓦解那些继续探险的人的信心，这样势必影响我们的探险事业。我们从来没有跟任何人暗示过我们正在考虑这个计划，因此所有人都下定决心，不成功则成仁。我们都相信，我们即将进入探险历程中最危险、最困难的阶段，不过没有一个人抱怨，大家都时刻准备着坚定勇敢地面对前进道路上的困难。

我们西北面和西面的山峰依然白雪皑皑，在阳光下熠熠生辉。我感觉这个季节漂浮的白云应该没有山峰那么高，假如有那么高，那么白云里只有积雪，因为自从我们第一次看到这些白云，白雪丝毫没有减少。我想这些山峰之所以叫"发光的山峰"，很有可能是因为太阳从某个方向照射在山峰上，使其闪闪发光的缘故。

### 1805 年 7 月 5 日，刘易斯上尉记

今天早上，我让大伙儿把船挪到空旷的地方，用脚手架将它抬离地面，将其龙骨转向太阳，并在下面生火烘干。随后，我让几个队员把木炭捣烂，用蜂蜡和水牛脂制成混合物，这是我唯一的希望和办法。我衷心希望这样能解决问题，但我又担心不奏效。相对我的满心期待来说，这艘船在各方面都很遂心。它还没干，8 个人就可以轻松地抬起它；它很结实，算上水手，至少可以承载 8 000 磅；它的状态正如我所期待的那样完美。不过，随着船身逐渐变干，线孔开始扩大。我这才意识到，假如我们用尖锐的针线缝合，假如缝针没有带伤针孔边缘的皮革，就不会出现这种情况。

### 1805 年 7 月 9 日，刘易斯上尉记

风依然很猛，一直刮到很晚。我们发现大部分船帮和皮子完全

分离了，缝隙直接裸露在水里，渗水很厉害，根本堵不住。无须赘言，这场面让我极没面子。没有沥青，要想让它不下沉，根本就不可能，而要弄到沥青同样不可能，因此这个短命鬼根本就无法修复。我现在发现，水牛皮留一点毛，防水性能更好，用这样的皮子鞔的板子渗水很少，那些用留有 1/8 英寸毛的皮子鞔的部位保留得最好，依然干爽完好。我由此认识到，假如我用水牛皮鞔船，假如我没有让伙计们把毛全都烧掉，这只船应该好好的。然而，就我们目前的情况来看，要想进一步做试验，简直就是发疯，因为水牛基本上都已离开了这里，季节也在飞逝。因此，我放弃了关于爱船的任何幻想，命令大伙儿把它沉入水里，把皮子泡软明天揭下来，把铁船架沉到这个地方——留着也没啥用处。

### 1805 年 7 月 12 日，刘易斯上尉记

我非常焦虑，感觉不宜继续前进。风很大，独木舟直到下午 2 点才出发，到这里已经很晚了，我认为最好等到明早再出发。今天，布兰顿下来要几把斧头，我让他拿去。他立即返回。戞斯中士和队员们上午 10 点到克拉克上尉那里，克拉克上尉让大伙儿忙着各种事务——有的人晾肉，有的人打猎，其余的人都忙着收拾独木舟。

### 1805 年 7 月 13 日，刘易斯上尉记

我们的肉消耗量很大。每 24 小时要吃掉 4 头鹿，或者 1 头麋鹿加 1 头鹿，或者 1 头水牛。肉现在是我们的主食，我们想尽可能把面粉、干饭和玉米留着，在落基山脉一带使用。我们很快就要进入落基山脉了，据印第安人说，那里猎物很少。

# 第十二章
## 密苏里河的三汊口

(1805 年 7 月 15 日—7 月 27 日)

### 1805年7月15日，刘易斯上尉记

今早我们起得很早，把东西分配好，装到几艘独木舟上。我们一共有8艘独木舟，尽管我们已经在好几处储存了东西，但船上的东西还是很重。我们有大量干肉和油脂，很多队员的行李超多，我们很难限制他们，他们总喜欢带些很少用得着或者没有多少价值的大宗物件。

上午10点钟，我们再次踏上征程，我很开心，我相信队员们也一样开心。我在岸上步行，打了两头麋鹿，在其中一头麋鹿的附近停下来吃午饭，然后带走麋鹿皮、髓骨和一部分肉。为了减轻独木舟的负担，我傍晚一直在岸上步行，还带着庞兹和勒佩芝——就他俩是病号。

### 1805年7月18日，刘易斯上尉记

一早启程。出发之前，我们看见一大群大角羊在对面很高很陡的悬崖上。它们在那里来来回回，从一块岩石跳到另一块岩石上，毫不胆怯。在我看来，那些地方四足动物根本就无法立足，假如一蹄踩空，就会即刻掉下至少500英尺的悬崖。它们好像是这些悬崖

上的常客，在这里可以安全地躲避狼、熊甚至人类的伤害。

我们现在迫不及待，想尽快见到肖肖尼印第安人，又叫斯内克印第安人，向他们打听这一带的地形等等情况，如有必要，再向他们买些马。我们觉得最好我们两个中的一个——要么是克拉克上尉要么是我本人——带领一支先遣队，赶在独木舟前面，探索一段路程。假如肖肖尼印第安人在这条河上的话，就可以找到他们，这样他们就不至于因为听到我们打猎的枪声而吓得躲进山里藏起来。我们必须每天打猎获取食物，他们可能会把我们当成经常沿河袭击他们的敌人。

因此，早餐后克拉克上尉带着约瑟夫·菲尔兹、庞兹和他的仆人约克先行出发。

### 1805 年 7 月 20 日，克拉克上尉记

早上晴。我们穿过一个峡谷，河流在我们左侧大约 6 英里。我们走在一条印第安人常走的路上，沿路来到一条小溪口的上方，行程 18 英里。蚊子很烦人，我的仆人约克基本上精疲力竭，我的两只脚底起泡了。我发现我们右侧大约 12 英里有一股烟沿着峡谷缓缓升起。我还不能确定为什么会有烟，只是猜测有可能是印第安人听到了我们的人在下面打枪的声音，以为我们是来进攻他们的敌人，于是在草原或峡谷里点火，给他们的营地通风报信。我给印第安人留下记号，假如他们路过我们走过的小道，他们会明白我们不是他们的敌人。我们在河上宿营。几个人的脚底被刺梨和石头刺伤了，情况很严重，今天下午慢步走路都很困难。

### 1805 年 7 月 21 日，刘易斯上尉记

一早出发，在离我们昨晚营地 1 英里的地方经过了一段难走的急流，河流从这里流进山里。悬崖很高，上面有岩石碎片。水量很

## 第十二章　密苏里河的三汊口

大，我们基本上靠拉绳和撑杆前行。河水不太深，河面宽阔，河流更加湍急，航行很吃力而且进展缓慢。

今早看到三只天鹅，像鹅，翅膀上的羽毛还没有长丰满，飞不起来。我们打死了两只，第三只潜进水里沿河逃跑了。这几只天鹅没有带小鹅，因此我猜它们不在这一带繁殖。我们在这条河上已经走了很长一段路程，还是第一次见到天鹅。我们天天见到无数的鹅，它们带着小鹅，羽毛已丰，不过无论老鹅还是小鹅，翅膀上的羽毛都没有长满。我的狗今天抓到了好几只鹅——它时不时捕几只鹅。

### 1805 年 7 月 22 日，刘易斯上尉记

印第安女人萨卡戛维娅认出了这个地方，说她的亲人们就生活在这条河上，三汊口（Three Forks）离这里不远[①]。她的这番话让队员们兴奋不已，大家由衷感到欣慰，期待着很快就能看到密苏里河的源头，那是文明世界尚未涉足的地方。我们右侧经过一条不小的河，有 15 码宽，我们把它称作白土溪（White Earth Creek），因为土著人从这里采集一种白色颜料。

### 1805 年 7 月 23 日，刘易斯上尉记

我命令几艘独木舟竖起小旗，这样万一印第安人看见我们，他们就能看出来我们既不是印第安人也不是他们的敌人。我们离不开

---

[①] 萨卡戛维娅是探险队的重要一员。仅仅看到她本人和她的孩子，印第安人即刻就能够意识到这些人不是来攻打他们的敌人。假如不是她担任肖肖尼语翻译，探险队根本就不可能成功。不过，这一段描写很清楚地表明，并不像一些流行作品所写的那样，她"指引刘易斯和克拉克穿越美洲西部大陆"。跟很多场合一样，这次她仅仅发挥了一个向导的作用。把指引探险队的功劳归于她（她几乎从没做过），却没有重视她在肖肖尼印第安人中间所发挥的作用（可以说是力挽狂澜），这样的叙述很不负责任。不过，请注意，她在 24 日又提供了重要信息。——约翰·贝克勒斯注

撑杆和缆绳，这两样东西无论在河上还是在岸边都很好用。撑杆的小套头大都没有了，石头很光滑，撑杆头打滑，撑船时更费力气。我把带来的一包渔叉找出来，让每个人用结实的绳子把渔叉绑在撑杆头上，这样很管用。

### 1805 年 7 月 24 日，刘易斯上尉记

河流流经的峡谷很像昨天走过的那个峡谷，两面的山形也差不多。山峰一直很高，有的地方像看台一样，离河渐远，渐次升高，远处的山巅上盖着厚厚的积雪。近处的山峰往往很高，常常会遮住视线，让人看不到远处的山峰。

尽管萨卡戛维娅为我们提供了有关这一带地形的情况，说河流会一直是我们目前看到的这样，可是我每天都担心会遇上相当大的瀑布或者阻碍。我很难想象一条河在如此崎岖多山的河道里流过如此长的距离，中途竟然没有急流或瀑布阻拦。我们每天都会经过一些急流或险滩，在 150 码内就能下降 1 到 3 英尺，不过很少有固定或者矗立的岩石阻挡我们航行。尽管河流湍急，但是可以航行，一点也不危险。

今天克拉克上尉一早出发，沿着那条印第安小路走了几英里，来到一条小溪边。大约 10 点钟，他在左侧大约 6 英里处看见一匹马。他朝那匹马走，发现马的状态不错，不过性子很烈，人无法走近到几百步的距离。他依然能见到很多印第安人的痕迹，不过都不是最近留下的。他从这匹马附近斜刺里转向河边，在河边打死了一头鹿，就地用午餐。

### 1805 年 7 月 25 日，克拉克上尉记

早上晴。我们前行几英里，到达密苏里河三汊口，三个河汊几乎一样大。北河汊好像水流量最大，是我们沿河而上的首选。中河

## 第十二章　密苏里河的三汊口

汊和北河汊几乎一样，宽约 90 码。南河汊宽约 70 码，在中河汊下面大约 400 码处汇入密苏里河。三个河汊的水流很急，河边有大片河滩，上面有树木。

在北岸的草原上，印第安人最近放过火，原因不甚明了。我看到一道马蹄印，大约是他们四五天前沿河而上时留下的。

早饭吃的是昨天打来的公鹿肋骨。饭后，我写了一张便条，告诉刘易斯上尉我准备走的路线，然后穿过一道峡谷，顺着北河汊主流而上。天很热。

沿北河汊走了 6 到 8 英里，见左侧有一条小急流汇入，水量极多，看样子是发源于西南面的雪山。到了河滩里，这条小河分成三路，从三处流入密苏里河。像这一带的河道一样，小河里有不计其数的河狸和水獭。成千上万的河狸和水獭栖息在三汊口（菲罗索佛河①）附近的河流和小溪里。我们在同一侧宿营，随后沿北河汊右侧直行 20 英里。我们的翻译沙博诺的一个脚踝不好，他累得几乎不行了。河滩宽阔，土壤尚好，长满了长草和刺梨。两边的石山高耸陡峭，河里有不少小岛，星罗棋布。

### 1805 年 7 月 26 日，刘易斯上尉记

高地土壤贫瘠，长满了低矮干枯的莎草和另一种干草。干草的草籽顶端长着长长的弯曲坚硬的须，下端是锋利坚硬的锥形尖头，其底部嵌有坚硬的小鬃刺，鬃刺的尖与锥形尖头相反，犹如倒刺，一旦进入物体，便迫使它前移，进而嵌入物体。这种带钩的草籽能够穿透鹿皮靴和皮裹腿，如果不及时拿掉，会给人造成巨大的疼痛。我那可怜的狗就深受其害，时不时又咬又抓，就像阵痛发作一样。

---

① Philosopher's River 亦可译为"哲人河"。——译者注

这里刺梨同样极多。还有一种球状的刺梨，同一个根上长出一簇形如圆锥体的小叶子，叶子的小尖尖就连在中间的根上。圆锥体的底部就是叶尖，叶子上有一圈锋利的刺，相当坚硬，比普通阔叶刺梨的刺更加锋利，像是胭脂红植物。

一进入开阔的峡谷，就能看到远方白雪皑皑的山顶矗立在我们前面。树木和山峰一如此前所见到的样子。今天看到了一些河狸和水獭，打死了1只河狸和4头鹿。发现了克拉克上尉留下的一张鹿皮，里面有一封信，说他见过一匹马，不过丝毫看不到印第安人最近活动的迹象。

### 1805 年 7 月 26 日，克拉克上尉记

一名队员脚痛，我决定让沙博诺和他留下来休息，我自己和其余两位继续前行，去西面 12 英里之外的山顶，从那里眺望前面的河和峡谷。11 点钟，我们很艰难地到达山顶，疲惫不堪。从山顶上我可以看到北河汊的河道弯弯曲曲穿过一条峡谷，绵延大约 10 英里，不过没有看到印第安人新近留下的足迹。我还顺着下面的一条小河眺望了一段距离，也看到了中河汊，然后心满意足地沿着一条印第安人的旧路返回两位队员原地休息的地方。

在山里，我们在沿路遇到一口山泉，泉水极冷。我们几乎渴坏了，一顿狂饮。我尽量防着泉水弄湿我的脸、手和脚，不过很快还是能感觉到泉水的效果。我们继续顺着一条深谷走，这里连一棵遮阳的树都没有，太阳火辣辣的。我们一直走到沙博诺和那位队员休息的地方，他们打死了一头瘦鹿。我极度疲劳，脚上起了好几个泡，还被刺梨戳伤了。

### 1805 年 7 月 27 日，刘易斯上尉记

在大约半英里处经过中河汊的入口，沿西南河汊上行 1.75 英

## 第十二章　密苏里河的三汊口

里宿营。宿营地在左侧一条支流的下方，位于一片漂亮、平缓、整洁的平原的拐弯处。我在这里宿营，等候克拉克上尉返回，也让队员们休整一下，他们太需要休息了。我在西南河汊和中河汊的交汇处发现了克拉克上尉的留言，他告诉我他准备走哪条路线。他说他会在这里和我会合，假如他没有见到印第安人新近留下的踪迹，他会继续往前走，直到赶上他们。他估计我会走西南河汊，这当然是我喜欢的路线，因为我更看好这个方向。

我相信这里是北美大陆西部一个十分关键的地点，于是下定决心，无论如何都要得到必要信息，以便能够确定其纬度和经度等等。我收拾好营地之后，让伙计们把独木舟上的东西卸下来，把辎重藏在岸上，覆盖妥帖，然后让大伙儿去打猎。

我步行到中河汊，仔细察看，把它和西南河汊进行比较，可是无法判断哪条河汊更大。事实上，两条河汊就如同一个模子里出来的一样，无论特点还是大小都别无二致。因此，不管称哪一条为密苏里河，都算是一种偏爱，其大小都是与名称不相称的，因为哪条都不比另一条更大，宽都是 90 码。在草地上，我看到几只绿头鸭带着它们的小鸭，小鸭现在差不多长大了。

克拉克上尉来的时候病得很重，发高烧，十分疲劳，体力透支。他告诉我，昨晚他病了一整夜，高烧，不停地打冷战，全身肌肉生疼。今天早上尽管身体不舒服，但他依然沿着他既定的路线走了大约 8 英里到中河汊。没有找到印第安人新近的足迹，他休息了大约一个小时，然后沿着中河汊往下，来到了这里。

克拉克上尉怀疑他可能得了胆病，好几天未通便。我劝他用一剂拉什药丸——我发现这种情况用拉什药丸很管用，然后用热水泡脚，好好休息。克拉克上尉身体欠佳，我更有理由在这里停留几天了。我把想法告诉队员们，他们把各自的鹿皮泡进水里，准备明天加工。

我们期盼着见到斯内克印第安人。如果找不到他们或者其他有马的部落，我担心我们探险成功的可能性将大打折扣，或者成功的难度将大大增加。我们现在身处荒山野岭，在纵深几百英里的腹地。这里的野物很快将变得稀少，加上没有关于这一带的任何情报，生存极其艰难，不知道这些山将绵延多远，或者在哪里可以找到出路，通过这些山脉到达或者横穿哥伦比亚河的可航行的支流。根据已见到树木的大小来判断，即使到了一条可航行的河上，在这些山里也很可能找不到合适的木材用来做独木舟。

不过我依然怀抱美好愿望，想着如果可能的话，过几天我要步行去找这些黄皮肤绅士①。令我感到欣慰的有两点：一是从我们目前的位置来看，西南河汊的源头除了是哥伦比亚河，不可能是别的河；二是如果印第安人以这样的手段觅食，在这一带能够生存，那我们也一定能生存下来。

---

① 18世纪、19世纪早期的定居者常常称印第安人为"黄色"而不是"红色"人种。——约翰·贝克勒斯注

## 第十三章
## 从三汊口到河狸头山

(1805 年 7 月 28 日—8 月 10 日)

## 1805 年 7 月 28 日，刘易斯上尉记

  我的朋友克拉克上尉昨晚病得很重，今早感觉好了点，因为他用的药起作用了。早晨我派了两个人沿东南河汊上去察看河流，让其他几个人到附近打猎。克拉克上尉和我本人交流想法，认为这两条支流都不是密苏里河。我俩一致同意以美国总统和财政部长、国务卿的名字命名，因为我们之前已经用陆军部长和海军部长的名字命名过一条河①。

  为了落实这一决定，我们把西南河汊命名为杰斐逊河（Jefferson's River），也就是我们计划要上行的那条河。这样做是为了纪念伟人托马斯·杰斐逊［我们的探险行动的主导者］。我们把中间那条河汊命名为麦迪逊河（Madison's River），以纪念詹姆斯·麦迪逊②；东南那条汊我们叫它加勒廷河③，以纪念艾伯特·加勒廷。西南河汊和中河

---

  ① 英文原文为："…having previously named one river in honor of the Secretaries of War and Navy." ——译者注
  ② 詹姆斯·麦迪逊（James Madison），美国第四任总统（1809—1817）。——译者注
  ③ Gallatin's River 音译为"加勒廷河"，是以亚伯拉罕·阿方斯·艾伯特·加勒廷（Abraham Alfonse Albert Gallatin，1761—1849）的名字命名的一条河。加勒廷是政治家、外交家、人类学家、语言学家，曾任美国众议员（1793—1794）、美国参议员（1795—1801）、美国财政部长（1801—1814），是纽约大学创建人。——译者注

汊宽90码，东南河汊宽70码。3条河汊流速很快，水量很大。加勒廷河比另外两条都湍急，尽管不是很深，不过从各方面情况来看，可以航行相当长的距离。

克拉克上尉昨天沿麦迪逊河下来，杰斐逊河他也观察过一段。他认为麦迪逊河比杰斐逊河湍急，不过无论从哪方面看都没有加勒廷河那么湍急。3条河汊的河床都是光滑的鹅卵石和沙砾，河水清澈见底。简言之，这是3条高贵的河汊。

我们目前所处的位置正好是斯内克印第安人5年前宿营的地方，那时候奈夫河上的明尼塔瑞人第一次到那里并发现了他们。斯内克印第安人迫不得已离开那里，沿杰斐逊河向上退缩了大约3英里，躲进了树林里。明尼塔瑞人追杀他们，打死了4个男子、4个女子和几个男孩，俘虏了所有女子和4个男孩。我们的印第安女人萨卡戛维娅就是那时候被抓去的俘虏之一，不过她在回忆这次悲剧时并没有流露出悲伤之情，或者即使回到故园也没有表现出欣喜之情。只要她有东西吃、有东西穿，我相信无论在哪里她都很满足。

### 1805年8月3日，刘易斯上尉记

克拉克上尉今早和往常一样的时间出发。他在岸上走了一小段路，打了一头鹿。他步行的时候发现了一串脚印，感觉是印第安人的，因为两个大脚趾朝里歪。他跟踪脚印，发现那人上了山顶，从那里可以看见他昨晚的营地。这证实了他的猜想，那人是个印第安人，他发现了克拉克上尉一行，逃跑了。

### 1805年8月6日，刘易斯上尉记

我们今天很早出发，返回三汊口。没有吃的东西，我派焦伊列德到我左侧的林地里去打一头鹿。我派戛斯中士走右侧，命令他尽可能靠着河走，如果克拉克上尉一行正在沿河而上，就可以发现他

## 第十三章　从三汊口到河狸头山

们。我和沙博诺穿过洼地去三汊口主流那里,让其他人在那里跟我们会合。

大约在三汊口以上 5 英里处,我听到左侧有几个队员喊,便转身朝他们走。我到了那里才发现,他们走的是湍急的那条河汊,我从克拉克上尉那里得知,他没有见到我给他留的便条。他告诉我,他为什么要走这条河:这条河最好走,又朝向我们的方位,好像水流量也大。不过在我遇见他之前,他已经见过焦伊列德。焦伊列德向他报告了两条河的情况,然后返回。

他们的一条独木舟侧翻,所有东西都湿了——包括药箱,丢了好几样东西——一个火药袋、一只填装子弹用的角斗以及一杆枪的所有零件全丢了,没有找到。我走到下面,等他们返回。

他们一到,我发现另外两艘独木舟也进了水,船上的货物全湿了。其中一艘独木舟在湍流中摇摆得很厉害,把怀特豪斯甩了出去,压到船下面,从他上面擦身而过。假如河水再浅 2 英寸,他肯定会被压死。我们的干饭、玉米、给印第安人准备的礼物以及大多数珍贵物品都湿了,损失严重。我们的首要任务就是检查、晾干、整理物品。因此,我们挪到左侧,就在湍急的河汊口的对面,那里有一片巨大的碎石沙洲,正好可以满足我们的需要。木材很多,也很便利。我们在这里搭好营地,把几艘独木舟上的东西卸下来,把湿东西取出来,摆开晾干。

每艘独木舟的物品中都有一部分是装火药的铅盒子。尽管有些铅盒子在水里超过了一个小时,火药却丝毫没有损坏,而装在一个密封桶子里的大约 20 磅火药——或者至少我们觉得有那么多——湿了,全部报废。要不是我想到一个权宜之计,其他几个桶子里的火药保准也全都报废了。我想到的办法就是用铅铸成容器,里面装上适量火药,然后用软木塞和蜡密封起来,火药用掉后把铅盒子扔掉。

克拉克上尉今早先派山侬去沿湍急的河汊打猎,他后来遇到焦伊列德,可能得知山侬在河边迷路了。克拉克上尉回来后,派焦伊列德去找山侬。焦伊列德傍晚回来报告说,他沿河向上走了几英里,没有见到山侬。我们鸣喇叭,还打了好几枪,可是到了晚上山侬还没有来。我担心他又走丢了。这家伙在我们上航密苏里河的途中走散了15天,其间有9天仅仅靠葡萄维持生存。

独木舟侧翻,压到怀特豪斯身上,左右摇晃,弄伤了他的一条腿,晚上很痛。克拉克上尉的脚踝骨也很痛。即使没有这次事故,我们本来也计划让大伙儿在这附近休整一天,因为我想做些观察,修正这几条河汊口的纬度和经度。我们的货物、药品等等傍晚还没有晾干,我们把它们盖得严严实实的,准备过夜。克拉克上尉朝着南偏西30度方向沿河上行大约9英里,才见到焦伊列德。

我们感觉西北或者湍急的那个河汊里流的是山里的融雪,它没有中河汊长,一年四季水流量没有中河汊的多,它的水位在这个季节应该是最高的时候,这一点从河床的样子就能看出来。眼下河水溢满了河床上的很多渠道,渠底长满了野草,那些没有溢满的渠底也长满了野草。我们据此判断,中河汊实际上应该是我们在下游命名的杰斐逊河;我们称那条陡峻、湍急、清澈的河流为智慧河(Wisdom);把那条来自东南方向、温和平静的河称为慈善河(Philanthropy)。之所以这样命名,是为了纪念生命中两种最基本的美德。

## 1805年8月7日,刘易斯上尉记

1点钟,所有行李都晾干了,我们打好包,重新装上独木舟。队员们跟克拉克上尉沿着杰斐逊河上行,我和戛斯中士留在原地观察等高线,傍晚在他们的营地会合。我们还是没有山侬的音讯,想着他沿智慧河向上走了一段路程,可能打了个大动物,在那里等我们。这种巨大的叮人蝇——有时候又叫兔蝇——很烦人。我见到了两种，一种是黑色大蝇，一种是棕色绿头小蝇。

### 1805年8月8日，刘易斯上尉记

印第安女人萨卡夏维娅认出了我们右侧的高原，说这里离她的部落的夏天居地不远，就在山背面一条向西流的河上。她说她的部落把这座山称为河狸头（Beaver's Head），因为样子有点像河狸的头。她很有把握地说，她的部落要么在这条河上，要么在这条河源头以西的另一条河上，我们肯定能找到。从这条河目前的状况来看，应该不会太远。

我们眼下的当务之急就是尽快找到这个部落，所以我决定明天带一个小分队前往这条河的源头，翻山到达哥伦比亚河，再沿哥伦比亚河而下，直到找到印第安人。简言之，即使搭上一个月的时间，我也要找到他们，或者找到其他有马的部落。如果没有马，我们的大部分辎重就得丢掉。依我看，我们现有的辎重已经难以维持我们将要踏上的航程[①]。

### 1805年8月9日，刘易斯上尉记

今早天色很好。我们很早出发，进展顺利。我在岸上步行，来到一个地点，我估计队伍8点钟就可以到达这里，8点钟是我们平常停下来歇息的时间。可是队伍没有到，我折回大约1英里才见到他们。他们就在这里停歇，我们一起吃早餐。我们停歇的时候，山侬回来了。他告诉我们，他出发那天没有见到队伍，第二天早上回到他出发的地点，没有找到大部队，他以为大家在他

---

[①] 这是第一次暗示萨卡夏维娅将要真正发挥作用。这次她也只是提供了一点重要的地理信息。眼下最棘手的是马匹，正是在同萨卡夏维娅的族人见面后解决了这个问题，探险队得到了可以帮助他们翻越落基山脉的马匹。萨卡夏维娅预计他们很快就能见到她的族人，而且她将在会谈中担任翻译。——约翰·贝克勒斯注

前头，于是沿着智慧河向上步行了一天，这才明白大伙儿实际上不在他前头，因为河上无法航行，他于是又折回到三汊口那里，沿这条河追赶我们。这一路上他活得很滋润，不过因为行路过多，他倦态十足。

## 第十四章
## 到达大分水岭

(1805年8月11日—8月16日)

### 1805年8月11日，刘易斯上尉记

我们很早出发，可是昨晚走过的那条路很快就消失了。因此，我决定直达小河上的狭窄通道，大约在西面10英里，指望着能在那里再次找到那条印第安人的路。于是，我穿过那条大约12码宽的河，好几处完全被一摊一摊的河狸所阻，只好取道平原直达关口。我让焦伊列德走我右侧，希尔茨走我左侧，让他们紧靠着河走。我命令他们，一旦发现路，就在枪口挂上一顶帽子。我让麦克内尔跟着我走。

我们就这样走了大约5英里，我看到大约2英里之外有一个印第安人骑着马，正从平原上朝着我们过来。我用望远镜观察，发现他跟我们见过的印第安人不同，我很高兴，他是一个肖肖尼人。他的武器是一张弓和一袋箭。他骑着一匹优雅美丽的马，没有马鞍，缰绳是系在马下嘴唇上的一根细绳子。见到这么一个陌生人，我欣喜若狂。我一定要友好地认识他的部落，前提是我能够接近他，让他确信我们是白人。于是，我以正常速度朝着他走去。

我走到离他大约1英里的时候，他停住，我也停住。我从背包里抽出一条毯子，做出落基山脉和密苏里河一带的印第安人都熟悉

的友好姿态：双手拿着斗篷或者长袍的两角，举过头顶，再铺到地上，做出要铺展斗篷或长袍的样子，如此重复3次。这个长袍礼仪是所有部落的一种习俗：客人到访的时候，铺开一件长袍或者一张皮子，让客人坐在上面。

然而，这个姿态没有达到预期的效果。他依然保持他的姿态，心生狐疑，好像是在打量着焦伊列德和希尔茨，他们两个正从两面进入他的视线。我很想叫住他们，可是他们离我太远，根本听不见我的声音。我不敢对他们做出任何暗示，生怕这个印第安人更加心生疑虑，以为我们对他有不友好的动机。

因此，我急忙从背包里拿出几枚珠子、一面镜子和几样小东西，这些是我专为此行带的。我把我的枪和火药袋交给麦克内尔，没有带武器，朝着这个印第安人走去。他一直保持那个姿态，等我离他大约200步的时候调转马身，开始慢慢地离我而去。

这时我用我最大的声音向他喊话，重复"塔巴本（tab-ba-bone）"①。在他们的语言里，塔巴本意思是"白人"。然而，他转过肩膀看着焦伊列德和希尔茨，他俩一直没有停步。这两人根本没有足够的智慧，明明看到我以这种方式在跟印第安人交流谈判，却不懂得继续前进是失礼之举。我只好暗示他俩停步。焦伊列德停住了，可是希尔茨后来告诉我，他没有看到我的信号，所以继续往前走。

印第安人又站住了，调转马头好像是在等我。我相信要不是希尔茨继续朝着他走，他肯定会等我走到他跟前。在我离他有大约

---

① 在现代肖肖尼语中，tai-va-vone（泰瓦温）的意思是"陌生人"或者"敌人"。在早期肖肖尼语中，tab-ba-bone 和 tai-va-vone 几乎是同义词。由于肖肖尼人没有见过白人，所以当时大概没有"白人"这个词。刘易斯大概是从萨卡戛维娅那里了解到白人应该是 tab-ba-bone，其实这个词正好是"陌生人"或者"敌人"的意思，因此引起这位印第安斗士的警觉，他便驱马回营报告"敌情"。——约翰·贝克勒斯注

## 第十四章 到达大分水岭

150步的时候,我又重复了一遍"塔巴本",同时举起手里的东西,卷起袖子,让他能够看见我皮肤的颜色,并慢慢地朝着他走。可是还没有走到离他100步的时候,他突然掉转马头,举鞭抽马,跃过溪流,瞬间消失在柳树林里。他的消失击碎了我想买马的全部希望。

正如第一眼看到那个印第安人时满心欢喜、充满期待那样,我此刻感到耻辱和失望。我对他们两个失望至极,尤其是希尔茨,主要是由于他的唐突,我失去了认识土著人的一次绝好机会。我把他俩叫到跟前,忍不住训斥他们:这么关键的时刻竟然如此粗心大意,鲁莽轻率,打乱了我的计划。

他们忘记把我的侦察望远镜带来。前面已经说过,我做那些手势的时候,匆忙中把望远镜和毯子丢在平原上了。我让焦伊列德和希尔茨回去找,他们很快就找到赶回来了。

于是,我们跟着马蹄的痕迹走,希望这样能找到印第安人的营地。这条土著人小道——假如他们逃跑,我们有可能借此找到这个部落的主体,因为他们很可能会沿着这条小道跑进营地躲起来。我们沿这条路穿过一座大岛,岛的四周环水,差不多是这条河滩溪流的一半。经过溪流北岸来到一片开阔地,我们看到马蹄痕迹一直延伸到那边的高山里,大约有3英里距离。

我想有可能他们的营地就在那些山里,他们从山顶侦察我们,如果我们冒冒失失地去找他们,就会把他们吓跑。因此,我在溪流附近一个较高的位置停住,用柳树枝生火做饭吃早餐。在休息的时候,我准备了一些小东西,包括几把鹿皮锥子、几串各式珠子、一些颜料、一面镜子等等。我把这些东西挂在杆子的一头,再把杆子竖在火堆旁边。一旦印第安人回来找我们,他们就可以根据这些东西判断我们是友好的,是白人。我们还没有吃完早餐,天就下起了冰雹阵雨,劈头盖脸地砸到我们身上,持续了大约20分钟,我们

· 227 ·

全身湿透。

阵雨过后，我们继续跟踪马蹄留下的痕迹。由于被马蹄踩倒的草在雨滴的拍打中直起来了，跟踪的难度倍增。不过我们还是跟着马蹄痕迹走了大约4英里，只见它沿着峡谷一直延伸到左边的山脚下。我们经过几个地方，好像就今天还有印第安人挖过草根，还能看到有8匹或10匹马的足迹。然而马蹄痕迹如此纷乱，我们不仅跟丢了原先跟踪的马蹄印，而且更加茫然不知所措。在峡谷尽头，我们经过一片巨大的沼泽地，上面长满长草和青苔，里面有很多山泉，泉水清澈冰冷。我们再沿着高山脚下向左走，来到一条小支流，在那里宿营过夜。我们一路弯弯曲曲走了大约20英里，还有从昨晚营地出发后沿直线走的大约10英里。今天见到那个印第安人之后，我把一面美国国旗挂在杆子上，让麦克内尔扛着，我们停歇或者宿营的时候就把它插在一旁。

### 1805年8月12日，刘易斯上尉记

今早天一亮，我就打发焦伊列德去找印第安人走过的路。他顺着我们昨天跟踪的马的足迹到了一座山脚下，足迹从那里上了山。他大约一个半小时后返回营地。

我决定沿着山脚往下走——这些山围成这个面向西南的小湾，希望能够找到印第安人通往山里的路线。我让焦伊列德走在我右侧，让希尔茨走在我左侧，命令他们留心路或者新近留下的马蹄印迹，我决心先找到哪个就跟哪个走。走了大约4英里，我们经过4条彼此靠近的小河。在小河上能看见几个新凉亭或者用柳树枝搭起的圆锥形小草屋。从地皮被挖开的样子判断，印第安人曾在这些小草屋附近采过植物根。

离此处不远，我们找到了一条宽阔平缓的印第安路。这条路自东北方向通向小湾，沿着山脚下通往东南，斜刺里通往我们昨天经

## 第十四章 到达大分水岭

过的大河主流。我们沿着这条路走到西南。大约 5 英里之后，路经过一条宽阔的溪流，为大河主流的主要分支。溪流经两座悬崖之间的狭窄通道流入主流，此刻就在我们的下方。我们在这里停歇用早餐，吃掉最后一点鹿肉，仅留下一小块猪肉。早餐之后，我们继续沿右边山脚下主流的河边前行。峡谷向西南延伸 5 英里，宽两三英里。

继续向前 4 英里，道路的尽头便是浩浩荡荡的密苏里河源头最原初的山泉。我们曾度过了多少个辛劳之日和不眠之夜，一直在寻找这个源头。至此，我实现了多年来心中既定的伟大目标之一。试想一下，我的眼前是一座矮山，缓缓上升半英里，我就饮着这座矮山脚下冒出来的纯洁冰冷的泉水，多么解渴，何等惬意！两边都是高山，唯独小河尽头留出这片空地，道路从中穿过。我在这里歇了几分钟。在 2 英里以外的地方，麦克内尔兴高采烈，双脚踩着小河的两边，感谢他的上帝：他能够活到今天，有机会跨骑这条被认为无穷无尽、浩荡奔腾的密苏里河。

稍事歇息，我们继续上路，来到分水岭的山脊上，从这里可以看到西边巍峨的崇山峻岭，部分山顶还盖着积雪。我向下走了大约 3/4 英里，发现这座山比对面的那座陡峭许多。我来到一道漂亮、粗犷的溪流边上，溪水冰冷清澈。在这里我第一次尝到伟大的哥伦比亚河水的滋味[①]。

短暂休息了几分钟，我们继续沿着印第安路前进，翻过陡山洼地，来到一座山边，找了很多干枯的柳枝生火，在这里宿营过夜。由于白天没有打到猎物，我们只好煮食剩下的那点猪肉，还剩一点面粉和干饭。在山边的小溪上，我发现了一种深紫色的醋栗，杆子

---

[①] 实际上，刘易斯喝到的是哥伦比亚河的支流的支流的水，不过这条支流最终的确流入哥伦比亚河。——约翰·贝克勒斯注

下端分出很多小枝，叶子是密苏里河醋栗叶子的两倍，叶子靠下的一面有一层茸毛。果子的大小和形状以及长势姿态跟普通醋栗的一样，不过很酸，味道逊色不少。

今早克拉克上尉很早出发。他们发现河水浅，浅滩多，水流湍急，非常难行。大伙儿几乎整天都在河里，体力耗尽，身体酸痛，疲惫不堪。他们说走水路太累，希望走陆路。克拉克上尉鼓励安抚他们。今天一条独木舟几乎在湍流里侧翻。他们行进得十分缓慢。

### 1805年8月13日，刘易斯上尉记

我们在一片起伏不平的原野上穿行了大约4英里。原野和山谷或河底平行。相距大约1英里，我们看到两个女人、一个男人和几只狗，就在我们前面不远的山上。他们好像在仔细打量我们，过了几分钟，其中两个人坐下来，好像是在等我们。我们不紧不慢地往前走着。在离他们不到半英里的时候，我让队员们停住，我放下背包和步枪，拿上旗帜，把它展开，慢慢朝他们走。两个女人很快在山背后消失了，那个男人待在原地。尽管我反复大声对他说"塔巴本"，但等我离他不到100码的时候，他也像那两个女人一样跑了。

我加快步伐赶到山顶，就是他们刚才站过的地方，可是看不到他们的影子。那几只狗倒是比它们的主人勇敢些，来到我跟前，离我很近。我想在一只狗的脖子上系一条手帕，里面包几枚珠子和其他小东西，让它去找它们的主人，我以为这样可以让这几个印第安人明白我们对他们和平友好的态度。可是狗根本不让我靠近，很快也消失了。

我给几位队员打手势，让他们过来。他们过来后，我们沿着原路往回走，再次回到我们一直走的那条路上。路上布满尘土，好像最近走过不少人马。我们很幸运，走了不过1英里，就遇上了3个

## 第十四章 到达大分水岭

土著女人[①]。我们刚走过一段陡峭的浅河谷，河谷遮住了视线，我们彼此看不到对方，直到相距大约 30 步的时候，一个年轻女子立即跑开了，一个年长的女人和一个大约 12 岁的女孩站在原地。我立即放下枪，朝她们走过去。她们神情惊愕，不过也知道离我太近，来不及跑了。她们索性坐在地上，低着头好像是甘愿等死，她们肯定以为我会杀了她们。

我拉着年长女人的手，让她站起来，重复着"塔巴本"，脱下衬衫的袖子，好让她看清楚我真的是白人，因为我的脸和手长时间暴露在太阳底下，几乎跟他们的肤色没有什么不同。她俩立刻显得和善友好，队员们都过来了，我给她俩几枚珠子、几把鹿皮锥子、几个锡镶镜子，还有一点颜料。我指示焦伊列德要求年长女人把那个年轻女子叫回来，她此时已经跑开有一段距离了。我担心她可能会惊动土著人，在我们还没有赶到之前就激怒他们，不问青红皂白地攻击我们。

按照我的要求，老年女人把跑开的女子叫了回来，她几乎上气不接下气。我给了她同样的东西。我在她们黄褐色的脸颊上涂饰朱砂红——在这个部落，朱砂红象征和平。等她们平静下来，我用手势告诉她们，我希望她们能够带我们去她们的营地，认识她们的酋长和斗士。她们很听话，我们启程，继续顺着沿河而下的那条路走。

走了大约 2 英里，对面来了一队斗士，大约 60 个人骑着膘肥体壮的马全速赶来。他们一到跟前，我就拿着旗帜走上前去，把枪交给几位队员，他们在我身后大约 50 步。酋长和另外两个人在队伍的前面，和这几个女人说了几句话，她们告诉他们我们是什么人，兴高采烈地给他们看我们送给她们的礼物。这几个人走上前

---

[①] 刘易斯的用词是"野人"（savages）。——译者注

来,以他们的方式深情地拥抱我,把左手搭在我的右肩上,抱住我的后背,左脸颊贴在我的脸上,大声重复"阿喜也,阿喜也"("âh-hí-e,âh-hí-e"),意思是"我很高兴,我很开心"。双方队伍于是走上前去拥抱,涂抹着他们的油彩和颜料,后来连我都受不了他们的这种拥抱了。

我点好烟管,让他们吸烟。他们围着我们席地而坐,先脱下鹿皮靴,再开始吸烟。我后来得知,这是这个部落的风俗,是他们接受并吸陌生人递来的烟管时表达友谊的一种神圣而真诚的礼节。这等于是说,假如他们不真诚的话,他们从此将永远赤脚走路——在这个国家的平原上赤脚行走,那可不是一般的惩罚!一起吸了几管烟之后,我分给他们一些小东西,他们好像很开心,尤其喜欢蓝珠子和朱砂颜料。

我告诉酋长,我们访问的目的是友好的,等到了他们的大本营,我会向他详细说明此行的目的——我们是什么人,来自哪里,将要去哪里。即使很快就开始行动,我也不介意,因为太阳温暖,而我们没有水喝。于是他们穿上鹿皮靴,卡米亚怀特(Cameâhwait)大酋长对所有斗士简短讲话。我把旗帜授给他,告诉他旗帜是白人之间表达和平的象征,既然他已经接受了我们的旗帜,就得把它看作我们之间团结的纽带来爱护。我请他在前头走,他按照我的要求走在前头,我们跟着他,他的骑兵中队跟在我们后头。

这样走了大约1英里,他叫住骑兵,又讲了一通话,随后6~8个年轻人策马跑向营地,行军途中再无任何规程。

我后来得知,我们今早最先见到的几个印第安人跑回营地报了警,于是这些人全副武装,出来准备迎击他们的敌人——草原堡明尼塔瑞人,他们称之为帕基人[①]。他们带着弓箭和盾牌,我发现其中有3个人带的是西北公司送给土著人的小东西,这些物件是他们

---

[①] 帕基人(Pahkees)是他们给明尼塔瑞人起的绰号。——译者注

## 第十四章　到达大分水岭

从落基山印第安人（Rocky Mountain Indians）那里弄来的。落基山印第安人生活在黄石河上，与他们和平相处。

他们的营地坐落在一道美丽、平缓、富饶的低地上，靠近河畔，离我们最初见到他们的地方有 4 英里。我们一到营地，他们就把我们带到一座用柳树枝搭成的草屋和一座旧皮屋跟前，让我们坐在嫩绿的树枝和羚羊皮子上。屋子是酋长打发那几个年轻人先行赶到后专门为迎接我们准备的。其中一个斗士拔掉了屋子中间的草，空出了一个直径大约 2 英尺的小圆圈。

接着，酋长拿出一根烟管和烟草，开始一番仪式，时间颇长。酋长先脱掉鹿皮靴，接着要求我们和在场的所有斗士都脱掉靴子。我们照做了。然后酋长在火上点着烟管，火就生在中间的这个魔法小圆圈里。他站在圆圈的对面，讲了几分钟话，临结束时用烟管的杆子指着天的 4 个方向，先指着东方，最后指着北方。随后他把烟管递给我，好像要我吸烟，不过我伸手准备接住的时候，他又收回烟管，如此重复了 3 次。之后他先用烟管指着天上，然后指着地上的圆圈中间，接着他自己吸了 3 口，拿着烟管让我也吸了几口。他拿着烟管给每个白人吸，然后给他的每个斗士吸。

这只烟管是用很瓷实的半透明绿色石头做成的，打磨得很好，长约 2.5 英寸，椭圆形，烟锅跟烟管在同一方向。烟锅的底部镶嵌着一块烧制的黏土，把烟草和烟管分开。黏土的形状不是很圆，跟烟管黏合得不是很妥帖，烟通过时不很顺畅。这就是烟管的形状。他们的烟草跟明尼塔瑞人、曼丹人以及密苏里河阿瑞卡拉人使用的一样。肖肖尼人不会种植这种烟草，他们从落基山印第安人那里获取，也从生活在更南边的他们同一部落的人那里获得烟草。接下来，我向他们说明我们此行的目的等等。

他们随即把所有女人和孩子召集起来，围着草屋尽情地看我们，因为这是他们头一次见到白人。吸烟仪式结束后，我把随身带

· 233 ·

来的剩余的小东西分发给女人和孩子们。这时候天色已晚，从昨晚
到现在我们没有吃过任何东西。酋长告诉我们，他们只有浆果可
吃，别的什么都没有。他给了我们一些用花楸果和稠李做的干饼。
我美美地吃了一顿，然后步行到河边。河宽约40码，深约3英尺，
十分湍急，清澈见底。河岸低矮突兀，就像密苏里上游的河岸那
样，河床布满松散的石头和沙砾。卡米亚怀特酋长告诉我，在离此
地半天路程的地方，这条河流注入另一条自西南方向而来的河，有
这条河的两倍大。我接着问，他又告诉我，从两条河交汇处往下，
树木比这里多不了多少，而且河流穿行于崇山峻岭之间，多石且湍
急，人无法通过，无论走陆路还是顺河而下，都到不了白人所在的
大湖那边，这是别人告诉他的。他的话让我们颇受打击，我真希望
他的话有言过其实的成分，目的是让我们在他们这里多待几天。至
于树木，恐怕找不到可以造独木舟的木材，或者简言之，除了勉强
找些柴火，就找不到多少有用之材。

我一回到他们为我准备的草屋，一个印第安人就把我叫进他的
草棚里，给了我一小块煮熟的羚羊肉，还有一块烤熟的鲑鱼，我吃
得很过瘾。这是我第一次吃到鲑鱼，我确信我们是在太平洋水域
上。据我观察，这条河的走向有点西偏北，两岸都是高山，不过东
面的山是最低的，离河道更远。

今晚，印第安人几乎整夜跳舞款待我们。到了12点钟，我睡
意渐浓，回去睡觉，队员们继续和印第安人一起玩。我看不出这个
部落的音乐以及舞蹈方式跟密苏里河一带的印第安人的有什么实质
性的不同。我半夜好几次被他们的喊叫声吵醒，不过实在太累了，
还是美美地休息了一晚上。

## 1805年8月14日，刘易斯上尉记

为了让克拉克上尉有足够时间赶到杰斐逊河，我决定在肖肖尼

## 第十四章 到达大分水岭

营地暂停一天，尽可能了解一下这一带的情况。我们除了一点面粉、干饭以及印第安人给我们的一点浆果，再没有任何吃的东西了。我派焦伊列德和希尔茨出去打几小时猎，印第安人给他们找来马，大部分年轻的印第安人也出去打猎了。

他们的猎物主要是羚羊，他们骑在马背上用箭射杀。羚羊速度极快，耐力极好，一匹马根本不可能赶上或者撞倒它们，因此印第安人一旦发现一群羚羊，便不得不设计对付它们。他们围着羚羊沿各个方向散开，相距五六英里，一般会站在较高的地点观察。一两个人全速追赶羚羊，在山上、峡谷、溪谷以及悬崖上奔跑，场面十分壮观。这样跑五六英里，在一边等候的马队以逸待劳，把羚羊迎头拦回，再把它们驱赶到对面的猎手那里，对面马背上的猎手接着迎头赶回来。羚羊被这样追得身心俱疲，猎手才用弓箭射杀它们。这样围猎半天需要四五十个猎手参加，也许才能猎杀到两三头羚羊。

这里很少有麋鹿或者黑尾巴鹿，常见的红鹿他们又打不到，因为红鹿稍一追赶就躲进树丛里，而他们只有弓和箭，用弓箭猎杀大型野物有点力不从心，除非用马撞倒它们。看印第安人这么追赶围猎，我大开眼界。大约 20 个猎手围猎大约有 10 头羚羊的羚羊群，折腾了大约两小时，我大部分时间是在我的帐篷里观看。大约下午1点钟，猎手们回来，竟然连 1 头羚羊都没有打到，而他们的马全身在冒汗。我的猎手们稍后返回，也是两手空空。我让麦克内尔帮我用面粉加浆果做了个小面团，非常可口。

我和这些印第安人的交流是通过焦伊列德进行的，他完全理解手势这一共同语言，好像我们见到的这么多部落都能理解。确实，这种语言并不完美，时常会出错，不过即使出错，也没有想象的那么严重，关键想法很少会误传。

我现在请酋长给我介绍一下他的部落联盟的地理情况。他很愉快地在地上比画着一条条的河流，不过我很快发现他所讲的东西远远少于我期待或盼望知道的。他画出我们现在所在的这条河［就是雷米河（The Lemhi）］，在我们所在的位置上方摆了两根树枝，透过山峰之间的开阔视野指给我看。接着，他比画着这条河如何在我们所处的位置以下大约10英里处流入自西南方向流过来的一条大河，两条并作一条，继续沿峡谷向西北延伸一天路程的距离，然后向西拐弯，继续流两天路程的距离。他在河的两边堆了一些沙堆，说这些沙堆表示河流穿过高大的石山，上面终年积雪；那些垂直的甚至有些凸出的岩石紧紧地嵌在河里，根本不可能沿岸通过；河床上全是尖利的岩石，无法行船，河流如此湍急，极目所至，整个河面都是急流冲起的泡沫；那些山无论人还是马都过不去。他还说，鉴于那个方向是如此情况，无论他本人还是他的族人都没有去过比那些山更远的地方。我又问这条河两岸的地貌情况，他就说不上来了。他说从这里往下走一天路程，可以找到他们部落的一个老人，那个老人有可能会告诉我有关西北方向的情况。然后他把我交给在场的一个老人，让他带我去西南方向找那个老人。

我告诉卡米亚怀特酋长，我希望他跟他的族人们讲讲，动员他们跟着我们一起去杰斐逊河，我们的行李这时候应该由另一个队长和一队白人运送到那里了，他们会在那里等着我回去；我希望他的族人带上大约30匹多余的马，把我们的行李运到这里，我们会在这里停留一段日子，和他们做生意，买他们的马，一起谋划未来通往太平洋以及返回家园后和他们进行贸易的计划。

他接受了我的请求，对他的族人们发表了冗长的讲话，大约一个半小时后回来告诉我，他的人明早跟我出发，我说我不会亏待他们。焦伊列德仔细观察过他们的马，估计有400匹，大多数都是良马。的确，即便跟詹姆斯河南岸或者其他盛产良马的地方相比，这里的很多马也是数一数二的。我看到有几匹马身上有西班牙火印，还有一些骡子。他们告诉我们，这些也是从西班牙人那里换来的。我还看到西班牙制造的马笼头嚼子以及其他一些货物，毫无疑问，这些也是西班牙人的东西。

尽管这些人极其贫困，但他们非常快乐，今晚又一直跳舞到深夜。每个斗士的草屋附近的桩子上都日夜拴着一两匹马，随时准备出战。他们完全是在马背上作战。我发现这里的马蝇很凶，马和人都不堪其扰。

早晨天冷，加上队员们昨天往返杰斐逊河，大家全身僵硬酸痛，克拉克上尉直到7点钟才出发。河道弯弯曲曲，水流湍急，他们进展缓慢。在1英里的地方，他在右侧经过一股强流，源于北边的一座山里，山上还是积雪。我们把这道溪流叫作便道溪（Track Creek），宽4码，深3英尺。在7英里的地方经过一股泓流，其源头为左侧山脚下的几眼泉水。他们发现靠山的这条河是一段连续不断的急流，上行非常吃力，异常艰难。傍晚，沙博诺打了他的印第安妻子，克拉克上尉狠狠地批评了他。约瑟夫·菲尔兹和鲁本·菲尔兹打来了4头鹿和1只羚羊，克拉克上尉打了1头公鹿。队员们在那段急流中推独木舟，其中有几个人的脚和腿碰瘸了，克拉克上尉不得不亲自帮他们推船。

## 1805年8月15日，刘易斯上尉记

今天早上，我起得很早，饿得跟狼一样。从昨天到现在我只吃了一点点面和用浆果做成的饭，还有用浆果做成的干饼，我吃这些东西可没有我的印第安朋友那样有胃口。我问麦克内尔，他说我们只剩下大约两磅面粉了。我让他把这点面粉匀成两份，把其中一份做成浆果布丁甜点，就像他昨天做的那样，把剩下的那份留着晚上吃。我们4个人早餐就吃这种新式甜点，还送给酋长一点，他说这是他很久以来吃过的最好的东西。他手里拿着一点面粉，一边品尝

一边仔细端详着,问我是不是用植物根做的,我给他解释这种作物是怎么长成的。

我催印第安人赶快回去,酋长说了好几遍,他们才依依不舍地走了。不过他们好像不愿意陪我。后来我问酋长为什么,他告诉我,这些人中间有几个蠢货,他们认为我们跟帕基人暗中勾结,来这里是为了诱骗他们进入埋伏,好让敌人来收拾他们,不过他说他自己决不相信。我立刻意识到我们的处境不妙,一旦这些无知的脑袋怀疑什么,他们很容易确信这就是真相,因为他们从小就习惯把每一个陌生人当作敌人看待。

我告诉卡米亚怀特,他们这么不信任我,让我很难过,我知道他们不了解白人,所以我可以原谅他们。我们白人认为撒谎或者诱骗敌人上当是可耻的。我告诉他,如果他们一直这么怀疑我们,那么他们就该记住,不会有白人愿意跟他们做生意,或者给他们带来武器和弹药。如果部落里大多数人都有这样的想法,我希望他们中间有那么几个不怕死的人——真正的好汉——可以亲自跟着我们去辨明真伪,因为在杰斐逊河或者稍微靠下面,有一队白人在等着我回去,他们乘独木舟到那个地方,船里装着货物和商品。

他告诉我,他决心自己跟我们去,他不怕死。我即刻发现我点中了他的命门:怀疑一个野蛮人的勇气,是最好的激将法。他立刻上马,对族人们第三次发表讲话。他后来告诉我,他讲话的大意是告诉他们,即使他肯定会死去,他也要跟我们一起去,验证我们说的是不是事实,他希望听他讲话的人中间有人敢跟着他去送死,假如有这样的人,那么就当着他的面上马,准备出发。他刚刚讲完话,就有 6 个还是 8 个人站到了他跟前。我和这几个人吸了烟,让他们背起行囊——我想趁热打铁,在他们群情激奋的时候带领他们出发。

12 点半,我们出发。几个年长的女人一边哭泣一边祈求伟大

## 第十四章 到达大分水岭

的神灵保佑她们的斗士，就好像他们是赴汤蹈火自取灭亡似的。我们没走多远，队伍里又增加了十一二个人，还没有走到我们13日早晨经过的那条溪流，我感觉村里所有男人和几个女人也跟上我们的队伍了。这种瞬间变化从某种意义上说明他们性情多变，任性冲动。这会儿他们兴高采烈欢天喜地，可是两小时前他们那么乖戾粗暴，简直就像是萨杜恩农神①的一群小魔鬼。到了我们12日宿营过的山坡上，那儿有一眼山泉，酋长一定要歇会儿，让马吃草，同时给印第安人吸烟，我同意了。他们尤其喜欢我们的烟管，可是无法尽情享用，因为他们自己不种烟草，没有足够的烟草。休息了大约一个小时，我们再次启程。因为太辛苦我们的4个队员，我想给他们一点补偿。我自己获得了特权，和一个印第安人同骑一匹马，队员们也获得了类似待遇。不过我很快发现，没有马镫，骑马比走路还吃力，于是我选择走路，让印第安人帮我带行李。日落时分，我们来到一个河湾山谷的上游，这里地势平缓，我们把它叫作肖肖尼河湾（Shoshone Cove）。

### 1805年8月16日，刘易斯上尉记

今早我派焦伊列德和希尔茨打前站，先去打猎，因为我们和印第安人没有东西可吃。我把这一情况告诉酋长，要求他让他的年轻人们跟我们待在一起，以免他们喊叫吵闹的声音惊着了猎物，打不到猎物，我们就没有任何东西吃了。然而，我的话却加重了他们的疑心，立即就有两队人马出发，在山谷两面跟着我们的两位猎手。我想他们实际上是要看我是不是派焦伊列德和希尔茨把他们到达此地的消息报告给他们的敌人，他们还是坚信敌人在等着伏击他们。

---

① 萨杜恩（Saturn）是罗马神话里的农神，相当于希腊神话里的克罗诺斯（Cronus）。——译者注

我知道现在要是劝他们不要去，只能让他们对伏击更加深信不疑，所以我什么都没有说。

焦伊列德和希尔茨出去大约一个小时后，我们才出发。我们刚经过一段狭窄的地段，便看到他们的一个盯梢快马加鞭从平原上赶了过来。酋长稍稍驻足，看上去有点担忧。我自己也十分担忧，担心真是不谋而合——可能他们的一些敌人碰巧散落在这一带。不过等年轻人来到我们跟前，我们都有点失望，因为他飞奔而来就是为了报告我们：一个白人打到了一头鹿。

一瞬间，他们扬鞭催马，我几乎被挟持了1英里才明白过来是怎么回事。我没有马镫，背后又骑着一个印第安人，颠颠碰碰的很不舒服。这个印第安人担心赶不上大餐，几乎马跑一步他就要抽一鞭。我勒住马，不许他抽马。他非常不爽，索性撇下马，全速跑了1英里，我十分肯定是1英里，因为我已经能看见鹿躺的那个地方。他们到了那里，翻身下马，奔跑过去，像一群饿疯的狗一样跌跌绊绊地争抢着，撕扯着内脏——焦伊列德打死鹿之后，已经把内脏扯了出来。

我赶到那里的时候，场面如此不堪，要不是饥肠辘辘，我敢肯定短期内我绝对不想再碰鹿肉。只见每个人手里都拿着一点东西，所有人都大快朵颐。有的人在吃肾脏、脾脏、肝脏，嘴角滴着血，还有的人在吃肚子和肠子，而他们的嘴唇上流下来的东西则是另外一番情景。引起我注意是，最后一个人运气尤其好，或者说他在抢食过程中尤其卖力，拿到手的东西非常特别。他手里拿着大约9英尺的小肠，他咬着一头，同时双手挤压着里面的东西从另一头流出来。直到现在，我都从没想过人性竟然跟野兽如出一辙。我怜悯地看着这些饥不择食的恶魔。我让麦克内尔剥下鹿皮，留了1/4的肉，剩下的给了酋长，让他分给他的族人吃。他们几乎全部生吃了。

## 第十四章　到达大分水岭

这会儿，我斜刺里向左边走，想抄近路横穿溪流，那里有灌木丛可以生火。我来到溪流边，焦伊列德在这里打到了第二头鹿。我在这里看到的几乎是同样的情形。火生起来之后，我们煮着吃肉，把两头鹿身上剩下的肉给了印第安人，他们一点不剩，甚至连靠近蹄子的软肉都吃了。早饭时分，焦伊列德又打来第三头鹿。我留下了1/4，把其余的肉给了印第安人。

看样子他们填饱肚子了，个个心情大好。今早猎人出发后不久，跟随我们的大部分人很警惕地回去了，只剩下28个男人和3个女人继续跟着我们。早餐后，马也吃了两小时草，我们继续上路，傍晚时分到达河湾的下头。在路上的时候，希尔茨打死了一只羚羊，我们带走一部分，剩下的给了印第安人。我把我们和克拉克上尉以及队员们会合的地方告诉他们，他们一定要歇一会儿，我依了他们。

我们下了马，酋长极其庄重地给我们的脖子围上披肩，就像他们自己穿披肩那样。我很快就明白，这是要把我们打扮成他们的样子，道理以前说过了。为了赢得他们的信任，我把饰有羽毛的卷边帽戴在酋长的头上，我的罩衫完全是印第安人的式样，我的头发凌乱不堪，我的皮肤已被太阳晒成了深棕色，所以无须任何额外打扮，我已经完全是印第安人的样子。大伙儿都学我，我们很快就彻底变了个样。我又重复一次，有可能我们的人还没有到达，不过我保证他们肯定就在下面不远处。我担心一旦在河汊那里找不到我们的队伍，他们又会怀疑，一言不合又要闹着回去。

我们翻身上马，精神抖擞地朝河汊进发。这时候河汊已经进入我们的视野，我让一个印第安人扛着我们的旗帜，这样我们的队伍一眼就能认出我们。离预计会合的地点2英里的时候，我发现我们的队伍还没有到，印第安人放缓了步伐。我尴尬不已，不知道该怎么办，担心他们随时可能驻足不前。到了这时候，我决心一定要不计代价稳住他们，让他们深信不疑。我把枪交给酋长，告诉他，假如他们的敌人就在那些树丛里，他可以用我的枪自卫，我自己不怕死，假如我欺骗了他，我的枪他想怎么用就怎么用。换句话说，他可以开枪打死我。队员们也把枪交给其他印第安人，这样他们反倒更加信任我们。他们派出探子打前站，离我们有一段距离。到了我记得给克拉克上尉留过便条的地方，我让焦伊列德和一个印第安人去把便条取回来。那个印第安人亲眼看着他从树桩上把便条取了下来。

现在我得略施计谋，由于形势所迫，我非这样做不可。我必须承认，这个计谋有点蹩脚，不过效果倒是如我所愿。我读完我自己留下的便条，告诉酋长，我是在这条河进山的地方略下一点离开我的领队兄弟的，当时我们两人约定，不管下一个河汊口在哪里，到了那里，独木舟就不能再上去了；如果他先到，他就在那里等我回来；如果水路难走，他走不了平时那么快，他就会打发人先行到第一个河汊口，在那里留一张便条，告诉我他在哪里。这张便条就是他今天留在这里的。我的兄弟告诉我，他就在山下面，在缓慢地朝着这边走，要我在这里等他。他说："不过，如果他们不相信我的话，你就派一个人来我这里，让印第安人也派一个他们的人一起来。"我的这位领队兄弟要我和其余两个队员在这里等着他。

这个计划轻而易举地被采纳了，一个印第安小伙子表示他愿意效劳。我承诺给他一把刀和一些珠子，奖赏他对我们的信任。大多数印第安人貌似挺满意的，不过有几个人抱怨酋长无谓地置他们于危险之中，还嫌我们一会儿一个说法。简言之，有几个人表示非常不满。我就着柳树枝燃烧的光亮给克拉克上尉写了一张便条，让焦伊列德明天一早就带着便条出发，我很清楚时不我待。

最后我们躺倒睡觉，酋长就睡在我蚊帐架子的一边。果不其然，我几乎无法入睡，满脑子想着远征探险的事情，我把这次伟业

## 第十四章 到达大分水岭

看得跟我的生命一样重要。探险成功与否,在很大程度上就维系在几个野蛮人此刻反复无常的情绪上,他们就像风一样善变。

我反复告诉酋长,我们队伍里有一个来自他们部落的女人,她本来是明尼塔瑞人的俘虏,等见到她,有她帮着翻译,总比靠手势交流要说得清楚。我们的几个队员也告诉印第安人,我们队伍里有一个黑人男子,头发短而蜷曲。听了这话,他们非常好奇,迫不及待想见到这个怪物,不亚于渴望见到我们要用来跟他们换马的货物。

# 第十五章
## 穿越落基山脉

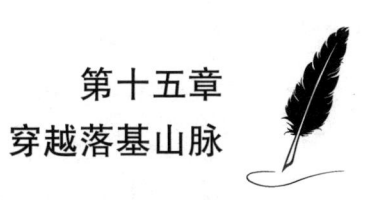

(1805 年 8 月 17 日—9 月 22 日)

**1805 年 8 月 17 日，刘易斯上尉记**

今早我起得很早，打发焦伊列德和那个印第安年轻人沿河下去找克拉克上尉，派希尔茨出去打猎。我让麦克内尔用剩下的肉做了一点早饭，仅够我们自己和酋长吃。焦伊列德出去大约两小时后，一个在河下面不远处掉队的印第安人回来了，他报告说白人来了，他看到他们就在下面。印第安人欣喜若狂，酋长不停地拥抱，就像是拥抱自家兄弟一样。听到这个消息，我很高兴，心情丝毫不亚于印第安人的。很快，克拉克上尉和翻译沙博诺到了，还有印第安女人萨卡戛维娅。巧合的是，她竟然是卡米亚怀特酋长的妹妹。

他们重逢的场面着实感人，尤其是萨卡戛维娅和另一个印第安女人的重逢。这个女人是和萨卡戛维娅一起被俘的，她后来逃离明尼塔瑞人，重新回到了她的部落。

中午时分，几条独木舟到了，我们再次大团圆，大家喜不自胜。令人欣喜的是，我们有可能很快就能买到足够的马匹，保证我们沿着陆路完成探险征途——假如水路不通的话。

接着，我们在左侧几条河汊交汇处靠下一点搭营，这里是地势平整的低地，长着绿茵茵的草。我们卸下独木舟里的东西，把它们搬到岸上。我们用一张大帆布搭了一个伞亭，在地上栽了一些柳树枝搭成遮阳棚，让印第安人坐在下面和我们聊天，这是我们今天傍晚的要务。

到了大约下午4点钟，我们通过拉比什、沙博诺和萨卡夏维娅把印第安人叫到一起，详细告诉他们我们为什么要跋山涉水来到如此遥远的地方。我们刻意让他们明白，我们这样做是出自好意，也是我们政府的良好愿望。我们让他们意识到，他们所需要的每一样货物、他们的防卫和福祉都离不开我们政府的意志。我们还告诉他们，我们的政府多么强大，对他们多么友善。我们也向他们解释，我们之所以要穿过他们的部落联盟向西去太平洋，就是为了探索一条更加直接的路线，把商品运到他们身边。假如我们回不了家，就无法跟他们开展贸易。如果他们尽其所能帮助我们，用他们的马匹为我们运送货物——没有这些货物我们无法生存——并且当我们无法走水路时，我们需要他们的人为我们带路，穿越大山，这样我们就可以尽快完成使命回家，无论对他们还是对我们都有好处。不过，我们不会白白地用他们的马或者要他们的人为我们提供帮助，我们会给他们令人满意的补偿。眼下，我们希望他们能够尽可能多找些马匹，把我们的货物沿着哥伦比亚河运送到他们村子那边，到了那里，我们就可以轻松自在地跟他们做生意，换他们的马，他们有多少马我们要多少。听了这番话，他们看样子很满意，酋长感谢我们对他和他的部落的好意，表示愿意在各方面为我们效劳。他觉得有点遗憾，因为还要过一段时间才能得到他们想要的武器，不过他说他们会像以前那样生活，等着我们信守诺言把武器带给他们。他说他们眼下没有太多的马匹把我们的货物翻山运送到他们村子那边，他明天回去动员他的人带马过来，他自己也会带马过来帮助我们。事情目前的进展跟我们的想法很合拍。接下来，我们问他们中间还有谁是酋长。卡米亚怀特指着两个人说，他们也是酋长。我们

第十五章 穿越落基山脉

送给他一枚小像章，像章一面的浮雕是美国总统杰斐逊先生，另一面的浮雕是双手握着烟管和战斧的图形。我们给其他两位酋长各送了一枚华盛顿总统时期铸造的小像章，也给另外两个年轻人各送了一枚这样的小像章——酋长说这俩人很好，深受大家的尊敬。

我和克拉克上尉商量接下来的行动计划，一致同意他明天早上带11个人出发，携带斧子和做独木舟所需要的其他工具以及武器和装备，行李能带多少带多少，同时带上沙博诺和印第安女人萨卡戛维娅。克拉克上尉一到达肖肖尼人营地，就让沙博诺和印第安女人去催促印第安人，让他们带着马匹尽快回到这里，他自己和11个队员沿河察看哥伦比亚河的情况。如果他发现可以航行，也能找到木材，就马上着手做独木舟。同时，我带领队伍把货物运到肖肖尼人营地，估计我到达营地的时候，河流情况他已经掌握得一清二楚了，这样我们就好决定从那里开始究竟是走陆路还是走水路。

## 1805年8月17日，克拉克上尉记

我们7点钟动身，朝着河汊进发。还没有走出1英里，我就看到远处有几个印第安人骑马朝我们走来。当时，我们的翻译和他妻子走在我们前面，离我们有点距离。看到这些印第安人，他们十分欣喜，手舞足蹈，她给我打手势：这是她的族人。走到他们跟前，我才发现里面竟然有刘易斯上尉的一个队员，他身上穿着他们的服装，见到我他们欣喜若狂。因为独木舟基本上是在我的对面行进，我让这些人转身朝那边走。见到了刘易斯上尉，他的营地就在前头2英里靠近河汊的地方，跟他在一起的还有16个斯内克印第安人。这几个印第安人一路欢唱着到了营地，看到其他人在地上绕着一个圆圈插上柳树枝，搭了一片简易凉棚。

3个酋长和刘易斯上尉很热情地招呼拥抱我，然后在一条白袍上落座。大酋长立刻把6个珍珠一样的小贝壳系到我的头发上，贝

· 249 ·

壳对他们来说价值连城，是从靠近海岸的部落那里换来的。接下来我们脱掉鞋子，按他们的礼节吸烟。

刘易斯上尉告诉我，他是在哥伦比亚河①上遇到这些印第安人的，离河汊大约 40 英里，那里有他们一个很大的营地。他说服身边这些印第安人跟他过来，让他们知道他说的都是实话。印第安人一路上紧张兮兮的，总是担心上当受骗。结果发现大酋长是萨卡夏维娅的哥哥，他是个理性的有影响力的人，寡言礼貌，平易近人，待人很真诚。我们的几条独木舟到了，我们把货卸下来。这下他们大开眼界——白人的长相、我们的武器、独木舟和衣服、我的黑人仆人，还有刘易斯上尉的聪明伶俐的狗等等。傍晚时分，我们简单交流了几句话，介绍我们的行程路线、探险的目的、我们缺少马匹等等，还送了他们一些礼物和纪念章。我们向他们打听哥伦比亚河②一带的风土人情、地貌猎物等等。听他们说，形势对我们很不利：这条河有很多瀑布，有一处瀑布比密苏里河大瀑布还高很多，那里高山密布，根本无法通过，两岸悬崖峭壁，根本无法翻越，在那里见不到鹿、麋鹿或者任何野物。除此之外，他们还说沿河找不到造船的木材。如果真是这样，那简直太可怕了。我决心先行一步，去察看这一带的地形。

## 1805 年 8 月 18 日，刘易斯上尉记

今早，克拉克上尉忙着规划路线，我拿出一些东西和印第安人换马，因为我想用几匹马帮他们驮行李，以减轻克拉克上尉和先遣队员们的负担，我还需要一匹马把猎手们可能打到的肉驮回营地。

---

① 实际上是雷米河（The Lemhi River），是哥伦比亚河的一条支流。——约翰·贝克勒斯注

② 克拉克上尉所说的哥伦比亚河实际上可能是他当时所处的雷米河或者整个哥伦比亚河盆地。——约翰·贝克勒斯注

## 第十五章 穿越落基山脉

我很快就换到了三匹很好的马,我给了印第安人一套制服外套、一副裹腿、几条手帕、三把刀子,还有几样小东西,加起来不到 20 美元。我和印第安人皆大欢喜。其他人还用一件旧花格衬衫、一对旧裹腿和一把刀换了一匹马。我买了三匹马,克拉克上尉就带走了两匹。上午 10 点钟,克拉克上尉带着小分队和所有印第安人出发,剩下两个男人、两个女人,跟我们留守原地。

今天我 31 岁了,我意识到,就人的寿命极限而言,我在这个尘世上还剩下差不多一半的时间。我思忖着,到目前为止,无论是为人类谋幸福还是为下一代创造知识,我都贡献甚少,的确非常少。我悔不该浪费那么多宝贵时日,悔恨自己胸无点墨。假如我当初够明智,好好利用那些时日,岂会如此?然而覆水难收,去日难回,我不能继续纠结于这些令人沮丧的想法,今后一定要加倍努力,至少要努力促进人类生存的两大基本目标,用上天和时运赋予我的才能去帮助他们。或者说今后我要为人类而活,而此前我一直是为自己活着。

### 1805 年 8 月 19 日,刘易斯上尉记

今早天亮起来,派了 3 个猎手出去打猎。有几个人没有裹腿和鹿皮靴,我让他们裹上兽皮,并安排其他人重新打包行李,做马鞍等等。今早我们收网,可是一条鱼都没有捕到。早晨落了霜,草上全是白的。在这个季节,我看到的霜全是一个颜色。傍晚,我让几个人用柳枝做了一张拖网,捕到很多小鳟鱼和一种鲱鱼,长约 16 英寸,我以前从没见过。

### 1805 年 8 月 20 日,刘易斯上尉记

今早我派两个猎手出去打猎,派给其他人的活和昨天的差不多。我沿河往下走了大约 3/4 英里,在河岸附近找到一个印第安人

没有到过的地方，让3个人挖密窖。我指示岗哨，如果看到有印第安人朝这个方向过来，就打枪提醒正在挖窖的人，停止干活并且散开，以防他们发现我们的密窖，把我们打算留在这里的东西打劫掉。

到傍晚时分，地窖挖好了，印第安人没有看见。我们的所有东西都收拾好了，可是马鞍和缰绳还没有做好。做马鞍和缰绳需要钉子和木板，我们束手无策。后来我们用生牛皮条当钉子，效果很好。至于木板，我们只好用从船桨上砍下来的叶片和从装东西的箱子上拆下来的板子。我让队员们用生牛皮做了几个袋子，把从箱子里腾出来的东西装到袋子里面，这样我们就有足够多的木板，可以做20个马鞍，足以解决眼下的燃眉之急。跟在我们身边的几个印第安人非常听话。

克拉克上尉早晨6点出发，很快就到了肖肖尼人的营地附近，肖肖尼人已经将营地沿河向上挪了一段距离，比我第一次见到的那个营地远2英里。酋长要求停一会儿，因为村子里出来了几个印第安人欢迎他们，克拉克上尉依了他的要求。他们先和这几个印第安人吸了几管烟，然后跟他们去村里。克拉克上尉被领到营地中央的一个屋子里，这是他们专门为他和小分队准备的。他们给他吃了一条鲑鱼和一些用干浆果做成的饼。他再次重复我在这里跟他们说过的话，酋长也把这番话转述给他的村民们。酋长讲完话，克拉克上尉要求给他派一位向导，带他到河边去，酋长点名让一位年长的男子去，那男子同意去完成这个任务。卡米亚怀特酋长说过，这个男子很熟悉河北面的地形。

## 1805年8月21日，刘易斯上尉记

和昨天一样，队员们都忙着完成各自的任务。傍晚的时候，我们行军使用的所有行李、马鞍、缰绳都准备好了。天黑之后，我让

第十五章 穿越落基山脉

大伙儿把行李运到地窖那里藏好。我相信没有印第安人会注意到我们的举动。

今早,克拉克上尉一大早继续行军。走了5英里,来到大约7户肖肖尼人家的棚屋,并在此停留。

## 1805年8月22日,刘易斯上尉记

今天一大早,我让几个人再去把密窖苫好,昨晚天黑,没苫好。他们很快就弄好了。焦伊列德昨晚很晚才回来,带来他打的一头幼鹿,还有抢来的印第安人的不少东西。

关于他抢东西的趣事,可能值得交代一番。他告诉我,昨天他在河湾那里打猎,大约12点钟,他到了一个印第安人的营地,那里有一个年轻男子、一个老年男子、一个男孩和三个女人。见到他,他们好像一点都不吃惊。他骑马走近他们,下马让马去吃草。这些人刚刚吃过用植物根做的午餐。他用手势比画着,开始和他们交谈。过了大约20分钟,一个女人对其他人说了什么,他们全部立刻去把马牵过来,披好鞍子。这时候他也想应该去打猎,便走过去牵他的马,却把枪忘在印第安人的营地里了。

印第安人看他走开有50步的样子,立即翻身上马,年轻人抓起他的枪,所有人都丢下东西,策马向着山口那边飞奔。发现枪被抢走了,焦伊列德立即骑马去追。

追了大约10英里,两个女人的马几乎精疲力竭,拿了枪的那个年轻人听她们不停地喊叫,也放缓了速度,他的马很快,在不远处围着两个女人跑。后来焦伊列德赶上这几个女人,用手势告诉她们,他不会伤害她们。她们停下来,年轻人离他更近。他要他的枪,却只能听懂那个年轻的印第安人说"帕基",他知道这是他们称呼敌人的词语。

小伙子放松了警惕,焦伊列德看到机会来了,突然加速,催马

253

从小伙子身边掠过,抓住枪,从他手里夺枪。小伙子发现焦伊列德比他力气大,夺不过他,便灵机一动,掰开枪上的火药盒倒掉引药,这才松开了手里的枪。现在手里的枪没了,他掉转马头,加鞭催马,让几个女人自己跟着他。焦伊列德于是回到他们的地方,把他们丢下的东西带回我们营地。

11点钟,沙博诺、我们的印第安女人,还有卡米亚怀特来了。他们带着大约50个男子、女人和孩子,在我们附近宿营。他们把马放出去吃草,收拾好营寨,我把几个酋长和斗士请过来,给他们讲话。又给了他们一些礼物,尤其是二酋长和三酋长,看样子他俩信守诺言,为我出了大力。

### 1805年8月23日,刘易斯上尉记

我本来想今天启程,可是酋长硬要我等一等他们的另一队人马,预计今天就到。我不好拒绝,只得同意了他的请求,于是派猎手们出去打猎。今早我把几艘独木舟拖进河汊附近的一个池塘,沉到了水里。我们先拔掉船底吃水孔的塞子,然后用石头把它们沉到河底①,希望这样可以防止它们被大水冲走或者被大火烧毁——这一带的土著人经常在草原上放火。印第安人说他们不会故意去破坏,我也相信他们太懒,打死也不会把独木舟捞起来砍坏或者烧掉。

下午3点钟,我们等候的印第安人到了,大约有50个男人、女人和孩子。在同意带我们翻山的人中间,有几个人看上去很焦虑,一提起这个话题,他们就十分不安。不过,他们说他们说话算数,一定会跟我回去,我就什么都没有说,决心明天尽早出发。

---

① 独木舟底部的吃水孔有两个用处:拖到岸上的时候,便于放掉船里的水,就像现在这样;如有安全需要,也便于把船沉到水里。——约翰·贝克勒斯注

## 第十五章 穿越落基山脉

克拉克上尉早晨很早就出发了，不过行进缓慢，他们走的那些山路陡峭，脚底下尽是从山上滚下来的碎石，奇形怪状，十分难走，马走在上面十分危险，很伤蹄子。走了4英里，他们来到河边，只见岩石陡立，延伸到河里，除了过河，别无选择。尽管有一段水很深很急，马很难游过去，但他还是顺利通过了。

右侧是陡峭的悬崖，他在悬崖底下顺着河走了1英里，来到一片不大的河滩，河水拍打着脚下的河岸。河岸是一种坚硬的岩石，马根本无法通过。他一直在跟踪的足迹在这里消失了。因此，他决定让队伍和马留在这里，只带向导和3个人继续往下走，看看是否能走过去。

他让大伙儿在原地打猎钓鱼，等他回来。可是除了1只鹅，他们今天什么都没有打到。昨晚，他们把剩下的配给食品和白天捕到的5条鲑鱼都吃了。当然，他无论如何也不会在这里停留。几分钟后，他继续上路，沿着岸边高耸的峭壁，翻越巨大的岩石，走了12英里。

克拉克上尉看到了印第安人新近宿营的痕迹，还有几匹马留下的足迹。他们在这里停留了两小时，抓了一些小鱼，和浆果一起做饭吃。从他离开队伍的地方到他现在所在的这个地方，河流湍急，有5处浅滩，满载货物的独木舟根本无法通过，甚至连空舟都过不去。在这几个地方，得把货物从独木舟上卸下来，翻越陡峭的岩石，搬运相当一段距离——马根本派不上用场，无法代替人力——然后再把独木舟用绳索放下去。即使如此谨慎，他还是觉得这里无论对人还是对船，都有很大的风险。

饭后，克拉克上尉继续顺河而下，在1/2英里处又穿过一条小河，没有刚才那条宽，大约有5码。在这里，他的向导告诉他，沿这条小河往上走一段距离，路就好走了，而且还能缩短路程，少走河流向南所形成的一大截弯道。于是，他们走印第安人常走的一条路，顺着小河向上走了大约 6 英里，在右侧离开小河，翻过一道山脊，继续往前 1 英里，再次回到河边。在这里，河流穿过一片大约 80 英亩的河滩，里面长满树木。他们穿过河滩，沿着陡峭的山坡爬到高处，向导指着 20 英里以外的远处给他看：河流在那里转向，流进了山里，视野随之被最高的山峰遮住了。克拉克上尉说这些是他见过的最高的山，上面全是积雪。

克拉克上尉这才完全死了心：无论水上还是陆地，这条路都走不通。他告诉那位印第安老人，他完全相信他说的话，现在想返回到他们离开的那个村子，期待在那里见到我和大队人马。

### 1805 年 8 月 24 日，刘易斯上尉记

正在前往密苏里河的那几个印第安人有些多余的马，我想或许可以向他们弄几匹来，我请酋长问问他们，愿不愿意跟我们做生意。他们没有明确回话，不过要求看看我准备用来换马的东西。我拿出在曼丹堡做的几把战斧，他们见了很高兴，还有刀子，他们也很想要。我很快就买了 1 匹马和 1 匹骡子。

我现在有 9 匹马和 1 匹骡子，再加上借来的两匹马，一共是 12 匹骡马。大伙给骡马搭好驮，剩下的东西让那几个印第安女人背着。之前我给过翻译一些东西，让他帮萨卡夏维娅买了 1 匹马。12 点钟，我们出发，经过河汊下方的那条河，沿着先前的那条小道，向河湾进发。大多数马驮得很多。估计我们得走很多山路，我感觉沿山路运送东西至少需要 25 匹马。再次带领队伍携所有辎重踏上征程，我喜悦的心情难以言表。

### 1805 年 8 月 24 日，克拉克上尉记

我给刘易斯上尉写了一封信，说明我们目前的情况，以及我从向导那里打听到的我认为是利好的消息等等，并且提了两个方案供

第十五章　穿越落基山脉

他选择……我派一个人骑马回去送信,命令队伍准备后撤。由于受河流所阻,再加上没有东西可吃,每个人都很沮丧。我出发得晚,在前面 2 英里的地方宿营。除了稠李和红山楂,没有别的东西可吃。这些东西吃下去,人会出现各种不适。露水很大,床铺湿冷。马绕着岩石过河,还得涉很深的水。

我给刘易斯上尉提的第一个方案是尽可能多买些马匹(如有可能,争取每人一匹),聘请我的这位向导带路——我已经打发向导去刘易斯上尉那里,他可以通过翻译和向导交流——沿陆路前行,到达哥伦比亚河某个可以航行的地方,或者直达太平洋。这取决于我们手头少得可怜的食物储备、我们今后用枪可以打到多少猎物,也取决于我们最后的依靠——马匹的多少。假如刘易斯上尉同意我的方案,我们就可以实施。

第二个方案是兵分两路,一路带着现有的这点配给物走水路,其余人骑马走陆路,靠枪打猎获得食物补给等等,两队人马时不时在河上会合。我自己倾向于第一个方案。

## 1805 年 8 月 25 日,刘易斯上尉记

我们歇了些时候,沙博诺轻描淡写地告诉我,他准备明天到哥伦比亚河上的印第安营地,去见那里所有的印第安人,他们正准备去密苏里河。我很惊讶,问他为什么要见去他们。他这才告诉我,大酋长今早派他的几个年轻手下来到印第安营地,要求那里的印第安人明天去见他们,酋长本人要带那些印第安人去密苏里河,自然就把我和我们的辎重撇在山里或者附近不管了。

沙博诺愚蠢至极,我再也没有耐心了。他脑子不够使,看不出印第安人一走了之会有什么后果。他的印第安妻子早晨就把这个消息告诉他了,他却一直静悄悄的,直到下午才告诉我。在这种情况下,我实在控制不住,对他毫不客气。

257

我意识到，我们必须立即取消他们的命令，否则无论怎样都不可能再买到马，甚至无法把辎重运送到哥伦比亚河那里。因此，我把3位酋长叫到一起，先吸了一管烟，然后问他们是不是说话算数，我是不是可以相信他们说的话。他们很明确很肯定地回答说是的。我接着问他们，他们是不是曾经承诺过，假如我要求他们，他们就会帮我把辎重运到山那面或者运到克拉克上尉造独木舟的地方。他们承认的确承诺过。

　　然后我又问他们，既然这样，那为什么要叫山那面的人到山上来见他们，他们到了山上，我们根本不可能在一起，根本不可能像他们承诺的那样换马。假如他们没有承诺过帮我把辎重运到山那面的河上，我原本就不计划翻山，而是沿河返回。要是那样的话，他们就永远不可能再见到其他白人。假如他们希望白人成为他们的朋友，为他们提供武器，帮助他们战胜敌人，让他们的敌人不敢攻击他们，那么他们就不该做出承诺却言而无信。我刚见到他们的时候，我说还有白人会乘独木舟来，他们就是不相信，可是后来证明我说的话句句属实，那现在为什么还怀疑我说的其他事情呢？我告诉他们，我慷慨地把我们猎手打到的肉分给他们吃，他们都吃了，也亲眼看见了我们所做的一切，我还会继续把我们的一部分吃的东西给他们吃，只要他们愿意帮助我。我最后告诉他们，如果他们说话算数，那么就立即派一个年轻人，去命令那边的人原地待命，等候我们到达。

　　二酋长和三酋长说，他们愿意帮助我，愿意信守诺言，他们并没有派人去召集他们的族人，这是大酋长的主意，他们都不赞同他的做法。卡米亚怀特酋长沉默了一会儿，最后告诉我他自己做错了，他之所以要这样做，是因为他看到他的人都在挨饿。现在他既然承诺帮助我，那么今后绝对说话算数。我要求他收回命令，他便派一个年轻人去传话。我给了这个年轻人一块手帕，请他帮我的忙。

第十五章　穿越落基山脉

## 1805 年 8 月 26 日，刘易斯上尉记

我们把马集中起来，日出时分出发，很快就来到密苏里河最源头的地方，在这里停留了几分钟。大伙儿终于来到了盼望已久的地方，喝上了源头的水，心中十分宽慰。我们从这里继续前行，来到一片山坡上，那里有一道清泉，我上回到肖肖尼营地的前一天晚上就在这里宿营过。我们在这里停歇片刻，人吃饭马吃草。由于有泉水滋润，山坡这边青草茵茵，别处的草却是一片干枯，被太阳晒得半死不活。我指示给每个帮我们运送辎重的印第安人 1 品脱的玉米，每个队员也是差不多同样的配额，玉米可以晒干研碎做汤吃。有一个帮我们运送行李的女人在我们后面大约 1 英里的小路上停了下来，让她的一个女性朋友把她赶的两匹马赶了过来。我问卡米亚怀特她为什么落在后头，他若无其事地告诉我，她停下来生孩子，过一会儿会赶上我们。大约一小时后，她抱着刚刚出生的孩子赶了上来，走到我们前头，前往营地，一如往常的样子。

卡米亚怀特要求我们，走到能看见村子的地方就鸣枪。我来到平原上，这里有一座高出村子的小山，我让队伍停下来站成一排，顺次鸣枪两轮。他们显然很满意这样的亮相方式。接着，我们一起走进由 32 间丛林小屋组成的村子或者说营地。在这里我见到了考尔特，他刚到不久，带着克拉克上尉的信。克拉克上尉在信中描述了他们漫长缓慢的旅程、前面已经提到的那条河及其周围的地形等情况。由此看来，我感觉曾经想乘独木舟沿河而下的想法简直是愚蠢至极，因此决定明天就着手向印第安人买马，开始实施我们制定的方案，翻越落基山脉。

我这就告诉卡米亚怀特，我打算沿陆路前往哥伦比亚河，它流经落基山脉一带的平原。我希望向他和他的人买 20 匹马运送辎重。他说今年春天明尼塔瑞人偷走了他们的很多马，他的人可能没有那

么多马卖给我们。我还要求他再推荐一位向导，他说如果我们愿意，现在跟着克拉克上尉的那位向导肯定会继续为我们带路，他比任何人都熟悉这一带的情况。各方面大致安排好之后，我让人弹琴，大伙儿兴高采烈地跳舞，土著人很开心。不过我必须坦承，我自己的心情跟此刻欢乐的气氛格格不入。

### 1805 年 9 月 2 日，克拉克上尉记

昨晚下了些雨，早晨天阴。我们一早出发，沿着菲石溪①行进，在其右侧和左侧各过一条大河汊。走了 8 英里［实为 7.5 英里］，我们离开一直在走的通往密苏里河的那条路，沿菲石溪西侧的一条河汊上行，这里没有路。石山坡上灌木丛立，我们不得不披荆斩棘开路前行，马随时都可能滑下山坡毙命。行走在陡峭的山坡上，忽上忽下，好几匹马跌倒了。有的马翻倒，有的滑下陡坡。两匹马走不动了，一匹马腿瘸了。那匹瘸马驮的东西落在了后面，有 2 英里路程。

### 1805 年 9 月 3 日，克拉克上尉记

早晨天阴。我们的马匹僵直无力。我派两个人牵着刘易斯上尉的马，回去取昨晚落在后面的东西，耽搁了点时间，直到 8 点钟才出发。这一带的树木主要是松树，洼地里有很多种灌木，杉树非常多。两边的山高耸多石。到了下午，溪流被两边的高山挡住了去路，我们不得不沿着陡峭的山坡行进，马每挪动一步，几乎都要滑下去，有几匹滑倒伤得很重。下午 3 点钟下了些雨，黄昏时分开始下雪。［我们走过的］东边那些山上全是雪。非常不幸，我们不小心弄坏了最后一个温度计。今天翻过几座大山，是马最难走的一段

---

① Fish Creek 亦可译为"鱼溪"。——译者注

# 第十五章　穿越落基山脉

路，它们时不时跌倒。雪有 2 英寸深，不久又开始下雨，最后成了暴雨雪。

## 1805 年 9 月 15 日，克拉克上尉记

出发得早，早晨多云，沿着库斯库斯基河（Kooskooskee River）的右侧前行，路依然陡峭多石，灌木丛立。我们走了 4 英里，来到印第安人曾经捕过鱼的地方。从这里开始，路逐渐离河而去，自左侧沿山弯弯曲曲盘绕而上，穿过无数棵跌倒的树木。无数棵大树为大火、大风所毁，因此南边山坡上了无绿色。

上山 4 英里，我找到一口山泉，在这里停下来等候后面的人，让马停下来吃草。大约两小时后，后续部队到了，伙计们精疲力竭，马匹更加疲惫不堪。好几匹马从陡坡上滑下去，伤势很重。为我驮桌子和箱子的那匹马跌倒，下滑了 40 码，幸亏被一棵树挡住。桌子摔破了，马脱险了，伤势倒是不重。有几匹马伤得不轻。

## 1805 年 9 月 18 日，刘易斯上尉记

克拉克上尉早晨带了 6 个猎手出发。山里没有猎物，我俩商量好，一个人带猎手先去地势平缓的地方打点猎，补给伙食，另一个人带大部队随后赶到，我的任务就是带大部队。因此，我指示大伙儿早点备马，只要马能挺得住，今天得多走路。我们的一位队员威勒德有一匹多余的马，他昨晚疏忽，没有去喂马，也没有把它拉过来，导致我们今早延误时间，出发时已经 8 点半了。我们先上路，让威勒德回去找马，然后追赶队伍。下午 4 点钟，他赶上我们，却没有找到那匹马。

今天我们走了 18 英里，晚上在很陡的山坡上宿营。一路上只经过一条小溪，因为缺水受了不少的罪。不过运气还算不错，我们在营地附近大约半英里的陡峭山谷里找到了水。早上把最后一点马

· 261 ·

驹肉[①]吃了，晚饭吃的是少得可怜的便携汤。几罐便携汤、一点熊油以及大约 20 磅蜡烛，这些就是我们所有的补给品，我们所能依赖的资源只有枪支和运货的马匹。从我们目前的处境来看，枪几乎没有多大用处，因为这里除了我们自己和不多的几只野鸡、灰色的小松鼠、一种像秃鹫的蓝色鸟儿（个头有斑鸠或松鸡那么大），其他什么东西都没有。我们走的是一座高山的山脊，方位是南偏西 20 度，行程 18 英里。

我们用雪水做饭。

## 1805 年 9 月 18 日，克拉克上尉记

早晨晴，天气冷。我提前和 6 个猎手出发。行进 32 英里，在左侧一条汹涌的小溪上扎营，我称之为饥饿溪（Hungry Creek），因为在那个地方我们什么都没得吃。

## 1805 年 9 月 19 日，刘易斯上尉记

今早日出后出发，继续沿昨天的路线也就是南偏西 20 度的方向走了大约 6 英里，山脊到了尽头。发现西南面是一大片草原，看样子向西延伸且逐渐变宽，我们喜不自胜。印第安人告诉我们，这片平原上流淌的正是我们一直在苦苦寻找的哥伦比亚河水。

离开山脊，路变得忽上忽下，我们又走了 6 英里的陡峭山路，来到一条宽约 15 码的小溪边，我们的方向是南偏西 35 度。沿溪是一条石头小道，基本上是在悬崖边上，极其危险。在很多地方，无论人还是马，万一不小心跌倒，都必然粉身碎骨。傍晚时分，弗雷泽的马不慎跌倒，连马带货物滚了近 100 码，掉进了小溪里。我们

---

[①] 9 月 14 日，队员们实在没有东西可吃，不得不先杀掉马驹吃肉，因为这样损失最小。——约翰·贝克勒斯注

第十五章　穿越落基山脉

都以为马摔死了，可是让我们惊讶不已的是，卸下货物，它居然站了起来，看样子只是受了点轻伤。20 分钟后，它再次驮起东西上路。这是我见到的最有惊无险的一幕。马滚下去的那座山几乎是垂直的，到处是怪异嶙峋的巨大岩石。

## 1805 年 9 月 19 日，刘易斯上尉记

早早出发。继续沿着饥饿溪走，在 6 英里处经过一片林中空地。在这里遇到一匹马，我让大伙儿把它杀了，早餐煮食马肉，很可口。把剩下的肉挂起来留给大部队。

## 1805 年 9 月 20 日，刘易斯上尉记

一早出发，道路和往常一样崎岖不平。翻过一座矮山，进入一条大溪的汊口。继续向下走了两英里，爬上一座陡峭的高山，自右侧离开溪流。经过一座山脊，有几条沟壑自山脊延伸下去。再走 12 英里下山，来到一片长满松树的平原上。穿过一片美丽的荒野，走了大约 3 英里，又是一片小平原，上面有很多印第安小屋。

在离小屋 1 英里的地方，我见到了 3 个印第安男孩。一看到我，他们就躲进了草丛里[①]。我翻身下马，把枪和马交给一个队员，在草丛里找到了两个男孩。我给他们几截布带，让他们回到村子去。很快，一个男人出来见我，他很警觉，把我们带到一间宽敞的屋里。他用手势告诉我，这是他们大酋长的房子，大酋长 3 天前带领部落所有斗士到西南方去打仗了，要过 15 或 18 天才能回来。村

---

[①] 队员们从落基山脉的另一侧下来，到了内兹佩尔塞人的地盘。尽管刘易斯和克拉克最初以为这个部落是友好的，但实际上这些印第安人起初策划了一场大屠杀，幸亏被一位名叫斯特雷·阿维（Stray Away）的女人劝住了。她曾经被一些善良的白人围猎者救过性命。这个说法大概是正确的，因为在可以查阅核实的其他内兹佩尔塞传说中，关于探险队的记录惊人的一致。——约翰·贝克勒斯注

里剩下不多的几个男人,更多的是女人。他们都围着我,虽然心存畏惧,却貌似开心。① 他们给了我们一点水牛肉、一些晒干的鲑鱼浆果,还有各种各样的植物根,有的是圆形,形状很像洋葱,他们叫它帕希蔻②。他们用这些做成面包和汤。他们还给了我们一些用根做成的面包,我们吃得很开心。我送了他们一些小物件当作礼物,然后跟着一个酋长去他的村子。他的村子在同一个平原上,离此处两英里。

## 1805 年 9 月 21 日,克拉克上尉记

早上晴。打发所有猎手到周围去打猎。为了不引起疑心,我随酋长稍后离开,趁此机会尽可能通过手势向他了解一些关于这条河以及沿河的情况。酋长给我大致画了个河流的航行图,说有一位比他更大的酋长在河边上钓鱼。这位大酋长名叫卷发(Twisted Hair),离他的村子有半天路程。他说河流在他的村子下面分成几汊。他比画着说,河流在下面流过很长距离,左右各经过一条河汊,进入山区。在那里,河水自岩石上落下,形成一道巨大的瀑布。瀑布附近住着白人,他们正是从白人那里买来念珠、黄铜首饰等等,给女人们佩戴。

今天,另一个部落的酋长来看我,一起吸烟。我把我的手帕、一条银色绳子还有一点烟丝送给几位酋长。我们的猎手都空手而归。我用随身不多的东西尽可能多买些补给品,如鲑鱼、面包、浆

---

① 此前 30 年之内,依然有可能进入位于加拿大纵深地带的奥吉布韦村子(Ojibway village),人们会既害怕又欢喜地欢迎来客。一般只有小孩会感到害怕——显然是既开心又好奇,不过会保持一段安全的距离。——约翰·贝克勒斯注

② pas-she-co 是一种球根状的野生植物,属于百合科,又叫卡玛什(camassia)。刘易斯上尉记录的这个名称似乎跟现代肖肖尼语的 pah-see-go 很接近。——约翰·贝克勒斯注

第十五章　穿越落基山脉

果等。派鲁本·菲尔兹和一个印第安人去见刘易斯上尉。下午 4 点钟去河边。

天黑时碰见一个男子正从河边往村子里走。我请他做我们的向导，带我们去卷发酋长的营地，我把我们一个队员的围巾给了他。晚上 11 点半，我们来到卷发酋长的营地对面，没有直接去他的营地。我们发现这个营地里有 5 个女人和 3 个孩子，而卷发酋长和另外两个人在一座小岛上宿营。我们的向导喊他，他很快就过来见我们，一眼就能看出来，他是一个开朗真诚的人。我给他送了一枚纪念章和其他东西，我们一起吸烟，直到凌晨 1 点钟才睡觉。

**1805 年 9 月 22 日，刘易斯上尉记**

我们走了大约 2.5 英里，遇上鲁本·菲尔兹。他是我们的一个猎手，克拉克上尉派他给我们送来干鱼和植物根，都是他从印第安人那里弄来的。印第安人的屋子就在前头大约 8 英里的地方。我让队伍停下来休息一会儿，把干鱼、植物根和浆果分给大家吃。有这么多东西吃，大家很解馋，我很开心。菲尔兹还打了一只乌鸦。

吃了点东西，我们继续朝着村子走，沿着正西走了 7.5 英里，下午 5 点钟来到村子里。我们穿过的地带密密麻麻全是树，大点的都是松树。除了最后的 3 英里以外，这一带都是崎岖不平的下坡路。我们成功征服落基山脉，再次来到平缓富饶的平原上，这种喜悦之情难以言表。我们有十足的理由相信，在这里可以找到维持队伍生存的东西。还有，想到探险终将成功，这种令人鼓舞的前景同样带给我们极大的喜悦。

快到村子的时候，我们发现这里有 18 间小屋，大多数女人都骑马带着孩子跑到附近的树林里了，我没有想到会是这样的情形，因为克拉克上尉已经见过他们，告诉过他们我们的友好动机，也说过我们大致会在什么时候到达。男人们倒是不怎么害怕，有几个人在离小屋不远的地方迎接我们,没有带任何武器。

## 1805年9月22日,克拉克上尉记

我骑了一匹幼马,跟着酋长和他儿子去村子那边,想着在那里就能见到刘易斯上尉。这匹马胆子小,在陡坡上连马带人蹶了3次蹄子,把我的屁股擦得够呛。后来我们在路上逮着了一匹马驹,我骑着马驹走了好几英里,直到见到酋长的马群,他逮了一匹马给我骑。日落时分到他的村子,他又带我走到第二个村子。刘易斯上尉和队伍在这里宿营,他们又累又饿,不过有了吃的东西,他们很开心。大家狼吞虎咽,我提醒他们不能吃得太多,等等。

周围的原野上站满了看热闹的人,他们在看我们这些白人,也看我们带来的东西。我们的人马又瘦又累,精疲力竭。我留下的那匹马对他们来说简直就是雪中送炭,我让鲁本·菲尔兹带给他们的东西可以说是及时雨,让刘易斯上尉和队员们很受鼓舞。刘易斯上尉丢了三匹马,其中一匹是我们向导的。印第安人还偷走了菲尔兹的子弹带、刀子、擦枪布、罗盘和火镰。这些东西是要不回来了。我们想跟他们交谈,无奈没有翻译无法沟通。我们只好用手势进行交流。我让卷发酋长画一幅营地以下的河流图,他很高兴,画在了一张白色的麋鹿皮上。

# 第十六章
## 顺流而下 奔向海岸

(1805 年 9 月 23 日—11 月 1 日)

**1805年9月23日,克拉克上尉记**

我们把几位酋长以及主要的男子叫到一起,用手势告诉他们我们来自哪里,要去哪里,我们希望在所有红皮肤印第安人之间促进和平、增进理解的良好愿望,等等。他们听了好像很开心。我们给另外两个部落的酋长送了两枚纪念章,给卷发酋长送了一面旗帜和一件衬衫,给大酋长留下一面旗帜和一块手帕,还给每人一把刀子和一块手帕,里面包了一点烟丝。发现那些印第安人今天不给我们补给品,我们决定用小东西去交换,能买到什么就买什么,例如晒干做成面包的或者生的植物根、红山楂果和鱼。我们傍晚时分起程,走了大约两英里,来到第二个村子,在这里也买了几样东西。我们的马瘦,顶多只能驮这么多东西到河边。今晚刘易斯上尉和两名队员病得很重[①],我的屁股很痛。队员们用使用过的容器换了些加工好的麋鹿皮,准备给自己做衬衫。

---

[①] 翻越落基山脉非常辛苦,大约一周后,大部分队员恢复了体力,少数队员很长时间还伴有后遗症。戛斯中士在日记中写道,克拉克上尉给大伙儿用"拉什医生的药丸"(很可能是费城医生推荐探险队携带的药物),看有没有效果。——约翰·贝克勒斯注

### 1805 年 9 月 24 日，克拉克上尉记

派 J. 考尔特返回山里找那几匹走失的马，顺道取回丢在那里的枪弹。10 点钟，我们启程前往河边，沿着我走过的路继续前行。日落时分，来到我找到卷发酋长的那座岛上，在略下面的一座大岛上宿营。酋长备了一匹很温顺的马，然而刘易斯上尉几乎骑不住。我们的几个队员身体不舒服，只好在路边躺一会儿，还有几个人不得不骑马。晚上，我给几位生病的队员服了些拉什医生的药丸。

### 1805 年 9 月 25 日，克拉克上尉记

今天很热。大多数队员身体不舒服。几位猎手 22 日离开这里，其中两位病得很重。我不在的时候，他们一共打了两头公鹿。我一大早和酋长还有两个男子出发，去找做独木舟的树木，因为我们决定走水路。我骑着一匹马沿河而下，走了 1 英里，经过一条溪流，继续沿着河流北岸来到一条河汊口，停留大约 1 小时。一个年轻队员带了渔叉，捕到 6 条鲑鱼，我们把其中的两条烤了吃。我穿过南岸的河汊口，沿南岸继续向前，大多数时候是在穿越一条狭窄的河滩。河滩里长满了松树，里面有很好的木材，可以做独木舟。

我回到营地时发现刘易斯上尉病情很严重，几个队员也一样。我给他们用了一些泻盐和酒石催吐剂。

我们决定去树木最茂盛的地方，在那里宿营。

### 1805 年 9 月 27 日，克拉克上尉记

能干得动活的人都着手造 5 条独木舟，有几个人在干活的过程中病倒了。几个猎手也生病了，空手而归。J. 考尔特回来了，只找来了一匹马。他在回来的路上打了一头鹿，把一半给了印第安人，把另一半给病号们滋补身体。刘易斯上尉病情很重，几乎所有人都

# 第十六章　顺流而下 奔向海岸

病了。我们的肖肖尼向导在忙着用燧石给自己做箭头。

### 1805 年 10 月 3 日，克拉克上尉记

所有人病情好转，都在造独木舟。从下游来看我们的几个印第安人一早就回去了，又从四面八方来了几个印第安人。

### 1805 年 10 月 7 日，克拉克上尉记

我自己感觉很不舒服。所有独木舟都下水了。我们安装好桅杆等等，然后装货启程。下午阴，继续前行，经过多处急流险滩。我乘一艘独木舟走在最前头，经过第三道急流时，独木舟裂了条缝，开始漏水。

### 1805 年 10 月 8 日，克拉克上尉记

早晨阴。因为昨晚卸了船，我们得先装好船，所以启程时已经 9 点钟了。行 16 英里，右侧过一溪流。刚过溪流，戛斯中士掌舵的独木舟差点翻了。当时，独木舟出现裂缝或者一侧裂开了，船底开始进水，船在急流中下沉。船上的人都抓着独木舟，有几个人还不会游泳。我命令卸掉一艘小独木舟上的东西，用小舟和一艘印第安人的独木舟把里面的东西转出来，再把独木舟拖到岸上。汤普森受了点轻伤，所有东西都湿了，尤其是我们采购的大部分货物。我们把每样东西都翻开晾晒，还安排两个哨兵站岗，提防印第安人。他们喜欢偷东西，已经偷过我们的好几样小东西。这些人好像特喜欢趁我们倒霉的时候帮倒忙。

### 1805 年 10 月 9 日，克拉克上尉记

我们检查独木舟，发现可以用肘板和硬东西堵塞船帮和船底的窟窿，等货物晒干，独木舟差不多就可以修好。派普拉耶中士和戛

斯中士、约瑟夫·菲尔兹和吉布森4个人修船，让其他人捡树脂。1点钟，独木舟修好了，比以前还结实，不过东西还没有干透，无法打包装船，我们又得拖一个晚上。等在这里的时间，我们的一位队员跟印第安人换鱼，为我们的行程做准备。天黑时分，我们得知老向导和他儿子不辞而别，有人看见他们沿河向上跑了几英里。我们不明白他为什么要在这个时候离开我们，他还没有拿到我们应该付给他的服务费，我们也无从得知他这样做的动机是什么。

我们要求酋长派一位骑手去叫老向导回来拿他的报酬等等。酋长说不必了，因为一旦老向导拿了报酬，当他路过他的部落时，身上的东西就会被部落的人抢个精光。

## 1805年10月10日，克拉克上尉记

我们装好船，7点钟起程。经过一座岛和一片急流，左侧过一小溪，两边是宽阔的河滩，里面长满棉柳树。

我们来到一片十分难走的浅滩，从这里上岸。我们察看好地形，两条独木舟顺利通过，第三条搁浅到了岩石上，我们费了一小时才得以通过。独木舟只是船帮裂开了点，别无大碍，一会儿就修好了。我们向当地人买了鱼和狗，午饭后继续前行。我们遇到一个印第安人，来自大瀑布一带，说他在那里见过白人，表示愿意跟我们同行。来到一条宽大的河汊口，在南面。南河汊或者说刘易斯河[①]（Lewis's River）有两条汊口，自南面汇入此河。

---

① 这些叫法不统一，一方面是因为这不是现在的名称，另一方面是因为在主流和支流的问题上，克拉克跟现代地图测绘者的观点不一致。当时他们离爱达荷州的路易斯顿（Lewiston）不远，处于清水河（The Clearwater，印第安人叫它库斯库斯基河）和斯内克河/蛇河（The Snake）的交汇处。——约翰·贝克勒斯注

斯内克河是美国太平洋西北地区的主要河流，长达1 078英里（1 735公里），是哥伦比亚河最大的支流，也是自北美流入太平洋的最大河流（https：//en.wikipedia.org/wiki/Snake_River）。——译者注

## 第十六章　顺流而下 奔向海岸

### 1805 年 10 月 11 日，克拉克上尉记

我们一早出发航行。在两英里处经过一道急流险滩，在 6 英里处看到有印第安小屋，停船吃早饭。我们买了印第安人所有的鱼，还买了 7 条狗，为下游的航程储备补给品。在这里我们看到地下有个十分有趣的屋子在冒气，屋顶有一个小窟窿，把热石头放进去，里面的人往石头上倒水，想要多少热气就倒多少水。在 9 英里处，我们经过一道急流。在 15 英里处见到一座印第安小屋，我们在这里停船，买了些植物根和 5 条狗，还有几条干鱼。午饭吃了些狗肉等等，继续行程。在两座印第安小屋附近停船宿营，这里是打鱼的好地方。在这里见到一个印第安人，他来自河口附近的部落。我们向这里的印第安人买了 3 条狗和几条鱼。今天我们经过 9 道急流，都是打鱼的好地方。看到沿河有印第安小屋和木板，地上竖着劈开的木材，都是土著人造房子用的。

### 1805 年 10 月 14 日，克拉克上尉记

早上很冷。在 2.5 英里处经过一块奇特的石头，很大，像船壳。在 6 英里和 9 英里处各经过一段急流。走了 12 英里，在一段急流的上头停住，印第安人说这里十分危险。我们察看急流，发现河流急速下降。3 艘结实的独木舟牢牢地卡在了急流的上头，我们折腾了好一阵子。在最危险的河段，有一艘独木舟撞上了一块大石头。在全长约 3 英里的急流下方，几艘独木舟终于安全着陆，实属万幸。我们在这里吃饭。3 个星期以来，我们第一次吃到蓝翅野鸭肉。

饭后再次出发，还没有走上两英里，在经过一座岛对面的一段急流时，最后面的独木舟撞上了一块光滑的石头，船体侧翻。船上的人都出来站在石头上，只有我们的一位印第安酋长游到了岸上。

独木舟进水沉了下去。几样东西漂在水上，包括队员们的铺盖、衣服、皮张，以及我和刘易斯上尉的帐篷①，等等。大部分东西被另外两艘独木舟上的人捞了起来，第三艘独木舟正在卸货，它犹如中流砥柱，站在石头上的队员们艰难地抓着它才得以获救。经过大约一个小时，我们把队员们和那艘沉下去的独木舟弄到岸上。我们丢失了一些铺盖、几把斧子、枪弹袋子、皮张、衣服等等。所有东西都湿了，我们只好把它们摊在岛上晒太阳。

我们的储备物损失严重。所有的植物根都装在那艘沉下去的独木舟里，一时半会晒不干，无法保存。火药也在那艘船里，全都湿了，不过火药我认为还有救。我们在岛上发现了一些劈好的木材，是造屋子的材料，被印第安人很隐蔽地压在石头下面。我们也发现了印第安人埋鱼干的地方。我们本来有个规矩，无论什么情况，都不能拿印第安人的一样东西，哪怕他们的木材也不能拿。不过，现在这种情况下，我们不得不违反这一规矩，拿了他们埋在这里的一部分劈好的木材当柴火，因为附近根本找不到生火的木头。

## 1805 年 10 月 16 日，克拉克上尉记

早晨凉爽。决定穿越急流。让我们的印第安向导在最前面，紧接着是我们的小独木舟，其余四艘一一紧随其后。几艘独木舟平安通过，唯有殿后的那艘在急流下方全速撞到一块石头上。已经通过的那几艘独木舟和印第安人及时施救——印第安人极其机敏。所有东西都从船里拿了出来，独木舟丝毫未损，仅仅是船里的东西全部浸湿了。在 14 英里处，我们经过一段艰险的急流，不得不把船上的东西卸下来，搬运 3/4 英里，沿途经过 4 段小急流、3 座岛屿，还要穿过一座房子的残垣。我看到南岸下面有印第安人和马匹，5

---

① 日记里用的是 lodge，就是两位领队的帐篷。——约翰·贝克勒斯注

## 第十六章　顺流而下 奔向海岸

个印第安人匆匆忙忙地沿河上来，我们和他们一起吸烟，给了他们一点烟丝，让他们带给他们的族人，然后打发他们回去。平安渡过急流，饭后走了7英里，来到这条河①与自西北流过来的哥伦比亚河的交汇处。

我们在基穆尼姆河②上短暂停留，和印第安人吸烟，他们来了很多，都是赶来看我们的③。我们在这里见到了两天前离开我们的两位酋长，他俩提前赶过来向这里的部落通报我们即将来这里，向他们说明我们对所有部落联盟的友好意愿，等等。我们也见到了几天前骑马超过我们的两个人。我们还注意到其中一位在这些印第安人中间很有影响力，对他们高谈阔论。这些印第安人是专程赶来看我们的。我们一起吸完烟，在一个地方搭建了一个营地。我看到营地附近有几块漂流木。

我们搭起营地生好火，一位酋长从他的营地赶了过来。他的营地在哥伦比亚河上游，离这里有1/4英里左右。只见他后面跟着大约200个人，一边唱歌一边击鼓打着拍子。他们在我们周围围成一个半圆，唱了好一阵子。我们给他们每个人吸烟，尽可能通过手势和他们的酋长交流，告诉他们我们对所有部落联盟的友好立场。让他们知道，看到身边这些孩子，我们无比高兴。我们给大酋长送了一枚大纪念章、一件衬衫和一块手帕，给二酋长送了一枚小纪念章，给从上面的村庄赶来的那位酋长送了一枚小纪念章和手帕。

---

① 他们目前的位置是斯内克河与哥伦比亚河的交汇处。——约翰·贝克勒斯注
② 基穆尼姆河（River Kimooenim）就是斯内克河。——约翰·贝克勒斯注
③ 白人的到来，在远近几个内兹佩尔塞村子里引起巨大轰动。到了20世纪，也许是1908年，一位女子还珍藏着她母亲带她去看这些白人那天戴过的帽子。一位名叫瓦什金（Washkin）的印第安女子——也许就是同一个女子——还记得大人把她拎在一个摇篮里，带到3英里之外去看白人。——约翰·贝克勒斯注

刘易斯与克拉克探险日记

## 1805 年 10 月 18 日，克拉克上尉记

大酋长和希姆纳珀姆部落联盟（Chimnâpum nation）的一个酋长画了一幅草图，上面画的是哥伦比亚河及其水域、生活在两岸的他这个部落联盟的不同部落以及塔佩忒特河①。塔佩忒特河在上游 18 英里处自西侧汇入哥伦比亚河。

我们觉得有必要为我们的下一段航程储备一些吃的东西。渔季已过，我们用一些不太值钱的东西，例如铃铛、顶针、编织针、黄铜丝、几枚念珠，换了 40 条狗。这些小东西让他们心满意足，喜不自胜。

万事俱备，我们带着两位酋长，沿着伟大的哥伦比亚河进发，向导和那两个年轻人没有跟我们走。年轻人是不想继续走了，而向导对我们没有多大用处，因为他不了解下游的河情。

经过 4 座岛。其中第三座岛的上端是一段急流，岛上有两个印第安小屋，印第安人正在晒鱼。第四座岛上有 9 个大屋子，他们在架子上晒鱼。在这里，我们听到有人喊我们停船上岸。由于已近黄昏，又看不到木材，我们继续航行大约两英里，来到一片柳树林的下面，看到这里有一块浮木。我们在左侧宿营。

我们一上岸，那位年长的酋长就告诉我们，说刚才我们经过的那个大营地"是这一带所有部落第一大酋长的营舍，他喊我们上岸在他那里度过一个晚上，他有很多木材可以给我们用"。如果当时我们听懂了他的意思，我们何乐而不为呢，特别是我们现在需要用干树枝生火做饭。我们让几位老酋长沿岸去拜访大酋长，请他下来到我们营地过夜。晚些时候，大酋长在 20 个男子的陪同下过来，在我们营地不远处宿营。他带来了一大篮子捣碎的浆果，作为礼物送到我们营地。

---

① 塔佩忒特河（The Tâpetett River）又称雅基玛河（The Yakima River）。——译者注

· 276 ·

## 第十六章　顺流而下　奔向海岸

### 1805 年 10 月 19 日，克拉克上尉记

耶勒皮特大酋长（Great Chief Yelleppit）和其他两位酋长，还有下游另一个部落的酋长一大早就来见我们。我们和他们一起吸烟，就像我们先前跟其他部落交流的一样，极尽所能地用手势告诉他们，我们对于我们的红肤色子民——尤其是那些愿意听我们建议的人，怀抱着多么良好的愿望。我们给耶勒皮特酋长送了一枚纪念章、一块手帕和一串贝壳念珠，也给其他几位酋长每人送了一串贝壳念珠。耶勒皮特是一位粗犷英俊的印第安人，器宇轩昂，35 岁上下。

我们早上 9 点钟出发前，大批印第安人乘独木舟来看我们。我们来到一段非常湍急的急流头上。河道紧靠对岸的下面，我们觉得有必要减轻独木舟的载重量，于是我决定沿左岸步行，跟我一起的还有两位酋长、翻译和他的妻子。我指挥着独木舟沿右侧向下航行，到达急流的尾端，全长约两英里。

我让印第安酋长和几个人先下去，我自己爬上高出河面大约 200 英尺的悬崖。从崖顶望去，眼前是一片平缓的平原，顺河延伸到远方，远处有一座积雪覆盖的高山。这一定是乔治·温哥华船长从哥伦比亚河口看到并记载的山峰之一，从它自东向西的走向看，我感觉这就是圣海伦斯山[①]。这是长约 120 英里的山系，与西南方

---

[①] 皇家海军船长乔治·温哥华（Captain George Vancouver）在西海岸探险期间并没有发现哥伦比亚河，却遇到了由罗伯特·格雷船长（Captain Robert Gray）指挥的美国哥伦比亚号轮船（Columbia），格雷船长刚刚发现哥伦比亚河。从格雷船长那里得知这一发现后，温哥华船长派遣海军上尉威廉·布劳顿（William Broughton）乘皇家军舰查塔姆（Chatham），根据格雷船长送给他的一幅航海草图上行了 119 英里。克拉克上尉看到的实际上是亚当斯山（Mt. Adams），不是圣海伦斯山（Mt. St. Helens）。

在这则日记里，克拉克上尉省去了他在第一稿里写的这些文字："克鲁萨特拉着小提琴，让这些家伙大为开心和惊讶。"小提琴一路颠簸了这么长的路程，状态肯定不是太好。——约翰·贝克勒斯注

向一座积雪覆盖的圆锥形山峰相交。

我注意到下游对岸远处有很多间小屋，几个印第安人正往刘易斯上尉和几艘独木舟所在的地方走，其他人几乎就在我对面的圆形小山丘上，他们在那里停留片刻，随即飞快地跑回小屋。我担心这些人可能还没有听说我们来到这里的消息，我于是决定和身边的3个人乘小独木舟去他们的小屋那边。快到他们小屋那里，我一个人都没见到。远处的平原上有3个男子，我刚一走近河岸，他们就躲开了。

我在5间彼此靠近的棚屋前面上岸，没有见到一个人。棚屋的入口或者门都紧闭着，堵在门口的是一个草垫，跟修建棚屋的材料一样。我手里拿着烟斗，走进最近的一间棚屋，看到里面有32个人——男人、女人，还有几个孩子。他们散乱地坐在那里，极度焦虑，有的人哭着，不停地搓着手，其他人垂着头。我用手拍了拍每一个人，用手势表达我们的善意，给男人们吸烟，掏出随身所带的小东西分给大伙儿，这样大大地缓解了他们的痛苦。然后，我打发一个人到每间棚屋里去打招呼，我自己走进第二间棚屋，发现这里的人比第一间棚屋里的人更紧张。我给他们一些小东西，和男人们一起吸烟。

这之后，我走进第三、第四、第五间棚屋，里面的人略微安静些。焦伊列德和菲尔兹兄弟俩想尽一切办法，把我们的友好心愿告诉他们。随后，我坐在一块大石头上，示意男人们过来和我一起吸烟，可是没有一个人出来。直到后来我们的独木舟都到了，两位酋长来了，其中一位酋长大声喊他们——在我们经过的所有部落中，都是这样的风俗——印第安人这才出来坐在我旁边吸烟。他们说我们是从天上来的神，不是人，等等。

这时候，刘易斯上尉随几条独木舟下来了，里面坐着印第安人。他们一见到翻译的妻子，就把她指给那些从见到我开始就一直

第十六章　顺流而下 奔向海岸

待在那里的人看。这些人这才立刻走出屋子，好像是获得新生似的。他们看到这位翻译的妻子，才相信我们的友好动机，因为他们知道在这一带从不会有女人跟着一群打仗的人闯荡。刘易斯上尉过来，我们和印第安人非常友好地吸烟。我们的一位老酋长告诉他们，我们是什么人，来自哪里，要去哪里，说我们有多么友好。

在5间棚屋下面，我们经过一道急流和15间棚屋，在左岸下方的一座岛下面宿营，几乎正对着河中央一座岛上的24间棚屋，也正对着主河道的右岸。我们在有几棵柳树的地方刚一上岸，就有大约100个印第安人从这些棚屋里过来，有人给我们送来木柴。我们一起吸烟，我们的两个队员彼得·克鲁萨特和吉布森还给他们拉小提琴，他们十分开心。

### 1805年10月21日，克拉克上尉记

我们的一个队员约翰·考林斯给我们一些很好喝的啤酒，是用帕什蔻卡玛什面包（pa-shi-co-quar-mash）[①]做成的，这也是我们最后的一点储备物。这些植物根还是我们在库斯库斯基河第一次遇见平头人（Flatheads）或者肖帕尼什人（Chopunnish）[②]时收集的，由于常常潮湿，才发酵变酸有了啤酒味儿。

### 1805年10月23日，克拉克上尉记

我和大多数队员乘独木舟从瀑布上头过河到左岸，再拉着独木

---

[①] 这是一种根啤。帕什蔻卡玛什是一种可食用的未知植物的根。——约翰·贝克勒斯注

[②] 克拉克在这里有点混淆，其实也不足为奇，因为这些部落的名字本身就很容易混淆。用现代术语来说，所谓平头人就是萨利希人（Salish），不过他们并不像其他部落那样剃成平头。肖帕尼什人实际上就是内兹佩尔塞人，他们大部分居住在美国爱达荷州。——约翰·贝克勒斯注

舟走了457码，这里绝对最适合搬运独木舟。然后，我沿着一条狭窄的渠道顺流而下，渠道宽约150码，在1英里的流程中形成半圆状，流到一处约8英尺宽的斜坡上，被两块巨石分开。

在这里我们用结实的麋鹿皮绳把独木舟放下去，麋鹿皮绳是专门为此制作的。在这个过程中皮绳断了，一条独木舟被水冲走，幸好被下面的印第安人给拦住了。下午3点钟，所有独木舟平安到达瀑布下面的营地，顺利通过险关。我们几乎全身爬满了跳蚤，因为我们开始搬运的地方不久前有印第安人宿营过，那一带的干草和鱼皮上到处都是跳蚤。在搬运独木舟的过程中，队员们不得不光着身子，这样才能把跳到腿上、身上的跳蚤抹下去。

瀑布下面的河里有大量水獭，我今天还在一条窄渠里打了一只水獭，可惜没有拿到。许多印第安人从上游和下游赶来看我们。

我们买了8条小肥狗。当地人不愿意把鱼卖给我们，我们不得不以狗肉为食。大部分队员已经喜欢上狗肉了，因为过去一段时间常吃。

### 1805年10月24日，克拉克上尉记

两位老酋长想从这里离队返回他们的部落，理由是他们现在派不上用场了，因为瀑布以下就超出他们部落联盟的边界了。只要不出边界，词汇的差别不是很大；出了边界，那里的语言他们不通。再说下游那个部落联盟曾对他们心怀敌意，肯定会杀死他们，关键是他们一直处于交战状态。我们要求他们再留两个晚上，等我们见到下游这个部落联盟的人，帮助他们和好。他们回答说，他们想回去看"我们的马"。我们一再坚持他们多待两个晚上，他们才勉强同意了。我们的想法是让两位酋长跟我们待在一起，陪我们通过下面的瀑布，因为我们了解到瀑布就在下面不远处，而且非常难通过。至少他们可以告诉我们，那里的土著人的意图和想法是什么。

## 第十六章 顺流而下 奔向海岸

如有可能，我们会帮助这两个部落联盟实现和平。

上午 9 点钟，我和队员们出发，顺着宽约 400 码的一段急流下行。在 2.5 英里处，河面变宽，自右侧流入一大片盆地，盆地上有 5 间印第安棚屋。这里赫然冒出一块巨大的黑色岩石，高大陡峭，正好扼住了河流，看不到河水流往哪里，只感觉水流似乎是被快速地"吸"到岩石左侧，发出雷鸣般的咆哮声。

我从棚屋那里上岸，几个当地人跟着我从右侧登到岩石顶部，从那里一眼可以看出下面几英里的河段有多么难走。只见河水被挤进两块岩石之间的通道，宽不过 45 码，1/4 英里后变宽，有 200 码，继续延伸大约两英里，再次被岩石挡住了去路。正因为河流为巨石所阻，所以我们刚才经过的瀑布那里洪流才会那么高。无论哪个季节，河水都得流过这个 45 码宽的狭窄通道。以我们的力量，我们不可能把几条独木舟从大石头上面搬运过去，穿过那些狭窄的水道似乎更为可行，而唯一的危险就是河水被挤压之后迸发出很多漩涡和涌浪。我和我们的第一水手彼得·克鲁萨特认为，只要掌好舵，应该可以安全通过。因此，我决定穿过这个通道，尽管窄道汹涌澎湃，到处都是奔涌的巨浪和沸腾的漩涡，看上去十分可怕。从岩石顶部看，还不算太危险，置身其中才知道有多么可怕。然而，我们平安通过了，那些印第安人站在岩石顶上看着，惊叹不已。

通过这块巨大的岩石之后，我们又经过一个棚屋，然后在右侧靠岸暂停，察看一段非常难走的河段：河流被两座石岛分开，其中较低的那块岩石不仅大，而且正好卡在河中间。这段非常难走，我让不会游泳的人带着最珍贵的东西，例如文件、枪和弹药等等，走陆路，其余的人划着独木舟下行——一次两条——来到一个有 20 间木屋的村子。村子坐落在右侧一个很大的弯道里，村子的下面是一块崎岖的黑色岩石，高出正常水位大约 20 英尺。几条干涸的河道好像把河流紧紧扼住，几乎延伸到对岸。我以为这是第二道瀑布，或者就是上游那些土著人称为蒂姆（timm）的地方。

村里的人很热情地接待我，有一个人邀请我到他的屋子里，屋子又大又宽敞。自从在伊利诺伊一带见过木屋，这还是我第一次见到印第安人住的木屋。我派几个游泳高手回到我们经过的急流那里，把我们的两条独木舟带回来，我自己和两个队员沿河向下走了3英里察看河况。返回村子的途中，我穿过一片乱石嶙峋的开阔地，到处是臭鼬。到了村子里，我见到刘易斯上尉、跟随我们的两位老酋长，还有全体队员，大家都平安到达了。

## 1805年10月25日，克拉克上尉记

印第安人指着狭窄的河道说，那里最难通过。我和刘易斯上尉下去察看，发现确实险象环生，寸步难行。然而我们的独木舟太大，搬运1英里很不现实，所以我们决定搬运最贵重的东西，把独木舟顺着窄道弄过去。于是，我们回来把队伍分成几组行动：有的负责独木舟，有的负责把储备物搬运到大漩涡下面的一个地点，我和其他几个人沿通道拴上绳索，万一有人过不去，我们就把绳子抛给他。很多印第安人站在石头上看着我们穿越下面的通道。头三艘独木舟顺利通过，第四艘几乎进满了水，最后一艘进了点水。这样，我们平安通过了令我担心不已的通道，我十分欣慰，非常开心。

我们装好独木舟再次启程。走了不到两英里，先前不幸进水的那艘独木舟又撞到石头上，随时都有可能沉没，十分危急。这个通道流经一块坚硬粗糙的黑色岩石，宽约50～100码，汹涌翻腾，咆哮如雷。印第安人告诉我，那里是抓鲑鱼的好地方。再行1英里，穿过右侧的一片低洼盆地。此后河面变窄，中间被一块石头分开。河水和缓了许多。

在这里，我们碰上了我们的两位酋长，他们到下面的一个村子

## 第十六章　顺流而下 奔向海岸

吸烟联络了一下感情。就在这里，两位酋长又碰上了上面一个村子的酋长和他的队伍，他们打猎回来，骑马经过这一带。我们上岸和这位酋长吸烟。他身子壮实，和颜悦色，年纪 50 岁上下，上身戎装，戴着帽子，打着裹腿，穿着鹿皮靴。他给了我们一点肉——他自己的也不多——并告诉我们，他在路上遇到了一支来自东南面大河的斯内克印第安队伍，和他们打了一仗。那条大河在前头几英里的地方汇入哥伦比亚河。我们给这位酋长送了一枚纪念章等。我们吸烟告别了我们的两位忠实的酋长朋友，他们从哥伦比亚河头一直陪伴着我们走了这么远。

# 第十七章
## 凝望太平洋

(1805年11月2日—12月10日)

### 1805年11月2日，克拉克上尉记

仔细察看下面的急流，非常危险，满载的独木舟难以通过。于是，我让所有不会游泳的人搬运东西，我跟着他们一起走到转运线的终点。在那里我一直等到每件东西都搬运过来，所有独木舟都安全到达。

### 1805年11月3日，克拉克上尉记

距流沙河（Quicksand River）河口约47英里，南偏东85度方向有一座山，属于我们经过的山系，我们以为是胡德山（Mt. Hood）。山上积雪，山呈锥形，崎岖不平。

我们在河口吃饭，然后继续前进。

### 1805年11月4日，克拉克上尉记

从上面的印第安村子那里来了几艘独木舟，我估计是为了友好访问我们，他们才特意穿戴打扮。他们有裹着猩红色和蓝色毯子的，有穿水手夹克的，有着罩衣的，有穿衬衫戴帽子的，完全不同于他们平时的着装。大多数人带着战斧、长矛或弓箭、箭袋、火枪

或手枪，还有装火药的锡瓶。这些人傲慢乖张，不过我们还是与他们一起吸烟，细心友好地接待他们。

我们吃饭的时候，有人偷走了我的烟斗战斧①，刚才他们还在用它吸烟呢。我立即搜查每个人和独木舟，没有找到。就在我搜寻的同时，又一个恶棍偷走了我们一位口译的卡波特（capote）［大衣］。我们在离他们坐的地方不远处找到了大衣，被塞在了树根下面。我们大为不悦，他们也看出来了，还算识趣，启程返回村子，丢下了来时乘坐的两艘独木舟。

我们继续前进。

### 1805 年 11 月 6 日，克拉克上尉记

我们赶上印第安人的两艘独木舟，他们准备到下面去做生意。其中一个印第安人会讲几句英语，说他们的主要贸易伙伴是海利先生（Mr. Haley），他的独木舟里就有一个海利先生喜欢的女人，等等。他给我们看了一把铁弓和一些其他东西，说都是海利先生送给他的。我们停好船，在这座长岛上用餐。发现树林里灌木丛生，猎手们无法进去打猎。

### 1805 年 11 月 7 日，克拉克上尉记

在右侧一座高山脚下安营，正对面有一块岩石，离河岸约半英里，高约 50 英尺，直径约 20 英尺。我们好不容易找到一块没有潮汐的地方，大小可以躺一个人。唯一能够找到的地方就是圆石头，上面可以放得下床垫。中雨下了一整天，两个印第安人从前一个村庄就一直跟着我们。他们想偷我们的一把刀，被发现后回去了。

---

① 烟斗战斧的斧柄中空，斧刃的另一端有个烟锅，既可以当武器，也可以当营地斧头，还可以当烟斗。——约翰·贝克勒斯注

## 第十七章 凝望太平洋

今早大雾,我们的一条小独木舟和大部队走散,直到傍晚时分才从左侧高山下面的一座大岛附近驶过来和我们会合。河太宽,看不清左侧岛屿的形状、样子或大小。

营地充满欢乐。我们能看到海洋——伟大的太平洋,我们魂牵梦萦渴望看到它。能够清楚地听到海浪拍打(我猜测是)石岸的咆哮声①。

### 1805 年 11 月 8 日,克拉克上尉记

我们利用一次退潮的机会,赶到右侧第二个点上。这里涌浪太高,我们感觉不宜继续前行,于是上岸卸货,把独木舟停好。雨断断续续下了一天,我们浑身湿透,心情烦躁,一连几天都这样。形势对我们非常不利,因为找不到平缓的地形安营,甚至无法将行李放在潮汐够不着的地方。陡峭的高山紧逼身后,我们根本无法后退,河水太咸无法饮用。除此之外,浪潮越来越高,我们无法离开这个地方。如此情形,我们不得不在浪潮上宿营,用原木搁高行李。我们不能确定来这里贸易或从这里收集货物的白人是否就驻扎在河口一带,或者在固定的时间到这一带运送货物,等等。我相信极有可能是后一种情况。今晚独木舟在水里剧烈摇晃,几个队员晕船。

### 1805 年 11 月 9 日,克拉克上尉记

昨晚浪很猛,我们被迫卸下所有独木舟上的东西,有一艘还没有来得及卸货,就被回流的涌浪击沉,其他几艘都卸了货。有 3 艘刚卸货,一阵浪头拍击附近的河岸,回流冲进了独木舟里。今天前

---

① 假如斯韦茨(Thwaites)判断正确的话,从这里不可能看到太平洋。探险队看到的有可能是一个河口,有 15 英里宽,很容易被当成太平洋。——约翰·贝克勒斯注

半天大雨，河水水位持续上涨，一直到下午 2 点。涨潮引发涌浪，再加上猛烈的南风，卷起岸上茂密的漂移树木，把它们抛来抛去，独木舟的处境异常危险。我们十分卖力，异常细心，也无法确保独木舟不会被那些大树挤碎，很多大树有 200 英尺长，4 英尺粗。

### 1805 年 11 月 10 日，克拉克上尉记

昨晚大雨，下了大半夜，今天早上还在下。等风平浪静后，我们装好独木舟继续前行。右侧经过几个又小又深的河湾，前行大约 10 英里，见到大量海鸥。刮起了西北风，风大浪急，我们被迫返回大约两英里，在一条小溪口找到一个河湾，把独木舟里的东西卸到一堆漂浮木上，一直在那里等着水位下降。等河水看似平静以后，我们再次装货出发，可是随即又不得不返回，因为浪潮太高，独木舟无法前行。我们再次卸船，把货物堆在一块高出水面的岩石上面，在漂移木上面搭建营地。这似乎是我们唯一能找到的避风的地方，因为附近的山大约有 500 英尺高，要么是垂直的峭壁，要么是骤升的山坡。我们把独木舟尽可能放好。雨下了一整天，不仅我们全身湿透，而且被褥和许多其他东西也湿了，大家都忙着晾毯子。除了从大瀑布那里带来的研碎的干鱼末，我们再没有别的东西可吃。今天航行了 10 英里。

### 1805 年 11 月 12 日，克拉克上尉记

我们的处境很危险。我们利用一次低潮的机会，把营地转移到小溪口一小块低洼的湿地上，因为湿地被遮掩在密密麻麻的漂浮木和灌木后面，我们刚来的时候没有看到。我们的情况令人沮丧——人又湿又冷，床上用品都湿了（队员们的一半床上用品都是用长袍充当的，长袍腐烂了，又没有东西可以替换），河滩潮湿窄小，几乎容纳不下我们，我们的行李却在半英里以外，我们的独木舟任由

## 第十七章　凝望太平洋

大浪摆布，尽管我们把它们置放在了尽可能安全的地方——沉到了水下。我们用大石头压着船底，以防巨浪把它们摔到岩石上撞碎。昨晚一艘独木舟就被大浪冲到下面不远处的一块石头上，船底裂了条缝，其他的倒是没有损毁。幸运的是，队员们健康无恙。

### 1805 年 11 月 14 日，克拉克上尉记

刘易斯上尉决定沿着陆路去下面找印第安人所说的那些白人——如果可能的话，察看河口附近是不是有如温哥华船长所描写的海湾。如果有白人贸易商，希望在那里能找到他们。3 点钟，他带着焦伊列德、菲尔兹兄弟俩和弗雷泽 4 个人，乘着我们的一艘大独木舟出发，另外 5 个人在沙滩上协助他们启程。天黑的时候，刘易斯上尉和小分队乘独木舟平安返回沙滩，途中由于水浪拍打，独木舟几乎装满了水。整天下雨，所有东西都湿了。

### 1805 年 11 月 15 日，克拉克上尉记

山侬告诉我，他在离这里大约 10 英里的印第安小屋碰到了刘易斯上尉，上尉让他回来见我。他还告诉我，印第安人小偷小摸，前一天晚上偷走了他和威勒德枕在头底下的步枪〔他们吓唬这几个印第安人，说他们上面有一大帮人，刘易斯上尉一到，证实山侬说的是实话〕；他说他们准备返回，在沙滩上没走多远，就碰上了刘易斯上尉。刘易斯上尉犹如及时雨，震慑了这些印第安人，所以他们即刻交出了枪。

我告诉跟着山侬一起来的那几个印第安人，不要靠近我们，假如他们中间有人偷我们的东西，我就毙了他。这话他们听明白了。

### 1805 年 11 月 17 日，克拉克上尉记

刘易斯上尉横穿哈利海湾（Haley Bay），到达失望角（Cape

Disappointment），沿海岸向北航行一段距离，然后返回营地。几个切努克印第安人（Chinook Indians）跟着他来到营地，还有一艘独木舟，里面载着植物根和草垫等等，准备卖给我们。

**1805 年 11 月 19 日，哥伦比亚河与大南海（The Great South Sea）或者太平洋交汇处的失望角，克拉克上尉记**

一大早起来，身上盖的毯子全湿了，因为昨晚后半夜下了一会儿阵雨。我派两个队员先行，让他们沿岸打些猎物给我们当早餐吃，我自己半小时后再去追赶他们。我晾了一会儿毯子，然后出发，靠近海岸前行。根据海岸的方向判断，向前大约 8～10 英里，海湾两岸的距离应该不会太远。我走了大约 3 英里，赶上两个猎手。他们打了一头小鹿，我们当早点吃了。开始下中雨，一直下到 11 点钟。

我们用棍子挑着鹿肉烧烤，美餐一顿后，沿着失望角北偏西 20 度的路线继续穿越高山陡凹。直行大约 5 英里，来到一片沙岸的开端。沙岸自山顶沿北偏西 10 度的方向延伸到一块高地，长约 20 英里。我自作主张，以我的特殊朋友刘易斯的名字为这个地方命名。

**1805 年 11 月 20 日，克拉克上尉记**

见到好多切努克印第安人，他们跟着刘易斯上尉。他们有两位酋长，康姆康姆莫里（Comcommoly）和奇勒拉威尔（Chillarlawil）。我们给两位酋长送了纪念章，还给其中一位送了一面旗帜。一个印第安人穿着一件用两张水獭皮缝制的皮袍，我从没见过这么漂亮的皮毛。我和刘易斯上尉想用几样东西交换，最终用一串蓝色珠子换到手。珠子是沙博诺的妻子萨卡戛维娅腰上佩戴的。

# 第十七章　凝望太平洋

### 1805 年 11 月 21 日，克拉克上尉记

一位切努克酋长的老年妻子带着 6 个年轻的印第安女子——她的女儿和侄女，来到我们营地附近安顿下来。我估计她是为了满足我们队员们的欲望，以欢愉换取一些她认为是受之无愧的小礼物。

这些人似乎把肉体欢愉看作必要之恶，不会把未婚性行为看作十恶不赦。年轻女性喜欢我们小伙子给予的各种殷勤，获得小伙子们的喜爱和友谊似乎能为她们赢得朋友真诚的赞赏。切努克女性长相好看，但是身材不高，大腿粗壮，双脚娇小，脚踝骨以上紧紧地缠着一串串珠子或者稀奇古怪的线绳，影响血液循环，因此小腿和大腿肿胀。她们的腿上刺着各种图案。我看到一个女子左胳膊上刺有这样几个字母：J. Bowman。这一带的土著人都觉得这种文身是十分好看的点缀。

### 1805 年 11 月 22［23］日，克拉克上尉记

刘易斯上尉在一棵树上刻了自己的名字和日期等，我也在一棵桤树上刻了我的名字和年月日，队员们都在底下刻了他们姓名的首字母。今天猎手们打了 3 只公鹿、4 只黑雁和 3 只鸭子。

晚上，克拉特索普部落联盟（Clatsop nation）的 7 个印第安人乘坐一艘独木舟过来。他们拿来两张海獭皮，要换我们的蓝珠等等。但是他们要价太高，我们谈不拢，除非我们愿意减少本已十分寒碜的储备物，那是我们沿河返回旅途中必不可少的。我试探其中的一个，看他是否愿意把他的海獭皮卖给我。我提出用我的手表、手帕、一串红色珠子外加 1 美元硬币，他都拒绝了，他只要缇阿克莫沙克（ti-â-co-mo-shack），也就是"酋长珠子"，还有普通的珠子，可惜我们手头没几颗这样的珠子。

· 293 ·

## 1805年11月29日，刘易斯上尉记

风太大，队伍无法乘独木舟航行。因此，我决定沿东岸往下走，寻找冬营的地点，于是一早就带着5个队员乘小独木舟出发。

## 1805年12月3日，克拉克上尉记

半岛上有一棵大松树，我在上面刻下我的名字和年月日：

> 威廉姆·克拉克上尉1805年12月3日。陆路。
> 美国1804—1805

萨卡戛维娅从两根麋鹿踝骨里取出骨髓，然后把骨头打破炖汤，又熬了1品脱的油脂。普拉耶中士和吉布森半夜返回，告诉我说他们外出大部分时间迷路。他俩打了6头麋鹿，取出内脏后，把尸体留在了原地。

## 1805年12月7日，克拉克上尉记

我们8点钟出发，去刘易斯上尉在下游找到的冬营地点。我们停下来在一个海湾口用餐，然后继续沿海湾朝东南方向前行，顺着一条小溪上行8英里，来到一处高地，在这里宿营。我们提议就在这里搭建营地过冬。我们判断这个地方位于一个猎场的中心。

## 1805年12月8日，克拉克上尉记

我们把这里确定为最理想的冬营地点，我决定尽可能沿着直线前往海岸。我们甚至都能听到海水的咆哮声，好像离我们不远。我的主要目的是找到一个可以制盐的地方，并且开辟一条路线。有了这样一条路线，假如我们的人阴天出去打猎时迷了路，他们就可以返回营地。我的另一个目的就是看那个方向有没有猎物，能不能保

# 第十七章　凝望太平洋

证我们派去制盐的人不会挨饿。

## 1805 年 12 月 9 日，克拉克上尉记

我动身向西，穿过 3 片沼泽地，来到一条小河边。遇到 3 个印第安人，他们拿着新鲜的鲑鱼。他们用手势告诉我，海岸前面不远处有一个镇子，邀请我去那里看看。他们的独木舟就藏在小河里，我们坐独木舟过了河，其中两个人用肩膀抬着独木舟走了大约 1/4 英里，来到第二条小河边。我们穿过这条小河，来到小河口，这是个很大的弯道。在小河口上面，也就是它的南面，有 3 座房子，住着 12 家克拉特索普人。我们过河来到 3 座房子跟前。

他们极其友好地接待我。我刚一进屋，一个男子就走到我跟前，拿出新垫子让我坐，给我鱼、浆果、植物根等。其他几家的男人都过来跟我一起吸烟。晚上，一位老妇端来一个浅色的角状容器，里面盛着用干浆果做成的糖浆。土著人把这种干浆果叫作什勒威尔（shele-well）。他们给我喝一种汤，是用什勒威尔浆果拌上植物根做成的，盛在灵巧好看的木制食盘子里。

看到我想睡觉了，那位名叫库斯卡拉（Cuscalah）的好客男子又拿出两个新垫子，铺在靠近火的地方，让他妻子去他的床上睡觉，这等于是提醒大家该睡觉了。我在垫子上没睡多久，就被跳蚤咬醒了。跳蚤一晚上不停地围攻我。

## 1805 年 12 月 10 日，克拉克上尉记

一个印第安人指着下面不远处小溪里的一群黑雁，要我给他打一只。我拿出短来复枪，在大约 40 码的距离打死了两只。我回到房子那里，离我大约 30 步的地方有两只小鸭子，挤在一起。印第安人指着鸭子，我瞄准开枪，碰巧把其中一只的头打掉了。他们把这只鸭子和两只黑雁拿到房子里，大家都来看鸭子和枪，端详枪弹

的大小，枪弹重约 1/100 磅，用他们自己的语言说："Clouch musket，wake，com-ma-tax，musket，Kloshe musket，wake kumtuks musket。"意思是"一杆好火枪，不懂这种火枪"等等。我又回到昨晚睡觉的那个屋子，他们随即把他们最好的植物根、鱼和糖浆摆到我面前。我想用衣袋里的红色珠子买一小张海獭皮，他们不愿意，其他任何颜色的珠子都没有蓝色或白色的值钱。我用小鱼钩换了一点浆果面包和植物根，他们好像挺开心的。

## 第十八章
## 克拉特索普堡

(1805 年 12 月 12 日—1806 年 3 月 17 日)

### 1805年12月12日,克拉克上尉记

所有人都忙着砍木材搭建过冬的木屋。派了两个人劈木板。雨断断续续的,昨晚下了一整夜,今天也没停。跳蚤很烦人,我整夜没睡个安稳觉。这些家伙很讨厌,钻到衣袍和毯子里很难清理出去。

傍晚来了两独木舟的克拉特索普人,他们带来瓦帕柁[①]和一种他们叫杉纳塔格的黑色甜根,还有一张小海獭皮。我们用几个鱼钩和一小袋印第安烟草买下了这些东西。那烟草还是斯内克印第安人送给我们的。

这几个印第安人挺客气友好。他们的主要酋长名叫考尼奥(Connyau),又叫考莫沃尔(Commowol),我们给他送了一枚纪念章,尽可能热情接待他的随从。我一眼就看出,这些克拉特索普人特精明,做生意锱铢必较,如果他们觉得自己占不到便宜,那么绝不成交。他们很看重蓝色珠子,白色珠子也喜欢,而其他颜色的

---

① 瓦帕柁(wappato)是一种可以食用的宽叶慈姑(sagittaria latifolia),又叫arrowhead,就是慈姑。杉纳塔格(shanataque)是一种名叫cnicus edulis的蓟的根。——约翰·贝克勒斯注

珠子他们就不怎么待见。

### 1805年12月24日，克拉克上尉记

库斯卡拉——就是在克拉特索普村很友好地接待过我的那个印第安人，带着他弟弟和两个印第安女子乘独木舟上来。他在刘易斯上尉和我面前各放了一块垫子和一包植物根。到了晚上，他要我们给他两把锉刀，换他的那些垫子和根。因为我们没有锉刀，我们就把收到的礼物退还给他，库斯卡拉有点不高兴。他又给我们两个一人一个女人，我们也婉拒了。这让全体队员十分不满，那两个女子也因为我们拒绝了她们的好意而十分恼火。

### 1805年12月25日，圣诞节，克拉克上尉记

今早黎明时分，我们被队伍鸣枪、敬礼、喊叫和唱歌的声音吵醒，队员们在我们的窗子下面举行仪式之后，又回到自己的屋子。一上午心情舒畅。早饭后，我们把仅有的12棒烟草的一半分给那些吸烟的队员，给不吸烟的队员每人送了一块手帕作为礼物。印第安人傍晚走了，所有队员都舒舒服服地待在自己的小屋里。我收到了刘易斯上尉送给我的礼物——一件羊毛织的衬衫、内裤和袜子、怀特豪斯的一双鹿皮靴、古德里奇的一个印第安小篮子、萨卡戛维娅的两打白鼬鼠尾巴，还有印第安人离开前留下的黑色植物根。焦伊列德告诉我，他今天看到一条蛇从路上爬过。今天阵雨、潮湿，天气不好。

假如有东西可以提升士气或者满足我们的胃口，我们肯定会大吃大喝庆祝基督圣诞。然而，我们只能吃麋鹿肉、一点馊鱼肉末和几个植物根。吃麋鹿肉纯粹是为了充饥，因为很不新鲜。

### 1805年12月28日，克拉克上尉记

派焦伊列德、山侬、拉比什、鲁本·菲尔兹和考林斯出去打

第十八章　克拉特索普堡

猎，让约瑟夫·菲尔兹、布兰顿、吉布森去海岸寻找适合宿营的地点，用我们最大的 5 个盐罐制盐，让威勒德和瓦瑟帮他们搬运盐罐子。其余所有人打桩围营，修建营门。我的奴隶约克严重感冒，再加上他从树林那边背肉、抬木材建工事等，身体非常不舒服。

### 1805 年 12 月 30 日，克拉克上尉记

营地傍晚竣工。日落时分，我们告诉土著人，我们今后的规矩就是日落前关闭营门，所有印第安人必须离开营地，第二天日出时营门打开，他们才可以来我们营地。

### 1805 年 12 月 31 日，克拉克上尉记

上次几个克拉特索普人来访问我们，他们中间有一个年轻人，他的肤色比一般印第安人的亮得多，脸上有雀斑，红色长发，大约 25 岁。他肯定至少有一半白人血统，好像比他身边的印第安人更能听懂英语，可是一句英语也不会讲，凡是印第安人的生活习惯他都有。

### 1806 年 1 月 1 日，克拉特索普堡，刘易斯上尉记

今天一大早被一阵枪声吵醒，是队伍在鸣枪迎接新年。我们只能以这种方式庆祝新年。虽然今天的伙食比圣诞节那天的好些，但大家主要还是期待着 1807 年 1 月 1 日能够和朋友们一起享受欢乐和幸福。彼时我们会回想起今天的情景，全身心地享用文明之手为我们烹制的美餐。眼下能吃到煮麋鹿肉和瓦帕栌，用我们唯一的饮料——纯水解渴，我们已经心满意足。今早出去的两个猎手傍晚回来，他们打了两只公麋鹿。他们给我和克拉克上尉一人一份髓骨和舌头，我们当晚餐享用了。

上月 28 日派威勒德和瓦瑟去协助几位队员制盐，叮嘱他们立

• 301 •

即返回。可是两个人还没有回来，我们心里惴惴不安，担心他们很可能是迷路了。

### 1806年1月3日，刘易斯上尉记

出于生存的需要，有一段时间我们不得不吃狗肉，现在竟然非常喜欢狗肉。值得一提的是，当我们以狗肉为生的时候，比吃不到水牛肉的那段日子更健康、更强壮、更结实。就我本人而言，我绝对喜欢上了狗肉，我认为狗肉是一种可口的食物，跟精瘦的鹿肉或者麋鹿肉相比，我绝对更喜欢狗肉。

### 1806年1月5日，克拉克上尉记

下午5点钟，威勒德和瓦瑟回来了。不像我们猜想的那样，他们并没有迷路。他们说，直到离开克拉特索普堡的第五天，他们才找到适合制盐的地方，终于在我们西南方向15英里的海岸上安营，靠近几家克拉特索普和提拉穆克（Tillamook）人的房子；那里的印第安人非常友好，给他们很多鲸脂——鲸鱼因为搁浅死在他们东南面的海岸上，离他们那里有点路程。鲸脂呈白色，有点像猪肉脂肪，不过质地更松软更粗糙。我们煮了一点，发现细嫩可口，味道像河狸肉。

他们还说在他俩的协助下，几位制盐队员搭建了舒适的营地，打了1头麋鹿和7头鹿，储存了许多肉。他们开始制盐，每天能制3夸脱到1加仑的盐。他们带来了大约1加仑的标本盐，很好，色白，精细，不过没有石盐那么咸，也不及肯塔基州或者美国西部其他地方的盐那么咸。对于大部分队员来说，这些盐是一份美味，因为自上个月20日以来，大家就没有吃过盐。对我本人而言，由于习惯使然，除非肉太肥，否则我吃肉有没有盐都没关系。我因此想到，只要联结灵魂和肉体的纽带足够强壮，那么它是什么材料组成的并不重要。

# 第十八章　克拉特索普堡

我决定明天早点动身，带 12 个队员和两艘独木舟，去找那条鲸鱼，或者至少向印第安人买些鲸脂。为此目的，我准备了一些杂货，让队员们都做好准备。

### 1806 年 1 月 6 日，克拉克上尉记

昨晚，沙博诺和他妻子很急，非要跟着我去不可，我只好迁就他们。她说她跟着我们走了这么多的路，就是为了看太平洋，既然有机会见到那么大的鲸鱼，如果不让她去，她无法接受。不让她看大海或者鲸鱼，她觉得不近人情（她从未到过太平洋）。

### 1806 年 1 月 7 日，克拉克上尉记

我找到了制盐队员，还有跟他们在一起的夏斯中士。乔治·山侬去了树林里帮着约瑟夫·菲尔兹和吉布森打猎。制盐队员们搭建了一个漂亮紧凑的营地，靠近树林和海水，也靠近克拉特索普河的淡水，此处离太平洋不到 100 步①。他们离 4 家克拉特索普人和提拉穆克人的房子很近，这些人对他们极为友好，很关照他们。

我雇了一个印第安小伙子，让他带我去找鲸鱼，我把随身的锉刀送给他，还答应回去后再给他一些别的小东西。我让夏斯中士还有跟我一起来的华纳留下来制盐，让布兰顿跟我去看鲸鱼。

### 1806 年 1 月 8 日，克拉克上尉记

我们来到鲸鱼搁浅的地方，只见这个巨物的骨架搁在两个提拉穆克村子之间的沙滩上。是海浪和潮汐把鲸鱼推到了沙滩上，然后搁浅在那里。鲸鱼有 105 英尺长，它身上有价值的部位已经被附近

---

①　制盐队修建了很大的熬盐火炉，现在还能看到，不过只剩下一堆堆石头而已。——约翰·贝克勒斯注

的提拉穆克人洗劫一空。我回到小河上的村子里，这条小河我称作埃克拉或者鲸鱼溪（Ecola or Whale Creek）。村里有5户土著人，他们正在忙着熬鲸脂。他们把鲸脂放在很大的方木槽里，用烧热的石头熬油，炼出来的鲸油就贮存在鲸鱼的囊袋和脏管里。用这种方法只能提取部分鲸脂的油，他们把更多的鲸脂割成大块放在棚屋里备用。他们一般会把肉块串在木扦上，放在火上烤熟了吃，或者就着杉纳塔格根吃，或者蘸鲸油吃。

提拉穆克人虽然抢到了大量的鲸脂，可是他们十分小气，只给了我们一点点。尽管我十分努力，还有队员们帮忙，但我随身带的那点东西也只换了不过 300 磅鲸脂和几加仑鲸油。我采购的不多，自然十分珍惜这些东西。我感谢上帝把鲸鱼指引给我们，他对我们比对约拿友善多了，把这个巨物指引给我们，让我们吞用，而不是让它像吞掉约拿的那条鱼那样吞噬我们[①]。

### 1806年1月9日，刘易斯上尉记

我想那几个常来河口做生意或打猎的人不是英国人就是美国人。印第安人说，他们讲的语言和我们讲的一样。为了证明他们说的是实话，印第安人还给我们重复了好几个英语单词，例如 musket（火枪）、powder（火药）、shot（枪弹）、knife（刀子）、file（锉刀）、damned rascal（该死的家伙）、son of a bitch（狗娘养的）等等。这些贸易商是来自努特卡湾（Nootka Sound），还是来自后期建成的海边其他定居点，抑或是直接来自美国或者英国，我无法确定，印第安人也说不清楚。

我问过印第安人，那些贸易商是从哪个方向来的，离开这里时

---

① 据《旧约》记载，约拿（Jonah）受上帝的惩戒，被大鱼吞掉，后来返回人世，得以讲述他的经历，告诫人们。——译者注

## 第十八章　克拉特索普堡

朝着哪个方向走,他们总是指着西南方[1]。因此,我猜测他们的目的地应该不是努特卡湾。而且,既然印第安人说大部分贸易商一般每年4月初到,在这里待六七个月,那么他们就不可能直接来自英国或者美国,因为距离太远,他们不可能在其余几个月的时间完成往返行程。鉴于这些情况,我有时候想,西南面的美洲海岸可能还有别的定居点,鲜为世人所知,或者就在太平洋的某个小岛上,位于亚洲和美洲之间,其位置在我们的西南面。

白人运到这里贸易的货物有枪(主要是老式英国或者美国火枪)、火药、枪弹、紫铜和黄铜水壶、黄铜茶壶和咖啡壶、2点或3点[2]的毯子、深红色和蓝色的粗布、紫铜片和黄铜片做成的碟子或铜条、粗壮的黄铜丝、刀子、珠子、烟草,还有鱼钩、纽扣以及其他小物件,另外还有相当数量的水手服,像帽子、外套、裤子、衬衫等。他们用这些东西换回已经加工或者未经加工的麋鹿皮、海獭皮、普通水獭皮、河狸皮、狐狸皮、海獭崽皮[3]、山猫皮等,还有装在篮子里出售的干鲑鱼粉末以及土著人用植物根制作的一种饼干,他们叫它山佩雷尔[4]。

### 1806年1月9日,克拉克上尉记

早晨晴,东北风。昨晚大约10点钟,我正在和土著人吸烟,

---

[1]　印第安人说的没错。这些贸易商是去中国卖毛皮。贸易商从这趟贸易中可以获得三重利润。他们首先用货物同太平洋沿岸的印第安人换毛皮,获取一笔利润;接着用毛皮同东方人交易,获取一笔利润;然后在回程途中出售从东方买来的物品,例如丝绸、瓷器、墙纸等等,再赚一笔钱。——约翰·贝克勒斯注

[2]　点(point)是价格单位。哈德逊湾公司出产的毯子,一连两三个世纪使用织到毯子一条边上的点数来表示其成本。例如3.5点的毯子就值3张大河狸皮加上1张小河狸皮,4点的毯子就值4张河狸皮。后来用点表示毯子的大小、尺寸、重量等。——约翰·贝克勒斯注

[3]　海獭崽(spuck)是当地土著人使用的一个词。——约翰·贝克勒斯注

[4]　山佩雷尔(shapellel)是用植物根经过日晒制作的面包,不太清楚用的是什么根。戛斯中士觉得这种食物"美味可口"。——约翰·贝克勒斯注

突然听到对面棚屋里传来尖利的叫喊声,所有印第安人立即往村里跑。一直在我身边的向导用手势告诉我,有人被割喉了。我一清点,发现麦克内尔不在。我立即派普拉耶中士带 4 个人去找,正好碰上他匆匆忙忙过河,朝这边赶来。麦克内尔告诉我,对面的人被某种情况惊动了,但是他不清楚究竟是什么事情。他说一个土著盛情邀请他去家里吃饭,还和他挽臂以示真诚。他俩来到一个棚屋,里面的一个女人给了他一点鲸脂。然后这个男人又要带他去另外一家,想要点更好的东西。那个女人是个切努克人,也是麦克内尔的一个老朋友,她知道这个土著男子的意图,所以抓住麦克内尔围在身上的毯子不放。麦克内尔不明白她的意思,挣脱她,正要走开,那个女人和另外一个女人赶紧跑出去大声喊叫,那个虚情假意的朋友于是一溜烟消失得无影无踪。

我立即命令所有人做好准备,派普拉耶中士和 4 个队员去弄清楚事情的原委,结果发现这是一场谋杀计划,那个虚情假意的朋友预谋杀掉麦克内尔,抢他的毯子和随身携带的东西,幸亏被那个切努克女人发现了,是她惊动几个跟我在一起的村民,才及时制止了这起可怕的阴谋。那个印第安人来自另一个部落,离这里有点距离,事情败露后跑了。

这下我们不得不走回头路——亚当斯岬[①]东南 45 英里、离克拉

---

[①] 西班牙探险家布鲁诺·德·赫泽塔·杜达哥西亚(Bruno de Hezeta y Dudagoitia)可能是第一位记录亚当斯岬(Point Adams)的非本土探险家。1775 年,他沿着如今的俄勒冈州海岸航行,发现哥伦比亚河口是一片广阔的"海湾",无法安全进入。赫泽塔记录了一个地标性建筑,可能就是亚当斯岬,称其为"翠绿的海角"[Cabo Frondoso (Verdant Cape)]。1792 年 5 月 19 日,罗伯特·格雷(Robert Gray)船长在其官方日志中描述亚当斯岬,即以约翰·亚当斯(John Adams)总统命名。是年晚些时候,乔治·温哥华船长记录同一地标,称其为亚当斯岬。美国探险队从 1841 年开始正式保留该名称(https://www.oregonencyclopedia.org/articles/point-adams/#.YBwbM-hKiUl)。——译者注

## 第十八章　克拉特索普堡

特索普堡35英里的路程，令人不寒而栗。我把鲸脂和鲸油分给队员们，太阳升起时出发，原路返回。沿途遇见几群男男女女，是切努克人和克拉特索普人，他们去向提拉穆克人换鲸脂和鲸油。

当我们沿着一段陡峭的山路下山的时候，前面有5个男人和6个女人，他们背着鲸脂和鲸油，不堪重负。他们走的是另一条路，所以我们昨天出去的时候没有见到他们。其中一个女人正在陡峭的山路上往下走，她背的东西装在草袋子里，袋子从她后背上滑脱，她一只手抓着草袋的带子，另一只手抓着一丛灌木。我刚好走在队伍前头，赶紧使劲扶着她的袋子，这样她才能够站稳脚。我惊讶地发现，她背的东西超过100磅，我得尽力才能举起。她丈夫就在下面，立即赶上来帮她。

这些人跟着我们，走到我们的盐场时天色已晚。制盐队员们没有肉吃，约瑟夫·菲尔兹、吉布森和山侬3个人出去打猎了。我疲惫不堪，队员们也累得够呛，我决定今晚就在这里休息，明天早上继续赶路。克拉特索普人背着东西继续前进。克拉特索普人、切努克人、提拉穆克人都很健谈，总是问东问西。他们的记性很好，给我们复述了很多来河口做生意的贸易商以及其他人的姓名、他们的船只性能等等。

他们一般个头不高，身材矮小，肤色浅亮，身形不及密苏里河一带印第安人的，也不如西部人的。他们总是乐呵呵的，但是从不兴高采烈。和我们在一起的时候，他们三句话不离贸易、吸烟、吃饭，或者他们的女人。即使当着女人的面，他们也口无遮拦——说她们身上的任何部位，以及谁跟谁相好等等。他们不是很看重女人的节操，甚至会为了一个鱼钩或者一串珠子让他们的妻女去卖淫。

### 1806年1月16日，克拉克上尉记

今晚我们把肉收拾好了。今天没有发生值得记叙的事情。我们

眼下有很多麋鹿肉排，还有一点食盐。我们的房子干爽舒适。我们决定在这里一直待到 4 月 1 日，大家对自己的住宿和伙食都很满意。

### 1806 年 2 月 14 日，克拉克上尉记

我把我们自密西西比河和密苏里河河口出发、跋山涉水到达此地的路途绘成一幅地图①。在地图上，密苏里河、杰斐逊河、哥伦比亚河或路易斯河的东南支流、库斯库斯基河、从哥伦比亚河东南河汊口到太平洋，还有克拉克河的一部分以及我们翻越落基山脉的路线，都通过天文观测和测量数据标记出来，众多河流在其源头也与其他河流连在一起。绘图的依据是土著人提供的信息，还有我们根据各条河流的流量以及各自入口的相对位置做出的大胆推测。这些相对位置除了少数例外，大部分通过天文观测最终得以确定。

### 1806 年 2 月 20 日，刘易斯上尉记

今天午前，切努克一位主要酋长塔科姆（Tâhcum）和他部落的 25 个男子来访。我们以前从未见过这位酋长。他 50 岁左右，相貌堂堂，比他那个部落联盟的大多数人个头高。因为他是来友好地拜访我们，所以我们给了他本人和他的随从们一些东西吃，还给了他们许多烟草。我们给他送了一枚小纪念章，看样子他十分满意。

日落时分，我们送客关门，这是我们的规矩，我们从不允许这么多的人晚上留宿营地。尽管土著人表面上随和友好，可是受贪婪和抢劫欲望的驱使，他们有可能背信弃义。因此，无论任何时候，我们永远保持警惕，我们的处境容不得我们把自己置于野蛮人带来

---

① 耶鲁大学图书馆藏有"威廉·罗伯逊·科的西美洲收藏"，其中有克拉克绘制的大量真本地图，但并非所有地图都是在探险期间绘制的。——约翰·贝克勒斯注

的危险之中[1]。我们非常清楚，由于美洲土著人背信弃义，由于我们的同胞们过于相信他们的真诚和友谊，数以百计的人为他们所害。

### 1806年3月15日，克拉克上尉记

今天下午，一位切努克酋长——德拉舍维尔特（Delashelwilt）和他的妻子，还有6个女人乘一艘4.2英尺宽的独木舟来访。他妻子是个老鸨，那6个女人是她带来做皮肉生意的。正是这几个人去年11月份把性病传染给了我们的几个队员，幸好他们已完全康复。我给队员们布置了一项特殊任务，他们向我保证，坚决完成任务。

### 1806年3月17日，刘易斯上尉记

老德拉舍维尔特和他带来的几个女人还在。他们在附近扎营，看样子要把我们紧紧围住。虽然她们使出各种诱惑手段，但我相信队员们能够坚守他们向我和克拉克上尉许下的禁欲诺言。

我们的平底船已准备就绪，只要天气许可，我们马上就可以启程。

天色稍晚，焦伊列德乘我们的独木舟从卡瑟拉玛人（Cathlahmahs）那里回来，独木舟是普拉耶中士几天前留在那里的。焦伊列德还从卡瑟拉玛人那里买了一艘独木舟，也带来了。为了这艘独木舟，他把我的花边制服大衣和差不多半卷烟草给了卡瑟拉玛

---

[1] 两位队长都在印第安地区服过役。克拉克甚至在一些战役中跟印第安人打过仗，他也从哥哥乔治·罗杰斯·克拉克将军那里学到了很多。他哥哥具有跟印第安人打交道的丰富经验，既欣赏他们的勇气，也提防他们的背信弃义。他对印第安人具有强烈的人类学兴趣，按照当时的标准来看，是真正的人类学兴趣。刘易斯和克拉克采取的显然是极端严厉的安保措施，这才确保了在整个探险征程中只同印第安人发生过一次小规模战斗，那次战斗中甚至没有一个队员受伤。——约翰·贝克勒斯注

人。除了大衣，别的东西根本换不来他们的独木舟。以他们的交通手段而言，独木舟是最值钱的东西，几乎和他们的妻子不相上下——一般为了娶妻才会把一条独木舟送给女孩的父亲。焦伊列德用我的大衣换了独木舟，我觉得美国欠了我一件制服大衣。那件大衣还没怎么穿过呢。

## 第十九章
## 回程开启

（1806年3月18日—4月24日）

### 1806年3月18日，刘易斯上尉记

今天早上，我们给德拉舍维尔特颁发了一张证书，赞赏他得体的举止等等，还给了他一份我们的花名册，随后我们打发他带着他的娘子军返回村庄。这份名单我们也给过好几个土著人，而且我们屋子里也张贴了一份。我们在花名册的开头说明我们为什么要这么做。如下：

"这份名单是为了通过任何见到这同一名单的文明人告知世人，由所附姓名的这些人组成的探险队，受美国政府派遣，于1804年5月启程探索北美大陆内地。探险队途经密苏里河和哥伦比亚河，深入大陆纵深地带，于1805年11月14日抵达哥伦比亚河流入太平洋的河口，并于1806年3月［此处空白］日启程原路返回美国。"①

---

① 1805年11月，一艘波士顿方帆双桅船利迪亚（Lydia）就停在哥伦比亚河口，船长得知刘易斯和克拉克探险队就在附近。尽管如果打几发信号炮就完全可能引起探险队员们的注意，但是船长并没有找到他们。利迪亚就停在太平洋沿岸，一直到1806年8月，彼时刘易斯和克拉克差不多到家了。就在探险队离开俄勒冈不久，他们的一份名单落到了船长的手里，他把这份名单带到了广州。一个美国人在广州见到这份名单后抄写了一份，把它寄到波士顿。利迪亚于1807年到达波士顿，离刘易斯和克拉克返回已经快一年了。——约翰·贝克勒斯注

有几份名单的背面，我们还画了一幅密苏里河上游支流与哥伦比亚河上游支流的水系网络图，尤其是哥伦比亚河的主要支流也就是它的东南河汊。我们还标出了我们沿这条支流走过的路线，本来计划回程也走这条路，可是原路情况有变。由于种种原因，我们的政府似乎无法从野蛮人和太平洋沿岸的贸易商那里获得一份像样的水文报告，因此我们决定放弃进一步尝试。我们人数太少，不可能让几个人留下来，而让其余的人通过海路返回美国。特别是我们得分成三四个小分队返回，才能完成规划好的任务。无论如何，只要我们竭尽所能，整个探险队回美国肯定比一个人单枪匹马地走要快很多。如果是一个人留在这里，那么他就不得不依靠太平洋沿岸的贸易商，他们却不可能立即回美国。即便他们以最快速度返航，也要在次年夏天跟当地人做完贸易之后才能启程返美。

## 1806 年 3 月 20 日，刘易斯上尉记

这个冬天和春天，我们在克拉特索普堡，尽管日子过得不是很富裕，但还是相当舒服，一点没有辜负我们的期望。我们也完成了留在这里应该完成的每一项任务，唯一的遗憾是没有见到那些经常来这个河口做生意的商人。我们的盐足以让我们坚持到密苏里河，在那里我们有存货。要是贸易商们能在我们出发前到这里，那我们就太幸运了，因为我们可以向他们采购返程所必需的货物，那么我们的返程会更加舒适。

## 1806 年 3 月 23 日，克拉克上尉记

雨停了，快到正午天空放晴。我们装好独木舟，下午 1 点离开克拉特索普堡，踏上返回美国的旅程。从 1805 年 12 月 7 日到今天，我们在这里熬过冬天迎来春天，日子过得有滋有味。不管是瘦麋鹿肉还是植物根，我们没有一天不是一日三餐，尽管自去年 11

# 第十九章　回程开启

月［原文空白］日通过狭长的窄道那天起，阴雨天气接连不断。确实，从那天开始，我们只有［原文空白］天的好天气。

我们刚离开克拉特索普堡，就遇上德拉舍维尔特和 8 位切努克男子，还有他的妻子，就是那个老鸹，以及他的 6 个女子。他们有一艘独木舟、一张海獭皮、干鱼和帽子，想卖给我们。我们买了一张海獭皮，继续前行。

## 1806 年 3 月 30 日，刘易斯上尉记

我们看到了圣海伦斯山（Mount St. Helens）和胡德山（Mount Hood）。前者是大自然最巍峨崇高的造化，其形状是个规则的圆锥形。两座山被雪盖得严严实实——至少我们看到的部分是这样的。山谷里的高地绵延起伏，倒不至于陡得无法耕作。这些高地大都肥沃，是一种深黑色的富饶壤土，里面石头也不多。

## 1806 年 4 月 2 日，克拉克上尉记

几个人去找昨天打到的麋鹿和鹿，早上 8 点钟回来。这时候我们告诉所有队员，我们打算在这里储藏些肉，并立即派遣两个分队一共 9 个人去河对面。

大约这个时候，一些土著乘几艘独木舟来到我们营地。其中两艘船上坐的是来自下面的 8 个沙哈拉（Shahala）人。他们说自己就住在哥伦比亚河对岸，在迪蒙德岛（Dimond Island）南面的洼地那里，还用手指着说就在那片松树附近。他们特别指着两个年轻人说，他俩就住在下面几英里的地方，在一条大河的瀑布附近，那条大河从南面流入哥伦比亚河。

我们随即要求他们给我们画一幅那条河的草图，他们就用炭在一块垫子上画给我们看。从他们画的图来看，他们称作马尔特诺马（Multnomah）的这条河自独木舟岛（Image Canoe Island）的背面

流入哥伦比亚河。独木舟岛是我们给那座岛起的名字。我们顺河而下又顺河而上,那个岛在我们的南面,所以没有看到那条河。他们说那是一条大河,两岸全是山峰,向南蜿蜒相当长的距离。

我决定带一个小分队回到大河那里,察看它的大小,尽可能向住在河上或者靠近它流入哥伦比亚河口一带的土著人打听一些情况,了解河流流经的地域以及生活在两岸的土著人等等。我带着6个人——汤普森、J. 庞兹、彼得·克鲁萨特、P. 瓦瑟、T. P. 霍华德和约瑟夫·怀特豪斯——乘一艘大独木舟出发。我的伙计约克也跟着我,另外还有一个印第安人,我给了他一副太阳镜,请他给我当向导。

我11点30分出发,没走多远,就看到远方有4艘大独木舟正调转方向朝着我们的营地过来。我们营地此刻人手不多,刘易斯上尉手下只有10个人。有一阵子,我犹豫要不要返回营地。我们的4个猎手出去打猎了,要不要等有人返回营地后我们再出发?不过我又一想,在这种情况下,我的朋友刘易斯上尉肯定会采取防卫措施,我便打消顾虑,继续往下走。

下午3点钟,我在一对大房子旁边上岸,这是沙哈拉部落联盟的尼尔车基乌部落(Ne-er-che-ki-oo)。我走进一个屋子,给了他们一些小东西,想换他们的瓦帕柁。他们脸色阴沉,断然拒绝。

我口袋里有点防风火柴①,我切了1英寸,在火上点燃,拿出便携指南针,坐在火堆旁的一个垫子上,然后拿出我的墨水池上头的一块磁铁。防风火柴燃起来后火势很旺,火的颜色也不停地变化。我用磁铁吸着指南针乱转,这些土著人看得眼花缭乱,甚为惊讶。他们把几包瓦帕柁放到我脚前面,求我赶紧把这邪恶的火灭

---

① 防风火柴(port fire match)其实是一根纸芯,里面卷的是慢燃材料,是那个时代炮兵使用的。克拉克上尉用它做什么,不是很清楚。也许是在生营火时用它来点燃潮湿的柴火。——约翰·贝克勒斯注

# 第十九章　回程开启

掉，我答应了他们的要求。这时，火柴已经燃尽，火自然就灭了，我收起磁铁。这一招让他们惊恐不已，女人和孩子都钻到床上，或者躲到男人的背后。这期间，一个老瞎子很激动，嘴里念念有词，显然是在祈求他的神灵保佑。

我点上烟管，给他们吸烟，很大方地买下几个女人放在我脚前面的植物根。她们好像平静了许多，我起身告辞，继续前行。走了13英里，来到一个地方，我感觉就是独木舟岛的下端，我们的独木舟进入土著人所说的马尔特诺马河。在离河口略微靠下的地方，有一座名叫瓦佩托（Wappetoe）的岛，岛上的土著把这条河叫作马尔特诺马河。马尔特诺马河自东南面流入哥伦比亚河，其体量足有伟大的哥伦比亚河的1/4。

## 1806年4月7日，克拉克上尉记

我请一位印第安老人在沙子上比画一下马尔特诺马河，他比画的跟其他几个人画的草图完全吻合。他还画了一座环形的山，从瀑布那里横穿马尔特诺马河，与海岸沿线的山脉相连。他又画了克拉卡马斯河（The Clackamas），自稍低的一边从河口附近绕过一座圆锥形的高山。克拉卡马斯河发源于杰斐逊山（Mount Jefferson）。为了比画杰斐逊山，他把沙子堆高，表示山很高，终年积雪。根据他的比画，靠近克拉卡马斯河口那里有一座高山，可是我们没有见过，因为从山谷里望去，那个方向的山都很高，遮住了我们的视线，看不到他画的那座山。从马尔特诺马河口倒是可以清晰地看到杰斐逊山，位于东南面。这是一座巍峨的高山，我觉得和圣海伦斯山一样高，甚至比它还高，不过距离要比后者远很多，它的很大一部分隐蔽在马尔特诺马河口附近的群山背后。像圣海伦斯山一样，杰斐逊山呈圆锥形，形状规则，山顶终年积雪。

刘易斯与克拉克探险日记

## 1806年4月11日，刘易斯上尉记

　　昨天傍晚下雨，队员们避雨的帐篷和包裹行李的皮子全湿了。今早雨还在下，我们决定先把独木舟搬到急流上头，希望下午雨能停，那么我们就有一个下午的时间可以搬运行李。这段搬运路线长2 800码，沿途狭窄崎岖，泥泞湿滑，极不好走。我把搬运独木舟的想法告诉我的朋友克拉克上尉，他很赞同这个想法，于是带队出发，不过布兰顿和其他几个人没有去。布兰顿身体太虚弱，还不能干活，另外3个人遭遇各种事故，腿脚受了伤，不好走路，还有一个人得给大伙儿做饭。

　　无论怎样，绝对需要留几个人守营，保护我们的行李，提防那些瓦克勒拉人[①]，他们有很多人，就在我们的营地周围。这些家伙是我们见过的最可恶的盗贼和流氓。傍晚时分，克拉克上尉带着我们的4艘独木舟到了急流上头，走得非常艰难，大家十分辛苦。尽管采取了各种保护措施，但独木舟还是撞上了岩石，损伤严重。伙计们抱怨太费力太累人，所以我们决定明天再搬第五艘独木舟。

　　这里的急流比我们在瀑布那里经过的要难走得多。那时候，7英里的路段上只有3处最难走的地方。现在，在整段急流中上行十分困难，下行根本不可能，除非用绳子把空舟吊下去。即便如此，吊下去也比吊上来要困难得多。感觉水位比我们下河的时候高出20英尺。从河里走，搬运路线直线相距3英里。

　　很多土著人聚集在河岸上，我们的队员们正在那里忙着往上吊独木舟呢。当时有两位队员碰巧没有和其他队员在一起，一个土著人在岸上傲慢地朝他俩扔石头。傍晚，队员们从急流上头回来，在

---

　　[①] 瓦克勒拉人（Wahclellahs）是沙哈拉印第安部落的一族，生活在俄勒冈州马尔特诺马河沿岸。——约翰·贝克勒斯注

## 第十九章 回程开启

路上碰到很多土著人，他们表现得很不友好。两个土著人遇上约翰·希尔茨，他因为买狗耽搁了一点时间，落在克拉克上尉带领的队伍后面，有相当一段距离。他们试图抢希尔茨的狗，把他推到路边。他身上除了一把长刀再没有其他可以自卫的东西。两个土著人还没有来得及拔出箭，他已经拔出刀子准备捅他们。见他如此勇猛，两个土著人放弃战斗，立即穿过树林逃跑了。

今晚，瓦克勒拉同一部落的3个家伙偷走了我的狗，拉着它朝他们村子跑。很快，一个会讲克拉特索普语言的印第安人向我报告了此事——我们冬天学了一点克拉特索普语言。我派3个队员去追，并且命令他们，假如对方有一丁点的反抗或者不愿意把狗还给我们，就开枪打他们。在大约两英里的地方，3个队员追上了这几个家伙，或者说看见他们了。几个印第安人发现有人在追，撒下狗逃跑了。他们还偷了一把斧子，不过还没有拿走，就被汤普森发现，把斧头夺了回来。

我们命令岗哨把瓦克勒拉人赶出营地，并且用手势告诉他们，假如他们再企图偷我们的东西或者侮辱我们的人，我们就立马弄死他们。瓦克勒拉的一位酋长告诉我们，他们中间有两个人极其糟糕，正是他俩主谋了这几起令人义愤填膺的事情，绝大多数瓦克勒拉人并不想得罪我们。我们告诉他，我们希望情况如此，不过假如他们还是这么傲慢无礼，我们可是说到做到。我相信其他的都是白说，此刻能够保护我们的只有我们队伍的人手。酋长好像为他手下的恶行感到羞愧，对我们甚为友好。鉴于他是一个做事有分寸的人，我们相信他深受附近其他部落的尊敬，觉得应该授予他一枚小纪念章。

### 1806年4月12日，克拉克上尉记

我们所有人一起努力，吊起了最后一艘独木舟。正准备把它拖

过一块岩石，只见急流猛烈撞上岩石，在离岩石还有一段距离的时候，船头不幸吃水，船体侧翻，冲向河流。虽然每个人都使出全身的力气，但仍然无力回天，怎么都拉不住独木舟。大伙儿只好松开绳索，眼看着独木舟连同缆绳随急流而去。丢了这艘独木舟，我们得花昂贵的价格再买一艘船。

### 1806年4月13日，克拉克上尉记

丢了一艘大独木舟，我们不得不把那艘船上面的辎重和人员分散到其余4艘独木舟里。分装好以后，早上8点钟出发。经过急流上面的那个村子，那里只有一座房子依然完好，其他8座被拆掉，挪到了哥伦比亚河对岸，前文已有交代。由于每个独木舟都增加了人员和物资，因此显得有点拥挤，而且也不安全。刘易斯上尉带着普拉耶中士和吉布森的两条最小的独木舟从急流的上头过河，去东南面的一个村子，如果可能的话，希望在那里买一条独木舟。为此目的，他带了一些布匹、几张麋鹿皮和鹿皮。

下午2点半出发，前行6英里，来到一处河滩，继续航行到第二处河滩停船。搭营，派所有猎手出去打猎。我自己也走上山顶，不过什么都没看到。回来发现刘易斯上尉已经回到营地，他在一个村子里用两件长袍和4张麋鹿皮换了两艘独木舟，还用鹿皮买了4把船桨和3条狗。狗肉现在是我们主食，已经成为大多数队员的最爱。我很肯定，狗肉不仅健康而且扛饿。

### 1806年4月16日，克拉克上尉记

大概早上8点钟，我带着两个翻译和9个队员过河，向土著人买马，为此我带上了我们的大部分货物。刘易斯上尉派猎手们出去打猎，让几个人着手准备驮货的马鞍。我在北岸搭了个营地。

## 第十九章　回程开启

### 1806 年 4 月 17 日，克拉克上尉记

昨晚没有睡好。早晨早起，把货物拿到一块大石头上，这个地方很符合我的要求，我按照印第安人最喜欢的方式把东西分装到几个小包里。每个包里包上我们能够出得起的东西，摆在那里给他们看。我告诉印第安人，每包换一匹马。

一天的大部分时间，他们逗弄我，说已经打发人去赶马，马一回来就跟我做生意。他们把几个包放到一边，说他们会把马牵过来换这些东西。我跟酋长说好要两匹马，大约一个小时后他又反悔，经过一番讨价还价，说好卖给我三匹马。三匹马都牵来了，可是只有一匹可能有用，另外两匹根本驮不了东西。我不要这两匹，他很不高兴，说如果不要这两匹，他就不把第三匹马卖给我。

我收起东西，准备去上面的一个村子。这时候来了一个男子，卖给我两匹马，又一个男子卖给我一匹马。还有几个人说，如果我愿意等他们把马赶过来，他们就跟我做生意。这样一来，我在这个村子又待了一天。哥伦比亚河上另外几个村子的人也想跟我做买卖，不过他们要的东西不仅我们没有，而且比我手头有的、我们能付得起的东西还多一倍。形势对我们非常不利，我能不能买到足够的马，就看能不能在前面的村子里做成生意。我相信那里有很多马，希望能以更好的价格买到。我给小分队买了 3 条狗，解决吃饭问题，给我自己买了一些山佩雷尔饼干。

还没有买到那三匹马的时候，我打发克鲁萨特、威勒德、麦克内尔和彼得·瓦瑟给刘易斯上尉送信，告诉他买马进展不顺利，建议他尽快赶到这里。我告诉他，我将前往位于大瀑布上面的恩尼舍部落联盟（Eneeshur nation），尽可能从他们那里买几匹马。

我刚刚打发走他们几个，恩尼舍人的酋长带着 15 到 20 个人来见我，说很想看看我准备用来买马的东西。有几个人说，如果我愿

意再增加几样东西的话，他们就同意把马卖给我。我同意了，他们把东西放到一边，说他们明天早上把马牵过来。我提出想跟他们去他们镇子那边，酋长说他们的马都跟着女人们去了草原上，她们在那里采植物根，他们会派人去找她们，明天把马送到这里。

这个消息令人振奋，不过我怀疑这些人的诚意，他们好几次让我失望，而且都是一样的套路。同时，我们和周围很多部落的印第安人洽谈，竭尽全力买马。沙博诺用白色鼬皮、麋鹿牙齿、一条腰带以及其他一些没有多大价值的东西买了一匹很漂亮的母马。今天再没有买到别的马。

晚上，我收到山侬送来的刘易斯上尉的信，说他明天早晨出发。

## 1806年4月18日，克拉克上尉记

我们把昨天买来的4匹马牵到一起，派弗雷泽和沙博诺把它们带到盆地那里——我估计他们在那里能见到刘易斯上尉，然后用这几匹马开始驮运行李。大约10点钟，几个恩尼舍人从他们村子下来，我想他们会拿走昨天摆到一边的东西。然而让我吃惊的是，今天他们都不愿意交易。又有人把两包东西挪到一边，说马下午2点钟就到。我已经不在乎这笔买卖，不过允许他们把东西放到一边。

我把主要酋长的疮给包扎了一下，给他的孩子们一些小东西，答应给他一些疮药。他妻子深受背痛的折磨，我感觉她是个泼妇，脸色极为难看。不过，我觉得这是一个难得的机会，可以赢得她的好感。我给了她一点治背痛的药，在她的太阳穴和背上擦了一点樟脑精，用温热的法兰绒给她敷背。她说几乎恢复了以前的感觉。我觉得现在是跟酋长买马的最佳时机，他的马比他全部落联盟所有人的还要多。于是我报了个价，他同意了，卖给我两匹马。奥德韦中士和3个队员从刘易斯上尉那边回来，带来几张麋鹿皮、我的两件

外套和队员们的 4 件长袍，这些都是追加的买马的资物。

奥德韦中士告诉我，刘易斯上尉带着所有独木舟已经到了下面的盆地那里，离这里两英里。刘易斯上尉想吃狗肉，我买了 3 条狗让人送回去。下午 5 点钟，刘易斯上尉来了。他告诉我，他过河到了盆地那里，这段路非常难走，十分危险，好在已经完成了一趟搬运。

### 1806 年 4 月 19 日，刘易斯上尉记

昨晚河里有鲑鱼了，土著人兴高采烈。他们抓到一尾鲑鱼，对他们而言，这是好兆头。他们说接下来大约 5 天时间里，这些鱼会蜂拥而至。他们把鱼剥开，分成小块给村里的每一个孩子。他们迷信地认为，这样做可以加快鲑鱼的到来。

今天我们好不容易又从印第安人那里买到 4 匹马。为了这 4 匹马，我们不得不舍弃了两只水壶。现在我们 8 个人的厨组只剩一只小水壶了。

傍晚时分，克拉克上尉带着 4 个队员去大瀑布附近的恩尼舍村，想再买几匹马。这些人非常不守信用，常常是先接受了买马的东西，过几个小时又要求额外追加，否则就取消交易。他们今晚从我们这里偷走了好几样小东西。

我指示大伙儿给几匹马绑上腿[①]，让它们在营地附近吃草，始终待在饲养员的视线之内。我们的一位饲养员威勒德粗心大意，他照看马吃草，马却跑掉了。我让队员们把别的马用桩栏围起来。这桩事加上其他几件棘手的事情，让我忍无可忍。我狠狠批评他粗心

---

[①] 绑马腿（hobble 或者 spancel）是用短绳将马的两条后腿或者一条后退和一条前腿绑住，马可以溜达吃草，但是跑不远，必要时可以抓住。有时候也给马戴马铃，不过这样很危险，因为交战的对方盗马后，会故意摇铃招来马的主人，然后剥下他的头皮。——约翰·贝克勒斯注

大意，话语比平常任何时候都严厉。

我让大伙儿把剩下的马都围进桩栏里面。

## 1806年4月21日，刘易斯上尉记

尽管我采取了各种防范措施，但还是有一匹马挣断了5股麋鹿皮缰绳，绑着腿逃跑了。我打发几个人去找，命令他们无论找不找得到都必须早上10点钟返回，我不想再跟这些无赖多待一刻。他们今早又偷走了我们的一把战斧。我搜了他们好几个人，斧子怎么都找不到。因为早上天冷，我命令把所有剩余的杆子、船桨以及我们用不着的独木舟都扔进火里烧掉，一样都不留给这些印第安人。

我发现一个家伙在偷我们独木舟桅杆上的铁套头，狠狠地捶了他一顿，让大伙儿把他踢出营门。随即，我告诉印第安人，如果他们再胆敢偷我们的东西，我就开枪打死领头的人，我们不怕跟他们打仗；我此时此刻就有权力把他们全都杀光，放火烧了他们的房子，不过只要他们不动我的东西，我并不想这样残酷地对待他们；如果我知道是谁偷了我们的战斧，我会把他们的马都拉走，不过我宁愿失去所有的东西也不愿意拉走一个无辜者的马。在场的几位酋长都垂着头，一句话都没说。

早上9点钟，理查德·温莎带回了那匹走失的马，出去找马的人随即全部返回。一位印第安人答应陪我到肖帕尼什［即内兹佩尔塞］。他牵来两匹马，其中一匹他让我搭驮。我们给9匹马驮上东西，留一匹给布兰顿骑，因为他还不能走路。10点过几分，我们吃过早饭出发。早些时候，我已经打发两艘独木舟提前启程。

下午1点钟，我来到恩尼舍村，克拉克上尉和队伍都在这里。午饭后，我们继续走了大约4英里，来到克拉克河口下方的另一个恩尼舍村子，村里有9座棚屋，我们在这里宿营。

我们的向导继续跟着我们，看样子他是个憨厚诚实的人。他告

## 第十九章 回程开启

诉我,再往上走一点,那里的印第安人会盛情接待我们,比这里的印第安人还要热情。今晚又买了一匹马,不过马背很不好,驮不了多少东西。

### 1806 年 4 月 22 日,刘易斯上尉记

我们派考尔特和庞兹乘小独木舟先行出发,我们 7 点钟才出发。有一条路通往村子对面的山顶,我们正沿这条路走着,还没有到山顶,沙博诺的马突然被系在身上的马鞍和衬背惊着了,只见它丢下驮,飞速朝着山下跑了,在村子附近连马鞍和衬背都挣脱了。一个印第安人把衬背藏到了他的棚屋里。

我派我们的向导和跟我走在后面的一个队员去帮沙博诺找马。马找到后,他们跟着马的足迹回到村里,继续找马丢掉的东西。他们找到了马鞍,却找不到衬背。那些印第安人就是不承认看到过这个东西。然后,他们继续跟着马的足迹走到马翻驮的地点,结果还是一样。

我确信是印第安人拿了衬背,于是打发印第安女人萨卡戛维娅前去通知克拉克上尉让队伍暂停,派几个人回来帮我。我下定决心,要么让印第安人交出衬背,要么烧了他们的房子。他们一而再再而三用这种小人伎俩恼我,我要狠狠地惩罚他们。然而,他们手无寸铁,毫无反抗之力,出于对他们生命的尊重,我应该原谅他们。抱着这样的想法,我又回到他们村子。我刚到村里,迎面遇上拉比什,他拿着衬背。他告诉我,他是在一个印第安人的屋里找到的,衬背被藏在杂物后面。我这才原路返回,赶上克拉克上尉,他和大部队正在等着我的到来。

关于我们今后行军的顺序,我们做出以下规定:现在马匹解除了队员们的行军负担,克拉克上尉和我把队伍一分为二,每天轮流带队行军,一个在前,一个殿后。

我们按照这个规定分好队伍，继续前行，沿着一片开阔的平原走了大约8英里，来到一个恩尼舍村子，村里有6座房子。在这里我们看着我们的两艘独木舟在对面的河里逆流行驶。风太大，他们过不了河，继续航行。

### 1806年4月24日，克拉克上尉记

我们卖掉独木舟换了几串珠子。土著人逗弄我们，说用他们的马换我们的独木舟，可是他们发现我们已经计划好要走陆路，便不愿付出任何东西。我们让焦伊列德去毁掉独木舟，他把一艘劈开。土著人看出来我们决意要毁掉独木舟，于是给了我们几串珠子，我们接受了。

晚上，很多队员抱怨腿脚痛。毫无疑问，大家已经习惯在松软的土路上行走，现在路上是粗糙的石头和深沙，腿脚自然痛。我的腿和脚也很痛，我用冷水泡脚，疼痛缓解了许多。

ative # 第二十章
瓦拉瓦拉人和内兹佩尔塞人

(1806年4月27日—6月6日)

### 1806 年 4 月 27 日，刘易斯上尉记

瓦拉瓦拉（Wallawalla）部落的主要酋长带着 6 个男人来见我们。这位酋长名叫耶勒普（Yellept），［1805 年］10 月 19 日早上来过我们营地，当时我们在此处略微靠下面的地方宿营。那次我们给了他一枚小纪念章，答应回来的时候再给他一枚更大的。见到我们回来，他由衷高兴，邀请我们到他的村子里待三四天，说保证我们能吃到很多他们的食物，还保证给我们卖马，协助我们返程。我们简单吃了点东西，跟着耶勒普酋长和他的队伍去他们村子。

耶勒普向村民们大谈我们有多好多好，请大家为我们提供柴火和补给品。他自己带头，给我们送来一抱木柴和 3 条烤胭脂鱼，胭脂鱼盛在一个盘子里。其他人都学他拿来柴火，我们很快便存了不少货。

### 1806 年 4 月 28 日，刘易斯上尉记

今天一大早，耶勒普牵着一匹非常优雅的白马来到我们营地，送给克拉克上尉，表示希望能换一把水壶。不过得知我们已经把所有多余的水壶都用去换了马或其他东西后，他说上尉觉得什么合适

就随便给他点什么。克拉克上尉把他的剑送给耶勒普——耶勒普本来就非常喜欢这把剑——还送了 100 枚枪弹和火药以及一些小东西,耶勒普心花怒放。

在我们开始穿越平原之前——在那里见不到棚屋或者印第安居民,我们有必要尽可能多储存些补给品,而不是完全靠用枪打猎生存。我们让弗雷泽负责采购,尽可能多买些肥狗。他很快就买了 10 条狗。

我们急于启程,要求酋长为我们找独木舟过河,可他硬要我们至少再待上一天,如果能待上两天或者三天更好,他不会今天就借独木舟让我们过河。他已经派人去请他的邻居赤姆纳珀人①,今晚来和他的人一起为我们跳舞。

我们表示希望立即出发,以便尽快返回这里,给他们带来他们想要的东西。然而毫无效果,他说多待几天没关系的。我最后说现在没风,正适合马过河;假如他愿意提供独木舟运马过河,那我们就可以整夜待在现在的营地。他这才同意了,很快就弄来几艘独木舟,我们平安地把马运过河②,然后又给它们绑上腿。

在这些人中间,我们发现有一个肖肖尼女子,是他们的囚徒。在这个女子和萨卡戛维娅的帮助下,我们和瓦拉瓦拉人对话,谈了好几小时,圆满回答了他们的问题,介绍了我们的情况以及我们追求的目标。他们很满意。

他们带来几个生了病的人,要我们帮助治疗。一个人的膝盖有

---

① 赤姆纳珀(Chymnappo,也拼作 Chymnappum)印第安人属于亚基玛(Yakima)部落,也是更大的沙哈普申(Shahaptian)部落的一族,后者包括萨利希人和内兹佩尔塞人。直到 1855 年,他们才把他们华盛顿地区的土地割让给美国,他们自己迁居到保护地。——约翰·贝克勒斯注

② 不是马在独木舟里,而是人坐在独木舟里,牵着马过河。——约翰·贝克勒斯注

## 第二十章 瓦拉瓦拉人和内兹佩尔塞人

风湿病,还有一个人的胳膊断了,等等。凡是来找我们的人,我们都给他们治疗,这些可怜的家伙满心欢喜。

我们给了他们一些眼药水,我相信这比其他任何东西都管用。克拉克上尉用夹板固定住那个男子的胳膊。眼病是这些人最常见的疾病。毫无疑问,大风刮起平原上的细沙、在河里捕鱼都能引起这种病症。溃疡、身体任何部位的皮肤腐烂也是常发疾病。

太阳快下山的时候,赤姆纳珀人来了,大约 100 个男人和几个女人。他们和大约相同数量的瓦拉瓦拉人一道,在我们的营地周围围成一个半圆,耐心等候我们的人跳舞。琴声响起,队员们自娱自乐跳了大约一个小时,然后邀请他们跳舞,他们欣然接受,一直跳到夜里 10 点钟。

### 1806 年 4 月 30 日,刘易斯上尉记

早上 10 点钟,我们把所有的马都集中起来,唯独找不到耶勒普送给克拉克上尉的那匹白马。打发所有人去找,无功而回。我把我的马借给耶勒普,请他去找。他出去了大约半小时,我们的肖帕尼什男子牵来克拉克上尉的马。我们决定留一个队员,等耶勒普回来后带上我的马追赶我们,大部队现在就出发。于是辞别了这些友好诚实的印第安人。

### 1806 年 5 月 1 日,刘易斯上尉记

我们宿营不久,从瓦拉瓦拉村来了 3 个男子,送来了我们的一个队员忘记带走的捕猎铁夹。在印第安人中间,这样高尚的品行很少见到。我们待在他们那里的几天,我们的人好几次粗心丢了刀子,他们捡到后都还给了我们。我认为我们有充分的理由赞赏他们的志气,他们是我们在探险途中遇到的最好客、最诚实、最厚道的人。

### 1806 年 5 月 3 日，刘易斯上尉记

我们见到了韦尔库木特（Wearkkoomt）——我们一般称他为大角酋长，因为他总是佩戴着一只动物的角，用绳子挂在他的左臂上。他是肖帕尼什一个大部落的大酋长。他带着 10 个年轻人。去年秋天我们下路易斯河的时候，这位酋长走陆路沿河而下，几乎到了哥伦比亚河。我们沿途能够得到土著人热情友好的接待，我相信他立下了汗马功劳。这次他又走了很远的路程来见我们。

### 1806 年 5 月 4 日，刘易斯上尉记

今早，我们沿河边的山路往下走，山很高，大部分地方石头嶙峋，陡峭险峻。一匹马驮着东西从高处滑倒，连马带驮都跌到了水里。它驮的主要是弹药，不过还好，马和东西都没有损伤。弹药装在金属罐子里，水没有进去。午饭后，我们沿着西岸走了 3 英里。河对面有两座房子。其中一座里面有 3 家肖帕尼什人，另外一座里面有两家。在这里我们遇见了缇托哈斯基（Tetoharsky）。去年秋天，两位酋长一直陪我们到哥伦比亚河大瀑布那里，他就是其中最年轻的一位。我们也见到了我们的向导，去年他带我们顺河而下，一直走到哥伦比亚河。

韦尔库木特的人就居住在路易斯河西岸靠上头些。我们决定过河，他便告辞，返回他的棚屋。

### 1806 年 5 月 5 日，刘易斯上尉记

集合马，7 点出发。走了 4.5 英里，来到库斯库斯基河口，在其东北面继续走了 12 英里，经过两座大草舍，来到一处有 10 户人家的大房子前面。

在第二座房子那里，我们遇上一个印第安男子，他给了克拉克

## 第二十章　瓦拉瓦拉人和内兹佩尔塞人

上尉一匹非常漂亮的灰色母马，想换一小瓶眼药水，克拉克上尉给了他。去年秋天我们在肖帕尼什河口宿营的时候，一个印第安男子说他的膝盖和大腿痛，克拉克上尉给了他一点挥发性镇痛剂。他很快就康复了，于是逢人便说我们的药物如何灵验，我的朋友克拉克上尉的医术有多么高明。这件事情，再加上许多人受益于我们送的眼药水，使我们药物的功效在他们眼里被极大地夸大了。

我的朋友克拉克上尉是他们最喜欢的医生，已经接到许多要求治病的请求。从我们现在的形势看，我觉得继续欺骗他们也是情有可原，因为假如我们不给他们一些药物，他们就不会给我们任何补给品，而我们的存货现在所剩无几。我们很小心，确保给他们的东西不会对他们造成伤害。

我们吃饭的时候，一个印第安小伙十分无礼，把一条饿得半死的瘦弱小狗差点扔到我的盘子里，嘲讽我们吃狗肉，还十分粗鲁地狂笑，自鸣得意。他的傲慢让我十分恼火，我抓起小狗使劲扔向他，砸在他的胸部和脸上，我拿起战斧，用手势告诉他，如果他再这么无理取闹，我就用斧子劈了他。

好几个人要求帮他们治病，我们拒绝了，除非他们给我们狗或者马当肉吃。一位酋长的妻子腰部长了个脓肿，他说如果我们给她治疗，他明天早晨就送一匹马过来。克拉克上尉割开脓肿，放进软布条①，用松脂石蜡软膏包扎好。很快又有五十几个人要求接受治疗。我给他们制作了几服硫黄粉和酒石膏合成的药剂，叮嘱他们每天早晨服用。

一个小女孩和几个病人来治病，我们推迟到早晨做手术。他们给了我们几条狗，不过骨瘦如柴，毫无用处。

--------

① 软布条（tent）是可以塞进伤口里的软麻布，可以做绷带。松脂石蜡软膏（basilicon）是用蜡、树脂、松香和橄榄油合成的药膏，据说有很好的愈合疗效。——约翰·贝克勒斯注

这个部落联盟有 4 位主要酋长，这个地方就是其中一位酋长的家。他的名字叫尼什内帕克乌克（Neeshneparkkeook）或者断鼻子(The Cut Nose)，因为他在跟斯内克印第安人［肖肖尼人］打仗时被对方用长矛戳断了鼻子。我们给这位酋长送了一枚小纪念章，上面有总统的肖像。他有可能成为一位了不起的酋长，不过他的面相毫无灵气，他在族人中的影响力似乎可有可无。除了住在这些房子里的人，傍晚还有一些人聚集在我们周围。在附近的河滩宿营，河边长满树木。

我们在这里遇上一个斯内克印第安人，晚上通过他跟土著人讲了好一会儿话，告诉他们我们为什么来访问他们的部落联盟。事情的起因是一个年长的印第安人对土著人说，他觉得我们是坏人，来这里很可能是要杀死他们。即使有人相信他的话，我认为我们的讲话也消除了他散播的坏印象，因为这些土著人好像很愿意听我们讲话。我们又饿又累，11 点钟休息。

### 1806 年 5 月 6 日，刘易斯上尉记

那个生病的女人的丈夫说话算数，一早就牵来一匹幼马，状态还不错，我们立即把它屠宰了。今天早上这些土著人好像随和些，卖给我们一些面包。我们又收到一匹马，是用来给一个患风湿病的小女孩换药物的。克拉克上尉再次为那个生病的女人包扎伤口，她说昨晚是她得病以来睡得最香的一个晚上。

对于我们在落基山脉以西遇见的土著人来说，眼病是最常见的疾病。今早一连几个小时，克拉克上尉一直忙着给一群要求治病的人点眼药水。我们又有了一顿大餐，大伙都很开心。

### 1806 年 5 月 7 日，刘易斯上尉记

今早，我们把马集合起来，一早出发。卷发的弟弟是我们的向

导,陪着我们。韦尔库木特和他的人马走了。我们沿河向上走了4英里,来到一条小溪口的下面,那里有一座6户人家的房子。向导建议从这里过河,说南面的路好走一些,而且那边靠近肖帕尼什河口,猎物更多。我们决定走他推荐的路线,于是卸下马驮的物资,准备过河。我们只有一艘独木舟,用了4个小时才过完河。

这座房子里的一个男子把两罐火药交给我们,说是他的狗发现的,埋在上面的河滩里,离这里有几英里。这就是我们去年秋天沿河而下的时候储藏在那里的火药。他收藏得很好,悉数还给我们,我们送给他一个火镰回报他的诚实。

傍晚时分,一位肖肖尼男子和尼什内帕克乌克赶上我们,晚上跟我们待在一起。跟午饭一样,晚饭我们也是吃马肉。傍晚看到几头鹿,还看到很多鹿群的足迹。我们决定在这里停留,打些鹿,明天中午再出发,命令猎手们明天早点动身去打猎。

## 1806年5月8日,刘易斯上尉记

大多数猎手拂晓就出去了,有几个既没有向我们请示也没有向我们报告,一直赖到很晚才出发。我们严厉批评他们懒散,无视昨晚的命令。大约8点钟,希尔茨打来一头小鹿,我们当早饭吃了。11点钟,所有猎手返回。焦伊列德和克鲁萨特每人打来一头鹿,考林斯打伤了一头,离营地不远,被我的狗逮了回来。眼下,我们的补给品有4头鹿,还有我们在考尔特河宰杀的那匹马剩下的一点。

下午3点半,我们朝着卷发酋长的房子出发,尼什内帕克乌克酋长和几个印第安人陪着我们。卷发酋长的那个亲戚走了。我们沿路翻过一座陡峭的高山,来到一片平缓的高原,高原上大部分地方没有树木。我们顺着高原上的河流走了大约4英里,见到卷发酋长和一行6人。去年秋天我们沿河而下的时候,把马匹和一部分马鞍交给卷发酋长保管。

卷发酋长对我们十分冷漠，我们始料不及，也不明原委。他随即开始讲话，声音很大，看样子很生气。他一讲完，断鼻子酋长也就是尼什内帕克乌克回话。我们这才明白，两个酋长发生过激烈争吵，不过我们不清楚争吵的原因。事后得知，他俩正是因为我们的马匹吵架。他们两个吵架，耽搁了我们大约 20 分钟。

为了平息这场争吵，也为了让和我们随行的马能够卸下负重休息，我们告诉两位酋长，我们需要继续行军，尽快找到有水的地方宿营。于是，我们继续前行，印第安人都跟着我们。走了大约两英里，来到一条流向右侧的支流，在这里宿营过夜。今天一共走了 6 英里。两位酋长情绪不好，带着各自的小队人马在我们不远处宿营。我们有点担心他们吵架会坏了我们的事情，希望尽快要回我们的马和马鞍。因此，我们很希望尽可能促成两人和解。

可是那个肖肖尼年轻人拒绝为我们当翻译，他说两位酋长吵架，他无须插嘴。我们劝他：他是在翻译我们的话，跟他本人没有关系。然而，我们枉费口舌，他很固执，就是沉默不语。

我们宿营 1 小时后，焦伊列德打猎回来了。我们让他去问问卷发酋长，我们的马和马鞍怎么样了，并邀请他来跟我们一起吸烟。卷发酋长接受了我们的邀请，来到我们的火堆旁。

酋长告诉我们，他在哥伦比亚河瀑布那里跟我们辞别时答应过我们，所以一回来就把我们的马收集起来悉心照看。差不多就在我们待在他们那里的时候，断鼻子也就是尼什内帕克乌克和图纳切木土尔特 [Tunnachemootoolt，又叫折胳膊（The Broken Arm）] 去路易斯河南汊和肖肖尼人打仗，没有见到我们。他们打仗回来，发现我们把马和马鞍委托给了卷发酋长，心生不满。他们不停地吵，卷发酋长心想自己年纪已大，何必费心去管马呢。后来那些马就自由散落到了各处，大多数在他家附近，一部分游荡到了肖帕尼什河

## 第二十章　瓦拉瓦拉人和内兹佩尔塞人

与库斯库斯基河交叉的地方，有三四匹在折胳膊酋长那里。折胳膊酋长的家在河上游，有一天的路程。

他说至于我们的马鞍，今年春天河水上涨，地窖门上的土塌了，马鞍露了出来。由于他事先知道马鞍的位置，就把马鞍收起来，放到另一个储藏地点，现在就在那里。他说有几个马鞍可能掉到水里了，不过他不是很确定。卷发酋长说，他的房子离这里只有几英里路程，而且去折胳膊酋长家正好路过那里，假如我们明天在那里待着，他会把他房子附近的马和马鞍收起来，再派几个年轻人把河汉那里的马也赶到折胳膊酋长的房子那里和我们会合。他建议我们去折胳膊那里，因为他是一位很有影响力的酋长，如果我们希望他本人陪同，他肯定会陪我们一起去折胳膊酋长那里。

### 1806 年 5 月 9 日，刘易斯上尉记

今晚晚些时候，卷发和威勒德回来，带来大约一半马鞍，还有藏在那里的火药和铅，我的马鞍丢了。大约这个时候，印第安年轻人带回我们的 21 匹马。大部分马的状态很好，有 5 匹马去年秋天被印第安人骑用过度，尚未恢复元气，萎靡不振。

### 1806 年 5 月 10 日，刘易斯上尉记

下午 4 点，我们下山到达康米耶普溪（Commearp Creek）[律师峡谷溪（Lawyer's Canyon Creek）]，来到图纳切木土尔特酋长的村子。去年秋天，我们把旗帜留在他的房子里，现在还挂在杆子上，离他的房子不远。图纳切木土尔特酋长在旗帜下见到我的朋友克拉克上尉，今天是他领队。图纳切木土尔特陪他走了大约 80 码，来到溪边，请我们在那里宿营。我几分钟后赶到。我们把几位酋长和有身份的男人请来，和他们一起吸烟，说明我们的补给情况。酋长跟他的族人们讲话后，他们给了我们两蒲式耳晒干的卡玛什根、4 块

牛菜干饼①,还有一条晒干的鲑鳟鱼。我们感谢他们为我们提供这些补给品,不过我们告诉他们,我们还不太适应仅仅靠吃植物根生存,我们担心光吃植物根会生病。为了消除这样的担忧,我们提议用我们的一匹驽马换一匹他们的健康幼马,给我们吃肉。酋长很好客,不能接受换马的做法。他说他的年轻人有很多匹小马,如果我们想吃马肉,那要多少有多少。这样说着,他们很快就牵来两匹肥小马,我们当即杀了一匹,告诉他们第二匹暂时留着,我们吃光第一匹后再杀。

一位名叫霍哈斯缇尔皮尔普(Hohâstillpilp)的酋长带着 50 个人,骑着骏马从他的村子来这里看我们。他的村子靠近河边,离这里有 6 英里。我们请他坐在我们中间一起吸烟。他的随从们就在不远处骑马侍立。我们先吃了几个植物根,才和他们谈话。我们兑现承诺,给图纳切木土尔特和霍哈斯缇尔皮尔普每人一枚纪念章。给图纳切木土尔特的是一枚小纪念章,上面有杰斐逊的头像,给霍哈斯缇尔皮尔普的是一枚华盛顿时代铸造的有播种图案的纪念章。我们向他们解释,在白人和受过教化的红皮肤人眼里,纪念章具有何等的意义和价值。为了接待我们,酋长让手下的人专门用皮子搭好一个圆锥形房子,门前摆了一堆木柴。随后,他告诉克拉克上尉和我,我们待在这里的时候,这里就是我们的家。

### 1806 年 5 月 11 日,刘易斯上尉记

早上 8 点,一位在土著人中间很有名望的酋长从路易斯河南岸的村子来到我们这里。他 40 来岁,身材结实,相貌堂堂,左眼瞎了。他名叫宇姆帕卡缇木(Yoomparkkartim),我们给了他一枚小

---

① 卡玛什(quamash 或者 camas)是一种植物的球状根茎,生长在加利福尼亚和蒙大拿一带。其根初夏采挖,既可生吃也可熟吃。牛菜(cows)是另一种植物根,印第安人把它们捣碎,做成扁平的大饼,然后晒干,可以当面包吃,也可以煮成糊糊汤吃。——约翰·贝克勒斯注

## 第二十章 瓦拉瓦拉人和内兹佩尔塞人

纪念章。铸有杰斐逊肖像的小纪念章已经用光了,现在只剩下一枚最大的,我们留着准备送给黄石河上的某位大酋长。

我们现在得知,图纳切木土尔特、尼什内帕克乌克、宇姆帕卡缇木、霍哈斯缇尔皮尔普是肖帕尼什部落联盟的主要酋长,他们的排名如上。既然这几位酋长都在我们屋子里,我们觉得现在是最佳时机,可以把昨天说过的事情再说一遍,更加详细地说明我们的政府关于生活在大陆西部土著人的立场、希望建立贸易站接济他们的设想、在土著部落之间促成和平增进和谐的愿望,以及我们国家的力量、权力和财富等等。为了说明这些问题,我们按照他们的方式用一块炭在一块垫子上画了一张美国地图,借助于斯内克印第安小伙子以及我们几位翻译的帮助,让他们明白我们的观点。不过交流要通过法语、明尼塔瑞语、肖肖尼语和肖帕尼什语才能实现,翻译很烦琐,费了差不多半天时间,才把我们的想法如愿告诉他们,他们很满意。会后,我们很开心地向他们展示磁铁、小型望远镜、罗盘、手表、气枪以及各种玩意儿的非凡性能。对他们而言,这些东西既新鲜神奇又令人费解。

### 1806 年 5 月 12 日,克拉克上尉记

吃过早餐,我给他们用眼药水,几分钟时间里就有近 40 个有眼病的人要求看病,还有许多人患的是其他疾病——最常见的是风湿病和腰背痛,尤其是女性。

今早印第安人开了一场大会,会后两个年轻人以他们部落联盟的名义给我们每人送来一匹马。我们让酋长们坐好,给他们每人赠送一面旗帜和一品脱火药,还有 50 枚枪弹,给那两个为我们献马的年轻人也赠送了火药和枪弹。折胳膊——也就是图纳切木土尔特酋长——脱下他的皮衬衫给我。作为回报,我也送给他一件衬衫。

我们回到屋里,土著人向我们表达以下观点:他们已经听过我

们的忠告，全部落联盟都决心遵循我们的忠告，在这件事情上，他们万众一心；他们解释为什么跟肖肖尼人打仗，希望跟所有部落联盟和平相处；他们的人会陪我们到密苏里河那里；等等。很多男女老少等着我们提供医疗帮助，许多人患的是最简单的疾病，药到病除，尽管还有很多人的病药物根本无法治愈——人人都要求治病！

我们商量好，我负责治疗，刘易斯上尉负责倾听他们的诉求，回答他们的问题。我一直忙到下午2点钟，给大约40个成年人点了眼药水，给那位残疾酋长、几个感染了风湿病的女人、一个臀部肿胀的男子敷用了一些简单的降温药物等等。傍晚时分，我们的3匹马找回来了——状态都很好。

### 1806年5月22日，克拉克上尉记

沙博诺的儿子还小，病得很重。他的下巴和喉咙肿得很厉害，我们先给他用了些酒石膏，然后敷上野洋葱泥等等。今天天气不错，我们抓紧时间晾晒行李，行李有点湿。

### 1806年5月23日，克拉克上尉记

孩子今早比昨晚好点。我们换上新鲜的野洋葱泥，今天一天换了两次。从昨天开始，好像肿胀没有再加重。今天来了4个印第安人，他们来自路易斯河上面的一个村子，离这里骑马得两天时间。他们此行的目的是见见我们，还想要一点眼药水。我用眼药水帮他们清洗眼睛，他们下午2点钟离开，去了河对岸的村子里。

### 1806年5月24日，克拉克上尉记

昨晚孩子睡觉很不安稳。他的下巴和后颈比昨天肿得更厉害。我又给他用了一剂酒石膏和一敷野洋葱泥。命令希尔茨、吉布森、焦伊列德、克鲁萨特、考林斯、菲尔兹兄弟俩出去打猎，如果可能

的话，让他们过考林斯河（Collins's Creek），到长有卡玛什的野地里去打猎。W. 布兰顿情绪依然低落。他虽然能吃，但是腰上软弱无力，人还不能走路。我们用尽了所有办法，都不见效。

约翰·希尔茨说，他见过有人跟布兰顿病情相似，通过发汗恢复了健康。布兰顿要求按照希尔茨提议的方法发汗治疗，我们同意试试。

希尔茨挖了一个坑，深 4 英尺，直径 3 英尺，在坑里生上火，给坑加热，然后将火取出，放进一个上面可以坐人的东西。病人坐在座位上，脚下放一块板，递给他一壶水，泼在坑底和坑壁上，产生他能够承受的热气，坑口再盖上毯子，毯子用铁环托着。过了大约 20 分钟，把病人扶出来，在冷水中待几分钟，再回到坑里待大约一个小时，然后出来用几条毯子裹着，再慢慢一条一条去掉毯子，直到他全身变得凉爽。这是昨天的疗法，今天布兰顿已经能来回走动了，比先前好多了。

早上 11 点，来了一艘独木舟，里面坐着一个印第安男子，我们在折胳膊酋长村里的时候，他要求我们给予医疗帮助。我给过他几服硫黄粉和酒石膏，让他每天早晨冲冷水澡。他承认现在比那时候好了点。当时他的四肢丧失了功能，眼下只是手指头萎缩。我们不知道怎么帮助这个可怜的人，我给他用了几滴鸦片酊，还给了些便携汤当药使用。

### 1806 年 5 月 26 日，克拉克上尉记

孩子今早好点了，不过肿胀还没有消退。我们依旧给他用野洋葱泥。我指导治疗那位残疾男子，给他几服酒石膏、硫黄粉和便携汤，建议他带回家发汗治疗等等。

### 1806 年 5 月 27 日，克拉克上尉记

沙博诺的孩子今天好多了，不过我感觉后颈的肿胀可能会在耳

朵下面长成一个丑陋的脓疮。带着病人来治病的印第安人迫切希望我们当面指导，给他们的残疾酋长（他的四肢丧失功能）发汗治疗，要求我今天再尝试治疗一次。于是，酋长的父亲，一位相貌堂堂的长者，不辞艰辛，把那个坑再挖大。我们无法让他彻底发汗，因为得用绳子拉着他，他才能直立在坑里。治疗过程完成后，他说身上痛，我给他用了30滴鸦片酊，他很快就镇静了，休息得很好。

## 1806年5月28日，克拉克上尉记

肖帕尼什人在12日早上召开内部会议，商议我们前一天讲过的事情。我们了解到，会议的结果十分令人鼓舞。他们相信我们讲的话，决定遵循我们提出的建议。会后，主要酋长也就是折胳膊拿出牛莱根粉，把所有人水壶和篮子里的粥和稠。完后，他讲了一通话，目的是宣晓会议讨论的内容，以便在大伙儿当中统一思想，严格执行会议决议。他最后要求所有同意遵守会议决定的人共进浓粥，要求那些立场摇摆不定的人不要吃粥，以示异议。我们的一位队员当时在场，他后来告诉我，当时没有听到一个不同的声音，没有一个人反对这项部落联盟决定，即便有人持有异议，也都开开心心地吃了浓粥，把异议吞咽到肚子里。

酋长大声讲话的时候，女人们哭喊着，捶胸顿足，揪扯头发，看上去极度悲痛。仪式结束后，几位酋长和有身份的男人一起来到我们坐的地方，离我们的帐篷不远，两个年轻人以部落联盟的名义给刘易斯上尉和我各送了一匹马，告诉我们，他们仔细聆听了我们的话，决心遵循我们给的建议，云云；因为我们还没有见过黑脚印第安人和草原堡一带的明尼塔瑞人，他们觉得冒险前往密苏里河平原不太安全，因此，只要那些印第安人不伤害他们，他们就很愿意陪我们一同前往；只要我们信守诺言，在密苏里河上建起贸易站，他们就会来买武器、弹药等等，还会居住在我们周围；尽管那里的

印第安人让他们流了不少血，但他们还是愿意跟那里的印第安人和平相处。他们说他们虽然人穷，但心善良。

## 1806 年 5 月 30 日，克拉克上尉记

勒佩芝和沙博诺一早去印第安村子，向他们买植物根。派戛斯中士去找些山羊毛装填马鞍护垫。他本想去河对岸的村子里找，可是无法过河，只好沿着河这边往上去找，傍晚空手而归。山侬和考林斯得到许可，带着各自的货物过河，和土著人做买卖，为他们自己准备一些植物根和面包，其他人也是这么做的。他们刚一上岸，一阵大水猛冲过来，独木舟侧身碰到几棵大树上，立刻进水沉没。庞兹不怎么会游泳，跟着他俩，好不容易才上了岸。他们损失了 3 条毯子、一件带帽风衣以及他们少而又少的货物。

我们本来就急缺衣服，又遭受损失，真可谓雪上加霜。我派普拉耶中士和几个人乘印第安人的独木舟过河，把那艘沉下去的独木舟捞起来，可是河水又深又猛，几次尝试都未成功。我担心我们的这艘独木舟也没了。

我们的所有病号都在康复过程中。今天我们给那位生病的酋长好好发了一通汗，随后不久，他的一条腿能动了，脚趾头也好了，另一条腿略微能动弹，他的手指头和胳膊好像完全恢复了。能康复到这个状态，他非常满意。我满怀信心，这几次发汗有可能让他完全康复。

## 1806 年 6 月 1 日，刘易斯上尉记

沙博诺和勒佩芝一路上走走走停停，昨晚才回来。他们沿着河的这边向上走了 8 英里，几乎到了一个村子的对面。谁知他们的领头马从陡峭的岸边掉进河里，游到了对岸，马身上还驮着他们的东西呢。他们看见对岸有个印第安人，就央求他把马赶过河。马虽然回到了他们身边，可是在过河途中弄丢了勒佩芝的一张麋鹿皮和几

• 343 •

样小东西，颜料（朱砂）也湿了。他们就待在那里晾东西。

30日傍晚，村里的印第安人得知沙博诺和勒佩芝要到他们村里，昨天（31日）早上便试图乘筏子过河——因为他们没有独木舟，因此带着一包植物根和面包，打算和我们的队员做买卖。谁知印第安人的筏子撞到石头上翻了，河流吞噬了他们的货物和植物根，我们前去做买卖的几位队员只好空手而归。

### 1806年6月2日，刘易斯上尉记

今早派麦克内尔和约克过河去做买卖。因为我们所有的物资都已经用光了，我们不得不使用各种计谋，尽可能做好最充分的准备，去迎接落基山脉那段艰难旅程的挑战。在那段旅程中，饥饿和寒冷会以最严酷的方式袭击疲倦不堪的旅行者。谁都没有忘记我们去年9月在那些大山里所受的苦难，我想我们永远都不会忘记。

我们的采购员麦克内尔和约克带着克拉克上尉和我从我们衣服上摘下来的纽扣、一些眼药水和我们专门为此目的制作的松脂石蜡软膏，以及我自己带来的里面装了鳞的小瓶子和小锡盒。他们傍晚返回，带回来大约3蒲式耳的植物根和一点面包。

今早，焦伊列德和尼什内帕克乌克、霍哈斯缇尔皮尔普一起回到营地。两位酋长陪他到拿走我们战斧的几个印第安人家里，在尼什内帕克乌克酋长的帮助下，他把两把战斧都拿回来了。其中一把被偷走的战斧我们十分珍惜，因为那是已故弗洛伊德中士的私人物品，克拉克上尉很想把它还给弗洛伊德的朋友。这把战斧的主人是从偷走它的印第安人手里买到这把战斧的，焦伊列德他们到他那里的时候，他本人正奄奄一息。他的亲人们不愿意还给我们，他们本来计划用战斧给它即将去世的主人陪葬。不过最后他们还是同意换一块手帕、两串珠子——那是克拉克上尉让焦伊列德送给他们的，还有两位酋长送给他们的两匹马。他们根据当地风俗，在坟前杀掉

## 第二十章 瓦拉瓦拉人和内兹佩尔塞人

两匹马祭坟。

### 1806 年 6 月 4 日，刘易斯上尉记

大约中午，3 位酋长离开我们，回他们各自的村子。他们在这里的时候，我们再次重复先前的诺言，邀请他们跟我们去密苏里河。他们婉拒，说今年夏天晚些时候再去，还说他们想今年在落基山脉东边过冬。我们提了一个要求，他们没有明确回答。我们要求他们派两三个年轻人跟我们到密苏里河瀑布，在那里等我，我先去玛丽亚河上游，很可能在那里见到草原堡明尼塔瑞人的一些分支，我可以努力促成他们和那里的印第安人和解。倘能如愿，那么就可以通过这几个年轻人告知他们；假如运气不好，不能如愿见到明尼塔瑞人或者无法劝说他们和解，他们同样可以通过这几个年轻人得知消息，继续保持警戒，直到白人凭借其能力为他们提供有效的救助。

折胳膊酋长把我们邀请到他村里，希望在我们走之前跟我们说些话，他还有些植物根要送给我们，帮助我们翻越落基山脉。

### 1806 年 6 月 6 日，刘易斯上尉记

弗雷泽去找他的植物根和面包，今早回来了。他去路易斯河渔场捕鱼时把它们寄放在卷发酋长的家里。卷发酋长跟着他一起来了，但是正好焦伊列德跟着克拉克上尉出去了，没有人翻译，我无法和卷发酋长交流，他傍晚离开营地，回他的村子去了。

克拉克上尉今天如约去见折胳膊酋长，让焦伊列德和其他几个人跟他一起去。他们受到热情欢迎。折胳膊酋长告诉他，他们的人直到夏末才可能去落基山脉，至于我们提议的安排两三个年轻人陪我们去密苏里河瀑布那里的事情，目前还没有选出合适的人，而且得经过部落会议才能决定。

# 第二十一章
## 比特鲁山脉[①]

(1806年6月8日—6月29日)

---

[①] Bitterroot Range 亦可根据字面意思译为"苦根山脉"。——译者注

**1806年6月8日,刘易斯上尉记**

那位生病的酋长恢复得很快,他的双腿已能承受他的体重,他也恢复了相当的体力。那个孩子差不多已经康复。布兰顿恢复得不错,我们再不能把他当病人对待了。他的病拖了很久,他一直坚强勇敢地承受着。

**1806年6月9日,刘易斯上尉记**

昨天晚上,我们把剩下的食物都吃光了,今天就靠植物根为生。想着即将回家,很快就能见到朋友们,队员们非常高兴。他们今天的动作似乎都很敏捷,大家一切准备就绪可以开拔。尽管供需品短缺,但今天大伙儿玩跑步比赛、投环、抓囚犯等游戏,非常开心。这条河的水位已经回落了好几天,现在比以前下降了近6英尺。我们认为这是有力的证据,表明山上的大雪已经快消光了。

**1806年6月10日,刘易斯上尉记**

早上11点钟,队伍全体出发,每个人不仅骑马,还有第二匹马驮着少许辎重。除此之外,我们还有几匹多余的马,以备急需或者补给短缺的时候用。感觉万事俱备，可以朝着落基山脉进发。

### 1806 年 6 月 15 日，刘易斯上尉记

今早集合马的时候遇上了一点麻烦，马四处吃草，走得比平时远。早晨大雨，我们把马集合完毕，想等雨停了再出发。然而，雨好像没有停止的迹象，我们就在 10 点钟出发了。走了 8.5 英里，经过一片小草原，我们事先让菲尔兹和威勒德提前赶到这里打猎。我们发现了他俩挂在那里的两头鹿，继续走了 2.5 英里，来到考林斯河，猎手们都在这里。他们又打了一头鹿，说他们还看到两头大熊——一头黑的，一头白的。我们在河边停歇用餐，让马吃草。

### 1806 年 6 月 16 日，刘易斯上尉记

由于倒树挡道，行走艰难，我们 11 点才到这里。这里是一片美丽的林中空地，我们发现了一些草地，便停下来让马吃草，我们自己吃饭。我们知道，除了饥饿溪那里的林中空地，再没有这么方便的地方了。这里草多，够我们的马吃好多天，我们计划就在这里宿营。今早温莎的枪管爆裂了。

我们用餐的地方是一条支流。到这里之前，我们看到山谷以及北边山坡上有大量尚未融化的积雪，有的地方有两三英尺深。我们越走雪越多，到了傍晚，多数时候是走在雪上面。雪很瓷实，上面可以走马，要不然我们根本无法前行。不过因为积雪很多，有的地方有 8~10 英尺深，路也很难走。

空气冰冷，我的手脚麻木。我们知道要走 5 天才能走到考尔特溪（Colt Creek）入口的鱼堰那里，前提是我们运气足够好，能够一直顺着山脊通往那里。关于这一点，焦伊列德表示很怀疑，他是我们须臾不离的森林行家和向导。

## 第二十一章　比特鲁山脉

除了那个地点，我们不指望再能找到有马草的地方，甚至连树林下面的草丛也没有，因为整个地方都被埋在深雪下面。假如我们继续走，万一在大山里迷路，即使我们足够幸运得以逃生，也十有八九会失去所有马匹，同时自然会失去我们的行李、仪器，甚至文件，极有可能断送我们的探险成果。雪上走马没有问题，雪上行军要比我们去年秋天穿行于石头和倒下的树木中间容易许多。当时这些山脊上只有零零散散的雪。

鉴于这种情况，我们认为探险到了这个阶段，如果没有向导带我们到库斯库斯基河的鱼堰那里〔即旅行者歇脚溪（Traveler's Creek Rest）〕，那等于是发疯，因为我们的马不可能不吃不喝持续走上5天多时间。我们从雪的样子判断，假如等雪化了再上路，那我们就不可能在这个季节回到美国。因此，我们决定趁马匹膘肥体壮，带它们返回，尽可能保持目前的状态，直到我们找到印第安人带我们翻越雪山。只要能找到这么一个向导，我们就尽快继续前行。

做出这样的决定之后，我们命令队伍把那些不太急用的东西以及所有植物根和牛菜面包都储藏起来，仅仅带上能用几天时间的东西，返回某个地点，在那里我们可以靠打猎维持生活，直到我们找到向导。我们把仪器、文件等等留下来。我们相信，与其让马驮着这些东西沿道路和河流原路返回，还不如把它们储藏在这里，这样反倒安全些。

我们在这座雪山上滞留了大约3个小时，把行李放到临时搭起的架子上，裹得严严实实的，下午1点开始逆向行军。我们顺着来路回到饥饿溪，沿溪上行大约两英里，然后宿营。这里的草虽然比昨晚那个地方的多，但是也不太茂盛。士气有点低落，但是没有我想象的那样沮丧。这是我们长途探险以来首次被迫后退或者逆向行军。晚上大部分时间全身湿透。

## 1806年6月18日，刘易斯上尉记

今早我们好不容易才把马赶到一起，它们在山坡上茂密的灌木丛里寻草，走得很远。到9点钟，除了焦伊列德的一匹和希尔茨的一匹，其余的马都找回来了。出发的时候，我们留下希尔茨和勒佩芝，让他俩找到马之后来追赶我们。我们打发焦伊列德和山侬去库斯库斯基河那边的平原上找肖帕尼什人，催促答应为我们带路的人尽快过来，或者无论如何也要找一位向导，尽快赶回来和我们会合。我们让他们带一杆来复枪，谁愿意带我们到旅行者歇脚溪那里，就把枪送给他。我们还指示他们，如果还找不到人，那就当场再送他们两条枪，到了密苏里河瀑布那里再送他们10匹马。

今早没有走多远，庞兹被一把大刀砍伤了腿，割破了腿内侧的一根静脉血管，血流如注。我怎么都止不住血，后来用木板和绳子做成一个小垫子，在伤口下方压着血管，才止住了流血。

过饥饿溪的时候，考尔特连人带马跌进了河里，人和马在石头堆里翻滚着，被河水冲出好一段距离。幸运的是，他人没有受伤，枪也没有丢。

下午1点钟，我们回到饥饿溪支流上的那片林中空地。我们16日这里吃过饭，这次又在这里停留吃饭。因为附近有很多鹿出没，我们留下鲁本·菲尔兹和约瑟夫·菲尔兹，让他俩今天下午和明天早上在这里打猎，明晚赶到考林斯河那里的草地上和我们会合。我们计划明天留在那里，歇马打猎。饭后继续前行，来到考林斯河，在草地上头一个很宜人的地方宿营，离我们15日宿营的地方有2英里。派了几个猎手出去打猎，然而他们空手而归。

他们看见河里有鲑鱼［鳟鱼］，几次开枪都没有打中。我们指示考尔特和吉布森明天早上每人准备一把渔叉，去试着叉鱼。猎手们见到了新的熊的足迹，却没有见到鹿的足迹。我们希望靠鱼还有

可以打到的鹿和熊能够维持到向导到来，这样就不必返回到卡玛什平原那里。这里草料丰足，养活我们的马匹一点问题都没有。

## 1806 年 6 月 19 日，刘易斯上尉记

下午 2 点钟，鲁本·菲尔兹和约瑟夫·菲尔兹带着两头鹿回来。约翰·希尔茨和勒佩芝跟他们一起回来了，马没有找到。到了晚上，弗雷泽报告说，我和克拉克上尉的坐骑和他的骡子都朝着卡玛什平原那边去了，他跟着它们的足迹走了大约 2.5 英里。我们决定早晨派所有猎手出去，好好察看一下在这里生存的可行性，假如不行，我们后天就搬到卡玛什平原那里。我们到这里后，蚊子一直很烦人，尤其是晚上。克鲁萨特给我拿来几只大羊肚菇①，我烤熟吃了，没有放盐、辣椒或者油脂。这是我第一次尝到原汁原味的羊肚菇，是绝对淡而无味的食物。我们的食盐快用光了，只剩 2 夸脱，还有我前几天留在山上的那些，我得留着去玛丽亚河的路上用。

## 1806 年 6 月 20 日，克拉克上尉记

猎手们一早就动身，去不同的方向打猎。我们的两个叉鱼手也拿着两把渔叉出发了，他们还带着一把拴在杆子上的刺刀和一张勺网，还有一张用马尾毛制作的渔网。靠近溪流浅滩有一个深坑，我们在这里叉了 6 条鳟鱼，傍晚又在溪流上方叉到 2 条。鲁本·菲尔

---

① 北美羊肚类蘑菇（morel）无毒，对于探险队员来说，真是运气太好了。在那个年代，没有多少人知道北美真菌，因为那些早期定居者也像印第安人一样很少吃野蘑菇——实际上有些蘑菇确实非常美味可口。只有意大利和斯洛伐克移民到达后，这里的人才真正开始食用菌类食品。即使到了今天，很多血统较为古老的人依然不喜欢吃蘑菇。尽管刘易斯和克拉克可谓资深丛林高手，但他们也是迫于饥饿才尝试了蘑菇，即使这样，他们也不喜欢吃蘑菇！他们实在是碰巧遇上了一种无毒可食的蘑菇。——约翰·贝克勒斯注

兹打死了一头棕红色的熊,很瘦。熊爪出奇的短,底部宽,很尖。这就是肖帕尼什人所说的亚喀熊(yah-kar)。熊很瘦,肉的味道很一般。拉比什和克鲁萨特很晚才回来,带回来一头鹿,是拉比什打的。猎手们告诉我们,他们竭尽全力打的这些猎物,也不足以让我们支撑一两天,因为猎物少,而且树底下植物茂密,再加上有很多倒下的大树,想打猎根本进不去。

因为要等焦伊列德和山侬返回,我们得在这里继续待两天多,我们决定早上回到卡玛什平原那里,争取储存些肉,为翻越大山做好准备,我们现有的存货以及一路打到的猎物几乎用光了。只要回到卡玛什平原那里,我们就可以早点得知能否找到向导带我们穿越大山。

### 1806年6月21日,克拉克上尉记

我们一早把马匹集合起来,踏上返回卡玛什平原的征程。大家觉得有点窝囊,得来来回回走这段十分艰辛的路程,再加上受阻于灌木、无数原木和跌倒的树木,旅途令人痛苦不堪,对马匹而言也异常危险。汤普森的一匹马今早出现情况,要么是噎住了,要么是得了严重的温热病,我担心它已经没有多大用处了。克鲁萨特的一匹极好的马在跳过一堆跌倒的树木时腹股沟被刺,严重受伤,迟早也不能用了。

我们过考林斯河的时候,遇上了两个印第安人,他们正往山里走。这两个印第安人带着从我们这里跑到卡玛什平原的3匹马和那匹骡子。他们跟我们沿溪流向下回走了大约半英里,在这里我们停下来吃饭喂马。

我们好不容易才弄明白印第安人的意思。他们说见过乔治·焦伊列德和山侬,说他俩过两天再回去。晚上7点钟,我们发现又一次回到了我们前几天宿营过的地方,在这里焦急地等候焦伊列德和

## 第二十一章　比特鲁山脉

山侬回来。

### 1806年6月23日，克拉克上尉记

焦伊列德和山侬未能按时返回，我们担心他们是不是找不到向导。虽然两个印第安人答应会等我们两天，但是我们担心他们今天就走，于是派温莎和弗雷泽今早去见他俩，尽可能劝他们推迟一两天再走。我们告诉温莎和弗雷泽，假如留不住印第安人，那就让戛斯中士、菲尔兹兄弟俩、瓦瑟去跟着他们，不管他们走哪条路，一直跟到旅行者歇脚溪，一边走一边开辟小道，在那里等着我们前来会合。

和往常一样，一早就派猎手们出去打猎。

下午4点钟，山侬、焦伊列德和怀特豪斯回来了。山侬和焦伊列德带来3个印第安人，他们同意带我们走到密苏里河瀑布，给他们的报酬是两杆枪。其中一个是断鼻子酋长的弟弟，另外两个就是在折胳膊酋长的村里为克拉克上尉和我赠马的那两个人，也就是本月19日我们离开考林斯河时答应会走九天九夜赶上我们的两个人。他们都是品性优秀的年轻人，深受他们族人的尊敬。

### 1806年6月25日，克拉克上尉记

昨天晚上，印第安人点燃杉树招待我们。杉树的树身周围有许多干树枝，点燃后，从高大的树冠到树根一下子燃起猛烈的火焰，在夜色里呈现出一道美丽的景观，让我想起燃放烟火的情景。这些土著人说，他们点火是为了给我们的旅程带来好天气。

今早集合马匹，一早就出发。我们的一个向导感觉不舒服。我不太喜欢这种前奏，因为假如印第安人这样抱怨，往往就是一种前兆，他可能马上放弃他不乐意干的事情。我们把4个印第安人留在营地，他们保证几小时后赶上我们。11点钟，我们到达饥饿溪支

流,在这里见到菲尔兹兄弟俩。他们没有打到任何猎物。我们在这里歇脚吃饭,几个向导赶上我们了。

萨卡戛维娅在这里采来一把肖肖尼人吃的植物根。这是一种小小的节瘤根,它的味道和黏度很像耶路撒冷球蓟①。

饭后,我们继续向饥饿溪进发,然后在我们本月16日的宿营地下面大约1.5英里的地方安营。几个印第安向导跟着我们,我相信他们会信守诺言。

## 1806年6月26日,克拉克上尉记

我们集合马匹,一早出发,沿着饥饿溪走了几英里,上到山顶,我们17日储藏的行李就在这里。所有东西都是我们离开时的样子,毫发无损。山顶的积雪从10英尺10英寸下降到现在的7英尺深,不过非常坚硬。我们生火做饭吃饭,我们的马站在至少有7英尺深的雪地上。饭后,我们打起行李继续前行。

印第安向导催我们尽快启程,他们说离计划今晚要到达的地方还有相当一段距离,到了那里马就有草吃了。于是出发,在几位向导的带领下翻山越岭,顺着陡峭的山坡行进,到处是积雪,只有树根周围露出星星点点的地皮。一路忽上忽下,翻过好几座陡峭高大的山峰,不过始终没有离开肖帕尼什河与库斯库斯基河的分水岭,一直没有遇到河流。

傍晚晚些时候,我们如期赶到预计到达的地方,我们自己十分满意,马匹也很快活。我们在一座山的陡坡上安营,靠近一口清澈的山泉。我们刚安好营,就有一个肖帕尼什男子赶上我们,他想陪

---

① 所谓耶路撒冷球蓟(Jerusalem artichoke)实际上并非真正意义上的球蓟,而是长在像土豆一样的块茎上的向日葵(sunflower)。之所以叫"Jerusalem artichoke",是因为意大利语的向日葵"girasole"在早期美国英语中成了"Jerusalem",而且这种向日葵的味道或多或少有点像真正的球蓟的味道。——约翰·贝克勒斯注

刘易斯上尉前往密苏里河大瀑布那里。

## 1806年6月27日，克拉克上尉记

我们一早集合马匹，然后出发，走的依然是昨天的那条路线，沿着分水岭的高峰前行。走了大约9英里，到了我们去年9月16日宿营的地方。在离去年的营地还有1英里的时候，向导们要求在一个山顶上停歇几分钟，吸一管烟。山顶上有土著人垒起的一个圆锥形石堆，有6到8英尺那么高，还竖着一根15英尺长的松木杆子。向导们告诉我们，他们和家人路过这里的时候，一般会打发几个男人去考尔特溪口的渔场钓些鱼，然后到位于库斯库斯基河源头的卡玛什空地那里和大伙儿会合。从这里我们可以看到那些巨大的山脉，基本上都像我们脚底下的山一样被积雪覆盖着。我们的周围全是山峰，对于不熟悉环境的人来说，根本就不可能从这里走出去。简言之，尽管这里的路我们已经走过一遍，但以目前的样子看，如果没有向导带路，我很怀疑我们能够找到前往旅行者歇脚溪的路，因为那些被我们寄予厚望、做过记号的树比去年少了许多，根本不像我们想象的那么容易辨认。这几个印第安人是最令人敬佩的领路人，只要没有雪，他们就能帮我们找到路，哪怕只能找到几步路。

吸好烟，光是长时间凝视着眼前的情景，就足以让任何人失去信心，不过对我们丝毫没有影响，因为我们已经成了久经考验的旅行者。我们继续行军3英里，下了一座陡山，在河汊靠上些经过肖帕尼什河的两条小支流，又爬到我们经过的山脊上，走了7英里，来到我们去年9月16日宿营的地方。

我们的肉吃光了，我们给每个厨组分了1品脱的熊油，用这点油煎植物根，做成一道可口的菜。约翰·庞兹的腿肿胀发炎了好几天，今晚好多了，已经不怎么痛了。我们给他敷捣碎的植物根和野

生姜叶，大大缓解了他的痛苦。

## 1806 年 6 月 29 日，克拉克上尉记

饭后，我们继续行军 7 英里，黄昏前到达温泉，派了几个猎手和鲁本·菲尔兹、焦伊列德一起去打猎，结果空手而归。晚些时候，约瑟夫·菲尔兹和考尔特来了，带回了走失的几匹马，还带来了约瑟夫·菲尔兹打的一头鹿。晚饭吃鹿肉。

主温泉的温度跟弗吉尼亚温泉那里最热的澡池的温度差不多。印第安人用石头和泥巴堵住河水，就成了一个临时澡池，我在里面泡了 10 分钟。待 10 分钟已经非常不容易了，我出了一身透汗。紧挨着这个温泉，还有两个更活跃的温泉，温度更高，把手浸入水中，能感觉到剧烈的烧痛。感觉这些温泉跟弗吉尼亚最热的温泉一样烫人。

今晚队员们和印第安向导都在温泉里玩。根据我的观察，这几个印第安人会在温泉里尽可能多待一会儿，出来后跳进河水里——河水的温度接近冰点——在河里待上几分钟，又回到温泉里，如此多次重复，不过最后总是在温泉里结束。我们看到了两个赤脚印第安人的足迹。

# 第二十二章
## 探险队兵分两路：刘易斯和印第安人

（1806 年 7 月 1 日—8 月 12 日）

## 1806年7月1日，刘易斯上尉记

　　我决定带领一个小分队，从这里沿最直接的路线前往密苏里河瀑布，让汤普森、麦克内尔和古德里奇留在那里张罗运货车和器械，准备搬运我们的独木舟和辎重。我自己带6个志愿者继续沿玛丽亚河上行，探索沿岸地貌，搞清楚玛丽亚河是不是有一条支流一直向北延伸到北纬50°那里，然后再返回，在玛丽亚河口和另一个小分队会合，他们应该是在沿密苏里河下行。我问谁愿意跟我走这条路线，好几个人站了出来，我选了焦伊列德、鲁本·菲尔兹和约瑟夫·菲尔兹、华纳、弗雷泽和夏斯中士。

　　其他队员将跟着克拉克上尉前往杰斐逊河源头，我们在那里储藏了各种东西，我们的独木舟也在那里。奥德韦中士将带领一个9人小分队，乘独木舟自那里沿河而下。克拉克上尉和其余10人，包括沙博诺和约克，将沿着通往三汊口和密苏里河最近的路前往黄石河。在那里，他将造一艘独木舟，和沙博诺、萨卡戛维娅、他的奴隶约克以及其他5个人顺黄石河而下。如果他先到那里，就在那里等我。普拉耶中士和两个队员将骑马走陆路，前往曼丹部落联盟，

刘易斯与克拉克探险日记

再从那里去英国人设在艾幸尼波因尼河上的驿站，给哈尼先生[①]带去一封信。我们希望哈尼先生能跟我们一起劝说苏人的酋长，让他们到密苏里河来见我们，并且跟我们一起前往我们国家的首都。

### 1806年7月2日，克拉克上尉记

我们把所有武器都擦拭整饬好。不幸的是，两支来复枪枪口附近裂开了，希尔茨把裂开的枪管截掉，感觉还挺好使。很短的一支我们跟印第安人换了，他给我们做向导，我们给过他一把长枪。我们让每个队员灌满角制的火药罐，带上足够的枪弹，等等。在我们顺着旅行者歇脚溪下行的最后一天，刘易斯上尉从40英尺高的陡坡上滑下去，幸好毫发无损。他的马差点倒在他身上，幸好站起来了，人马无恙。

### 1806年7月3日，刘易斯上尉记

我们制订了几套回程计划，为此所做的各种准备工作全部就绪，给马披上鞍子准备启程。我告别我的挚友和伙伴克拉克上尉，也离开跟他一起行军的其他队员。尽管我知道这次分离只是暂时的，但我此刻还是忍不住感到担心。

我的小分队有9个队员和5个印第安人，我们沿着克拉克河往下走了7英里。印第安人建议我们在这里过河。河水湍急，宽150码。

没有其他办法过河，我们只好找干的原木做木筏。这里树木不多，我们好不容易才找到够做3个小木筏的原木。我们是早上11点到的，下午3点才做好木筏，然后吃午饭，接着搬运行李。筏子不多，得往返好几次，3个小时才过完河。印第安人让他们的马游

---

[①] 哈尼先生（Mr. Haney）是探险队在1804年遇到的一位加拿大贸易商，对探险队很友好。只有曼丹人跟着探险队去了华盛顿，不可能带着苏人去。——约翰·贝克勒斯注

## 第二十二章 探险队兵分两路：刘易斯和印第安人

过河，他们的行李是用鹿皮小盆子浮过去的，他们只花几分钟就做成了鹿皮盆子。我们的马紧跟着印第安人的马游到了对岸。

我和两个几乎不会游泳的队员等到最后才过河。到了这个时候，由于木筏频繁往返，我们已经挪到下游相当一段距离，那里是一片急流，有几座小岛和柳树沙洲，又刚好被水漫过，过河难度很大。我和这两个不会游泳的伙计上了木筏，很快便被急流带到 1.5 英里的下游才接近对岸。快上岸的当儿，筏子一度没入水里，我抓住一丛灌木，游到了岸上。两个队员待在筏子上，幸好往下漂了一段距离后上了岸。为了安全起见，我还特意把我的经线仪①装在了怀表袋里。哪想到竟然遭遇了这么一场事故，经线仪被水浸湿了。

我和队伍会合，与印第安人一起行军 3 英里，来到一条小溪旁，日落时安营。我派猎手们出去打猎，他们很快就打来了 3 头很肥的鹿，我把一半给了那几个印第安人。这个时候，几个印第安人告诉我，他们在我们营地不远处指给我的那条路通往克拉克河东边的支流，然后通向他们所说的科卡拉瑞什珂河（Cokahlarishkit），又叫水牛之路河（River of the Road to Buffalo），再从那里通往美迪辛河和密苏里河瀑布，那里正是我们要去的地方。他们声称，这条路很多人走过，我们不可能会迷路，而且因为他们担心会遇上他们的宿敌明尼塔瑞人，所以他们就不能继续陪我们了，他们想从这里下克拉克河，去找他们的朋友沙利人②。他们告诉我们，离这条河和密苏里河的分水岭不远，路分成两条，他们建议走左边的那条，不过两条路都能到密苏里河瀑布那里。

我安排猎手们早点出去打猎，为这几个印第安人多打些肉。他们这么好心，领着我们翻越了这么多的大山，不给他们尽可能多准

---

① chronometer 亦可译成"天文钟"。——译者注
② 沙利人（Shalees）是图舍鲍人（Tushepaws）的一个分支，主要生活在克拉克河两岸。——约翰·贝克勒斯注

· 363 ·

备些补给品，我真不舍得让他们走。

今晚蚊子肆虐，我们不得不生了几大堆火，让马少受点侵扰。这些可恶的家伙把马折磨得够呛，马躲进烟里面逃避蚊子，我真担心马会被蚊子叮疯掉。

### 1806 年 7 月 4 日，刘易斯上尉记

我给几位印第安人送了一件衬衫、一块手帕，还有一点弹药。11 点半，猎手们空手而归。我命令大伙儿给马披上鞍子，和这些好心人吸烟，中午为他们送行。他们把我昨晚给的鹿肉切成薄片放在太阳下面晒，说要留在这里，当作他们回程的补给品，等他们从沙利人那里返回的时候再取。

我们的这几位向导感情很诚挚，离开我们时流露出依依不舍的样子。他们说他们很肯定，那些帕基人会阻止我们再次见面。

### 1806 年 7 月 11 日，刘易斯上尉记

现在这个季节，水牛开始交配，公水牛不停地吼叫，几英里以外都能听见。水牛太多，所以一直能听到连续不断的吼叫声。我们的马没有见过这种阵势，水牛的长相和吼叫声让它们甚为不安。我们走到能看见白熊岛的时候，只见密苏里河两岸的河滩里挤满了水牛。我感觉光是方圆 2 英里以内就有不下 1 万头水牛。我在一片小树林里碰上我们的猎手，树林的对面就是一座岛，他们在岛上打死一头母牛，在那里等着我们。他们没有见到麋鹿。

我派猎手们去打水牛，一来为了给队员们在这里留些肉吃，二来为了过河用的水牛皮[①]。我们卸下马驮，在几座岛的对面安营。

---

[①] 水牛皮将帮助他们过河，因为他们可以把它做成"牛皮筏子"或者"牛皮独木舟"。他们使用的这些马都来自落基山脉的另一侧或者东边高地，以前从没有见过水牛。——约翰·贝克勒斯注

# 第二十二章 探险队兵分两路：刘易斯和印第安人

我们剥下母水牛的皮，找了些柳树干做牛皮筏子。到 12 点钟，猎手们打来了 11 头水牛，大多数很肥。这个季节的公水牛一般要比母水牛肥，肉很好。我派所有人骑马去帮忙处理水牛，把肉运回来。下午 3 点钟，我们运来大量优质水牛肉，还有很多牛皮，足够造独木舟，搭建住所，制作索具。接着，我让所有人制作两艘独木舟。其中一艘我们是仿照曼丹人的样式做的，只用一张皮做成盆子的形状；另一艘我们按照自己的设计做，用了两张皮。

### 1806 年 7 月 12 日，刘易斯上尉记

今早我派队员们去找马，其中两个人找回来了 7 匹，其余 10 匹良马失踪，永远找不到了。我怀疑它们是被偷走了。我又派两个人骑马去找。风很大，我认为不宜过河。华纳中午回来了，他在富特山①附近又找到 3 匹马。夏斯中士直到下午 3 点钟才回来，他沿着美迪辛河向上走了大约 8 英里，一匹马也没有找到。我又派约瑟夫·菲尔兹和焦伊列德去找马。菲尔兹天黑回来，没有找到，焦伊列德整夜未归。

### 1806 年 7 月 13 日，刘易斯上尉记

搬到去年的营地，就在白熊岛上端的对面。我们在这里安营扎寨，派汤普森他们几个着手做马具。挖开密窖，发现我的几张熊皮被水泡坏了，原因是河水上涨渗进了密窖。我收集的所有植物标本全没了，只有密苏里河的航河图幸免于难。打开我的几个箱子和盒子，取出里面的东西晾晒，发现我的文件和几样东西湿了。鸦片酊的瓶塞掉了，瓶里的液体流到匣子里毁了大部分药物，无法恢复。

---

① Fort Mountain 亦可译作"堡垒山"。——译者注

### 1806年7月14日，刘易斯上尉记

把运货车的轮子挖出来，发现它们状态还不错。船的铁架也没有遭受重大损坏。把肉切成薄片，在阳光下晒干。我还有些植物根，把它捣碎留作旅途中的食物。植物根的糊糊和肥水牛肉比起来，完全不可相提并论。

在我们周围的平原上，能够看见大量的狼在四处游荡，它们就在离我们两三百码的地方嚎叫。一座大岛上端的水中有一头水牛的尸体，我数了一下，尸体边围着27匹狼，大都块头很大。

### 1806年7月15日，刘易斯上尉记

一大早就派麦克内尔到转运线的下头，看看那里的储藏窖和白色平底船是否完好，或者是什么状态。其他队员都忙着晒肉、硝鹿皮，再就是准备迎接独木舟。下午1点钟，焦伊列德回来，一匹马也没有找回来。他说他仔细找了两天，才弄明白马是在什么位置过了迭奔河（Dearborn's River）。在马过河的地方有15座小屋，大约是在马被偷走的那个时间前后废弃的。他从房子那里开始，跟着马的足迹一直走到我们走过的那些山路上，马的足迹一直延伸到我们本月7日宿营地点以南3英里的地方，从那里向西而去。

毫无疑问，这是一群图舍鲍人，他们是在打水牛的途中偷走了我们的马。焦伊列德说，他们的营地在一小片河滩里，大约有5英亩，被高耸陡峭的石岸包围着，人和马被严严实实地封闭在这个小地方，方圆1/4英里的地方看不到任何痕迹。营地附近的每一叶草都被马吃光了，看样子他们已经在这里住了一段时间。因为他的马长途跋涉非常疲劳，而且他发现印第安人至少领先他两天时间，所以他觉得最好还是返回。

焦伊列德平安回来，我心上的一块石头总算落地了。我此前不

## 第二十二章　探险队兵分两路：刘易斯和印第安人

止一次想，他可能被一头白熊咬死了。我正准备明天出发去找他，如果找不到，我就继续往前走，到玛丽亚河那边去找。我知道一旦遇上熊，即使在平原上，熊也必定会攻击他。这时候如果发生意外，马和人自顾不暇，他十有八九会被熊咬死。他能平安回来，我大喜过望，甚至想不起那些马了，虽然那些是我最好的 7 匹马。

尽管丢了 7 匹马，损失惨重，但未必完全不可弥补，或者至少不会影响我探索玛丽亚河的计划。我还有 10 匹马，我留下两匹最好的和两匹最羸的，让它们帮助队伍搬运独木舟和行李。我带了其余 6 匹。这 6 匹马大都很一般，不过我还是希望它们能够满足我们的需要。我本来想多带几个人，但是不得不让戛斯、弗雷泽和华纳 3 个人留在这里，所以只带了鲁本·菲尔兹、约瑟夫·菲尔兹，还有焦伊列德。我们有两匹马闲着，可以换着骑。

安排停当后，我命令早上早点启程。确实，我应该立即出发，可是麦克内尔骑走了我准备带走的一匹马，还没有回来。他回来时天快黑了，他的毛瑟枪从枪机那里断了。他说他刚到转运站的柳荫道上，就碰上了一头白熊，相距不到 10 英尺。幸好熊在茂密的灌木丛里，没有看见他。

可是马受到惊吓，立即转身，刚好把他甩到熊前面。白熊后腿立起来准备战斗，这样正好给了他喘息的机会，他一下子站起来，用枪托猛击熊头，用扳机护圈猛砍，摔断了枪机。熊被击懵了，倒在地上，用爪子抓他的头。麦克内尔借机爬到身边的树上[①]，才得以逃脱。熊在树底下一直等到半夜，才离他而去。

### 1806 年 7 月 17 日，刘易斯上尉记

我们穿越平原的时候，打死了一头母水牛，带走了它的后背和

---

[①] 有些种类的熊会爬树，而灰熊不会爬树。尽管这样，可是有时候如果树长成一个坡度的话，它们有可能会沿着树杈爬上去。——约翰·贝克勒斯注

舌头，足够4个人一天的伙食。下午5点钟，我们来到玫瑰河（Rose River）［应为艾菊河（Tansy River）］。眼看今晚肯定赶不到玛丽亚河，我决定在这里待一晚上。如果我们赶不到玛丽亚河，中途极有可能找不到柴火，有可能连水也没有。到了河边，我们见到一头受了伤的水牛，身上流着血，刚刚过河。我们猜测有可能是印第安人在追赶水牛，他们应该就在附近。草原堡明尼塔瑞人和黑脚印第安人经常在这一带出没，这是一帮邪恶无耻、无法无天的家伙，我希望尽可能不要见到他们。

## 1806年7月26日，刘易斯上尉记

我沿着玛丽亚河一直上行到河汊。河流穿越的这片地域要比其上游到山脉那里的地域崎岖得多。我刚到山上，发现左侧1英里处聚集着大约30匹马。我停下来用侦察望远镜观察，发现马群上面的山顶上有几个印第安人，好像正在看下面的河。我猜测他们是在看焦伊列德。他们的马大约有一半披着马鞍。

这是我非常不想看到的一幕情景。不过，我还是下决心尽量利用好我们的处境，友好地去接近他们。我让约瑟夫·菲尔兹拿出我们专门带来的旗帜，慢慢地朝着他们走去。他们这时候才发现我们，不停地跑来跑去的，好像是受到了惊吓。他们本来一直在看焦伊列德，没有注意到我们，直到我们开始朝他们走，他们才回过神来。有几个人跑到山下，把马赶到离山顶很近的地方，又回到山顶，好像是在等着我们，又好像是在准备自卫。

我寻思着他们人马数量几乎相当，如果我们逃跑，只会引诱他们追赶，因为他们会以为我们是他们的敌人，而我们的几匹马平庸无能，所以很难逃脱。而且焦伊列德跟我们不在一起，我担心他不知道这些印第安人，假如我们试图逃跑，他很可能会落在后面成为牺牲品。

## 第二十二章　探险队兵分两路：刘易斯和印第安人

出于这些考虑，我继续朝着他们走。在离他们有 1/4 英里的时候，他们中间的一个人骑马全速朝我们跑来。看到这番情景，我停住下马。在离我们 100 步的时候，他看着我们，然后拨转马头，快速回到他们那边。

他在我们前面停住的时候，我伸出手，示意他过来，可是他毫不理会我的友好姿态。他返回去后，他们都跑下山，翻身上马，向着我们跑来，把其余的马撇在后面。我们也迎着他们往前走。我数了一下，一共有 8 个人，不过我想可能还有人躲在背后，因为还有几匹马身上披着马鞍。

我告诉身边的两个队员，我担心他们是草原堡明尼塔瑞人，根据我的判断，我们可能会遇上麻烦。假如他们以为自己人多势众，我敢断定他们会抢劫我们。如果那样，不管他们有多少人，我都会拼死抵抗，誓死保住文件、仪器和枪，我希望队员们能和我一样坚强，提高警惕，保持警戒。

双方相距约 100 码，印第安人站住了，只有一个人继续朝我们走。我让身边的两名队员也停了下来，我一个人去迎接那个印第安人，和他握手，然后前去同他身后的人握手，他也和我身后的两个人握手。双方走到一起，全部下马。印第安人接着要求跟我们一起吸烟，我告诉他们，他们刚才看到的那个人正在河边往下走，他拿着我的烟管，我们得等他回来才能吸烟。他们看见他是朝着哪个方向走了？我请他们派一个人和我们的一个人一起去找他。他们很高兴，同意我的提议，派了一个年轻人，和鲁本·菲尔兹一起去找焦伊列德。

我这才用手势问他们是不是北边的明尼塔瑞人，他们回答是的。我问他们中间有没有酋长，他们指出有 3 位。我不相信他们，不过我想最好还是让他们开心，便给第一位送了一枚纪念章，给第二位送了一面旗帜，给第三位送了一块手帕，他们好像喜不自胜。

大概因为第一次见到我们，他们显得很紧张，好像还没有镇定下来。事实上，我相信这次不期而遇与其说吓着了我们，还不如说吓着他们了。

我没有看见其他人出现，我判断他们一共只有8个人，我放心多了。假如他们企图对我们有敌对行为，这么几个人我们完全可以对付。见天色已晚，我提议我们到靠河最近的地方一起宿营。我告诉他们，我很高兴见到他们，有许多话要对他们说。

我们上马，朝着河边的方向走，其实只有一点路程。途中我们遇上了焦伊列德、菲尔兹和那名印第安人。我们沿着高出河面大约250英尺的峭壁下来，到一块差不多半英里长的河滩里，那里有3棵树，彼此独立。在一棵树附近，印第安人用熟水牛皮搭了个半圆形的大营地，邀请我们分享他们的住处。我和焦伊列德接受了他们的盛情，菲尔兹兄弟俩躺在营地前面的火堆旁边。有焦伊列德的帮助，我晚上和这些印第安人说了好多话。我从交谈中得知，他们是一个大营居群的一部分，这个大营居群目前在落基山脉脚下一带安营，在玛丽亚河的主要支流上，离这里有一天半的路程；那个分支中间有一个白人；他们部落联盟还有一个大营居群，一边在那些断断续续的山脉附近打水牛，一边在前往玛丽亚河口，很可能过几天就能到那里。

我告诉这些人，我来自东面很远的地方，那里的大河一直流向太阳升起的地方；我见过很多大河，都是太阳落下的地方，还见过大河上很多部落联盟的人，就在大山的这边；我邀请那些部落联盟的人和我做生意；我发现他们大都和邻居交战，我在他们中间促成和平；我现在正在回家的路上，我把队伍留在密苏里河瀑布那边，让他们沿着密苏里河而下，到达玛丽亚河口，在那里等我；我来这里的目的是找到他们，劝他们和邻居和好，尤其是跟大山西边的那些邻居讲和，等这条河口上建起贸易站，我就请他们来和我做生

## 第二十二章　探险队兵分两路：刘易斯和印第安人

意。这几个明尼塔瑞人很赞同我的话，宣称他们的愿望就是和图舍鲍人和好。他们说图舍鲍人最近杀死了他们的几个亲戚，一边说一边指着眼前几个剃了头发的人，证明他们说的都是真话。

我发现他们尤其喜欢吸烟，就让他们一管接一管地吸，一直吸到很晚。我告诉他们，如果他们愿意照我说的做，那就派几个年轻人去他们的营居群那里，带上邀请信去请他们的酋长和斗士们，让他们把那个白人带到玛丽亚河口和我见面，其余的人陪我去玛丽亚河口那里，我很期待到那里和我的队伍会合，因为我们分开已经有些时日了，我知道他们见不到我心里就不踏实；假如他们跟我走，我会给他们10匹马，还会给他们一些烟草。对于我的这个提议，他们没有回应。

今晚我第一个值夜，一直坐到11点半，印第安人已经入睡。我叫醒鲁本·菲尔兹，之后自己躺倒睡觉。我担心他们可能会偷我们的马，让菲尔兹时刻注意印第安人的举动，假如他们有人离开营地，就叫醒我们所有人。

交代好这些事情，我沉沉地睡了一觉，直到我们的队员和印第安人把我吵醒，那时候天已经亮了。

### 1806年7月27日，刘易斯上尉记

今早天刚亮，印第安人一起来就挤在火堆周围。约瑟夫·菲尔兹在值班，很随意地把他的枪放在背后，他兄弟还在他身后睡觉。一个印第安人，就是昨晚我给了他一枚纪念章的那个，悄悄溜到菲尔兹背后，偷走了他们弟兄俩的枪，菲尔兹一点都没有觉察。同时，另外两个印第安人过来偷走了我和焦伊列德的枪。

约瑟夫·菲尔兹看见了，转身去找枪，发现那个家伙拿着她[1]

---

[1] 早期的边疆拓荒者常常以"她"（she, her）来指枪。——约翰·贝克勒斯注

和他兄弟的枪，正在逃跑。他叫醒他兄弟，他兄弟跳起来，弟兄俩去追那个印第安人。他们在离营地五六十步的地方追上了，抓住枪，夺了回来。鲁本·菲尔兹在抓枪的当儿，用刀子捅了印第安人的心脏。那家伙跑了大约15步，倒地而死。这件事我是事后才知道的。他俩夺回枪，立即跑回营地。

焦伊列德当时醒着，看见印第安人拿了他的枪，立刻起来抓住枪，夺了回来，不过那个印第安人还拿着他的弹药袋。他跳起来大喊："该死的，放开我的枪！"把我吵醒了。

我"呼"地翻身坐起，问怎么回事。看到焦伊列德正跟印第安人扭打着夺枪，我立刻明白了。我伸手抓枪，却发现枪已经不在了。我从枪套里拔出手枪，转过身，发现印第安人正拿着我的枪逃跑。我举着手枪追他，警告他放下枪。他正准备放下枪，菲尔兹兄弟俩回来了，正要开枪打他，我阻止了，因为他并没有表现出抵抗或攻击行为。

他丢下枪，慢慢走开，我立即捡起枪。焦伊列德这时候已经夺回了他的枪和弹药袋，问我是不是可以不杀这个印第安人。我也劝他，因为这个印第安人并没有想着要杀死我们。看我们都拿起了武器，他们跑开了，还拼命驱赶他们的马。

我当即大声喊我们的人，告诉他们，假如印第安人试图赶走我们的马，就开枪打他们。队员们去追他们的大队人马，那些人正赶着马沿河往上跑。我追赶抢我的枪的那个人，他正和另一个家伙赶着一部分马沿着营地的左边走。因为我紧追不舍，他们无法赶走他们自己的12匹马，不过还继续赶着我的一匹马——我的马跟他们的几匹马在一起。在我前面有300步的时候，他们赶着马钻进了峭壁中间的一个陡峭的湾坎里。我几乎喘不过气，追不动了。我对他们喊话——我以前好几次这样喊话，假如他们不还我的马，我就打死他们，同时举起枪吓唬他们。

## 第二十二章　探险队兵分两路：刘易斯和印第安人

俩人中间的一个躲到一块石头背后，对另一个说了些什么。另一个转身，在离我 30 步的地方停住，我打中了他的肚子。他右肘撑着跪到地上，抬起上半身朝我射击，然后转身爬了几英尺，钻进一块石头背后。枪弹从我头顶擦过，我光着头，明显感觉子弹飞过头顶带起一股风。

我身上没有带弹药袋，填装不了子弹，他们两个人躲在石头背后，隐蔽得很好，我觉得凭一把手枪追赶他们绝非明智之举，而且手枪的子弹已经打没了。如果不回到营地，我就没法填装子弹。因此，我悠闲地返回营地。路上碰上焦伊列德，他听到枪声回来找我，让菲尔兹兄弟俩去追印第安人。我让他赶快跟我回营地，帮我尽可能多抢几匹印第安人的马，同时让他把菲尔兹兄弟俩喊回来——如果他们能听见的话。我们还有好几匹马，足够了。他大声喊他们，不过兄弟俩离得太远，听不见焦伊列德的声音。我们回到营地，开始拉马披鞍搭驮。

我之所以身上没有弹药袋，是因为夺回枪后，离营地大约有 50 码，我来不及跑回营地，便立即去追印第安人，否则他们会赶走我们的全部马匹。我们拉住马，披上鞍子，开始搭驮，这时候菲尔兹兄弟俩带回来我们的 4 匹马。我们丢了 1 匹马，却抢来了印第安人 4 匹最好的马。

队员们备马的时候，我把印第安人丢下的 4 个盾牌、两张弓和两筒箭，还有其他零碎东西都丢进了火里。他们的所有行李都丢在这里，任由我们处置。他们只有两杆枪——其中一杆落下了，其他人的武器就是弓箭和作战木棒。那杆枪我们拿了，我也拿回了送给他们的那面旗帜，不过那枚挂在死人脖子上的纪念章我没有拿，我要让他们知道我们是谁。

我们带了他们的一些水牛肉出发，沿着昨晚下来的原路登上那些峭壁。还有 9 匹他们的马，我们不想要了，就留在那里。菲尔兹兄弟俩告诉我，他们追赶的印第安人当中有 3 个游过河了——其中一个骑我的马跑了，另外两个爬上山赶着几匹马跑了。两个被我追到湾坎里了，一个躺在营地附近死了。剩下的我们不太清楚，我们猜测，大概在刚刚交战的时候就逃跑了①。

上了山，我们取道一片美丽的平原，朝着东面略微偏南的方向前进。我的计划是尽快赶到玛丽亚河口，希望在那里见到我们的队伍和独木舟。毫无疑问，大队印第安人马会追赶我们。因此时不我待，我们拼命扬鞭策马。

天黑前，我们走了大约 17 英里。我们停下来，人马歇息两小时。我们打死一头母水牛，带了一点肉。稍事休整后再次启程，在月光下缓缓行进。除了微弱的月光，四周沉重的雷云低垂。夜间和下午的情形一样，不断见到一群群的水牛。我们一直走到凌晨 2 点钟，我估计光是天黑以后就走了大约 20 英里。可想而知，到了这时候人马精疲力竭。我们让马歇息，自己躺在平原上休息。我的这匹印第安马很好骑。简言之，即使我自己的那匹还在，怎么也没有这匹好骑，所以我就没有理由抱怨那次抢劫了。

## 1806 年 7 月 28 日，刘易斯上尉记

今早天气还算不错。我睡得很香，不幸的是天一亮就醒了。我

---

① 到了 19 世纪末，一个名叫沃尔夫·卡尔夫（Wolf Calf）的黑脚印第安斗士讲述了印第安人流传下来的故事，他跟着族人去见刘易斯和克拉克探险队的时候还是个小孩。乔治·伯德·格林内尔（George Bird Grinnell）听过这个故事，他听说当时印第安人"向北飞跑，刘易斯向东南飞跑"。1807 年，加拿大探险家大卫·汤普森（David Thompson）发现黑脚印第安人一直盯着密苏里河，在等着向刘易斯寻仇。但是，圣路易斯商人曼努埃尔·利萨（Manuel Lisa）发现，有些黑脚印第安人却认为刘易斯那样做并没有错。黑脚印第安人之所以对白人长期持有敌意，人们通常认为与这次事件有关，尽管这种观点未必站得住脚。——约翰·贝克勒斯注

## 第二十二章 探险队兵分两路：刘易斯和印第安人

叫醒队员们，让他们给马披鞍子。昨天骑马时间太长，我全身酸痛，几乎站不起来，其他人也腰酸腿痛。我鼓励他们，我们自己的生命、我们朋友和探险队员的生命就取决于我们此刻的努力。他们精神一振，很快就备好了马，我们继续行军。

我们在平原上前往会合地点。我下定决心，假如途中遇到攻击，就把马缰绳串在一起，以我们宝贵的血肉之躯誓死保卫它们。

我们向东走了大约 12 英里，发现已经离密苏里河不远。我们听到一阵轰隆声，以为是枪声，不过不太确定。继续沿密苏里河东北岸向下走了大约 8 英里，离格洛格温泉大概不到 5 英里，我们听到右面的河上传来几声清晰的来复枪声。我们快速朝着这个亲切喜人的声音走去，到了岸上，看到我们的独木舟正在沿河下来，欣喜之情无以言表。我们赶紧从河岸的峭壁上下去，和他们会合，卸下马身上的辎重，它们终于解脱了，我们立即往船上装行李。

我现在得知，他们带的东西毫发无损，也没有遭遇任何重大事件。瓦瑟的腿受了刀伤，干不了活。我们顺河而下，对岸就是我们的主储藏窖。我们先侦察好周边的情况，然后才挖开地窖。发现地窖塌陷，埋在里面的东西大都损坏了。我损失了两张很大的熊皮，真是心疼。队员们的皮张和行李大都损坏了，我们的火药、玉米、面粉、肉和盐都有轻微的损坏。干饭坏了，或者差不多不能用了。尽管这些东西急需晾干，可是我们没有时间，就把东西丢在那里，去取埋在同一地点的其他几个小地窖里的东西。小地窖里的东西完好无损，我们取回了几乎所有东西，只有焦伊列德的 3 个捕猎夹子死活找不到了。

说起来运气真不错，夏斯中士和威勒德下午 1 点钟也到了这里和我们会合，他俩从瀑布那里把马匹全都带过来了。我之前命令他们把马赶到这里，协助队伍搬运他们在这里打到的猎物和晒好的肉，为下一段旅程做准备，我想着大部队有平底船和独木舟，会比我早几天赶到这里。

现在没有任何障碍，我们立即过河，来到位于玛丽亚河口的岛上，想把我们的红色大独木舟弄下水，然而我们发现船体严重腐朽，靠我们手头的东西根本无法修复。我们只好拆下船上的钉子和其他铁部件留作他用，放弃红色大独木舟。随后，我们登上白色平底船和5艘小独木舟。

### 1806年8月3日，刘易斯上尉记

一早起来，装好平底船和几艘独木舟，6点半启程。我们很快就超过考尔特和考林斯的独木舟，他俩正在岸上打猎。大伙儿喊他们，可是没有听到回应。我们继续行军，不久又赶上了菲尔兹兄弟俩，他们昨天离开我们后打了25头鹿。这一带河滩里长满树木，鹿非常多，极其温顺。今天和平日不一样，我们没有停船埋锅造饭，因为我们事先已经布置好，今后队伍在晚上宿营时尽可能多煮些肉，第二天带到路上吃，这样我们每天的行程至少可以推进12到15英里。

### 1806年8月4日，刘易斯上尉记

奥德韦和威勒德打猎耽搁了些时间，直到半夜才赶上我们。他们打了一头熊和两头鹿，天黑通过河湾下面的弯道时，他俩被河流卷到一堆漂流树干里面，独木舟被挤进一根树干的下面，把正在掌舵的威勒德从船边掀翻到水里。他抓住树干抱着。奥德韦和独木舟裹挟在树干中，被冲到下面大约半英里以外正在塌陷的河岸下面。独木舟多次碰撞，不过没有翻船。他最后上了岸，从陆路返回去看威勒德，发现威勒德还在那个树干上，他根本不可能用独木舟来救威勒德。

威勒德最后把堆在树干上的几根树枝绑到一起，浮在树干中

间，幸运地脱离树干，沿河向下游了大约 1 英里，奥德韦才用独木舟将他救起。

### 1806 年 8 月 7 日，刘易斯上尉记

下午 4 点钟，我们到达黄石河口。我发现克拉克上尉在我上岸的地方宿营过，看样子是七八天前离开这里的。我在一根杆子上看到一张纸，上面只有我的名字，是克拉克上尉的笔迹。我们在营地还发现了一张残缺不全的便条，本来是粘在麋鹿角上的。我从这点残余便条上得知，这里猎物稀少蚊子烦人，他之所以尽快启程继续前行，正是由于这个原因。我还了解到，他打算往下面走几英里，停下来等我。

我也给考尔特和考林斯留了一张便条——如果他们在我们后面的话——命令他们刻不容缓，尽快赶上我们。我把便条用皮子包好，挂到克拉克上尉竖起的那根杆子上，然后立即重新装船下河，希望在天黑之前能赶到克拉克上尉的营地。

下行约 7 英里，在西南岸看到一根杆子上挂着些肉，上面的毛刚去掉不久。我让奥德韦中士上岸侦察这个地方。他回来报告说，他看到两个人的足迹，应该是今天留下的。他在那里见到一堆火，还在熊熊燃烧，好像刚刚或者是过去 1 小时之内还有人添过柴火。他在这个地方发现了一顶切努克人的帽子，队员们认出来是吉布森的帽子。根据这些情况，我们判断克拉克上尉的营地不会太远。我们一直航行到天黑，希望能够赶到他的营地，然而结果令人失望。夜色降临，我们只好在东北岸的第二片河滩里宿营，位置比我们 1805 年 4 月 23—24 日的营地稍微靠上些。

### 1806 年 8 月 8 日，刘易斯上尉记

从昨晚经过的火堆情况看，我相信克拉克上尉就在下面，而且

不会太远，所以我们一早就出发。东北风很猛，不过凭借船桨和河流的力量，我们很快就到了河狸湾的中央（水路约8英里，陆路约3英里），在白土溪口上方。

没有见到克拉克上尉，我不知道他停在哪里，所以决定继续前行，就好像他压根儿就不在我前头，一切听天由命吧。这里有一片平缓的河滩，可以把平底船和一艘独木舟腾出来加塞修理。

自从离开落基山脉西边，我身边的这几个队员没有得到片刻的休整，没有时间加工皮子或者给自己做些衣服，大都衣不蔽体。因此，我决定在此停留，修理平底船和独木舟，让伙计们加工皮子，做些必不可少的衣服。我们在河的东北面安营。

### 1806年8月10日，刘易斯上尉记

平底船和独木舟已经非修不可了，所以我催促大家抓紧时间检修，下午2点钟就修好了。那些没有参与修理的人和昨天一样，忙着收拾皮子做衣服。下午4点钟，天上阴云密布，下起了雨，加工皮子的只好暂停。现在没有其他困难了，因此我指示装货，5点钟启程。晚上差不多下行到白土溪口，在其西南面安营。

### 1806年8月11日，刘易斯上尉记

早上很早出发，我想中午前赶到伯恩特山①，测量那个地方的纬度，因为那里是密苏里河最北点。我把这个想法告诉队员们，要求他们全力以赴及时赶到那里，否则我们就得在那里耽搁将近一天时间。他们跟我一样迫切，所以划桨很卖力，我们行进的速度很快。

11点半，我们看到东北岸上有一大群麋鹿，我命令几艘小独

---

① Burnt Hills 亦可译为"焦土山"。——译者注

## 第二十二章 探险队兵分两路：刘易斯和印第安人

木舟上的队员停下来打几头麋鹿，我自己乘平底船赶往伯恩特山。然而，我赶到时已经 12 点 20 分，自然错过了观测太阳子午线的最佳时机。

就在伯恩特山对面的柳树沙洲上，正好有一群麋鹿。既然我已经错失观察时机，我决定上岸打几头麋鹿。于是我停好船，只带了克鲁萨特一个人上岸。我们瞄准麋鹿开枪，我打死了一头，他打伤了一头。我们再次填装好弹药，从不同方向穿越茂密的柳树林，去追赶麋鹿。

我正准备向麋鹿开第二枪，一颗子弹击中了我的左大腿，离髋关节仅仅 1 英寸。粗大的子弹虽然没有打着骨头，却穿过左大腿，撕开右大腿后侧，冲击力非常强。我的第一反应是克鲁萨特把我当成麋鹿误射了，因为我穿的是棕色皮衣，他又看不太清楚。心里这么想着，我朝他喊："见鬼，你打着我了。"我朝着子弹飞来的方向看，什么都看不见。我大声喊了几声克鲁萨特，却没有任何回应。

我现在确信，开枪打我的是印第安人，因为枪声好像不超出 40 步，而克鲁萨特好像根本就听不到我的声音。在这种情况下，我不知道树丛里藏着多少个印第安人，我意识到最好是平安地撤回到平底船上。我在跑头 100 步的时候，大声叫克鲁萨特撤退："有印第安人！"我希望能及时提醒他逃生。我的枪里面还装着没有打出去的弹药。

我看见平底船的时候，叫队员们拿起武器，他们立刻飞快地去取武器。我告诉他们我受伤了——希望不是致命伤——我相信是印第安人干的。我指示他们跟着我折回去，这下他们可有仗打了，如果可能，还要解救克鲁萨特，我担心他已经落到印第安人手里了。伙计们遵照我的命令，跟着我往回走了大约 100 步，我的枪伤很痛，大腿僵硬，几乎走不动了。我不得不停下来，命令队员们继续前进，如果他们寡不敌众，就保持火力，依次撤退。我这才尽力回到平底船上，准备好手枪、毛瑟枪和气枪，因为撤退显然是不可能的，我下定决心，要尽可能多拉几个垫背的，再英勇献身。

我焦虑不安、心神不宁地等了大约20分钟，队员们和克鲁萨特回来，报告说没有印第安人，连个印第安人的影子都没有见到。克鲁萨特神情紧张，声称即使他打中了我，也并不是他的本意。他说他离开我或者和我分开之后，在柳树林里打中了一头鹿。我问他：我喊了那么多次，他有没有听见？他断然否认。我不相信这家伙是故意要打我。大概得知的确是他误伤了我，他很害怕，所以装作不知道。

子弹钻到了我的马裤里，我能辨认出是克鲁萨特的短枪上的那种子弹。因为和我一起打猎的只有他，也没有发现印第安人，我心里十分明白这是他干的。在夏斯中士的帮助下，我脱下衣服，勉强包扎了一下伤口，在枪伤窟窿里塞上纱布条。伤口出血很多，不过我运气很好，子弹既没有伤着骨头也没有击中动脉血管。

我让大伙儿去处理我和克鲁萨特打来的两头麋鹿，他们几分钟就搞定了，把肉拿到河边。伤口很痛，我无法观察子午线，决定放弃观察计划，继续前进。下午4点钟，我们路过一个营地，显然克拉克上尉今早才离开这个地点。这里有一张便条，克拉克上尉告诉我，他在黄石河口给我留过一张便条，被随后路过那里的普拉耶中士拿走了；普拉耶中士的全部马匹都被抢走了，只好乘皮舟沿黄石河而下，在营地这里赶上了他。

## 1806年8月12日，刘易斯上尉记

从克拉克上尉的营地情况看，他就在我前头，不会太远。我一心想着赶上他，所以一早出发，全力以赴疾速行军。

早上8点钟，头桨手告诉我，他看到东北岸上有一艘独木舟和一座营地，他相信是白人的。我命令平底船和独木舟在这里停船，

## 第二十二章　探险队兵分两路：刘易斯和印第安人

发现那是来自伊利诺伊的两个猎手的营地，他们的名字叫约瑟夫·迪克森（Joseph Dickson）和方瑞斯特·汉考克（Forest Hancock）。他们告诉我，克拉克上尉大约前天中午路过这里。他们还告诉我，他们1804年夏天离开伊利诺伊河，从那时起就一直沿着密苏里河而上，边打猎边套河狸；他们被印第安人打劫过，去年冬天约瑟夫·迪克森还被伯恩特森林[①]那里的提顿人打伤；到目前为止，他们的航程收获不大，没有捕到多少河狸，不过他们决心继续旅程。

我给他们大致介绍了密苏里河的情况，告诉他们去上游哪些主要河流，一些重要的地方有多少路程，哪里河狸最多。我还给了他们一把锉刀、几磅火药和铅。他们说这些是他们极其稀缺的东西。我和他们一起待了一个半小时，然后告辞，继续前行。

我和这两个人在一起的时候，考尔特和考林斯跟我们会合了。他俩是本月3日离开我们的，没有发生任何意外，一切都好。他们告诉我，离开我们的头一天，他们没有赶上我们，以为我们在他们的后面，于是滞留了好几天等我们，所以直到现在才赶上我们。

今早，我的伤口感觉僵硬酸痛，不过并不十分痛，我担心会发炎，还好没有。昨天晚上，我在伤口上敷了一贴秘鲁树皮膏。

下午1点钟，我赶上了克拉克上尉和大部队。发现他们都很好，我十分高兴。鉴于我目前的身体状况，写作对我来说极度痛苦，所以在康复之前我将暂停写作，由我的朋友克拉克上尉继续撰写探险日记。

---

①　Burnt Woods 也可译为"烧毁的森林"。——译者注

# 第二十三章
## 探险队兵分两路：克拉克在黄石河上

(1806年7月3日—8月12日)

### 1806年7月3日，克拉克上尉记

我们集合马匹，用完早餐后，我离开刘易斯上尉和几个印第安人。8点钟，我和［原文空白］名队员、我们的翻译沙博诺和他妻子以及他们的孩子〔夫妻俩担任我们的克劳印第安语（Crow Indians）翻译，他妻子还担任肖肖尼语翻译〕，带着50匹马出发。

### 1806年7月5日，克拉克上尉记

今早天一亮就起来，派拉比什去找他昨晚打的一头公鹿。我和3个队员过克拉克河的西河汊，去察看他们找的两个浅滩——昨晚我让他们出去找的。我觉得哪个浅滩都不合适，因为无论从哪个浅滩过河，船上的东西都会湿掉。考尔特让我再看看附近的一个地方，我觉得那里还比较可行。我随后返回营地，命令大家把所有东西收拾好，早饭后出发。我看到两匹马刚刚留下的足迹，路边还燃烧着一堆火。我猜测那些印第安人是肖肖尼人探子。

### 1806年7月7日，克拉克上尉记

今早我们的马跑散了，我让队员们四处去找。到6点钟，除了

9匹没有找到，其余的都找回来了，他们说那9匹找不到了。我于是又命令6个人骑着马从各个方向到更远的地方去找。他们10点钟回来，说每个方向都拉圈找过了，离营地有6到8英里的距离，就是看不到马的影子；他们有充分的理由相信，马是在夜间被印第安人偷走的，他们的理由是失踪的都是最有价值的马，有几匹马很依恋我们的驽马，白天在路上驮着东西还彼此不舍得分开。

我感觉马很有可能是被一伙偷偷摸摸的肖肖尼人给偷走了，不过也有可能它们回过头走我们已经走过的路线，或者是漫游到更远的地方了。我决定留一个小分队继续找马，我自己和大部队继续前行，把所有行李留在独木舟上，放在高出水面的位置晒太阳，等小分队赶上的时候，东西应该晒干了。

我让奥德韦中士、山侬、吉布森、考林斯和拉比什留下，指示他们找马——除非他们发现印第安人已经把马带进了山里，然后再赶上我们，等等。

### 1806年7月8日，克拉克上尉记

饭后，我们继续沿河汊下行，河汊不大，就在这一带，离我们[去年]8月17日的营地有9英里。我们去年在这个地方沉了独木舟，秘藏了一些东西，前文有过交代。我身边的这几个队员大都是烟鬼，简直想烟想疯了，还没有来得及解下马鞍，就迫不及待地去挖密窖。

我发现储藏在这里的每样东西都完好无损，尽管有点潮湿。我从一卷烟丝上揪下大约2英尺，分给每个吸烟的人，我自己拿了剩下的1/3，把其余2/3装进一个盒子，和储藏在这里的大部分东西一起，用几艘独木舟送给刘易斯上尉。天色已晚，今晚是没法收拾独木舟了。我检查了一下独木舟，发现大都完好无损，只有其中最大的一艘侧面有个大窟窿，船舷还有条裂缝。

# 第二十三章　探险队兵分两路：克拉克在黄石河上

### 1806年7月9日，克拉克上尉记

刘易斯上尉说去年夏天把烟丝埋在这里，就在棚屋旁边，我让几个人去挖。他们干得很卖力，可就是找不到。10点钟，奥德韦中士和小分队把走散的马牵回来了。他报告说，他发现这些马在我们宿营过的小溪源头附近，自由随意地跑到了四处。

### 1806年7月10日，克拉克上尉记

我让队员们把所有的独木舟都下到水里，把准备带走的东西都装到船上，把马集合起来，驮上我准备带到黄石河的几样东西。吃了早饭，同时启程，沿着杰斐逊河而下，在东面穿过瑟维斯谷和拉特尔斯内克山，进入美丽广袤的山谷。这里开阔富饶，我们叫它毕佛黑德谷①，在印第安人语中就是"河狸头谷"的意思。

到正午，我们已经走了15英里，我停下来让马吃草，命令独木舟上岸。奥德韦中士告诉我，他的小分队进展很快，他感觉独木舟可以走得跟马一样快，等等。鉴于河已变宽，没有浅水滩，我决定把准备带到黄石河的全部行李都装到独木舟上，运到三汊口或者美迪辛河与加勒廷河的交汇处，马队就让普拉耶中士带下去，6名队员跟我乘舟去黄石河。我命令普拉耶中士缓慢下行，如有可能，每天晚上跟我们一起宿营。

### 1806年7月12日，克拉克上尉记

昨晚，普拉耶中士没有和我一起宿营，他继续向下走。河里的河狸昨晚不停地拍打着尾巴。今早我收拾船桨，拔下准备丢弃的以

---

① 根据字面意思，Service Valley、Rattlesnake Mountain、Beaverhead Valley 分别可以译为"礼拜谷""响尾蛇山""河狸头谷"。——译者注

及去年留在这里的独木舟上的钉子，耽搁了些时间，一直到7点钟才启程。收拾好船桨等等，吃了点早餐，我就出发了。

### 1806年7月13日，克拉克上尉记

一早出发，走得很顺利，12点钟到达去年7月27日在美迪辛河口宿营的地方。发现普拉耶中士和他的人马比我们早一个小时到了那里，他们打了6头鹿和1头白熊。我让他们赶着所有马匹过了美迪辛河和加勒廷河，然后停下来吃饭，让马在加勒廷河口下面吃草。把陆路分队的所有行李从独木舟上卸下来。饭后，由奥德韦中士指挥的10人分队乘6艘独木舟启程。

在他们出发前，我给了他们一些指示，提醒他们如何行进等。我还给刘易斯上尉写了一封信，让奥德韦中士带着。我的队伍现在由以下人员组成：N. 普拉耶中士、约翰·希尔茨、G. 山侬、威廉姆·布兰顿、拉比什、温莎、H. 豪尔、吉布森、翻译沙博诺、他的妻子和孩子、我的伙计约克，还有49匹马和1匹公马驹。马蹄很痛，好几匹几乎不能走路。我们的印第安女人萨卡戛维娅为我提供了巨大的帮助，带领我们穿越这片土地，她建议我们从这座山靠南面的一个豁口出去，我打算采纳她的建议走那条路。

### 1806年7月14日，克拉克上尉记

我派希尔茨先走一步，给我们打一头鹿当早餐吃，我和队伍一早出发，过加勒廷河。这条河向东北转了个大弯，沿着差不多南偏东78度的方向流经一片开阔平缓的平原。走了6英里来到河边，这一带的河滩有好几英里宽。我们过了一段河，想沿着河滩走。河滩上水道纵横交错，我过了好几条水道，走了大约两英里。这些水道的流向不同，里面河狸塞道，很难通行，可以说几乎被河狸淹没。我们不得不转向右边，费尽九牛二虎之力来到一片开阔坚硬的

## 第二十三章　探险队兵分两路：克拉克在黄石河上

低洼平原上，这其实是一个长岛，差不多沿着我希望行走的方向延伸开去。

萨卡戛维娅告诉我，这里有一条大路，自美迪辛河那里延伸过来，穿过一个豁口，经过这片低洼平原的上端，而我正在朝着那个方向走呢。我穿过一片棉白杨林，到河流东北面的一片低洼平原上，随后沿着平原向上走了 4 英里，过主河道，这时候已到正午。河流多支，每一条小支流里河狸无数，壅塞成坝，不过独木舟能够通过。我出发不久就赶上了希尔茨，他打了一头又大又肥的公鹿。我能看到麋鹿、鹿和羚羊，还有水牛留下的陈旧足迹。这些动物的路线通向四面八方。

我们的印第安女人告诉我，几年前，这些平原上和山谷里到处都是水牛，一直延伸到杰斐逊河源头，可是最近几年很少有水牛来到这些峡谷。主要是因为肖肖尼人不敢去落基山脉以西的平原上，他们主要靠在这些山里能够打到的猎物以及在路易斯河东汊捕到的鱼生存。一小股一小股的肖肖尼人来到平原上，每次待几天，打一些水牛，攒些水牛皮和干肉，然后立即返回山里。

### 1806 年 7 月 15 日，克拉克上尉记

晚上［实际上是下午］，和往常一样，马吃草休息，我们自己做饭吃饭，耽搁了 3 小时，我顺着一条水牛走过的旧路沿河而下。马蹄很痛，路面上布满石头和碎石，好几匹马几乎走不动了。除此之外，它们其他方面都很棒，精神状态很好。我今早看到山坡上有两头黑熊，河岸上有好几群麋鹿，每群 100 到 200 头不等，还有大批羚羊。

### 1806 年 7 月 16 日，克拉克上尉记

看到平原上有一大群麋鹿，大约有 200 头，羚羊的数量也差不

多一样多，还有两头白色或者灰色的熊。其中一头我骑马追了大约两英里，一直追到一个崎岖坎坷的地方，才不得不放弃，因为两匹马的蹄子已经磨到肉上，跛得跑不动了，后蹄子磨得尤其厉害。我用绿色水牛皮做成皮掌，套到它们的蹄子上，在石路上好像能大大缓解它们的痛苦。

### 1806 年 7 月 18 日，克拉克上尉记

早上 11 点钟，我看到平原东南偏南面朝落基山脉终端（积雪覆盖）那个方向冒起了一股烟，一定是那个方向的克劳印第安人点火升起的，是给我们或者其他部落发出的信号。我想很有可能他们已经发现了我们的行踪，把我们当成了肖肖尼人，以为我们在找他们。克劳印第安人现在和肖肖尼人和平相处，为了做买卖，按照他们的传统点火升烟显示他们的位置；或者把我们当成了敌人，用这个信号告诉其他部落的人保持警惕。

### 1806 年 7 月 19 日，克拉克上尉记

沙博诺告诉我，我在树林里的时候，他看到河对岸高地上有一个印第安人。我本月 7 日在同一方向也看到了一股烟，好像是从山里升起来的。

### 1806 年 7 月 20 日，克拉克上尉记

我指示普拉耶中士和希尔茨——他俩都是鉴别木材的行家里手——沿河往下走 6～8 英里，察看那里的河滩，看看能否找到比我们营地附近的更大的树木，让他们 12 点钟返回。他们天一亮就出发了。我还派拉比什、沙博诺和豪尔去取拉比什昨晚打的麋鹿皮，拿些肉回来。他们取回来一张麋鹿皮，另外 4 头麋鹿的肉大部分被狼吃了。

## 第二十三章　探险队兵分两路：克拉克在黄石河上

我又派两个人去找适合做斧柄的木头。他们找了一些稠李木，稠李木是这一带能够找到的最好的木材。看到对面岛上有一头熊，还有几头麋鹿。

普拉耶中士和希尔茨 11 点半回来，报告说他们沿长满树木的河滩走了大约 12 英里，那里没有一棵树比我们营地附近的更大。我决定用这里最大的树造两艘独木舟，把它们捆绑到一起，这样它们就牢固结实，足以搭载我和小分队以及我们手头那点行李，然后沿河而下。我们给 3 把斧子装上斧柄，用锉刀磨好斧子，把我挑出来做独木舟的两棵树砍倒。这两棵树看起来足够结实，可以做成 28 英尺长、16~18 英寸深、16~24 英寸宽的独木舟。几个队员拿着 3 把斧子埋头干活，一直干到天黑。

### 1806 年 7 月 21 日，克拉克上尉记

今早我被告知，我们的一半马匹不见了。我派山侬、布兰顿和沙博诺去找。沙博诺顺河往上找，山侬顺河往下找，布兰顿在营地附近的河滩里找。沙博诺和布兰顿 10 点钟回来，报告说没有见到马的踪影。

山侬沿河往下走了大约 14 英里，直到晚上很晚才回来，也没有找到马。他告诉我，在大约 12 英里外，他看到了一座很大的房子，上面长满了灌木，屋顶是用皮子装饰的，看样子建成有两年了。

我派两个人骑马去打一头肥母牛，他们 3 小时后打来了一头。造独木舟的几个队员干得很卖力，一艘几乎完工，可以下水了。

今晚晚些时候，东南面黑云密布，伴随着雷电大风，飘来荡去，天气闷热难受。我担心是印第安人偷走了我们的马，而且很可能就是几天前在西南面升烟的那伙人。我决定看紧剩余的马匹，为此派出 3 个队员。他们刚一走近，马受到惊吓，跑进了树林里，他

· 391 ·

们返回营地。

### 1806 年 7 月 22 日，克拉克上尉记

我派普拉耶中士和沙博诺去找马，指示他们沿河往上走到河流变窄的地段，尤其要察看马蹄印子。他们下午 3 点钟回来，报告说他们按照我的指示走了那么远，既没有见到马也没有看到足迹。紧挨着我们营地的平原很干很硬，如果不仔细看，就很难发现足迹。

因此，我派普拉耶中士、山侬、沙博诺和布兰顿围着营地四周察看蛛丝马迹。他们找了很长时间，就是无法确定马是沿着哪个方向走的，因为平原非常干非常硬，马走过硬路很难留下足迹。

我怀疑马是被印第安人偷走的，他们故意走硬路，这样我们便无法跟踪他们。我之所以这样怀疑，是因为马不可能离开它们十分喜爱的河滩里的草和灌木，跑到开阔干燥的平原上，那里草又短又干。如果马一直在河滩里，那么不管是在上面还是在下面，马蹄印子都很容易跟踪。我指示拉比什明天早晨一早出发，如果可能的话，弄清楚马到底走的是哪条路。他擅长跟踪马迹。

### 1806 年 7 月 23 日，克拉克上尉记

昨晚，不是狼就是狗跑进我们营地，吃掉了挂在架子上的大部分干肉。拉比什按照我昨晚的指示一早就出发了，普拉耶中士和温莎也出去了。普拉耶中士发现了印第安人的一只鹿皮靴和一件长袍的碎片。靴子是湿的，底磨破了，怎么看都像是几小时前才穿过的。根据印第安人留下的这些痕迹，我判断是他们本月 20 日偷走了我们的那 24 匹马，昨晚出没的这几个人大概是在找剩余的马。幸好这些马跑到了一片低洼的小草原上，周围是茂密的树木，他们没有找到。

拉比什回来了。他绕了一大圈。他说他看见马蹄痕迹延伸到开

## 第二十三章　探险队兵分两路：克拉克在黄石河上

阔的平原上，根据马迹看，马跑得很快，偷马的印第安人改变路线，顺河下去了。

中午12点钟，两艘独木舟都做好了，我让做独木舟的几个队员再去找些杆子来做几根船桨。然后，我让希尔茨和拉比什去找水牛群，打一头肥水牛来。水牛群整天在那里，离我们只有几英里。

我授权普拉耶中士，指示他、乔治·山侬和温莎把我们剩余的马匹带到曼丹人那里，并且让他带一封信给哈尼先生。我让他们一到艾幸尼波因尼河贸易点，就带12～14匹马去曼丹村，把信交给哈尼先生。写这封信的目的是请求哈尼先生劝说各苏人部落消息最灵通、最有见识、最有影响力的酋长，请他们跟着我们去我们国家的首都，了解我们国家的人口和资源等等。我相信这是保证未开化部落忠于一个国家的最有效的办法——让他们知道一个政府有能力严惩任何形式的入侵。我指示普拉耶中士把剩余的马匹交给曼丹大酋长，在那里等我们，还要求他记录所走过的路途、距离、水路航线、土壤农产，尤其要记录动物。

希尔茨和拉比什打了3头水牛，其中两头很肥。我尽可能多带些水牛肉，能带多少带多少。傍晚，我们把两艘独木舟推到水里捆绑到一起，船桨及一切都准备就绪，明天一早可以启程。我指示普拉耶中士在我们启程的同时带马匹出发，先到贝格豪恩河[①]（我们估计不会太远）。到了那里，独木舟会接上他，在黄石河口下方送他过河。

### 1806年7月24日，克拉克上尉记

我们把所有行李都装上两艘小独木舟。绑在一起之后，两艘独木舟很牢靠，我相信可以承载我们的小分队。8点钟出发，顺利来到一段急流浅滩上。两艘小独木舟在这里进了不少水，我们被迫上

---

[①] Bighorn River 亦可据字面意思译为"大角羊河"。——译者注

岸，晾晒东西，把独木舟里的水舀出来。我让他们在两艘船之间钉了一张水牛皮，防止水溅进独木舟里。

饭后，我继续前行，右侧经过一条小溪口和树林。在这里遇上普拉耶中士、山侬和温莎，他们赶着马刚刚到这个地方。

普拉耶中士告诉我，和他一起赶马的两个人跟在后头，总是用好马驱赶驽马，让驽马跟上路线，这样使好马跑得很累；每次路过水牛群——他已经路过好多群了，那些不听话的马一看见水牛就立刻去追，还围着水牛跑；那些快马就会跑在水牛前头，而速度不快的就会跟着水牛拼命跑。

他最后找到了一个切实可行的办法，让一个人在前头走，只要见到水牛群，就把它们赶跑，不要让后面的马看见水牛。

毫无疑问，马的这种习性是他们以前的主人——印第安人——经常训练它们驱赶各种动物的结果，他们的做法就是骑着马追赶每一种野生动物，他们正是为了这个目的而训练他们的马匹。

我让他们把马赶过河，把普拉耶中士和他的小分队送过河。休·豪尔不会游泳，表示愿意跟着普拉耶中士走陆路，因为他们需要多一个人协助他们赶马。不过我发现他没有衣服穿，我仅剩两件衬衫，把其中的一件给了他，还给了他一双皮裹腿、3双鹿皮靴，这样他全副武装，跟着普拉耶的小分队从陆路前往曼丹。

## 1806年7月25日，克拉克上尉记

风很大，一直持续到下午2点钟。雨停之后，我继续前行，中间略做停泊，下午4点钟来到一块巨石跟前，石头位于右侧广袤的河滩里，离河有250步。我登上石头，从其顶部眺望四周，视野极其开阔。我把这块石头称为庞培塔（Pompey's Tower），它高200英尺，周长400步，只有东北面可以上去，其余几面都是垂直的悬崖，悬崖由浅色砾石构成。石头顶部有一点土壤，五六英尺厚，长

第二十三章　探险队兵分两路：克拉克在黄石河上

满了小草。印第安人在顶部摆放了两排石头，他们在石头崖面刻了动物的图形等等。我在这些图形附近刻上我的名字和年月日。站在这块石头上，可以看到两座低山和积雪覆盖的落基山脉。

### 1806 年 8 月 1 日，克拉克上尉记

下午 2 点钟，我不得不上岸，给一群过河的水牛让路。尽管水牛经过的那座岛足有半英里宽，岛两边的水道几乎有 1/4 英里宽，但水道里仍然密密麻麻全是过河的水牛。水牛上岛的这边水道里挤满了水牛，拥堵了半小时（我被迫停船一小时），它们下岛的那边水道拥堵了三刻钟。

我带 4 个队员打了 4 头肥母牛，拿走脂肪，尽可能多带些肉，但是绝对不能超过独木舟的承载量。天气太潮湿，几天前打来的水牛肉坏了。在靠近左岸的一个岛上宿营。营地下面不远处有两群水牛在过河，数量和我们见到的第一群一样多。

### 1806 年 8 月 2 日，克拉克上尉记

大约早上 8 点钟，我们正在靠近河中心下行，沙洲上有一头熊——又大又凶的那种，用后腿站起来看着我们。它跳进水里朝我们游过来，要么是因为天性喜欢攻击，要么是因为闻到了独木舟里水牛肉的味道。我们击中 3 枪，它回到岸上，伤势很重。傍晚，我看到一头很大的熊在我们上面喝水。我命令把船停到对岸，当它走近河岸的时候再开枪射杀它。熊离岸只有几步的时候，我开枪击中它的头部，队员们把它拖上岸，发现是头老母熊，年龄太大，牙齿已经磨光，绝对是我见过的最大的母熊。

### 1806 年 8 月 4 日，克拉克上尉记

蚊子极其烦人——太烦人了，队员们抱怨无法加工皮子。我发

现在河滩里根本就无法打猎，蚊子太多太折磨人，长满树木的地方根本没法待。躲避这些家伙最好的地方就是河里的沙洲，即便在那些地方，也只有刮风的时候才没有蚊子。今天中午就刮了几小时的风。傍晚、夜间、早晨，蚊子多得让人招架不住，队员们更是无法忍受，他们没有蚊帐，除了毯子，晚上再没有别的东西阻挡蚊子。其实毯子已经破旧不堪，有很多窟窿，根本挡不住蚊子的进攻。

一方面蚊子折磨人，另一方面我们需要多晒些水牛肉，而在这一带找不到水牛，我索性决定前往密苏里河下面，找一个更合适的地点，那里的蚊子也许不会这么恼人，水牛也会更多些。我给刘易斯上尉写了张便条，把我的想法告诉他，竖了一根杆子，把便条系到上面。下午5点钟，我们启程，下行来到第二个地点，这里好像符合我的要求。［打了一头豪猪。］哪知道这里的蚊子更多，比在前面那个地点更让人受罪。沙博诺的孩子被蚊子叮得很厉害，脸都虚肿了。

### 1806年8月5日，克拉克上尉记

昨晚蚊子太猖獗，队员们几乎没怎么睡觉。的确，它们极其折磨人。我的蚊帐破了几个窟窿，蚊子能钻进来。我一早出发，想转移到别的地点。我还没有走多远，就发现一只大角公羊，在左侧的悬崖附近。我爬上山，想打这只公羊。蚊子如此之多，我都驱赶不开，连稳住枪瞄准的时间都没有，自然错过了公羊。

### 1806年8月6日，克拉克上尉记

今早，一头很大的白熊发现我们在河里漂着，我估计它以为我们是水牛，立即跳进水里追我们。我命令队员静止不动。熊追到离我们大约40码的位置，沿曲线绕行。我们一起瞄准开枪，却没有打死它。风太大，我们无法追赶，它逃到岸上，伤势很重。我看到

第二十三章　探险队兵分两路：克拉克在黄石河上

河面上漂着许多水牛，一定是过河时淹死的。总有水牛在过河的时候被淹死或者陷入泥潭。在黄石河上，我就看见大群水牛过河，下面的河面上漂浮着好几头水牛。

## 1806 年 8 月 8 日，克拉克上尉记

早上 8 点钟，普拉耶中士、山侬、豪尔和温莎坐着两只皮筏沿河下来。普拉耶中士告诉我，他和我在黄石河分开的第二个晚上[①]，他下午 4 点钟来到一条大溪的岸上，溪里没有流水。他停下来让马吃草，这时候突然下起了阵雨，溪水一下子变得很大。好几匹马正在溪床上散开吃草，被突如其来的洪水挡住，不得不游回来。他决定彻夜留在这里，因为这里草很好。可是到了天亮的时候，马却找不到了。

他在营地四周找，发现离营地不到 100 步有几道马蹄印子，他们跟踪这些足迹，想弄清楚他们〔印第安人〕是从哪里牵上马并把它们赶走的。他们追了 5 英里，发现印第安人兵分两路。他们跟着最大的一路又追了 5 英里，发现根本追不上，于是返回营地，背起行李，转向东北朝黄石河前进，在庞贝塔那里抵达黄石河。

在这里他们打了一头水牛，仿照曼丹人和阿瑞卡拉人的办法做了一个盆状的筏子。

上月 26 日，就是马被偷走的第二个晚上，普拉耶中士睡觉时被狼咬伤了手。这家伙非常凶狠，竟要去咬温莎，幸好被山侬开枪打死了。普拉耶中士的手差不多快好了。他和我分开后，走过一片断断续续的开阔荒野地带。他路过一条小河，我叫它普拉耶河（Pryor's River），它源自庞贝塔南面的一座山里。普拉耶中士看到了我在黄石河口的杆子上留给刘易斯上尉的便条，认为刘易斯上尉

---

[①] 根据上下文判断，此处的 night 实际上可能是下午。——译者注

已经路过那里，便拿走了那张便条，随身带来。我认为刘易斯上尉看到我做的记号和那里的营地，一定会明白我已经路过那里。

普拉耶中士一心想着赶上我，今早天没亮就出发，临走时忘了带上他的马鞍袋，里面有他的文件等东西。我派布兰顿跟他回去找。天黑时分，普拉耶中士回来，马鞍袋找到了，原来比他想的远得多。

### 1806年8月11日，克拉克上尉记

正午出发，走了不超过2英里，看到靠近河岸有一艘独木舟。我指示我们的独木舟上岸，发现两个来自伊利诺伊河的人：约瑟夫·迪克森和方瑞斯特·汉考克。他俩沿着黄石河捕猎，说他们是1804年夏天离开伊利诺伊河的；去年冬天他们跟提顿人一起度过，和他们一起的还有考通先生（Mr. Coartong）。考通先生把货物运到那里做生意，提顿人抢走了他的大部分货物，还砸伤了迪克森的腿。他们拿走考通先生的东西后，给了他几件袍子。

这俩人还告诉我，他们在堪萨斯河附近见过我们的船和队伍，就是从曼丹堡那里下来的，船上有一位阿瑞卡拉酋长，那位阿瑞卡拉酋长和道里恩先生、罗伯特·麦克莱伦（Robert McClellan），以及几位正在下河的贸易商一起见过几位扬克顿酋长。

### 1806年8月12日，克拉克上尉记

正午时分，刘易斯上尉和他的队伍的船起伏着进入我们的视野，他们走的是密苏里河这条路线，还有从旅行者歇脚溪那里开始跟随他的人。我们的独木舟一上岸，便得知刘易斯上尉受伤了，我很担心。我发现他躺在平底船里，他说伤势不重，过二三十天就能好。听了他的话，我放心了许多。我检查伤口，发现肌肉受伤很严重。子弹穿过他左大腿的肌肉，就在髋骨下面，右臀部撕开了3英

寸长，有枪弹那么深。刘易斯上尉告诉我，事故是前天发生的，在茂密的灌木丛里，我们的一个队员——彼得·克鲁萨特误以为他是一头麋鹿，开枪打伤了他。

## 1806 年 8 月 14 日，克拉克上尉记

日出时出发，继续航行。在明尼塔瑞人的大村子对面，我们看到一些土著人正在看我们。我们随即在一群土著人跟前停船，他们就在舒印第安人即马哈人村子对面的岸上。我在这里见到了一个明尼塔瑞小村子的主要酋长，还见到了一位马哈人的主要酋长。我们继续航行到黑猫［曼丹］村，本来打算在这里宿营，可是下面风沙太大，我们决定不在这里宿营，于是我步行到黑猫村。

我刚一上岸，就派沙博诺去找明尼塔瑞人，邀请他们的酋长来见我们；派焦伊列德去下面的曼丹村，请竺瑟姆先生为我们担任翻译。

酋长们到齐后先吸烟，然后我告诉他们，我今天要说的还是去年在这里说过的同样的话。去年我们邀请他们去见他们伟大的国父——美国总统，聆听他的忠告，从他手里接过礼物，见识一个国家的人口——只要他们高兴，这些人可以保护他们免受他们所有敌人的伤害——惩罚那些拒不听从他的忠告的人。可是他们都怕苏人，不愿意去。

## 1806 年 8 月 16 日，克拉克上尉记

我们派人去请竺瑟姆先生，希望他利用自己的影响力劝说其中的一位酋长陪我们去见美国总统。他很快就告诉我们，大白［舍希克］愿意陪我们去，条件是我们愿意带上他的妻子和儿子，再带上竺瑟姆先生的妻子和两个孩子。我们只好同意。

### 1806年8月17日,克拉克上尉记

明尼塔瑞人的几位主要酋长都来向我们告别。下午2点钟,我们离开营地。我们也告别了图森·沙博诺、他的斯内克印第安妻子和他们的孩子。我们沿着南岸向下走了半英里,先到大白的曼丹村。我来到这位酋长的家里,发现他被朋友们围着。他打发妻子和孩子、竺瑟姆和他的妻子还有两个孩子先到我们为他们准备好的几艘独木舟上。他说他已经准备好了,于是在全村人的陪同下,我们走到独木舟跟前,鸣枪致礼,然后启程。

## 第二十四章
## 最后一程

(1806 年 8 月 29 日—9 月 24 日)

### 1806 年 8 月 29 日，克拉克上尉记

我登上高原，从那里的一座高山上眺望远处的平原，可以看到很多水牛，比以往任何一次看到的都多。眼前有差不多两万头水牛，正在平原上吃草。我发现在那些彼此交战的部落联盟之间的土地上，野生动物最多。

### 1806 年 8 月 30 日，克拉克上尉记

我看到几个人骑在马背上，用小型望远镜一看，发现是印第安人，他们在东北方向的一座高山上。我们从西南面上岸，见一群松鼠在叫，我派两个队员去打几只来。

我们刚上岸，就发现对面山上有大约 20 个印第安人，他们的位置比我们略高。其中一个人我感觉是个法国人，因为他披着一条卡布特毯子，脖子上还围着一条围巾。不一会儿，在我们下面大约 1/4 英里的地方，八九十个印第安人拿着防风火把和弓箭，从对岸的树林里出来。他们鸣枪致礼，我们也鸣两轮枪回礼。

我们不知道那些印第安人是哪个部落联盟的。从他们充满敌意的表情来看，我们担心他们是提顿人。可是从他们游猎的场地来

看，我们更相信他们要么是扬克顿人，要么是蓬卡人，或者是马哈人。这些部落联盟的人对白人态度友好。我决定不惊动队伍和印第安人，自己去弄清楚他们的身份。因此，我带了3个法国人，他们会说马哈语、波尼语（Pawnee）和一点苏语，我们坐上一艘小独木舟，来到一片沙洲上，沙洲离对岸很近，说话对面能听到。我刚一出发，对岸就出来了3个年轻人，游到我前面的沙洲上。我指示我们的人先试着说波尼语和马哈语，他们都听不懂。接着我让会说几句苏语的人问他们是哪个部落或部落联盟的，他们说是提顿人，他们的酋长是黑水牛。这个酋长我很熟悉，我们1804年秋天在提顿河见过。当时他带着他的人马，我们沿河而上，他的人试图扣押我们，双方几乎干了起来。

我告诉这些印第安人，他们不听我们的忠告，在两年前我们沿河而上的时候为难我们，还欺负过那些访问他们的白人。他们是坏人，我们不允许他们过河到我们宿营的地方；我要求他们回到他们营地去，假如有人靠近我们的营地，我们肯定会杀了他们。他们还在原地，我返回营地，检查武器等等。那些印第安人看到我们独木舟里有玉米，要我们给他们一些。我拒绝了，我下决心不跟这些人有任何瓜葛。

好几个人游了过来，其中一个人懂波尼语。我们的波尼语翻译很棒，我们正好可以与他们交流我们想要表达的想法。我让这个印第安人回去告诉他的族人，我们沿着这条河上行时，他们那么刁难我们，我们还没有忘记；他们非常歹毒地对待所有到访的白人——抢劫他们的货物，还打伤了一个白人，我见过那个被他们打伤的人；他们是坏人，以后不会有贸易商来和他们做生意；任何时候只要白人想要访问上游的部落联盟，他们会带来很强大的队伍，谁胆敢反对他们，他们就鞭打那些小人；以及诸如此类的话。

我还告诉他们，我听说他们中间的一部分人正准备去和曼丹人打仗，他们会被狂揍一顿，因为曼丹人和明尼塔瑞人有很多枪支弹药，而且我们还给了他们一门加农炮用于自卫。我让他们从沙洲回去，把我们的话传达给他们的酋长们，让他们远离这条河，否则我们会把他们杀光，等等。这些家伙请求我们允许他们过来跟我们交朋友，我们断然拒绝了。我命令他们立即回去，他们回去了。我猜想大概是他们把我们的话告诉酋长后，他们全部出发，回到了一座高山后面的营地。有7个人站在山顶上冲我们叫骂，满嘴脏话，说如果我们过去，他们就杀了我们，等等，我们没理。在整个过程中，我们非常焦急地等待菲尔兹兄弟俩和山侬的到来，他们在我们后面，我们很担心他们的安全。令人欣喜的是，晚上6点钟，他们的独木舟出现在了我们的视野里。

### 1806年9月1日，克拉克上尉记

在奎克瑞河（Quicurre）下面大约两英里的地方，9个印第安人跑下河岸，招手示意我们上岸。他们好像是作战队伍，我感觉他们是提顿人，所以并没有怎么上心，只是问他们属于哪个部落。他们没有回答我的问题，我猜测他们没有听懂我们翻译的话，因为我们的翻译只会说一点点他们的语言。我们的一艘独木舟还在后头，所以我们上岸，来到一片开阔的居高临下的有利位置，印第安人看不见这里。我们在这里等后面的独木舟。

我们上岸大约15分钟后，印第安人打了几枪，我们猜测是在朝我们后面的3个人开枪。我叫了15个人跑上前去，下定决心，不管有多少个印第安人，如果可能的话，一定要用火力压制他们。刘易斯上尉跳着跑到河岸上，指挥剩余的人摆出最有利于保护队伍和独木舟的阵势，等等。我走了大约250码，来到一个地点，发现我们后面的独木舟还在上游大约1英里的地方，那些印第安人还在我们离开他们的地方。

我走到沙洲上，印第安人来见我。我向他们伸出手，问他们开

枪打什么，他们说他们打一个从我们独木舟上落下去漂在河里的小桶子。这些印第安人告诉我们，他们是扬克顿人。我身边的一个人正好认识其中的一个印第安人，他是年轻的道里恩妻子的哥哥。

既然是扬克顿人，我立即邀请他们下去到我们船上吸烟。到了独木舟那里，他们都非常虔诚地向曼丹酋长敬礼，大家坐下吸了几管烟。我告诉他们，我还以为他们是提顿人，正朝着我们后面独木舟里的3个人开枪呢，我决心上去打死他们——如果他们是提顿人，像我们最初猜想的，朝着我们的独木舟开枪的话；不过发现他们是扬克顿人，是好人，我们很高兴见到他们，拉着他们的手，感觉就像是我们听话的孩子，竖起耳朵聆听我们的忠告。

其中有一个人说，自从我们给他们的大酋长送了一枚纪念章之后，他们的部落联盟已经竖起耳朵，就像我们指点的那样做呢，而且会继续按照我们所说的那样去做。我们问，他们的哪位酋长是不是跟着道里恩先生到过下游？他们回答说，他们的大酋长和许多勇敢的男子都去过下游，白人已经在马哈河附近也就是他们做贸易的地方建了个房子。我们在每个男子的头发上系了一根丝带，给他们送了一些玉米，他们显得十分开心。

曼丹酋长给这些印第安人的头儿送了一双考究的裹腿，这是印第安风俗〔送礼物〕。后面独木舟上的3个队员赶上我们了，我们告别这些扬克顿人，让他们回到部落，听我们先前给他们的忠告。他们部落有80家人，在北边的普拉姆溪①上，离这里有几英里的路程。他们9个人有5把防风火把和4副弓箭。

## 1806年9月3日，克拉克上尉记

下午4点钟，我们看到两艘船和几个人。队员们拼命划桨，很

---

① Plum Creek 亦可按照字面意思译为"李子溪"。——译者注

## 第二十四章 最后一程

快就在那两艘船跟前上岸了。船上的人用小武器向我们致敬。我上岸，受到詹姆斯·艾阿德先生[①]的欢迎，他来自麦基诺（Mackinaw），经杜契恩草原和圣路易斯来到这里。这位先生是杜契恩草原迪克森公司的代表，他有贸易许可证，可以和苏人交易一年。他有两艘平底小舟，上面装着贸易货物。这位先生极为友好地接待刘易斯上尉和我本人。当时他正患疟疾，已有些时日了。

我们首先询问我们国家的总统，然后是我们的朋友，还有我们国家的政治情况等等，以及印第安事务。我们的这些问题，艾阿德先生都尽他所能，就他在伊利诺伊河一带打听到的消息给予我们满意的回答，不过不是太多。我们刚上岸，伴随着雷声和闪电，自西北方向下起猛烈的雷阵雨，一直持续到晚上 10 点钟，雨停后狂风大作。我一直坐到很晚才在艾阿德先生的帐篷里睡觉，帐篷里面是干的。艾阿德先生告诉我们，去年 7 月 25 日，他的船不幸在一场猛烈的狂风冰雹中沉没，大部分有用的物件都丢了。

这位先生告诉了我们伊利诺伊河上发生的许多变化和不幸，其中一件事就是一场大火烧光了凯迪·舒缇欧[②]先生的房子和家具。舒缇欧是我们的朋友，遭遇如此不幸，我十分关切。他还告诉我们，威尔金森[③]将军担任路易斯安那和圣路易斯的长官。300 名美国士兵驻扎在密苏里河口以上几英里的地方。因为纳契托什

---

[①] 詹姆斯·艾阿德（James Aird）是一位苏格兰皮货商人，在威斯康星-密西根一带经营好多年，经常在密苏里河上航行，白人和印第安人都很敬重他。在 1812 年战争中，他和杜契恩草原迪克森公司（Dickson & Co., Prairie du Chien）的罗伯特·迪克森（Robert Dickson）跟克拉克的队伍对阵。——约翰·贝克勒斯注

[②] 凯迪·舒缇欧（Cady Chouteau）就是小皮埃尔·舒缇欧（Pierre Chouteau, Junior）。换句话说，他就是圣路易斯贸易大户老皮埃尔·舒缇欧（Pierre Chouteau, Senior）的次子。——约翰·贝克勒斯注

[③] 威尔金森就是臭名昭著的詹姆斯·威尔金森（James Wilkinson），他既是受雇于西班牙的密探，同时是一名美军军官。1805—1806 年期间，他担任路易斯安那州州长。早在 1794 年，克拉克在韦恩将军麾下时就认识威尔金森。——约翰·贝克勒斯注

（Natchitoches）土著人与那里的西班牙人发生冲突，所以才把部队调往那里。

西班牙人在地中海缴获了一艘美国护卫舰[1]；两艘英国战列舰在纽约港向一艘美国船开炮，打死了船长的兄弟；两个意大利人因为谋杀罪在圣路易斯被绞死，还有几个被投进监狱；布尔先生（Mr. Burr）和汉密尔顿将军（General Hamilton）决斗，汉密尔顿丧生；等等。我很高兴看到我真诚的朋友刘易斯上尉可以轻松自如地来回走动，等等。今天我们航行 60 英里。河里到处是沙洲，沙洲的位置跟我们前年上去时大不一样。

### 1806 年 9 月 4 日，克拉克上尉记

今天凌晨，蚊子很烦人。我按平时的时间起床，发现队员们全被雨淋透了。因为我们缺烟草，我请求艾阿德先生为我们提供 4 棒烟草，我们会把烟资付给圣路易斯〔和他合作〕的商人。他很乐意为我们提供烟草，每个人都得到了足够的烟草，从这里一直可以用到圣路易斯。他如此慷慨，队员们十分感激。不仅如此，艾阿德先生还坚持要给我们一桶面粉。

我们把能够挤出来的玉米给了这位先生，大约 6 蒲式耳。对他的计划来说，这些玉米再合适不过，因为他正准备筹建贸易站，有条件给玉米去壳，等等。面粉对我们来说是雪中送炭，我们还剩一点点，那还是我们从伊利诺伊河带到玛丽亚河，埋在那里，回来时取出来剩下的一部分，等等。

早上 8 点钟，我们告辞，然后出发，行军十分顺利。11 点钟，我们经过大苏河（Big Sioux River）河口，河水低落。正午时分，

---

[1] 英文原文是："The Spaniards had taken one of the U. States' frigates in the Mediterranean."——译者注

## 第二十四章 最后一程

我们在弗洛伊德崖那里停船,该处位于弗洛伊德河口下面。我和刘易斯上尉还有几个队员上山,发现弗洛伊德的墓被土著人挖开了,一半露在外头。我们把坟墓填好,回到独木舟上。

### 1806 年 9 月 6 日,克拉克上尉记

我们遇到一艘贸易船,为来自圣路易斯的奥古斯特·舒缇欧(Auguste Chouteau)先生所有,正在前往雅克河同扬克顿人做生意。这艘船由亨利·德劳内先生[①]驾驶。德劳内先生把所有东西都摆出来晾晒,打发 5 个助手去打猎,他们很快就打了一头麋鹿回来。我们买了这个人的 1 加仑威士忌——说好把钱付给舒缇欧,可是舒缇欧分文不取——我们分给每个队员一点酒,自 1805 年 7 月 4 日以来,大伙儿第一次尝到了烈酒的滋味。几个队员用皮子换亚麻布衬衫,还用河狸换粗糙的帽子。

这些人所能告诉我们的就是所有的部队都从伊利诺伊河调走了,威尔金森将军正准备离开圣路易斯。我们建议德劳内先生不要把那些提顿人太当回事,告诉他这样做他会得到什么好处,等等。下午 1 点钟,我们出发。他的人用船艏的一门旋转炮为我们鸣了两响礼炮,我们鸣炮回礼。

前行大约 3 英里,碰上了我们的两个猎手,他们什么都没有打到。在 5 英里处,赶上了其他几位猎手的独木舟,正在顺水漂游,山侬也在里面,菲尔兹兄弟俩还在后面的树林里。

### 1806 年 9 月 10 日,克拉克上尉记

我们碰上了来自圣路易斯的亚历山大·拉·法斯先生和 3 个法

---

[①] 亨利·德劳内(Henry Delaunay)鲜为人知,我们只知道他是一位皮货商人,在奥古斯特·舒缇欧手下干。他很有可能是当时圣路易斯家族的一员。——约翰·贝克勒斯注

国人，他们乘一艘小平底船前往普拉特河，同波尼洛普人（Pawnee Loup）即沃尔夫印第安人①做生意。这位先生对我们尤其慷慨友好，什么东西都舍得给我们，不过我们只拿了他的一瓶威士忌酒给队员们喝。法斯先生告诉我们，威尔金森将军和所有部队都到沿密西西比河下游去了，派克先生和年轻的威尔金森先生②启程上阿肯萨斯河去探险，或者是朝着那个方向去了。

耽搁了半小时，我们继续走了大约3英里，遇上一艘来自圣路易斯的大平底船，上面有7个人，他们是去和马哈人做生意的。这艘船由拉克鲁瓦先生指挥。我们问了他一些情况，然后继续行军，路过一截非常难走的河段，里面布满了障碍物和树干；最后在一片沙洲上宿营。

### 1806年9月12日，克拉克上尉记

日出时分出发，这是我们平常启程的时间，行进顺利。大约7英里的时候，遇上两艘平底船，均来自圣路易斯。一艘载着舒缇欧先生运往波尼人那里也就是普拉特河的东西，另一艘准备向北前往马哈河一带诱捕猎物。我们在这里还遇到了一位法国人，他曾经一路陪我们走到曼丹堡。他告诉我们，麦克莱伦先生③就在下游几英里的地方。

逆风。经过那几艘平底船后不久，岸上一个人告诉我们，他是麦克莱伦先生队伍的人，麦克莱伦先生就在下面不远处。我们让他

---

① Wolf Indians 亦可根据字面意思译为"狼印第安人"。——译者注
② 派克先生（Mr. Pike）就是探险家泽布伦·派克。年轻的威尔金森先生就是威尔金森将军的儿子。刘易斯后来说约瑟夫·拉克鲁瓦（Joseph LaCroix）是一位英国商人。亚历山大·拉·法斯（Alexander La Fass）无从知晓。——约翰·贝克勒斯注
③ 麦克莱伦就是罗伯特·麦克莱伦。1794年韦恩将军在鹿砦战役中大胜印第安人的西部联盟，麦克莱伦担任侦察员，大概那时候就和克拉克认识。——约翰·贝克勒斯注

## 第二十四章 最后一程

上船,继续航行,在圣迈克尔斯草原(St. Michael's Prairie)见到了麦克莱伦先生,在这里停船。

我们见到了约瑟夫·格瑞富林斯先生,他为我们担任过阿瑞卡拉翻译,1805 年春天,我们打发他和一位阿瑞卡拉酋长一同回来。我们还见到了老道里恩先生,他曾经是我们的苏语翻译。我们问这两位翻译肩负的使命,得知格瑞富林斯被派往阿瑞卡拉,带去美国总统给阿瑞卡拉人的话,还带着送给那位访问过美国的酋长的一些礼物,可惜酋长在华盛顿市去世了。格瑞富林斯受命为阿瑞卡拉人传授农业,并仔细了解刘易斯上尉、我本人和探险队的情况。

道里恩先生受命陪同格瑞富林斯前往阿瑞卡拉,凭借他的影响力,用他所带的礼物协助格瑞富林斯顺利通过苏人所属的提顿部落,并且劝说那些部落的主要酋长——不要超过 6 位——明年春天去访问美国首都。他也受命详细了解我们探险的情况。我们给他的使命清单略微增加了一些内容,建议把邀请的酋长人数增加到 10~12 位,或者每个部落 3 位,包括扬克顿人,等等。麦克莱伦先生非常客气地接待我们,把他所知道的伊利诺伊河一带发生的新闻和事件都告诉我们。晚上潮湿多云,我们决定连夜航行。我们派了 5 个猎手乘两艘独木舟先行打猎。

### 1806 年 9 月 13 日,克拉克上尉记

一早起来。麦克莱伦先生〔我在军队里就认识他〕给每个人一点朗姆酒。太阳升起不久,我们就出发了。东南风很大。8 点钟,我们在 5 个先遣猎手的营地那里上岸。他们什么都没有打到。风太大,继续穿行于水下的障碍物中间,十分危险,我们决定停船休息,派了几个队员乘小独木舟到不远处打猎,弄点肉来。

## 1806年9月17日,克拉克上尉记

11点钟,我们碰到约翰·麦克莱伦上尉[①],他曾经是美国军队的炮兵上尉,此刻正乘一艘大船上行。这位先生是我的朋友刘易斯上尉的熟人,见到我们回来他很惊讶,不过十分开心。我们发现他消息很灵通,从他那里了解到了我们国家的一些情况。我们彼此询问、交流情况等等,差不多一直到午夜。

这位先生告诉我们,一般美国人已经对我们不抱任何希望,大家几乎忘了我们,不过美国总统依然对我们抱有希望。麦克莱伦上尉对我们大加赞美。他给了我们一些饼干、巧克力和糖,还有威士忌酒,这些都是我们队伍十分需要的东西。我们赠送给他一桶玉米,十分感激他。

## 1806年9月20日,克拉克上尉记

队员们急于赶路,所以使劲划桨。我们看到河岸上有乳牛,这是队员们热切盼望的情景,大家禁不住一阵欢呼。下午〔原稿空白〕点钟,我们看见一个法国小村庄,叫舍雷特(Charrette)。伙计们爆发出一阵欢呼,弃桨雀跃。没过多久,我们在这个村庄对面停船。

队员们请求开枪,得到许可后,他们高兴地鸣枪3轮,爆发出一阵开心的欢呼。停在村庄对面的5艘贸易船上也鸣枪回礼。我们上岸,两位来自加拿大的苏格兰年轻人很礼貌地欢迎我们,一位叫〔原稿空白〕先生,是艾阿德先生的雇员,另一位叫里德先生(Mr. Reed)。还有两艘船,属于拉康姆先生(Mr. Lacomb)和〔原

---

① 约翰·麦克莱伦(John McClallan)是刘易斯的朋友,不是那位罗伯特·麦克莱伦。——约翰·贝克勒斯注

稿空白]先生。这些船都是前往奥赛芝河和奥托河一带的。

这两位年轻的苏格兰绅士给了我们一些牛肉、面粉和猪肉，还管了我们一顿可口的晚饭。天好像要下雨了，我们在他们的一顶帐篷里借了一张床。我们从一个居民那里为队员们买了2加仑的威士忌酒，付了8美元现金表示感谢，他还不愿接受。

每个人，不论是法国人还是美国人，看到我们圆满返回，都表示很欣慰。他们坦承看到我们回来很吃惊。他们告诉我们，人们早以为我们不在人世了，谁都不再提起我们探险的事情，等等。

### 1806年9月21日，克拉克上尉记

今早起来得很早。把大伙儿集合到一起。有几个人接受居民的邀请去了他们家里。我们7点半出发，路过基卡普人的12艘独木舟，他们沿河去打猎。见到几个人，看到岸上的各种物资，队员们精神为之一振。下午3点钟，遇见两艘大船在上行。4点钟，已经能看到圣查尔斯了。看到这个好客的小镇，队员们兴高采烈，十分熟练地挥动着船桨，我们很快就到了这个镇子的对面。

今天是星期日，我们看到岸上有几个男士和女士在散步。我们用霰弹枪和队员们的小武器鸣枪3轮，向镇子敬礼，在镇子下头上岸。很多当地人出来欢迎我们。他们极其礼貌。镇民们见到我们回来，都很开心，争先恐后地热情接待我们。今天我们只走了48英里。两岸有稀稀拉拉的人家。自从我们前年上行至今，这里有了定居者。

### 1806年9月22日，克拉克上尉记

今早很潮湿，持续大雨，队员们都住在好客的居民家里，我们觉得雨停以后启程比较合适，所以继续待在普罗克斯先生（Mr. Proulx）的家里。我利用这个机会给我的几个肯塔基朋友写信，等等。早上10点钟雨停了，我们集合队伍出发。下行到冷水

溪（Coldwater Creek）兵营附近，位于密苏里河南岸大约 3 英里的地方。在这里，我们见到了托马斯·亨特上校（Colonel Thomas Hunt）和彼得斯中尉（Lieutenant Peters），还有一个炮兵连。我们受到了绅士们的热情款待。我们很遗憾地发现，威尔金森夫人——州长和将军的夫人——健康状况不佳。

我们很荣幸，受到［原稿空白］响的礼炮和热烈欢迎。这里有一家公共商店，有人告诉我，店里有美国投资的印第安物品，价值 6 万美元。

### 1806 年 9 月 23 日，克拉克上尉记

我们一早起来，带酋长到公共商店给他买了些衣服等等。和亨特上校一起早早吃了早餐，然后出发。下行到密西西比河，顺河到圣路易斯。我们大约 12 点钟到达这里。我们让队员们鸣枪向镇子敬礼。镇民们热烈欢迎我们。

在这里，我见到了我的老熟人 W. 克利斯缇少校（Major W. Christy），他定居在这个镇子上，是个酒店老板。他腾出房间放好我们的行李。我们接受彼得·舒缇欧先生（Mr. Peter Chouteau）的邀请，住进他家的一个屋子里。晚上我们去拜访奥古斯特·舒缇欧先生和其他几位老朋友。因为邮差已离开圣路易斯，刘易斯上尉写信给卡霍基亚（Cahokia）的海斯先生（Mr. Hays），请他暂且等到明天 12 点钟，比平时发信的时间晚一点。

### 1806 年 9 月 24 日，克拉克上尉记

昨晚我睡得很少，不过我们一早就起来开始写信。刘易斯上尉给总统写了一封信，我给哈里森州长和我的几位肯塔基朋友写信。

图书在版编目（CIP）数据

刘易斯与克拉克探险日记/（美）梅里韦瑟·刘易斯，（美）威廉姆·克拉克著；刘建刚，闫建华译. -- 北京：中国人民大学出版社，2023.1
ISBN 978-7-300-31260-6

Ⅰ. ①刘… Ⅱ. ①梅… ②威… ③刘… ④闫… Ⅲ. ①日记－作品集－美国－近代 Ⅳ. ①I712.64

中国版本图书馆 CIP 数据核字（2022）第 218409 号

## 刘易斯与克拉克探险日记

[美] 梅里韦瑟·刘易斯（Meriwether Lewis） 著
　　 威廉姆·克拉克（William Clark）
刘建刚　闫建华　译
Liuyisi yu Kelake Tanxian Riji

| 出版发行 | 中国人民大学出版社 | | |
|---|---|---|---|
| 社　　址 | 北京中关村大街 31 号 | 邮政编码 | 100080 |
| 电　　话 | 010-62511242（总编室） | 010-62511770（质管部） | |
| | 010-82501766（邮购部） | 010-62514148（门市部） | |
| | 010-62515195（发行公司） | 010-62515275（盗版举报） | |
| 网　　址 | http://www.crup.com.cn | | |
| 经　　销 | 新华书店 | | |
| 印　　刷 | 涿州市星河印刷有限公司 | | |
| 规　　格 | 148 mm×210 mm　32 开本 | 版　　次 | 2023 年 1 月第 1 版 |
| 印　　张 | 14.25 插页 5 | 印　　次 | 2023 年 1 月第 1 次印刷 |
| 字　　数 | 354 000 | 定　　价 | 59.80 元 |

版权所有　侵权必究　印装差错　负责调换